FOLIO POLICIER

James Crumley

Le dernier baiser

Une enquête de
C. W. Sughrue

Traduit de l'américain
par Philippe Garnier

Gallimard

Titre original :

THE LAST GOOD KISS

Une première traduction de

THE LAST GOOD KISS

a paru en 1980 chez Fayard sous le titre :

LE CHIEN IVRE

Cette traduction a paru initialement aux Éditions 10-18 en 1986.

James Crumley, issu d'une famille modeste, est né en 1939 au Texas. Il travaille dès l'âge de douze ans dans les champs de coton, s'engage dans l'armée à dix-huit ans pour trois ans avant de reprendre ses études et d'enseigner dans diverses universités dont celle de la ville de Missoula où il vit désormais depuis de nombreuses années. Il se consacre aujourd'hui à l'écriture. Tous ses romans, dont *Un pour marquer la cadence, La danse de l'ours* ou *Le canard siffleur mexicain* ont été traduits en français.

À Dick Hugo,
ce vieux détective du cœur.

Tu pourrais t'amener ici dimanche comme
ça sur un coup de tête.
Disons que ta vie ne tient plus le choc.
Le dernier baiser qui a compté pour toi
c'était il y a des années.
Tu marches dans ces rues tracées par des
fous.
Tu passes devant des hôtels qui n'ont pas
tenu le coup. Pas comme les bars. Les rois
du volant du coin se donnent bien du mal
juste histoire d'accélérer leur vie.
Il n'y a que les églises qui soient entretenues.
La prison a fêté ses soixante-dix ans cette
année.
Son unique pensionnaire s'y trouve toujours,
il ne sait toujours pas ce qu'il a fait pour…

RICHARD HUGO
Gris dégradé à Philipsburg.

1

Quand j'ai finalement rattrapé Abraham Trahearne, il était en train de boire des bières avec un bouledogue alcoolique nommé Fireball Roberts dans une taverne mal en point juste à la sortie de Sonoma, en Californie du Nord ; en train de vider le cœur d'une superbe journée de printemps. Trahearne en était à près de trois semaines de foire et de balade, et avec ses fringues kaki toutes fripées, le grand homme ressemblait à un vieux soldat au bout d'une longue campagne qui essaierait de faire durer ses bières pour faire passer le goût de mort qu'il avait dans la bouche. Le chien était vautré sur le tabouret près de lui comme un petit pote fatigué et ne relevait la tête que de temps à autre pour boire une lichée de bière dans un cendrier sale posé sur le comptoir.

Ni l'un ni l'autre n'a daigné m'accorder le moindre regard quand je me suis posé sur un tabouret entre le bouledogue et les deux autres clients, deux garagistes sur le sable en train de discuter des chèques d'indemnité de chômage qu'ils avaient perdus, de leur dernière contredanse et de l'endroit où ils pourraient peut-être dégoter une chaîne de distribution qui irait sur une Chevrolet de 57. Leurs traits noueux et leur accent nasal appartenaient à un autre âge, à d'autres lieux. Les années 30, le Dust Bowl, un camion Model T tout vibrant et rafistolé qui s'enfonce dans le soleil couchant. Ils m'ont regardé m'asseoir avec ce regard étroit qu'ont les gens de la campagne, des pieds à la tête, comme si j'étais une carcasse de voiture abandonnée qu'ils avaient l'intention de cannibaliser pour récupérer les pièces. Je les ai salués d'un guilleret signe de tête, histoire de leur faire savoir que j'avais beau avoir l'air comme ça sur les jantes, je n'en étais pas complètement rincé pour autant. Pour ma peine j'ai eu droit à des yeux vides d'expression et à des hochements de tête songeurs qui semblaient suggérer qu'un accident peut toujours s'arranger.

Déjà passablement crevé de m'être enquillé bien trop de bornes sur bien trop de routes, et pas les bonnes, je les ai laissés penser ce qu'ils voulaient. La patronne avait la quarantaine bien tassée, et quand je lui ai commandé une bière elle est sortie de ses rêveries en esquissant un sourire las. À peine la canette décapsulée, le bouledogue a émergé de son roupillon aviné pour émettre un véritable rot de dragon ; ensuite il s'est soulevé sur ses hanches étroites et d'un bond a franchi les trois tabourets bancals pour venir m'échanger une bise bien baveuse contre une lichée de ma bière. Le tout dans un épouvantable halo de bière éventée et d'haleine canine. Comme je ne lui ai rien offert il a relancé la mise en me bavotant partout sur le coude et sur mon coup de soleil. Trahearne l'a rudement rappelé à l'ordre tout en versant une mesure de bière dans le cendrier. Le bouledogue m'a regardé d'un œil morose en lâchant un gros soupir et s'en est retourné vers une chose qui semblait plus sûre. En m'essuyant le bras de la bave de chien avec une lavette qui avait servi trop souvent et sans doute aux mêmes fins, j'ai demandé à la patronne si elle avait le téléphone. D'un doigt, sans rien dire, elle a indiqué l'arrière-salle grise de poussière derrière la table de billard à poches, où un téléphone noir semblait suspendu aux ombres cendrées.

En passant derrière Trahearne je l'ai vu, un bras épais passé autour du cou tout plissé du bouledogue, en train de lui réciter des bouts de poèmes à l'oreille : « La falaise sur laquelle nous faisons cap est en train de s'ébouler… contre ce vent émeraude du Pacifique… ce… La puanteur saumâtre de la baleine… ah, et merde… On a pourtant commencé bien, tout ça pour devenir les ringards du quatrain, et pour finir en merde de chien… » Là il s'est mis à ricaner comme un perdu, comme un vieillard qui cherche ses lunettes.

Il pouvait toujours causer tout seul, j'avais rien contre. Ça faisait une paye que je causais tout seul moi aussi.

C'était exactement ce que j'étais en train de faire l'après-midi où l'ex-femme de Trahearne m'avait appelé — assis dans mon petit bureau en plein centre de Meriwether, dans le Montana, à contempler la benne-poubelle du Prisunic qui débordait dans la ruelle par-derrière, en train de me dire que ça m'était égal que les affaires soient au point mort, en train de me dire qu'en fait ça me convenait parfaitement. C'est là que le téléphone avait sonné. Quand elle cause business, l'ex-femme à Trahearne, elle cause business. En moins d'une minute elle m'a expliqué que la santé de son ex-époux et sa modération sur la bouteille laissaient toutes les deux à désirer et qu'elle voulait que je le retrouve, que je le rattrape avant qu'il ne creuse lui-même prématurément sa tombe en levant le coude une fois de trop. J'ai eu beau lui dire qu'il serait peut-être préférable de discuter de ce boulot de vive voix, elle a exigé que je me mette en route immédiatement sans gaspiller trois heures à rouler jusqu'à Cauldon Springs. Pour gagner du temps elle avait loué les services d'un avion-taxi à Kalispell qui devait être en ce moment même en vue de Meriwether (par le nord) et qui m'amenait un chèque certifié comme provision, une liste des bars que Trahearne préférait dans tout l'Ouest — particulièrement ceux sur lesquels il avait écrit des poèmes après des noubas similaires — et aussi la jaquette de son dernier roman avec sa photo dessus.

— Et si j'en veux pas, de ce boulot ? j'avais demandé.

— Quand vous verrez le montant du chèque, vous en voudrez, elle avait répondu froidement avant de raccrocher.

Une fois récupérée la grande enveloppe à l'aéroport de Meriwether j'avais jeté un œil sur le chèque et décidé d'accepter le boulot avant même de regarder la photo. Trahearne avait l'air d'un colosse, un ancien docker, disons, et on le voyait adossé contre un pilier sous le porche du *Cauldon Springs Hotel*, verre dans une main, cigare dans l'autre. Il faisait bien son âge, même derrière son sourire juvénile, mais il était clair qu'il n'était pas allé à Cauldon Springs pour les eaux. Derrière lui, sous le chambranle obscurci de la large entrée, on distinguait deux fantômes arthritiques en peignoirs à carreaux identiques qui se mettaient au soleil en traînant la savate. À voir le sourire sur ces faces d'anciens, on aurait pu croire qu'ils ne se sentaient plus à l'idée de tremper leurs vieux os fragiles dans l'eau de la source thermale.

Les années que j'ai passées à courir après les maris perdus, les femmes en cavale ou les enfants fugueurs m'ont appris à ne pas me leurrer : on ne peut pas juste regarder l'image unidimentionnelle d'un visage et voir vraiment la personne qui se cache derrière. Mais là le bonhomme avait l'air du genre à tout saccager sur son passage en laissant une piste facile à suivre.

Au début cela avait été trop facile. De retour à mon bureau, j'avais passé des coups de fil à cinq ou six bars pour finalement localiser mon homme dans un trou perdu du Montana, Ovando. Un chouette petit bar connu sous le nom de *Trixi's Antler Bar*. L'ennui, c'est que le temps de faire les cent trente bornes jusque là-bas, Trahearne était déjà parti en faisant savoir au patron qu'il était en route pour Two-Dot, histoire de voir la collection de boîtes de bière qu'ils avaient là-bas dans un des deux bars du patelin. Je lui avais filé le train comme ça à travers tout le Montana, mais quand j'étais arrivé à Two-Dot, Trahearne était déjà sur la 666, direction Miles City. De là il avait viré au sud sur Buffalo, dans le Wyoming, histoire d'écrire un poème épique sur les guerres du barbelé de Johnson County. Enfin c'est ce qu'il avait dit à la serveuse. En fait Trahearne ne levait jamais le pied sans en avoir discuté avec tout le monde présent dans le bar. Ce qui le rendait facile à suivre, mais impossible à rattraper.

On avait fait tout l'Ouest comme ça, la grande tournée des bars. On voyait du pays. Le *Chugwater Hotel* dans le Wyoming, le *Mayflower* à Cheyenne, le *Stockman's* à Rawlins, une collection de fil barbelé au bar du *Sacajawea Hotel* à Three Forks, dans le Montana, une collection de minéraux à Fossil, dans l'Oregon, et des mormons bourrés un peu partout dans le nord de l'Utah et le sud de l'Idaho. On tournait en rond, sans but apparent. Par deux fois j'avais frété un avion pour devancer le vieux, mais les deux fois j'avais fait chou blanc. Il ne s'était pas montré, du moins pas avant que je ne sois déjà parti. J'appréciais assez son goût en matière de bars, mais j'en voyais défiler tellement qu'à force ils se ressemblaient un peu tous. Au milieu de la deuxième semaine, je commençais à tiquer rapport aux dépenses, alors j'avais appelé l'ex-Mme Trahearne pour lui demander combien d'argent elle était disposée à engloutir dans ce cirque ambulant :

– Autant qu'il en faudra, elle avait répondu.

Elle avait même l'air irrité que j'aie pris la peine de demander.

Alors je m'étais remis au volant de mon El Camino en me calant bien comme il faut dans le siège-baquet, résigné à courir après Trahearne de bar en bar sur toutes les routes qu'il lui semblerait bon de prendre ; à renifler sa piste comme un chiot excité pour ne pas la perdre tout à fait. Résigné à lui filer le train partout où sa dérive le conduirait, lui et cette espèce de blizzard qu'il avait aux fesses et que lui seul semblait sentir, l'oreille dressée à l'écho d'un air lointain que lui seul semblait entendre.

Au bout de deux semaines de ce régime j'avais chopé le même bourdon au creux de la poitrine, et si je n'avais pas eu si désespérément besoin de fric j'aurais sans doute laissé choir Abraham Trahearne, enfoncé une autre cassette de Willie Nelson dans le huit-pistes et fait de mon mieux pour me noyer dans un fleuve de whisky moi aussi. Essayé de nouveau la bourlingue. Mais c'est pour retrouver les gens qu'on me paie, pas pour me perdre moi-même, alors je m'étais accroché à sa piste comme un vieux chien après son dernier raton.

Et ça m'avait rendu encore plus cinglé que Trahearne, si possible. Je m'étais retrouvé à poursuivre des fantômes dans la grisaille des cols de montagnes, pour redescendre à travers des vallées vertes et grosses des neiges de printemps. Je m'étais mis à dormir dans les mêmes lits de motels que lui, histoire de le conjurer en rêve, je m'étais mis à me poivrer dans les mêmes bars, dans le vague espoir d'une vision de whisky. Et tout ça était bien venu, les rêves de motel sinistres, les visions de whisky, mais c'était de mon propre passé qu'elles sortaient, de ma propre dérive à moi. Pour ce qui était de Trahearne, je n'en avais pas la moindre idée.

Une fois j'ai même été jusqu'à me faire la jeune putain morose qu'il s'était faite dans un camp de caravanes aménagé en plein désert du Nevada. Une petite maigrichonne de Cincinatti qui avait amené sa mine d'or dans l'Ouest en se disant qu'elle aurait peut-être plus de chance, mais sa galerie s'était effondrée, ses veines avaient rendu l'âme et les marques qu'elle portait sur ses bras maigres auraient pu avoir été faites par un pic tout rouillé. Une fois m'être soulagé au milieu de ses os de la crampe que je trimbalais depuis tant de nuits passées sur trop de tabourets de bars, j'ai de nouveau questionné sur Trahearne. Au début elle est juste restée là sans rien dire, sur ses draps froissés à tirer sur un joint et à regarder la nuit froide du désert de l'autre côté du plafond en alu.

— Ils sont vraiment allés sur la lune, tu crois ? elle a demandé comme ça, tout ce qu'il y a de sérieux.

— J'en sais rien, j'ai admis.

— Moi non plus, elle a murmuré en relâchant la fumée.

J'ai reboutonné mon jean et me suis sauvé comme un voleur dans le désert, un paysage bombardé de lune et d'ombre.

Et puis à Reno j'ai perdu la trace. Il a fallu que je tourne en rond dans toute la ville, en cercles de plus en plus élargis, et que je pose des questions dans les bars et les stations-service jusqu'à ce que je tombe sur un pompiste à Truckee qui se rappelait du gros tas en Cadillac décapotable qui lui avait posé des tas de questions sur les bains de boue de Calistoga. La boue était encore tiède quand je suis arrivé là-bas mais sa piste était aussi froide que le regard des vieux en train de crever autour des bains.

Quand j'ai appelé l'ex-femme de Trahearne pour lui avouer mon échec elle m'a fait savoir qu'elle avait reçu une carte postale, une photo du Golden Gate accompagnée d'un distique : *Le chien à ce qu'on dit est le meilleur ami de l'homme, mais sa culotte n'a pas de poche et sa soif n'a pas de fond.*

— Trahearne a cette étrange affinité pour les chiens de bars, elle m'a dit, surtout pour ceux qui picolent et qui font des tours. Une fois il a passé trois semaines à Frenchtown, dans le Montana, à boire avec un bâtard qui portait une casquette d'officier miniature, des lunettes de soleil et une pipe en épi de maïs. Selon Trahearne ils discutaient de la campagne du Pacifique en éclusant des verres de liqueur de mûre.

Moi je lui ai seulement dit que c'était elle qui payait et que si elle voulait que je sillonne toute la région de la Baie à la recherche d'un chien de bar alcoolo, personnellement je ne demandais pas mieux. C'était effectivement ce qu'elle voulait, alors j'ai raccroché et me suis mis en route pour San Francisco, le grand détective sur la piste d'un chien pochetron. Une mission idiote. Mais c'était sa mission à elle.

J'aurais évidemment bien dû me douter que la cité des lumières grouillerait de chiens de bars — chiens danseurs et chiens chanteurs, chiens qui hallucinaient, même — et ce n'est qu'au bout de trois jours de recherche, comme j'étais en train d'écluser des gimlets en compagnie d'un caniche rose à Sausalito, qu'on m'a finalement parlé d'un bouledogue amateur de bière. Celui de Sonoma.

L'établissement était en planches délabrées et situé quarante mètres en retrait de la route principale qui allait à Petaluma ; la Cadillac rouge de Trahearne était garée devant. À l'époque où l'ancienne route était encore neuve, avant qu'on ne la retrace de façon plus fonctionnelle, la taverne avait aussi servi de station à essence. Le fantôme décoloré d'un cheval ailé hantait encore les murs de planches de la vieille bâtisse. Un petit cheptel de voitures abandonnées, allant d'une Henry J toute rouillée à une Dodge Charger assez récente mais bien esquintée, gisait enfoui jusqu'aux essieux dans les mauvaises herbes et la poussière ; les orbites vides et béantes de leurs phares manquants rêvaient de Pégase et d'évasions d'asphalte. La taverne n'avait même pas de nom, juste une enseigne toute passée qui pendait du portique incliné en promettant faiblement BIÈRE. Les vieilles pompes à jauges de verre étaient parties depuis longtemps — probablement faire l'ouverture d'un de ces magasins d'antiquailles à Sausalito — mais les attaches de leurs bases émergeaient encore du béton comme des phalanges squelettiques dépassant d'une tombe mal creusée.

Je me suis garé à côté de la Cad de Trahearne, suis descendu de voiture pour m'étirer et déplier les kilomètres que j'avais dans les quilles. Après quoi j'ai abandonné le soleil printanier pour l'ombre poussiéreuse de la taverne, le talon de mes bottes se tordant doucement sur les lattes inégales du plancher gondolé. Arrivé là, dans l'obscurité, j'ai poussé un soupir de soulagement. C'était tout à fait mon genre d'endroit, un endroit où j'aurais très bien pu échouer moi-même au cours d'une bringue. Je me serais logé là comme une bille dans un trou. C'est le genre d'endroit où viennent réparer tous les Texans et les gens de l'Oklahoma exilés en Californie, un refuge pour les gens de la campagne récemment dépossédés. Ceux dont les yeux sont tellement vides d'espoir qu'on peut encore y voir les plaines brûlantes balayées par le vent, les horizons sans fin, presque bibliques, rompus seulement par les barreaux d'un rocking-chair orphelin, et encore plus loin derrière, obscurci sous les nuages de la colère, le miroitement des orangeraies — et des manches de pioche. J'aurais fort bien pu m'y sentir chez moi, un refuge où un homme peut boire dans un ennui serein, se repentir dans la violence et se voir aussitôt pardonner pour le prix d'une bière.

En réfléchissant à tout ça j'ai remis ma pièce dans ma poche et suis retourné au comptoir commander une autre bière. J'avais retrouvé des petits bouts de Trahearne tout le long de la route et pour moi il était devenu comme un vieil ami. Alors pourquoi ne pas profiter un peu de sa compagnie, boire une bière ou deux avec lui avant d'appeler son ex-femme et de mettre fin aux festivités ? Chaque fois que je retrouve quelqu'un je considère toujours que je mérite plus que l'argent que je gagne. C'est le moment le plus triste de la poursuite : attendre en silence les parents gênés, l'épouse furibarde, ou la police. La recherche c'est toujours bien, mais le résultat fini est toujours moche, invariablement. Dans mon métier il faut une certitude morale que je ne prétends même plus posséder, et à chaque fois que j'arrive à la conclusion d'une affaire j'ai envie de foutre le camp.

Mais là, pas déjà, pas ce coup-ci. Je me suis adossé au comptoir et j'ai commandé une autre bière. Quand la patronne l'a posée devant moi, un gros chat noir s'est faufilé sur le comptoir pour venir sentir l'humidité du goulot avec son nez.

– Le chat aussi il carbure à la bière ? j'ai demandé à la patronne.

– Plus maintenant, elle a répondu en rigolant

et en collant un coup de lavette mouillée sur l'arrière-train du matou.

Il a continué son chemin en lui jetant un sale œil et est passé devant le bouledogue et Trahearne en promenant tranquillement sa queue sur la figure de Trahearne, qui est resté impassible.

— Dans le temps il buvait comme un trou, c't enfoiré, mais il a fini par devenir emmerdant. Il est comme le p'tit père Lester, là, elle a fait en indiquant le mécanicien qui avait le plus de dents. Il tient pas le coup. Il se beurrait, fallait voir ça, mais alors vraiment raide à l'écale ; et dans ces cas-là il se mettait à frayer là où il fallait pas.

La patronne avait fait les gros yeux au p'tit père Lester avant d'éclater de rire. Un rire caquetant et heureux. En s'essayant à sourire lui aussi, le p'tit Lester m'a montré le reste de ses chicots. Ils n'étaient pas plus jolis que ceux que j'avais déjà vus.

— Un soir, c'te foutu salaud s'est mis à se frotter après tout ce qu'il pouvait trouver — les tables, les queues de billard, les jambes des clients, et vas-y que j'te frotte, tout ce qui bougeait pas assez vite pour se ranger — et puis il a fait ce qu'il fallait pas faire contre le pantalon d'une dame et quelqu'un s'est mis à rigoler, et du diable si on n'a pas eu droit à la plus grande castagne que j'aie jamais vue. Tous ceux qui se sont pas retrouvés à l'hosto ont terminé au trou, et on m'a suspendu ma licence pour un mois et demi.

En riant elle a ajouté :

— Alors je l'ai fait couper, c't animal. Juste là

d'où ça venait. Depuis, il a plus jamais eu envie de picoler.

— Qui ça, Lester ou le matou ?

La patronne a rigolé de plus belle, l'autre mécano s'est mis à braire de plaisir, mais le vieux père Lester est resté là sans bouger comme s'il avait mal aux dents.

— Nah, elle a fait une fois calmée. Le Lester il se tient à carreau quand il est ici. Rapport à mon bouledogue, là. Il en a une pétoche, faut voir.

— L' a pourtant l'air d'un bon vieux bouledogue, j'ai dit.

Et je me suis bien calé sur mon siège parce que je savais que la suite allait arriver.

— Vieux vicelard, vous voulez dire, Lester a piaillé presque. Une vraie teigne, oui. De Dieu, pas plus tard que l'été dernier, c'était le matin. Je me ramène tranquille comme Baptiste, je m'occupe de mes oignons et tout ça, et v'là que j'ai le malheur de lui marcher sur la patte. Et il avait justement la gueule de bois, l'enfoiré. Eh bien, je veux bien être pendu s'il a pas cherché à m'arracher la jambe, cet abruti.

Lester s'est rapproché en relevant sa jambe de pantalon pour exhiber des cicatrices qui semblaient plutôt avoir été faites par un ergot de coq.

— Cinquante-sept points de suture, qu'on m'a fait.

Il a dit ça tout fier.

— Le p'tit père Oney, là, il a fallu qu'il l'assomme avec une queue de billard, c'te saloperie, pour lui faire lâcher prise.

— L'a cassé la putain de queue, en plus, Oney a surenchéri.

— Bon vieux bouledogue, mon cul, ouais. L' est plus vicieux qu'un serpent, ce salopard. Ben dis-lui, toi, Rosie.

— Écoutez bien, Mister, a commencé la patronne en s'accoudant sur le bar, j'ai vu de mes yeux vu ce saligaud de Fireball Roberts raide beurré, ou alors qui se relevait juste d'une muflée carabinée ; ben ça l'a jamais empêché d'arracher le futal de tout abruti qu'aurait l'intention de s'attaquer à une faible femme toute seule au monde et sans soutien.

En disant « seule au monde » Rosie s'était appuyé un doigt sur le menton en me décochant un sourire innocent. Moi j'ai regardé par-dessus son épaule dans la glace tout esquintée histoire de vérifier si mes cheveux n'avaient pas viré au gris durant le voyage. Un vieux fantôme aux cheveux bien noirs m'a renvoyé un sourire de coyote. Rosie a ajouté :

— Il se contente pas de les faire tomber, Mister, il les traîne dehors par leur fond de culotte, et en général ils sont joliment contents de se trisser.

— Bigre, j'ai fait, dûment impressionné, en regardant le bouledogue qui en écrasait comme un bienheureux, vautré sur son siège. Trahearne m'a lancé un regard vaguement furibard comme si j'avais voulu mettre en doute le courage du chien, mais ses yeux ont vite perdu leur chemin et leur lueur de colère, ne se fixant sur rien, comme s'ils avaient voulu aller chacun dans une direction différente.

— Notez bien, Lester a repris, si jamais Fireball pouvait pas se les faire à lui tout seul, la Rosie, là, elle est pas manchote non plus. Essayez seulement de la brosser dans le mauvais sens, Mister. Elle s'rait aussi bien capable de vous faire sauter un œil que de vous regarder en deux fois.

Rosie s'est mise à rougir comme une sainte-nitouche quand j'ai hoché la tête.

— Allez, montre-z-y voir le pistolet, Lester a insisté.

Rosie a ajouté un soupçon de réticence gênée à ses couleurs, et l'espace d'un instant le visage d'une femme plus jeune et plus jolie est apparu en flou derrière les rides. Elle a remis ses boucles grises en place et baissé la main sous le comptoir pour en ressortir un pistolet automatique nickelé, un vieux de la guerre d'Espagne si ancien et si maltraité que le nickelé s'en allait par plaques comme de la peinture bon marché.

— L' a l'air de rien comme ça, Lester a concédé, mais elle a limé la gâchette tellement bien que c'te vacherie part toute seule, quand elle tire une fois elle en tire huit.

Il s'est retourné pour indiquer à l'autre bout du bar un groupe de trous de balles que personne ne s'était jamais soucié de reboucher, un tir groupé entre les deux fenêtres qu'il y avait au-dessus d'une banquette tout esquintée.

— Mister, elle a eu à s'en servir qu'une fois seulement, mais je vous garantis que quand elle met la main sous le comptoir, les choses ont plutôt tendance à se calmer.

— Comme à l'église, j'ai dit.

— Comme au cimetière, vous voulez dire, Lester a rectifié. En guise de cantiques y aurait plutôt comme qui dirait des prières silencieuses.

Ça l'a fait rire comme un bossu, et j'ai levé mon verre pour saluer sa bonne humeur.

Rosie a tenu le pistolet encore un moment dans ses mains abîmées, puis l'a reposé bruyamment sous le comptoir.

— Moi qui vous cause, j'en ai un vrai chez moi, de pistolet, Lester a fait d'un air avantageux.

— Un Luger allemand, j'ai dit sans réfléchir.

— Comment vous savez ? il a demandé d'un air soupçonneux.

La vérité, c'est que j'ai passé une bonne partie de ma vie dans les bars à entendre des histoires de guerre et autres bobards, mais là j'ai menti et j'ai dit à Lester que mon paternel m'en avait ramené un de la guerre.

— Moi j'ai piqué le mien à un Frisé, un capitaine. Omaha Beach, c'était.

Il a dit ça en faisant la fine bouche comme si mon paternel avait gagné le sien dans un paquet de lessive.

— Débarquement de Normandie, il a précisé.

— Vous deviez être plutôt jeune, j'ai dit, et je me serais foutu des claques. Que des gens comme Lester racontent des bobards de temps à autre c'est très possible, mais il faut être sacrément taré pour leur en faire la remarque.

Lester m'a dévisagé un long moment pour voir si des fois je ne le traiterais pas de menteur, ensuite il a dit avec une nonchalance étudiée :

— J'ai menti sur mon âge. Et vous, vous avez fait vot' service ?

— Non, M'sieur, j'ai menti. Pieds plats.

— P-4, hein ? il a fait en essayant de ne pas prendre un ton trop supérieur. Le p'tit Oney, là, il est P-4 aussi, mais lui c'était pas les pieds, c'était le ciboulot.

— Pouvez toujours vous fouiller pour que j'y aille, dans c'te putain d'armée, a fait Oney tout ce qu'il y a de sérieux ; et il regardait même autour de lui comme si le bureau de recrutement avait encore pu être sur ses talons.

— Que t'es con, y a même plus d'appelés ! Lester tordait le nez devant l'ignorance d'Oney.

— Ouaip, Oney a continué tristement, de Dieu, c' qu'ils devraient faire c'est d'aller là-bas à San Francisco et en conscrire cent mille, de ces saloperies de hippies hirsutes.

— Ça c'est bien vrai, nom de Dieu.

Lester s'est tourné vers moi.

— Vous trouvez pas ?

Il lorgnait la râpe de trois jours que j'avais sur les joues comme si c'était une barbe en puissance.

Pour changer un peu je me suis écrasé et j'ai fait oui de la tête. Mais pas avec suffisamment de conviction au gré de Lester. Il a commencé à dire quelque chose mais je l'ai coupé en m'excusant et je suis allé trouver Trahearne. Lester a marmonné quelque chose dans mon dos sur ces *satanés plan-*

qués de hippies, mais j'ai fait comme si je n'avais rien entendu. J'ai donné une tape sur l'épaule de Trahearne et sa grosse tête chauve s'est tournée lentement, comme si elle avait été en plomb. Il a haussé un sourcil, m'a gratifié d'un petit sourire guilleret en haussant les épaules et il est parti à la renverse du haut de son tabouret. Je l'ai empoigné par sa chemise mais cela n'a même pas ralenti sa chute. Il est tombé durement sur le dos comme un sac de ciment de cent kilos. Les étagères et les lampes près des fenêtres en ont vibré tout ce qu'elles pouvaient, un nuage de poussière vénérable est monté du plancher, et les boules de billard dansaient la java sur le feutre vert tout esquinté.

Je suis resté tout bête avec une poignée de chemise kaki dans la main, et Lester a bondi de son tabouret en hurlant :

— Pourquoi que t'as fait ça ?

— Fait quoi ?

— Frappé ce pauvre vieux comme ça. (Il avait la pomme d'Adam qui montait et descendait dans son cou décharné comme un hamster affolé.) J'ai jamais rien vu d'aussi dégueulasse.

— Je ne l'ai pas frappé.

— Merde alors, je t'ai vu.

— Désolé, mais vous avez fait une erreur, j'ai dit en essayant de rester calme et raisonnable, ce qui est toujours une erreur dans ces cas-là.

— Tu me traites de menteur ?

Lester serrait les poings.

— Pas du tout, j'ai fait.

Et puis j'ai commis ma seconde erreur en allant rechercher ma bière au comptoir : j'ai voulu m'expliquer.

— Écoutez, je suis détective privé, et l'ex-femme de ce monsieur m'a engagé pour…

— Qu'est-ce qu'il a fait de mal ? a ricané Lester. L'a pas payé sa putain de pension a-li-men-taire, c'est ça ? Je les connais les gens de ton espèce, mon bonhomme. Une fois, un sale pourri d'emmanché de mouchard comme toi a remonté ma trace jusqu'à Barstow, chez ma mère, tout ça parce que j'avais un ou deux mois de retard et que j'avais pas payé cette pute que j'ai épousée, et j'aime autant te dire que je lui ai fait sa fête à ce fumier, et j'ai bien envie d'en faire autant avec toi aussi.

— Du calme, hein ? j'ai fait. Laissez-moi payer un pot et vous raconter tout ça. Okay ?

— Des clous, oui. Tu vas rien me raconter du tout, enfoiré.

Et comme si ce n'était pas assez :

— Et pis d'abord je bois pas avec les fumiers.

— Je veux pas d'histoires ici, Rosie est intervenue doucement.

— Soyez tranquille, j'ai fait.

Lester et Oney avaient beau avoir des tronches de comiques, un drôle d'accent et des dents pourries, ils avaient aussi des poignets aussi épais que des poteaux de clôture, des mains abîmées par le travail et aussi bosselées que des chaussettes remplies de cailloux, sans compter une sacrée dose de rage et de rancœur accumulée durant toute une chierie d'existence. J'avais grandi au milieu de gens comme eux et je n'avais aucunement l'intention de leur chercher noise.

— Vous faites pas de bile, je m'en vais.

— C'est pas suffisant, nom de Dieu. Lester a grogné en fonçant sur moi et en me balançant son poing dans la figure.

J'ai esquivé, et d'un revers de main lui ai éclaté la canette de bière en plein sur l'oreille droite, qui a disparu sous un flot de mousse et de sang. Il est tombé sur le côté, gigotant sur le plancher en se tenant l'oreille et jurant comme un charretier. Oney s'est levé mais s'est aussitôt rassis en voyant le tesson de bouteille que je tenais à la main.

— Et comme ça, c'est suffisant ?

Oney a fait signe que oui, nerveusement, d'un hochement de tête, mais Lester venait juste de jeter un œil dans sa paume et d'y trouver un bout d'oreille. D'une voix étranglée il a hurlé.

— Bon Dieu, Oney, passe-moi le flingue !

Dans mon dos j'ai entendu Trahearne se relever et demander d'un air groggy ce qui s'était passé. Mais personne ne lui a répondu. Oney, Rose et moi on s'est tous regardés dans le blanc de l'œil sans rien dire. Puis on s'est décidés tous ensemble. Rosie s'est précipitée sur l'automatique, précédée de peu par Oney. Du coin de l'œil j'ai vu que le bouledogue roupillait encore comme un loir et j'ai foncé vers la sortie. J'y serais même arrivé, si ce sacré Lester n'avait pas roulé sur lui-même pour me bloquer le genou droit d'un coup d'épaule. Je suis tombé sur lui. Juste sur son oreille bousillée. Il a coinqué mais il a tenu bon quand même. Même après que je me sois relevé en lui arrachant une poignée de cheveux sales.

Derrière le comptoir, Rosie et Oney se bagarraient toujours pour le pistolet. Trahearne avait suffisamment dessoulé pour voir ce qui se passait, mais en essayant de se débiner il s'est farci la table de billard. Ensuite il a essayé de ramper dessous, et juste à ce moment-là Oney a arraché le pistolet des mains de Rosie. Il l'a poussée à l'écart. En tombant elle a crié « Fireball ! » Moi j'ai abandonné la partie et levé les mains en l'air, résigné à passer un réjouissant après-midi pour expier le coup de l'oreille de Lester. Oney levait déjà le pistolet, mais il en était encore à enlever la sûreté que Fireball est sorti de son profond sommeil et d'un seul bond est passé de l'autre côté du comptoir comme une traînée de lumière grasse et grise. Avant même d'avoir atterri il a planté ses énormes crocs jaunes dans le dos du p'tit père Oney, juste à cet endroit si tendre entre la dernière côte et le rein. Oney a gémi comme quelqu'un qu'on aurait frappé avec une batte de base-ball. Il a baissé le bras et est devenu tellement pâle que ses vieilles marques d'acné se sont mises à ressortir et rougeoyer comme des charbons ardents partout sur sa figure. Il a grogné encore un coup, puis est parti d'un bref sanglot en appuyant sur la détente.

La première balle lui a arraché une respectable portion du pied droit, la seconde a fracassé la glacière, laissant un beau bordel mousseux, la troisième est passée à travers le contre-plaqué du comptoir et a chopé M. Abraham Trahearne en plein dans son auguste cul. La quatrième a réduit en poudre la boule Quatorze sur la table de billard, la cinquième a pulvérisé une réclame en néon dans la vitrine et le reste a seulement aéré la toiture.

Le chargeur finalement vide, Oney a disparu derrière le bar comme au ralenti, l'automatique encore levé à la main, Fireball encore fiché dans son dos comme une grosse sangsue grise. Pendant la fusillade le chat était sorti de nulle part et s'était précipité dehors comme un éclair noir tandis que Lester se serrait contre mes genoux comme un gosse apeuré. Ou un homme à qui une histoire de guerre venait finalement d'arriver.

— Bordel, Lester, j'ai fait une fois que le boucan a cessé de secouer les vieilles poutres. T'es en train de saigner partout sur mon froc.

— Excuse, il a dit doucement, comme s'il le pensait pour de bon.

Et il m'a lâché.

Je lui ai tendu mon mouchoir pour son oreille et Fireball a tourné le coin du comptoir en trottinant, les bajoues toutes festonnées de sang. Il s'est hissé d'abord sur le repose-pied du comptoir, puis sur un tabouret, et finalement sur le comptoir. Ensuite il a fait systématiquement tout le comptoir en penchant les canettes et les prenant dans sa gueule. Il les a toutes éclusées comme ça. Ensuite il a vidé son cendrier d'un coup de langue et il est redescendu en rotant, de la même façon qu'il était monté. Avec sa démarche fatiguée qui donnait l'impression qu'il soupirait à chaque pas, il s'est traîné jusqu'à l'entrée pour s'étirer dans un carré de soleil. Il dormait avant même d'avoir touché le sol, je crois bien. Ses petits ronflements faisaient bouger les moutons de poussière autour de lui.

– J'ai encore jamais vu ça, j'ai dit à Lester.

– Saloperie de clébard, Lester a bougonné en allant s'asseoir sur une des banquettes.

Je suis passé derrière le comptoir pour voir comment allaient Oney et Rosie. Lui il avait tourné de l'œil, et elle, elle gisait par terre comme un cadavre. Sauf qu'elle avait les mains pressées contre les oreilles au lieu de les avoir croisées sur la poitrine.

– Y a des morts ? elle a demandé sans ouvrir les yeux.

– Des blessés, j'ai dit, mais pas de morts.

– Si vous vouliez bien attendre que j'aie repris mes esprits avant d'appeler les flics, j'apprécierais beaucoup. Va falloir qu'on trouve une histoire qui se tienne pour expliquer toute cette merde.

– Y a intérêt, oui. Vous avez du whisky quelque part ?

De la tête elle a indiqué un placard, où j'ai trouvé une bouteille d'Old Crow encore à moitié pleine. J'ai fait tout ce que je pouvais pour le pied d'Oney, enlevé sa chaussure et sa chaussette en coton, à la suite de quoi j'ai versé du whisky sur les petits moignons qu'il avait désormais en guise de doigts de pied du milieu. Finalement je lui ai bandé le pied dans un torchon propre. Je lui ai nettoyé ses morsures avec le savon du bar, ensuite je suis allé aider Lester à retirer les fragments de verre qu'il avait de plantés sur la tempe et dans son oreille amochée.

— Plus de danger que les dames te passent une langue dans cette oreille-là, j'ai blagué.

— J'ai jamais aimé ça, alors… il a dit d'un ton un peu guindé. Et ce pauv' vieux Oney, comment qu'il va ?

— Deux orteils en moins.

— Des gros ou des petits ?

— Des moyens.

— Putain, c'est rien, qu' ça, il a dit ça en se touchant machinalement l'oreille. Et Rosie ?

— Je crois qu'elle pique un petit somme.

— Le gros père il a l'air d'en faire autant, Lester a fait en le montrant.

Je n'ai pas voulu avoir l'indélicatesse de lui faire remarquer que le « pauvre vieux » était tout d'un coup devenu « gros père ». J'ai été voir pourquoi Trahearne était encore blotti sous sa table de billard.

— Vous avez rien, Monsieur Trahearne ? j'ai demandé en me mettant sur un genou pour regarder sous la table.

— Justement, je crois que je m'en suis pris une, il a répondu doucement.

Je ne voyais pas de sang, alors j'ai demandé où ça.

— Dans le cul, mon ami. En plein dans le cul.

Il a ouvert un œil, aperçu la bouteille, et me l'a prise des mains.

— Vous buvez de cette cochonnerie ?

Moi non. Enfin, pas encore. Lui par contre il

n'a pas eu trop de mal à se coller le goulot dans le bec. En tout cas pas autant que j'en ai eu à essayer de lui retirer son pantalon et baisser un caleçon grand comme une voile de misaine pour examiner la blessure. La balle avait laissé un trou bleu bien net, marqué d'un filet de sang, juste sous la fesse gauche. Je n'avais aucun moyen de savoir si la balle avait touché un os ou une artère, mais les couleurs et le pouls de Trahearne étaient bons signes et je pouvais voir le projectile logé comme un petit étron bleu sous la peau, juste sous le bourrelet de gras qui lui recouvrait la hanche.

— À quoi ça ressemble ? il a demandé entre deux gorgées.

— Ça ressemble à votre cul, vieux père.

— J'ai toujours su que je mourrais d'une mort comique, il a fait gravement.

— C'est pas encore pour aujourd'hui, vieux père. Juste une simple blessure, rien de touché.

— Facile à dire, fils, c'est pas vos fesses.

— Dans quelques jours vous n'aurez plus qu'un mauvais souvenir et un cul douloureux.

— Merci bien. Mais je crois bien que j'ai déjà les deux. (Il a fait une pause pour boire un coup de whisky.) Comment se fait-il que vous connaissiez mon nom, jeune homme ?

— Allons, M'sieur Trahearne, vous êtes un homme célèbre.

— Pas si célèbre que ça, malheureusement.

— Ouais, bon. Votre ex-femme se faisait de la bile pour votre santé.

— Et elle vous a engagé pour me tirer une balle

dans le cul, histoire que je ne puisse plus m'asseoir sur un tabouret de bar.

— C'est pas moi qu'ai tiré.

— Ça se peut, n'empêche que ça va vous retomber dessus quand même.

Ensuite il a siroté le reste du bourbon pour finalement s'enrouler autour de la bouteille vide, mêlant ses ronflements sonores aux petits bruits réguliers que faisait Fireball.

2

La caravane officielle, deux ambulances et une voiture de shérif adjoint, est sortie du parking de Rosie sur les chapeaux de roue dans un grand nuage de poussière. Ils ont tous fait marcher leurs sirènes en même temps, comme un seul homme, et sont partis en hululant dans le lointain. D'où on était, Rosie et moi, assis sur le perron, on aurait dit le début de la fin du monde.

— On peut pas dire qu'ils aiment pas leurs sirènes, ces p'tits gars-là, elle a dit tout bas.

— C'est le seul plaisir qu'ils ont dans la vie, à peu près.

— C'est par expérience, que vous causez ? elle a demandé en me regardant en coin.

— Je me suis pas mal trimbalé en voiture de police, oui. Mais toujours sur la banquette arrière.

Elle a hoché la tête comme pour dire qu'elle aussi.

Comme on s'était mis ensemble pour nettoyer les dégâts dans le bar, transporter les blessés dehors et concocter une version hautement improbable de la fusillade — qui d'après nous était un accident —, Rosie et moi on était devenus copains. Et maintenant en plus on était liés par les bobards qu'on avait racontés aux autorités. Lester et Oney auraient menti à l'œil, rien que pour emmerder le monde, mais je m'étais quand même fendu d'une somme généreuse pour couvrir les frais d'hôpital. Lester avait empoché l'argent, pour ensuite m'annoncer qu'Oney et lui — en vertu des quelques séjours qu'ils avaient passés à se faire désintoxiquer aux frais de l'État — bénéficiaient tous les deux de l'assistance médicale gratuite. Le shérif adjoint qui nous avait questionnés avait l'air de savoir qu'on lui racontait des histoires, mais il semblait s'en foutre. Il en avait assez que de se payer la fiole d'Oney pour s'être tiré une balle dans le pied. En partant, cependant, il m'avait demandé de m'arrêter au commissariat le lendemain matin pour signer ma déposition, et lui et moi savions bien ce que cela voulait dire.

Les sirènes se sont finalement tues, et Rosie a suggéré :

— Une bière ?

— Whisky, j'ai fait, et je suis allé chercher la pinte que je garde toujours dans la boîte à gants de mon treuil.

Quand j'ai regagné le perron, Rosie avait trouvé deux canettes intactes pour faire passer le whisky. On a bu en silence un moment, ensuite j'ai dit :

— Vraiment désolé pour tout ce cirque.

— Pas votre faute, elle m'a fait avec un geste

las de la main. C'est ce bon à rien foutre de Lester. La vérité, c'est que quand ce détective privé lui est tombé dessus là-bas à Barstow, le Lester il a voulu faire le malin et il l'a envoyé aux pelotes. Alors le type lui a collé une dégelée, je ne vous dis que ça, au Lester, en plein devant sa maman, il l'a dérouillé jusqu'à ce que Lester le supplie de le laisser lui payer une partie du fric qu'il devait comme support de famille.

— Je me disais aussi.

— Pourquoi que vous en avez après le gros père, au fait ?

Elle s'est reprise tout de suite :

— Bien sûr, c'est peut-être pas mes oignons.

— J'étais censé le retrouver avant qu'il prenne une muflée de trop et se retrouve à l'hôpital. Ou au cimetière.

— C'est idiot, comme mission, Rosie a dit en connaisseuse.

— J'étais supposé le retrouver, pas lui retirer la bouteille des mains.

— C'est comme ça que vous gagnez votre croûte, à retrouver les gens ?

— Des fois. D'autres fois je me contente de fouiner.

— Et vous l'étalez ?

— J'ai pas à me plaindre, j'ai admis, mais c'est pas régulier, comme boulot. La moitié du temps je me retrouve à faire le barman.

— Comment ça se fait ?

— C'est quand même moins chiant que de faire

le pied de grue chez Prise Unique à surveiller les mômes qui fauchent.

— Je suppose que oui, elle a fait en riant et en levant le coude. Et ça fait longtemps que vous courez après le gros père ?

— Ça fera juste trois semaines aujourd'hui.

— Payé à la journée, hein ?

— Généralement.

— Alors avec cette affaire-là vous devriez pas être mal.

— J'espère. Mais il se pourrait qu'on soit pas trop bien disposé à mon égard, vu que le vieux s'est pris une balle, et qu'ils décident que je n'ai pas honoré mon contrat, ou que je suis trop payé.

— Vous leur collez un procès.

— Jamais essayé d'attaquer des riches en justice, vous ?

— Mince, mon gars, des riches j'en connais même pas. Elle a regardé par terre sans rien dire. D'après vous, qu'est-ce qu'il cherchait à fuir, le vieux ?

— Peut-être qu'il avait besoin d'être seul, ou peut-être qu'il avait la bougeotte, besoin de faire la bringue. J'en sais vraiment rien.

Et c'était vrai. D'habitude, au bout de quelques jours de filature, j'ai une idée de ce qu'ils ont derrière la tête. Mais pas avec Trahearne. Dans mes moments les moins lucides j'avais même l'étrange sentiment que c'était moi que le vieux fuyait, qu'il me fuyait rien que pour que je lui coure après.

— Peut-être qu'il voulait seulement voir ce qu'il y a derrière la colline suivante, j'ai ajouté comme ça.

— Il a dû se fatiguer de regarder, si c'est ça, parce qu'il est vraiment venu se nicher ici comme une poule qu'est prête à pondre.

— Ben s'il est seulement à moitié fatigué comme je suis, il doit être foutrement vanné. Parce que moi aussi je suis sur les genoux. Je pourrais dormir une semaine.

— Mais vous allez pas le faire, c'est ça, hein ?

— Sans doute pas.

— Qu'est-ce que vous allez faire, alors ? elle a demandé sans avoir l'air d'y toucher.

— Glander du côté de l'hôpital jusqu'à ce qu'il en sorte.

— Et ça va prendre combien de temps ?

— Une semaine environ. Ça dépend.

On est restés un bon moment sans rien dire, à regarder le soleil de printemps allumer doucement des feux verdoyants sur les collines basses et à écouter le lointain bourdonnement de la circulation.

— Hé ! tenez, elle a fait tout d'un coup comme si elle venait juste d'y penser, peut-être que je pourrais vous donner du boulot pendant que vous poireautez. Pas de raison de se tourner les pouces comme ça.

— Généralement je travaille que sur une affaire à la fois, je me suis empressé de dire, c'est le seul avantage que j'offre sur les grosses boîtes.

Et comme elle n'a rien dit j'ai demandé :

— Qu'est-ce qui vous tracasse ? Un tas de chèques en bois ?

— Ça, j'ai de quoi tapisser un mur avec, elle a fait, mais c'est pas ça le problème.

Comme je ne lui ai pas demandé quel était le problème, elle a bien dû continuer.

— C'est ma gosse. Elle s'est tirée de chez moi et je me suis dit que peut-être vous pourriez consacrer deux ou trois jours à la chercher — pendant que vous êtes libre.

— Mm, je sais pas...

— Je sais bien que cette taule a pas l'air de grand-chose de rare, mais y a pas d'hypothèque dessus et elle rapporte un dollar par-ci par-là...

— C'est pas ça, je l'ai interrompue. C'est seulement que j'ai vraiment besoin de me reposer après toute cette route.

— Attendez, bougez pas, elle a dit comme si elle ne m'avait pas entendu.

Et elle est rentrée vite fait dans la taverne.

En l'attendant j'ai vu que ce que j'avais encore une minute plus tôt pris pour une belle brume de printemps n'était en fait que ce smog qu'ils ont là-bas sur la Baie, ce qui m'a rappelé qu'on n'était pas dans un bar à bouseux quelque part au Texas, un printemps des années 50. Le dédale de San Francisco était juste de l'autre côté de la baie, refuge idéal pour fugueurs et fugueuses. Et même si les années 60 étaient mortes et enterrées depuis belle lurette elles aussi, les jeunes continuaient d'y aller pour se cacher. Ça, ça n'avait pas changé, contrairement à tout le reste. Les *flower-children* avaient tourné au sur, ils étaient devenus boutiquiers ou petits-bourgeois, et même l'Ennemi était fatigué et défait, en exil à San Clemente. Je n'avais vraiment pas envie d'entendre ce que Rosie avait à me dire — pas envie d'avoir à regarder encore une autre photo de gosse disparu. Je ne sais plus quel sage grec a dit qu'il était impossible d'entrer deux fois de suite dans la même rivière, mais en tout cas il avait raison. Sauf qu'il a oublié de dire que neuf fois sur dix on se mouille quand même. Rien ne reste pareil, c'est la règle. Plus possible de rentrer chez soi, même si on n'en est jamais vraiment parti, et maintenant que tout se ressemble on ne peut même pas aller s'enfuir ailleurs. Mais cela n'en empêche pas certains d'essayer. Et cela n'empêchait pas Rosie non plus.

— Tenez, elle m'a dit en s'asseyant et me tendant une photo, regardez.

J'ai regardé juste assez longtemps pour voir que c'était la photo d'une fille assez jolie prise à l'école, format carte postale. Ensuite j'ai regardé de plus près et j'ai vu les dates : 1964-1965.

— Jolie gamine, j'ai fait en essayant de lui rendre la photo.

— Et maligne comme une taupe, en plus.

Il a bien fallu que je regarde de nouveau la photo. Elle aurait pu avoir été prise dans mon école dans les années 50. Le visage était plaisant, sans plus, encore qu'elle semblait avoir une bonne ossature derrière tout le gras de bébé qui lui recouvrait doucement les joues. Sa grande bouche avait un air pincé, presque morose, et la cascade épaisse de ses cheveux blonds semblait fausse. Le nez était bien droit mais légèrement trop bulbeux au bout pour être qualifié de joli. Seuls les yeux étaient frappants, tout animés qu'ils étaient de colère et de rancœur, une rage de prolo qu'on aurait plus volontiers attendu dans un visage plus émacié. Elle portait un corsage en dentelle à col haut démodé avec un ruban noir passé dans le col qui lui maintenait un petit camée au cou. À bien y regarder, le corsage avait bizarrement l'air d'un défi, le visage tellement déterminé à ne pas se laisser moquer que c'en était triste. Trop triste.

Je connaissais l'histoire : une fille presque jolie mais pas tout à fait, et sans l'argent qu'il faut pour bien s'habiller, ni pour l'appareil aux dents, ni pour la confiance en soi ; le genre de fille soit qui s'accroche aux autres filles plus riches et plus populaires — et alors on la trouve arriviste —, soit qui tient ses distances et évite les bandes à l'école, et alors elle passe pour une mijaurée imbue d'elle-même. Ah, les tristes machinations de l'école ! En regardant la photo je me suis une fois de plus félicité de m'être évité ce genre de chierie. J'habitais la campagne, et même si je ne l'avais pas exactement voulu ainsi, je m'étais engagé à l'armée trois semaines avant de passer mon certificat de fin d'études. D'une certaine manière, le certificat d'éducation générale que j'avais acquis à l'armée semblait plus propre qu'un diplôme de collège. Moins triste, disons.

— Elle s'est fait la malle depuis combien de temps ? j'ai demandé à Rosie.

La photo me pendait toujours aux doigts comme une peau morte.

— Ça fera dix ans en mai, elle a répondu d'un ton aussi détaché que si elle avait dit *ça fera une semaine dimanche*.

— Et elle a pas donné de signe de vie depuis ?

— Pas un mot.

— Dix ans c'est trop long, j'ai dit en faisant de mon mieux pour ne pas paraître choqué. Même un an c'est généralement trop long, mais dix ans c'est une éternité.

Mais une fois de plus Rosie a fait celle qui n'avait rien entendu.

— Un samedi après-midi elle est allée à San Francisco avec ce copain qu'elle avait, et selon lui ça s'est passé quand ils se sont arrêtés à un feu ; elle est juste descendue de voiture et s'est tirée sans un mot ni même regarder derrière elle. Elle est juste partie. Enfin, c'est ce qu'il dit.

— Vous avez des raisons de croire qu'il aurait pu mentir ?

— Aucune. Je le connais depuis toujours, et sa mère est une copine à moi. Ça fait près de vingt ans qu'elle me fait une mise en plis une fois la semaine. Et Albert, ça l'a secoué quelque chose de terrible. Il a continué à chercher Betty Sue pendant des années, même après que j'ai abandonné la partie. Sa mère dit que chaque fois qu'elle le voit il demande encore si on a des nouvelles.

— Vous avez essayé la police ?

— Qu'est-ce que vous croyez ? elle a répliqué vivement. (Quand elle était en colère, les yeux ridés de Rosie retrouvaient soudainement leur vieille étincelle.) Vous me prenez pour une mère indigne, peut-être ? Vous croyez sans doute que j'aurais laissé une gamine de dix-sept ans courir dans cette saloperie de ville qu'est pleine de négros, de drogués et de pédés ? Évidemment que j'ai appelé la police. Une demi-douzaine de fois.

Puis en baissant le ton :

— C'est comme si j'avais pissé dans un violon. J'y suis même allée moi-même, la chercher. Vingt, trente fois peut-être. Crapahuté sur ces putains de collines jusqu'à ce qu'il me reste plus de semelles, montré des photos d'elle jusqu'à ce qu'il en reste plus rien. Mais personne l'avait vue. Personne.

Et après une pause :

— Je hais cette foutue ville, vous savez. Je voudrais qu'il y ait un autre tremblement de terre pour qu'elle soit complètement engloutie. Je la hais. Vous comprenez, j'ai été élevée *Church of Christ*, et je sais bien que je suis mal placée pour juger, vu que je tiens un bouge et tout ça, mais je suis persuadée que s'il y a un Sodome et Gomorrhe dans ce monde de fumiers et de pécheurs, c'est de l'autre côté de la baie que ça se trouve.

Et ce disant elle a pointé un doigt comme pour jeter un sort de l'autre côté des collines. En voyant mon sourire amusé elle s'est arrêtée et m'a regardé, furibarde.

— Vous, je suppose que ça vous plaît, là-bas ? Vous trouvez sans doute ça épatant, toute cette merde qu'il y a là-bas, pas vrai ?

— Pas besoin de vous mettre en pétard contre moi, j'ai dit.

— Excusez-moi, elle a dit aussitôt en détournant les yeux.

— Pas grave.

— Si c'est grave, mince. Demander un service à quelqu'un et l'engueuler en même temps, y a quelque chose qui va pas. Je m'excuse.

— Vous en faites pas. Je comprends.

— Vous avez des enfants ?

— Non, j'ai fait, jamais été marié.

— Vous comprenez rien du tout, alors. Même pas qu'un petit peu.

— Bon.

— Et c'est même pas la peine d'essayer de faire semblant, elle a fait en me donnant un coup de ses phalanges rougies sur une rotule.

— Bon.

— Et vingt dieux, je m'excuse.

— Okay.

— Non, c'est pas okay du tout, nom de Dieu ! Elle est repartie de plus belle en se relevant et s'essuyant les paumes sur ses pantalons pleins de poussière. Sacré nom de Dieu !

Sur ce elle s'est retournée pour flanquer un grand coup de botte dans le cul de Fireball. Le chien dormait tranquillement sur le perron et s'est retrouvé en bas des marches, le cul dans la poussière.

— Saleté de clebs inutile, fous-moi le camp.

Fireball devait être habitué aux sautes d'humeur de Rosie. Il s'est éloigné sans regarder derrière lui, sans exactement se presser, mais sans traîner non plus. Au coin du bâtiment il est tombé sur le chat noir qui dormait roulé en boule dans les hautes herbes ; ils ont eu une brève mais décisive altercation — probablement la routine — avant d'aller chacun leur chemin, le chat sous le plancher du bâtiment et Fireball de retour à sa place sur les marches chauffées par le soleil. En s'installant il a jeté un long regard à Rosie avant de fermer les yeux en soupirant comme un vieux mari affligé d'une folle pour épouse. Mais Rosie était en train de regarder l'herbe que la brise faisait onduler sur les collines.

— Une autre bière ? j'ai fait.

— Je dis pas non, elle a répondu sans se retourner.

Il y avait quelque chose de triste dans sa voix nasillarde, dans cet accent qu'on entend partout, qui vient des monts et des vaux des Appalaches mais qui a traversé les plaines du Sud, franchi les déserts du Sud-Ouest, pour venir s'insinuer jusqu'aux collines dorées de la Californie. Mais quelque part en chemin Rosie avait attrapé un autre accent plus doux, une voix de gorge évocatrice qui semblait faite pour murmurer des mots romantiques, des mots comme *glycine*, ou des mots humides comme *chèvrefeuille*, une voix pour répondre aux soupirants.

— Je dis pas non, elle a répété.

Même les petites filles de culs-terreux émigrées de l'Oklahoma aspirent à autre chose en grandissant, rêvent d'être emportées par un vent autrement meilleur que cette saleté brûlante et ravageuse qui saccage et emporte toutes les récoltes de papa dans un grand tourbillon de poussière. J'ai été lui chercher une bière, mais j'aurais donné cher pour pouvoir lui trouver quelque chose d'un peu mieux.

— Pas besoin de vous dire, elle a fait quand je suis revenu, le sacré cirque que ça a été quand je me suis mise à chercher Betty Sue par là-bas. (Rosie était toujours debout, poings sur les hanches, toujours à regarder derrière les collines doucement mamelonnées en direction des eaux froides et brûmeuses de la Baie.) Je m'étais jamais figuré qu'il pourrait y avoir autant de gens qui couraient après leurs morpions. On devait bien être une centaine ou plus à cavaler comme ça en montrant nos photos à tous les sales hippies qui voulaient bien jeter un œil. Des gens comme il faut, en plus, gentils et tout, y en avait qu'étaient plutôt friqués, même. Mais je vais vous dire une chose, y en avait pas un dans le tas qui savait pourquoi son gosse s'était tiré de chez lui. Pas la moindre idée. Et les jeunes à qui on demandait, ils avaient pas l'air de savoir non plus, pourquoi ils s'étaient barrés. Oh ! ils avaient bien des conneries à vous sortir, mais pour moi ça sonnait comme la télévision. Ils savaient même pas ce qu'ils étaient allés faire là-bas. Le pire sacré gâchis que j'ai jamais vu, vous savez.
— Je sais.

Et c'était vrai, même si je n'avais pas d'enfants qui s'étaient tirés de chez moi. À la fin des années 60, j'étais revenu du Vietnam avec comme qui dirait les fers aux pieds, et pour ne pas finir à Levenworth j'avais passé mes deux dernières années d'engagement à jouer les espions pour l'Armée, à infiltrer les réunions gauchistes du côté de Boulder, dans le Colorado, et à ma libération, après une carrière éclair comme journaliste sportif, j'étais allé à San Francisco histoire de tâter de la dope et de me payer du bon temps à mon tour. Mais j'avais raté le coche : trop las pour foutre le camp, trop paresseux pour travailler, trop vieux et trop teigneux pour devenir un adepte du *flower-power*. Je me suis trouvé une profession, pourtant, si on peut appeler ça une profession : je retrouvais les fugueurs. Pendant plusieurs années le Haight-Ashbury a été ma mine d'or, jusqu'à ce que j'en retrouve un de trop ; un que je n'ai pas pu supporter. Un môme de quatorze ans en train de se décomposer sous le plancher d'un crash-pad du côté de Castro Street, quarante-sept coups de couteau au visage, sur les mains et dans la poitrine. L'équipe de télévision avait devancé la police et je vous prie de croire que ce n'était pas rigolo du tout. Rideau. Alors oui, je savais de quoi elle causait, Rosie. J'en avais vu défiler des centaines comme Rosie : dans son plus bel ensemble du dimanche, ses pantalons synthétiques et une paire de chaussures à talons plats éculés, parcourant toutes ces collines, dévisageant chaque figure sale qui descendait la rue en regardant encore une fois la photo qu'elle tenait à la main pour bien être sûre que ce n'était pas sa gosse, là, qui se cachait sous les cheveux morts, sous les perles, derrière cette bouche meurtrie, ce regard brisé.

— Ça fait tellement de temps, tout ça, j'ai dit à Rosie, tellement de temps. Pourquoi recommencer à la chercher maintenant ?

— C'est tout ce qui me reste, fils, elle a répondu dans un souffle. La dernière gosse qui me reste, la seule que j'ai pas encore vue dans un cercueil. Lonnie s'est fait buter au Vietnam juste après son départ, et Buddy il s'est fait écraser par un dune-buggy à Pismo Beach l'été dernier. Betty Sue, c'est tout ce qui me reste, voyez-vous.

— Et leur paternel, où il est ? j'ai demandé, regrettant aussitôt.

— Leur paternel ? Leur merveille de père, si beau, si talentueux ? elle m'a lancé avec un autre regard dur et accusateur. Aux dernières nouvelles il était à Bakersfield en train d'essayer de gagner sa croûte à baratiner les veuves pour leur vendre des batteries de cuisine en alu ; à tempérament, je suis sûre. Elle a laissé reposer ça un moment, ensuite elle a repris : Je l'ai foutu dehors, ce salaud de bon à rien, Betty Sue était encore toute gamine.

— Ça vous ennuierait de me dire pourquoi ?

— Il se prenait pour Johnny Cash. (Elle s'est arrêtée comme si cela expliquait tout.) L'enflure.

— Je suis pas sûr de comprendre.

— Tous les deux ans à peu près, ça ratait pas, il se poivrait bien comme il faut, vidait le compte en banque et s'en allait à Nashville voir s'il pouvait pas décrocher le gros lot et devenir une vedette de la chanson. La seule chose qu'il a jamais vue, ce crétin, c'est combien de temps mon argent pouvait durer ; après quoi il rappliquait à la maison avec un petit sourire, on aurait dit un chien qu'aurait gobé un œuf. La dernière fois qu'il a fait ça il s'est pointé comme d'habitude mais il s'est retrouvé avec un divorce aux fesses, et en prison pour abandon de famille. Je l'ai plus jamais revu après.

Et avec un petit sourire :

— Ça pour sûr il était beau gars, l'animal, mais c'est comme mon paternel m'a dit quand je me suis mariée, il est à peu près aussi utile que des nichons sur un sanglier mâle.

— Lui non plus il a jamais eu de nouvelles de Betty Sue ?

— Pas que je sache. Betty Sue, elle adorait son père, mais Jimmy Joe, lui, y a pour ainsi dire que lui qu'il adorait ; mais il avait quand même une préférence un peu trop marquée pour les garçons et je sais pas si elle lui a jamais pardonné ça. En tout cas, je pense que s'il avait eu des nouvelles il me l'aurait dit. Il sait bien que je l'ai cherchée partout, et comme il a une sainte trouille que je lui tombe dessus pour lui faire cracher toute cette pension alimentaire qu'il m'a jamais payée, je crois qu'il m'en aurait touché un mot.

Elle s'est finalement retournée pour me faire face.

— Alors, qu'est-ce que vous en dites ?

— Vous voulez la vérité ?

— Même pas, fils, même pas. Je veux juste que vous passiez deux ou trois jours à chercher après ma gosse. Elle m'a tendu la liasse de billets qu'elle avait serrée dans son poing tout ce temps-là. Seulement jusqu'à ce que le gros patapouf sorte de l'hosto, j'en demande pas plus.

— Pour moi c'est du temps perdu, j'ai dit en essayant de lui rendre les billets mouillés, et pour vous c'est de l'argent foutu en l'air.

— Ça me regarde, c'est mon argent, elle a fait d'un ton piqué. Il est pas assez bon pour vous payer votre temps, peut-être ?

— Et si elle veut pas qu'on la retrouve, elle ?

— Et le gros père, il vous a demandé de lui courir après, peut-être ?

— Il se peut qu'elle soit morte, vous savez, j'ai dit en essayant d'ignorer ce qu'elle venait de dire. Ça vous est jamais venu à l'idée ?

— Y a pas un jour qui passe, fils, sans que j'y pense. Mais je suis sa mère, et au fond de moi je sais qu'elle est vivante quelque part.

Comme je n'ai jamais été foutu de trouver d'arguments contre le mysticisme maternel, j'ai simplement hoché la tête et suis allé chercher le carnet de reçus dans mon El Camino. Je tenais la liasse de billets avec presque autant de précaution que s'il s'était agi d'une bombe. Ensuite je suis revenu, j'ai posé mes questions, pris des notes et compté l'argent — quatre-vingt-sept dollars.

Rosie m'a donné le nom du petit ami, qui était avocat à Petaluma maintenant, celui du prof favori de Betty Sue à l'école, qui enseignait toujours les arts dramatiques à Sonoma, et celui de sa meilleure copine, qui elle avait épousé un gars de Santa Rosa nommé Whitfield, avait divorcé, s'était remariée à un juif de Los Gatos nommé Greenburg ou Goldstein, Rosie savait plus bien, de toute manière elle avait plaqué celui-là aussi et en ce moment elle était supposée faire une licence à Stanford. Détails, détails, détails. Après ça je lui ai demandé quel genre de fille avait été Betty Sue.

— Vous verrez bien, elle m'a fait d'un ton cryptique, quand vous causerez aux gens. Je vous laisse trouver ça vous-même.

— Bon. Pourquoi elle est partie de chez elle ?

Rosie a réfléchi un moment avant de répondre.

— Je m'en suis voulu pendant longtemps, mais plus maintenant.

— Voulu de quoi ?

— J'habite dans une caravane là-derrière, et un coup, après mon divorce avec Jimmy Joe, Betty Sue m'a trouvée au pieu avec un homme. Elle l'a plutôt mal pris, mais je pense plus que c'est pour ça qu'elle est partie. Et des fois je crois qu'elle est partie parce qu'elle se trouvait trop bien pour habiter derrière un bouge.

— Est-ce que vous vous êtes chamaillées toutes les deux, juste avant qu'elle parte ?

— On se chamaillait jamais, Rosie a fait d'un

ton fier, y avait pas de quoi se chamailler. Betty Sue elle faisait ce qu'elle voulait, depuis qu'elle était toute gamine, et je la laissais faire parce que c'était vraiment une brave gosse.

— Elle aurait pu être enceinte.

— Elle aurait pu. Mais je crois pas qu'elle serait partie pour ça.

Et puis d'une voix chargée de honte :

— On n'a jamais été très proches, toutes les deux. Pas comme moi j'étais avec ma mère. Fallait que je fasse tourner la baraque parce que Jimmy Joe, lui, il voulait pas, la plupart du temps, et quand il voulait bien il donnait plus de bière qu'il en vendait. Fallait bien que quelqu'un gagne la croûte et fasse tourner la baraque. Je m'en veux toujours un peu, je suppose, mais je sais plus bien pourquoi. Peut-être que je lui en veux encore aussi. Elle a toujours voulu avoir plus que ce qu'on avait. Oh ! elle disait jamais rien — elle était chouette comme môme —, mais je sentais bien qu'elle aurait voulu plus. Plus de quoi, ça j'ai jamais su. Si jamais vous la retrouvez, peut-être qu'elle pourra me le dire.

— Si je la retrouve, j'ai dit en lui donnant un reçu pour les quatre-vingt-sept dollars.

— Est-ce que ce sera assez ? J'ai même pas eu le temps de compter combien y avait.

— Amplement assez.

— Si c'est plus je veux que vous me fassiez une facture, vous m'entendez.

— C'est déjà trop. J'irai causer à cet Albert Griffith à Petaluma et à ce M. Gleeson ici, et j'irai voir si je peux mettre la main sur Peggy Bain, ensuite je vous rendrai votre monnaie. Mais je vous le dis tout de suite, c'est de l'argent foutu en l'air.

— Ça, ça me regarde, elle a dit.

Et puis elle a regardé le reçu.

— Ça dit quoi, ce nom ? Sughrue ?

— Exact.

— Maman avait des cousins du côté d'Altus qui s'appelaient Sughrue, quand on était encore en Oklahoma. Vous avez de la famille par là-bas ?

— J'ai de la famille un peu partout au Texas, en Oklahoma et dans l'Arkansas, j'ai admis.

— Mince, si ça se tombe on est cousins, elle a fait en me tendant la main.

— Si ça se tombe, j'ai dit en serrant la main ferme et avenante.

— Les liens de famille, de nos jours les gens comprennent plus ça.

— Le monde est bien trop grand pour ça, j'ai fait. Je crois que je devrais songer à rentrer en ville voir si mon autre client est toujours vivant.

— Une bière pour la route ?

— Sûr, j'ai dit, et je suis allé aux gogues faire de la place.

Quand je suis ressorti je l'ai retrouvée penchée sur le comptoir pour me donner ma bière.

— Vous aussi vous avez une bonne descente, elle a fait comme ça.

— Pas aussi bonne qu'avant.

— Y a des raisons à ça ?

— Un matin je me suis réveillé à Elko, dans le Nevada. À vider les cendriers et nettoyer les gogues.

— Mais vous avez pas arrêté pour ça.

— Je me suis calmé avant d'avoir à arrêter pour de bon. Maintenant j'essaie de garder toujours deux verres d'avance sur la réalité et trois verres de retard sur la biture.

Elle s'est marrée d'un air entendu, comme si elle avait su que la seule idée d'avoir à m'arrêter de picoler me collait tellement les foies que je ne voulais même pas y penser.

— Ça vous dérangerait pas de garder un œil sur la Cadillac de M. Trahearne ?

— Vous avez qu'à enlever la tête du delco, elle a fait, et je mettrai Fireball à dormir dedans quand je fermerai.

J'ai ôté la tête du delco et refermé le capot. De la tête Rosie a indiqué mes plaques du Montana.

— Il fait pas trop froid par là-haut ?

— Quand on se les gèle de trop, je vadrouille au sud.

— Ça doit être bath.

— Quoi ?

— D'aller où bon vous semble. Moi j'ai pas bougé de c'te foutue turne de plus de quinze bornes depuis que je suis allée enterrer maman à Fresno il y a onze ans.

— La bougeotte et le nez-au-vent, vous savez, c'est pas toujours aussi rose qu'on veut bien le dire, j'ai avoué.

— Rester à la maison non plus, elle a répliqué en se fendant d'un sourire.

Les rides gravées sur son visage se sont adoucies et estompées, et quelques années de vacherie sont tombées d'elle comme des larmes heureuses.

— Faites attention à vous, z'entendez ?

— Vous aussi, j'ai dit. À dans une semaine.

Juste comme je montais dans mon El Camino, une pleine bagnole d'ouvriers du bâtiment en bleus sales et casques jaunes est arrivée et venue se garer à côté de moi en dérapage contrôlé. La boîte de vitesses en a pris un grand coup quand le chauffeur s'est mis au point mort. Les hommes sont descendus en rigolant et en criant après Rosie, en se pinçant les fesses, heureux de l'abandon et de la liberté qu'ils allaient trouver dans ces bières d'après le turbin. Ils se sont finalement tous précipités dans les bras ouverts de Rosie comme une couvée de poussins.

Je savais bien que ces hommes-là étaient probablement des salauds qui sifflaient après les jolies filles, traitaient leurs femmes comme des bonniches et votaient Nixon chaque fois qu'on leur en donnait l'occasion. Mais pour ce qui était de travailler dur et de rigoler fort, pour moi ils enfonçaient quand même une flopée de libéraux en Volvo, à tous les coups.

3

Je suis passé voir Trahearne dans sa chambre d'hôpital et je l'ai trouvé bourré de sédatifs et absorbé dans un profond sommeil qu'il eût été criminel d'interrompre. J'ai trouvé le docteur des urgences qui s'était occupé de lui et il m'a laissé entendre que Trahearne vivrait, qu'il le veuille ou non. Il n'était pas aussi catégorique au sujet d'Oney et de Lester, en revanche. À peine leurs blessures nettoyées et pansées, ils s'étaient débinés pour retourner chez Rosie boire une bière ou deux. Le docteur s'est éloigné dans le couloir en hochant la tête et moi je me suis enfin décidé à appeler l'ancienne Mme Trahearne en P.C.V. Hautaine comme d'habitude, elle a semblé rechigner un peu à accepter la communication.

— Ça y est, j'ai annoncé d'une voix un peu plus allègre que je ne l'avais voulu (j'ai mis ça sur le compte du whisky). J'ai enfin mis la main sur le vieux farceur.

— Enfin c'est le mot, elle a dit froidement. À San Francisco ?

— Non, M'dame. Dans un petit bar tout ce qu'il y a de chouette, juste à la sortie de Sonoma.

— Ben voyons, elle a murmuré. Et dans quel état l'avez-vous trouvé ?

— Bourré, j'ai fait, sans spécifier si je parlais de lui ou de moi.

— Ça j'avais déjà deviné, Monsieur Sughrue, elle a répliqué sèchement. Je parlais de sa condition physique.

— C'est vrai.

— Alors ?

— Oui M'dame, j'ai dit en cherchant à gagner du temps. Il va bien, il va s'en tirer, il devrait être sorti de l'hôpital dans trois ou quatre jours au plus, et alors il sera comme neuf.

— Cela peut sembler présomptueux de ma part de demander ça, elle a continué du même ton onctueux, mais s'il est en forme comme vous le dites, comment se fait-il qu'il soit à l'hôpital ?

— C'est une longue histoire.

— N'en est-il pas toujours ainsi ?

— Oui, M'dame.

— Vous vous montrez un peu plus bouché qu'il n'est réellement nécessaire, Monsieur Sughrue.

Sa voix était agréable et distinguée, mais habituée à commander.

— Oui, M'dame.

— Alors j'écoute.

— Eh bien, il a eu un petit accident.

— Oui ?

— Il est tombé d'un tabouret de bar et il s'est fait un tour de reins, j'ai dit rapidement.

— Absolument délicieux, ce que vous me dites-là. Cela lui servira peut-être de leçon ; il en a bien besoin.

Et elle est partie d'un rire profond et élégant, une sonorité riche et précieuse, un peu comme un vison qu'on traînerait sur un escalier de marbre.

– Mais rien de sérieux j'espère ?

– Juste un tour de reins.

– Je suis heureuse de l'apprendre. Je veux que vous restiez près de lui jusqu'à ce qu'il sorte de l'hôpital et que vous restiez avec lui pendant tout le temps qu'il fêtera son retour chez les vivants.

– M'dame ?

– Il s'est trouvé violé dans sa chair et va naturellement vouloir trouver réparation dans la chair. Vous ne connaissez pas Trahearne.

– Pourriez répéter ça, M'dame ?

– Il va vouloir à tout prix se lancer dans la débauche dès sa sortie. Vous savez bien – vins fins, femmes et chansons moins fines –, whisky de première bourre, putains de luxe, et pour terminer la vieille rengaine des regrets, toujours la même. Je veux que vous preniez soin de lui durant ces jours de liesse.

– Je ferai de mon mieux.

– J'en suis convaincue. Et quand il sera enfin disposé à rentrer à la maison pour lécher ses blessures, je compte sur vous pour qu'il fasse exactement ça.

– Bien Madame, j'ai dit, en espérant toutefois que Trahearne n'était supposé lécher ses blessures qu'au figuré.

– Peut-être que si vous lui faites savoir que sa Melinda chérie est de retour au bercail à faire ses pots, si c'est bien ça qu'elle fabrique toute la nuit, peut-être alors voudra-t-il écourter un peu sa débauche.

— Oui Madame, j'ai fait.

Je n'avais pas la moindre idée de ce qu'elle racontait. Ni de ce que Trahearne penserait de ma présence après son accident. Ou plutôt mon accident. L'accident, quoi.

— Je veux également un rapport détaillé dès votre arrivée à bon port, elle a ajouté. Merci et bonsoir.

— Un rapport sur quoi ? j'ai demandé.

Mais elle avait déjà raccroché.

— Faut être fou pour travailler pour des fous, j'ai grogné comme ça dans le téléphone sourd. Et l'infirmière surmenée qui passait justement par là m'a regardé en ayant l'air entièrement d'accord avec moi, tout en se dépêchant de filer.

— Où diable étiez-vous passé ? Trahearne a ronchonné comme ça dès que je suis entré dans sa chambre le surlendemain à dix heures du matin.

— J'étais l'invité du Comté, j'ai fait.

— Hein ?

— Prison.

— Et pourquoi ça ?

— Le shérif a pris ma déposition hier et ensuite il m'a détenu comme témoin. Juste histoire de voir si ma version de la fusillade serait la même après une nuit en cellule.

— Ils ont le droit de faire ça ?

— Non. Mais si j'avais rouspété ou appelé un avocat, ils auraient trouvé une merde quelconque pour m'inculper.

— Fumiers.

— Pas grave, c'est pas la première fois que je vais en prison.

La prison c'est la prison, et il n'y a pas grand-chose à en dire une fois sorti.

— Enfin, maintenant que vous êtes là, il a fait, vous allez pouvoir faire une course pour moi.

J'ai fouillé dans ma poche arrière et en ai ressorti une demi-pinte de vodka.

— Oh mon Dieu ! il a murmuré en me prenant tout de suite la bouteille des mains. Vous êtes un saint, mon ami, un véritable saint.

Mais avant même qu'il ait eu le temps d'arracher le sceau en papier du goulot, une grande infirmière bien roulée a fait irruption dans la chambre.

— Ça c'est hors de question, elle a fait en lui prenant la bouteille des mains. On vous la rendra à la sortie.

— Vous voyez bien, M'sieur Trahearne, j'ai fait aussitôt. Je vous le disais bien qu'ils autorisaient pas l'alcool dans cet hôpital.

Et à l'infirmière :

— Je suis vraiment désolé, M'dame, j'ai eu beau lui dire que je devrais pas faire un truc pareil, mais vous savez ce que c'est, quand on n'est qu'un employé.

La figure de Trahearne est devenue toute rouge et grasse de sueur, sa poitrine se soulevait comme pour sortir du lit. Il avait l'air d'un homme qui voulait tuer.

— Que ça ne se reproduise plus, a fait l'infirmière.

— Soyez sans crainte, M'dame, j'ai dit en lui frôlant le bras. Et s'il vous embête encore, vous n'avez qu'à passer un coup de fil. Je suis au Sonoma Lodge.

Elle a rigolé en hochant la tête, m'a remercié et est sortie de la chambre en roulant des hanches.

— Quand vous voudrez, j'ai appelé derrière elle.

— Fils, vous pouvez draguer autant que vous voulez, mais pas sur mon temps ni à mes frais, Trahearne a ronchonné.

J'ai sorti une autre demi-pinte de mon blouson et la lui ai tendue.

— Fils, vous êtes bien plus qu'un saint, vous êtes paré à tout.

Il a dit ça dans un souffle avant de boire une rapide gorgée. Il en a presque gémi de surprise :

— Mon Dieu, elle est même frappée !

Il s'est remis à téter.

— Qui sait, vous valez peut-être tout l'argent que vous me coûtez, en fin de compte.

— J'avais l'impression que je bossais pour votre ex-femme.

— C'est tout la même poche, fiston, il a répliqué en regardant amoureusement le liquide limpide.

— Une par jour ?

— Deux.

— Bien, M'sieur.

— Vous au moins vous ressemblez pas aux autres, il a fait en m'examinant.

— Aux autres ?

— Ils ressemblaient tous à des maquereaux nécessiteux. Costumes sport dans les tons pastel et zircon au petit doigt. Vous on dirait un saisonnier en quête d'un ranch.

— Je constate que vous avez déjà eu affaire à d'autres membres de ma profession, j'ai dit.

— Vous êtes le premier qui m'ait retrouvé avant que je décide de me laisser trouver. Comment vous avez fait ?

— Secret professionnel.

— La foutue carte postale, hein ?

— Vous avez pas idée du nombre de clebs qui jouent les piliers de bar, j'ai dit, et il s'est marré.

— Je peux vous poser une question indiscrète ?

— Qu'est-ce qu'un gentil p'tit gars comme moi peut bien foutre dans un sale métier pareil ?

— Quelque chose comme ça, oui.

— Je suis fouineur de nature.

— Moi aussi, il a fait en éclatant de rire à nouveau. On va peut-être bien s'entendre.

— Je suis supposé vous avoir à l'œil, Monsieur Trahearne, pas vous servir de fidèle compagnon indien.

— Foutaises.

— Et foutriquet ?

— Vous ferez l'affaire, il a dit.

— Comment va votre cul ?

— Mieux. J'ai survécu à pire. Bien sûr, j'étais plus jeune. Mais dans les Marines on n'avait pas droit à la vodka à domicile.

— Heureux de rendre service, j'ai fait.

— C'est l'ennui qu'est le plus dur à supporter. J'ai besoin que vous me rendiez une faveur ou deux.

— Je suis à vos ordres.

— J'aimerais autant que ce soit une faveur.

— Comme vous voudrez.

— Trouvez-moi de la lecture. Romans en livres de poche et magazines au kilo — moi je dévore ça comme un môme vide un paquet de pommes-chips. Prenez tout ce que vous trouverez sur les rayons. Aussi ça serait merveilleux si vous pouviez vous arranger pour qu'on m'amène mes repas de l'extérieur. Ils peuvent venir du McDonald's du coin, je m'en contrefous, pourvu que ce soit pas de la bouffe d'hôpital.

— D'accord, j'ai dit. Et qu'est-ce que vous diriez d'un chorus de danseuses et d'un orphéon ?

— Enfin un homme qui sait recevoir ! J'aime ça. Peut-être que si je dois rester cloué ici trop longtemps vous pourrez me trouver une jeune travailleuse que les gratifications orales intéressent. Mais pas d'orphéon. Un quatuor à cordes, je dis pas

— Je ferai de mon mieux, j'ai fait, mais je peux rien promettre. Je suis un peu en dehors de mes eaux, ici.

— Si vous êtes pas foutu de baratiner les péronnelles de cambrousse, j'ai plusieurs numéros de téléphone à San Francisco qui peuvent être utiles.

— Okay, j'ai dit. Moi aussi j'ai une faveur à vous demander.

Il s'est arrêté de sourire.

— Quelle sorte de faveur ? il a demandé doucement.

— Rosie a une fille qui s'est tirée de chez elle, et je lui ai dit que je verrai ce que je peux faire pendant que vous serez à l'hôpital, si c'est d'accord avec vous.

Au bout d'un moment il a fait :

— J'y vois pas d'inconvénient. Ça me plaît de voir un jeune qui veut arriver dans la vie.

— Ça, je sais pas si je peux encore être qualifié de jeune, et arriver dans la vie je m'en fous comme d'une guigne. Mais j'aime bien la vieille dame et je lui ai dit que je lui rendrais ce service. Si ça vous fait rien.

— Ça me fait rien.

— Probablement une perte de temps et d'argent.

— Combien ?

— Quatre-vingt-sept dollars, j'ai dit, et ça l'a déridé de nouveau.

— Merde alors, combien de temps vous pouvez perdre pour quatre-vingt-sept dollars ?

— Tout le temps que je passerai là-dessus sera du temps perdu.

— Pourquoi ça ?

— Sa fille s'est enfuie il y a dix ans de ça, et c'est trop.

— Bon Dieu oui, il me semble me souvenir vaguement de ce que Rosie m'a raconté là-dessus, a interrompu Trahearne.

Puis en hochant la tête :

— J'ai bien peur que ce soit ma faute.

— Quoi ?

— J'ai bien peur que ce soit moi qui lui ai dit qu'un privé allait venir renifler ma piste froide, oh si froide. (Il a bu un coup.) C'est moi qui lui ai suggéré de vous engager. Pensant que ça pourrait peut-être divertir l'attention du limier que Catherine avait envoyé à mes trousses au moins pendant quelques jours. (Il s'est marré.) Alors comment je pourrais être contre ? Vous procédez comment, dans ce genre d'affaires de personnes disparues ?

— Tout dépend de qui a disparu, et depuis combien de temps. Mais j'y vais surtout à la tâte.

— Parlez d'une méthode, vous.

— Si vous voulez de la méthode, vous engagez les services d'une grosse boîte de détection. Pour la méthode ils en connaissent un rayon. Les gens conventionnels sont pas foutus de disparaître, et les truands ils peuvent pas parce qu'ils ont besoin de fréquenter d'autres truands.

— Et vous, vous vous placez où ?

— Je suis moins cher, et mes clients généralement croient encore à la petite entreprise indépendante. Des romantiques, le plus souvent.

— Alors si c'est ça, vous devez tourner à plein temps, a fait Trahearne avec un petit rire.

— Et chaque année je passe un peu plus de temps à faire le barman que l'année précédente.

— Crénom de Dieu, fils, je savais bien qu'il y avait quelque chose qui me plaisait chez vous.

— Tout le monde aime les barmen. Au fait, votre ex-épouse m'a demandé de vous dire que

Melinda était rentrée au bercail, en train de faire des sorts, ou quelque chose comme ça.

— Des pots.

— Des quoi ?

— Ma femme, il a expliqué. Elle fait de la poterie. Elle est sculpteuse en céramique.

— Oh !

— Rien qu'à voir votre trombine, je vois que vous n'êtes pas au courant de ma situation, il a continué d'un air sombre. (Comme c'était le cas, je n'ai rien dit.) On vit tous ensemble — enfin, presque ensemble — ma mère, mon ex-femme, ma femme actuelle et moi, sur un petit ranch près de Cauldon Springs.

Trahearne s'est mis à fixer le mur couleur beige prison comme s'il s'était agi d'une fenêtre donnant sur les montagnes, comme s'il pouvait se voir au milieu d'un paysage de carte postale.

— Une petite famille heureuse, tous qu'on est, il a ajouté tout bas.

Je savais que tôt ou tard il faudrait bien que je l'écoute raconter sa vie, mais plus tard me convenait mieux que plus tôt, alors j'ai pris congé. En partant j'ai vu sa grande paluche enserrer la petite bouteille comme si elle contenait son seul espoir de salut.

Il n'y a pas pire idiot que l'idiot qui se croit irrésistible. En partant je me suis arrêté au bureau de permanence pour aller relancer la grande infirmière. Je lui ai fait la commission pour les repas de Trahearne, et bien qu'elle n'ait pas eu l'air très enchantée elle m'a promis d'en parler au docteur.

— Et vous, j'ai demandé, qu'est-ce que vous faites pour dîner, ce soir ?

— Je le prépare, elle a fait en montrant son doigt empouponné de sparadrap.

— Mais pas moi, a fait une voix guillerette derrière moi.

Avant de saisir cette perche-là je me suis retourné pour voir qui me l'avait tendue. Elle était moins grande que l'autre, mais plus ronde avec un petit nez à la retrousse, des cheveux blonds qui lui encadraient le visage et un corps bien fait et musclé. Elle avait les jambes en serpette, mais merde, après tout moi aussi.

— C'est un rencard ? je lui ai demandé.

— Seulement si vous voulez le prendre comme ça, elle a répondu du tac au tac.

Ses yeux rieurs étaient bleus et lumineux.

— Huit heures, j'ai dit, au bar du Sonoma Lodge ?

Je n'ai rien d'un monstre, vous comprenez, mais j'ai une bonne panse, rapport à la bière, et le nez cassé, et en général les femmes n'ont pas exactement pour habitude de me choisir parmi les autres pour un rendez-vous galant, mais à cheval donné, patati-patata. En plus de ça elle avait une petite bouche mobile et les manières franches et nature d'une femme qui couche.

— Merveilleux, elle a fait en me tendant sans façon une main robuste. Je me présente, Bea

Rolands. Vous aussi vous êtes écrivain ? Comme M. Trahearne ?

— Pas exactement comme M. Trahearne, j'ai admis sans pour ça lui relâcher la main.

Les choses devenaient plus claires. Le seul écrivain dans le coin était sur la touche, et j'avais lu assez de livres quand je me faisais suer dans les gymnases de l'Armée pour être capable de baratiner, voire même peut-être chausser les bottes de Trahearne.

— Je fais de la recherche pour lui, documentation et tout ça, et je m'occupe de ses affaires, j'ai dit en lui faisant de l'œil.

— Vous ne trouvez pas qu'il est merveilleux comme auteur, elle s'est mise à fondre. Je suis folle de ses livres. Je les ai tous, vous savez. Et pas en livres de poche. Même ses poèmes. Et j'ai vu tous ses films trois ou quatre fois, et je les adore aussi. Vous croyez qu'il accepterait, si je lui demandais, de me les signer ?

— Ça, je sais pas. Il est très timide, vous savez, et ce genre de chose le gêne énormément ; mais amenez-le ce soir, et demain je lui demanderai.

— Oh ! vous êtes chic !

Elle ne se sentait plus d'aise et sautillait sur ses talons. Ses petits seins fermes remuaient très agréablement dans le mince soutien-gorge qu'elle portait sous son uniforme.

— Alors à ce soir, huit heures, j'ai dit en lui relâchant la main. Et merci de m'épargner d'avoir à dîner seul.

— Oh ! tout le plaisir est pour moi ! elle a répliqué en riant.

En sortant de l'hôpital j'ai décidé que Trahearne n'était pas le mauvais cheval. Au moins avec lui on ne s'ennuyait pas. Il avait le chic pour provoquer plein de choses autour de lui : sang, fusillade, une nuit au trou, et maintenant une admiratrice tout ce qu'il y avait de mordue, avec des jambes en serpette mais néanmoins sexy. Pour un peu je me serais pris à espérer qu'il se fasse à nouveau la malle. Le plus tôt possible. Et souvent. Une fois tous les cinq ou six mois. Peut-être qu'il pourrait passer me prendre en partant, pour que je n'aie pas à rater toute une partie de la rigolade en me cassant le cul pour lui cavaler après.

4

Au supermarché du coin j'ai demandé à la caissière de me faire un reçu pour les neuf kilos de magazines et livres de poche, lui faisant subrepticement voir mon insigne de shérif adjoint de Boulder County, Colorado — obtenu dans des circonstances plus que suspectes. Je lui ai dit que c'était pour l'enquête que je faisais sur le sens pornographique caché de tous ces bouquins. Elle n'a absolument pas bronché. C'est ce qu'il y a de bien avec la Californie : tout le monde en a un grain, et il faut être vraiment cinglé pour attirer l'attention.

Quand je suis arrivé dans la chambre de Trahearne pour livrer ma cargaison, il roupillait comme un grizzli qui aurait pris ses quartiers d'hiver, couché en chien de fusil sur sa hanche intacte en émettant des ronflements qui semblaient hanter son sommeil, de grands rugissements tout étranglés de flegme qui empestaient le cigare et le whisky et faisaient vibrer toutes les vitres. À se demander comment il pouvait dormir avec tout ce boucan, comment ses femmes passées et présentes pouvaient seulement fermer l'œil. J'ai planqué sa ration de vodka entre quelque chose intitulé *les Tours de Gallisfried* et un mince western, *Stalkahole*, à la suite de quoi je me suis éclipsé sur la pointe des pieds en essayant de ne pas réveiller le dragon.

À la première cabine téléphonique venue j'ai trouvé le numéro du prof dans l'annuaire. Quand j'ai appelé M. Gleeson et lui ai dit pourquoi je tenais à lui parler il a paru plus amusé que surpris. Il n'a pas eu l'air d'avoir à se creuser la mémoire pour se souvenir du nom. Toujours bon signe. Il était disposé à me parler dès que possible, juste le temps qu'il me faudrait pour me rendre chez lui, mais pour un petit moment seulement parce qu'il avait un cours particulier avec une élève un peu plus tard dans l'après-midi. Ensuite de quoi il s'est mis à me donner toute une série de directions si confuses que cela m'a pris une demi-heure pour dénicher sa maison qui ne se trouvait qu'à dix milles de là, au pied des contreforts d'Oakville. Je me suis retenu au moins deux fois de foncer de l'autre côté de la crête et d'aller faire les vignobles de Napa et la tournée des dégustations.

Charles Gleeson habitait un cottage caché au milieu d'un gros bouquet de chênes, une petite bâtisse qui semblait avoir servi de maison de campagne dans le temps, avec un toit de bardeaux et des murs sans peinture qui avaient viré à un vénérable gris argent. Une sorte de grosse vigne vierge masquait le porche et grimpait comme une folle le long du toit comme par crainte de se faire avaler par les gros massifs de fleurs qui envahissaient la cour. Il est venu à la porte-moustiquaire avant même que j'aie eu le temps de frapper, un homme de petite taille qui se tenait tellement droit que cela en faisait presque mal ; sa tête était énorme et sa voix résonnait tellement profond qu'on aurait dit une mauvaise imitation de Richard Burton en pleine orgie shakespearienne. Malheureusement son noble chef était aussi chauve qu'un cul de nouveau-né, exception faite pour la très chic couronne de longs cheveux fins et grisonnants qui lui courait derrière la tête d'une oreille à l'autre. Il en avait au moins pour un dollar de lotion après-rasage sur la figure et portait un pantalon de toile blanc, un polo en tricot, et environ trois kilos de turquoise et d'argent.

— Vous ne pouvez être que la personne qui a téléphoné au sujet de Betty Sue Flowers, il a fait d'un ton exalté et bien senti en ouvrant la porte.

Une mouche m'a précédé en vitesse de croisière et a foncé vers la cuisine comme un minuscule épervier. Gleeson a tenté de la tuer d'une main pâle et inefficace en jurant d'une manière tout à fait anodine.

— Désolé d'être en retard, j'ai dit.

— Les directions, c'est ça ? C'est moi qui m'excuse, mais mon sens des relations spatiales est très limité. Sauf sur une scène, bien entendu. Mon Dieu, dire que je suis capable de retenir par cœur un monstre comme *Le deuil sied à Électre*, et que je ne suis pas fichu de dire à quelqu'un comment trouver mon petit cottage dans les bois.

Il ne parlait pas, il babillait. Et n'arrêtait pas de tripatouiller le lourd bracelet à son poignet. Il m'a serré la main en me tapotant affectueusement l'avant-bras et m'a fait entrer dans sa salle de séjour de style danois-moderne et néo-Navajo.

— Il fait un temps superbe dehors, il a fait en triturant son collier en graines de potiron. On pourrait s'asseoir sous la véranda, qu'est-ce que vous en dites ? J'ai bien peur que la maison ne soit une véritable zone sinistrée — je suis célibataire, vous comprenez, et le ménage n'est pas mon fort.

Il a gesticulé pour indiquer quelque désordre invisible. On aurait pu déjeuner à même le parquet de chêne ciré ou pratiquer une appendicectomie sur la table basse en bois flotté. Mais pour ce qui était d'aller dehors, j'étais plutôt pour. Dans les intérieurs comme chez lui je me fais toujours l'effet d'avoir de la merde aux bottes. Malheureusement aujourd'hui elles étaient propres.

La véranda, construite dans le même bois que le reste de la maison et menacée par la même vigne vierge, était affublée de fer forgé et d'écrans de toile d'un orange des plus gais. Enfin, au moins on était dehors. Avec un soupir à fendre l'âme Gleeson s'est affalé dans un de ces fauteuils de metteur en scène et m'a gracieusement offert celui en face de lui.

— C'est encore un peu tôt pour moi, mais puis-je vous offrir une *cerveza* ? il m'a demandé en agitant langoureusement les cubes de glace dans le verre soufflé mexicain qu'il venait de prendre sur la délicate petite table assortie à son petit fauteuil. Une bière ? il a ajouté au cas où je n'aurais pas compris.

— Pas de refus, j'ai grogné, pour moi c'est jamais trop tôt.

Et je lui ai sorti mon ricanement à la Aldo Ray. S'il voulait que je me farcisse son numéro de l'homme du monde, il allait devoir endurer le mien, celui du privé blasé et alcoolique.

— Bien sûr, il a marmonné, et il a ouvert un petit réfrigérateur sans se lever de son siège, pour en retirer une boîte de Tecate, une parfaite pincée de sel et un quartier de citron vert déjà disposés délicatement sur le dessus. Il avait déjà tout préparé, l'arsouille.

— Vous aimez la bière mexicaine ?

— J'aime la bière tout court, j'ai dit, comme Tom T. Hall[1].

— Je vois, il a fait en tentant de cacher son petit sourire supérieur par un haussement de sourcil. Je trouve la bière mexicaine réellement superbe. Peut-être la meilleure du monde. J'en suis moi-même très amateur. Vous comprenez, je passe mes vacances au Mexique, tous les ans. À San Miguel de Allende. Cela me change du monde terre à terre de l'école.

Il m'a tendu ma bière.

— Ça doit être bath, j'ai fait, tout en me disant qu'il passait sans doute ses étés à parader affublé

1. Chanteur country, allusion à une de ses chansons. *(Toutes les notes sont du traducteur.)*

d'un postiche à trois cents dollars qui devait ressembler à un opossum crevé, et à ennuyer tout le monde à mort dans un rayon de quarante bornes.

— Un pays charmant, il a soupiré d'un air qui se voulait nostalgique et résigné à la fois. Résigné à une existence si peu digne de ses talents. Puis, en levant les yeux : Un peu de sel sur la langue, ensuite vous buvez une gorgée de bière et mordez dans le citron vert.

— Bien sûr, j'ai dit.

Sur ce j'ai avalé tout le sel, éclusé la bière d'un trait, mangé le citron vert avec la peau et tout, et jeté la boîte vide sur la pelouse. Gleeson semblait proche des larmes, et quand j'ai roté il a nettement flanché pour de bon.

— Z'en avez pas encore une de ces bières mex-hic-aines ? j'ai demandé d'un air enjoué. C'est pas si mauvais que ça.

— Bien sûr.

L'hôte parfait jusqu'au bout. Et il m'en a sorti une autre comme si elles étaient rationnées. J'allais pour concasser celle-ci aussi, mais j'ai été sauvé par le gong. Ou plus précisément le pépiement. La sonnerie de son téléphone pépiait comme un oisillon.

— Oh, zut ! il a fait, je vous prie de m'excuser.

Il est rentré à l'intérieur et je me suis levé pour faire passer la lourde bière. Plus par vieille habitude qu'autre chose j'ai goûté ce que buvait Gleeson. Jus de canneberge et vodka à la tonne. C'était soit un pochetron qui buvait en douce, soit un menteur pathologique, ou alors ma visite le rendait plus nerveux qu'il ne voulait le laisser paraître. Je me suis rapproché de la cuisine mais sans rien pouvoir entendre d'autre que les trémolos lointains de sa voix et le bourdonnement d'une mouche exaspérée. J'ai ouvert la porte de la véranda pour laisser sortir cette pauvre bestiole affamée, ensuite je me suis rassis pour observer un oiseau-mouche en train de siroter son eau sucrée dans un tube construit par Gleeson. J'avais peine à croire que cette petite bestiole avait fait tout ce chemin de l'Amérique du Sud rien que pour ça. Ou que j'avais fait tout ce chemin pour causer d'une fille qui s'était enfuie de chez elle dix ans plus tôt.

Gleeson est revenu en bredouillant quelque chose sur les manies de ses élèves, au demeurant charmants, tout bonnement charmants.

— Et maintenant, il a fait en se calant de nouveau dans son fauteuil, croisant les doigts autour de son genou dans un léger tintement de bagues en argent. Que puis-je faire pour vous ?

— Betty Sue Flowers.

— Bien sûr. Son front s'est brièvement plissé en direction de la luisante et odorante étendue de son crâne. Betty Sue Flowers. Soupir. Puis, en hochant la tête avec un petit sourire triste : Je n'ai pas repensé à elle depuis des années.

— Qu'est-ce qui vous vient à l'esprit ?

— Un nom si gauche pour une enfant si jolie et si douée. Quand il est apparu qu'elle était bien autre chose que juste une bonne actrice amateur, je lui ai tout de suite conseillé de changer de nom, de se débarrasser de cette tare de naissance.

— Moi le nom me plairait plutôt, j'ai dit.

Je n'aime pas les femmes qui changent de nom. Ni les hommes qui portent des bijoux avant la tombée de la nuit.

— Bien sûr. Que voulez-vous savoir exactement ? Je n'ai pas eu de nouvelles d'elle depuis ce vendredi, le dernier avant sa fugue. Il y a de cela, six, sept ans ?

— Dix.

— Comme le temps passe, il a fait rêveusement. Il avait formulé le lieu commun comme quelqu'un qui savait de quoi il causait.

— Bien sûr, j'ai dit.

Il m'a regardé en rapprochant les yeux comme s'il me voyait pour la première fois.

— Ce n'est guère poli de vous moquer de moi, il a laissé entendre poliment. Il avait pourtant l'air à moitié flatté que j'aie pris la peine.

— Excusez. Une sale habitude que j'ai. De quoi elle a causé ce jour-là ?

— Je n'en ai aucune idée, j'en ai peur.

Puis en levant le doigt :

— Attendez, il me semble me souvenir qu'elle a fait un saut dans mon bureau pour me dire qu'elle avait des places pour l'A.C.T. le lendemain soir. (Il a été pour expliquer le sigle mais s'est brusquement ravisé.) Je ne me souviens plus de ce qu'ils donnaient, j'en ai peur. Cela fait très longtemps, vous savez.

— Trop longtemps.

Cela faisait la dixième fois que j'admettais ça.

— Puis-je vous demander les raisons de votre curiosité ?

— Sa mère m'a demandé de la retrouver.

— Vous faites ça en professionnel ? Ou vous êtes de la famille ?

— Les deux. Je suis un lointain cousin du côté de sa mère, et j'ai une licence de détective privé.

— Serait-ce une insulte que de vous demander une pièce d'identité ?

— Non, j'ai fait en sortant mon photostat.

— À votre accent j'aurais plutôt cru que vous seriez de la branche qui vient du Texas ou de l'Oklahoma, il a fait en me rendant ma carte.

— Texas, j'ai dit. Mais de nos jours on nous laisse habiter plus ou moins où on veut.

— Je vois. Y aurait-il du nouveau au sujet de Betty Sue, pour que sa mère vous engage ?

— Que dalle. Ça s'est fait comme ça. J'étais dans le coin, sur une autre affaire. Les deux fils de Mme Flowers sont morts à présent, et elle a seulement envie de revoir sa gosse, c'est tout.

— J'imagine qu'elle n'a plus rien d'une gosse à présent, il a fait en souriant à sa propre plaisanterie. Mais si j'étais vous je me mettrais en rapport avec le père. Pour des raisons qui m'échappent entièrement — peut-être justement parce qu'il ne lui témoignait aucune affection — Betty Sue a toujours fait une fixation morbide sur lui. À mon avis elle aurait gardé le contact avec lui. Oui, je chercherais plutôt du côté du père.

Sur ce il s'est étiré dans son fauteuil en buvant un coup comme un détective qui vient de résoudre une grosse affaire de corruption dans un film existentiel.

Mon tempérament et ma langue me jouent toujours des tours. Et à l'occasion m'empêchent de récolter les renseignements dont j'ai besoin. J'avais envie de dire à Gleeson d'aller se faire foutre avec ses conseils stupides. Et aussi de m'épargner ses analyses à la *Time Magazine* et aussi de m'expliquer ce qu'il voulait dire par « fixation », mais au lieu de cela je l'ai bouclée et suis resté calme.

— Je n'ai jamais eu l'occasion de rencontrer Betty Sue quand elle était gamine, j'ai fait en changeant mon fusil d'épaule. Elle était comment, comme gosse ?

— Pas une comme elle sur un million.

Il avait répondu ça aussitôt et dans un souffle, pour s'arrêter tout de suite après comme s'il avait avoué quelque chose. À présent je savais que je le tenais.

— Pourquoi ?

— Pourquoi ? La première fois que je l'ai vue elle jouait dans une représentation scolaire de *Cendrillon.* Ne me demandez surtout pas pour quelles raisons j'avais dû y assister. Une production épouvantable, même pour une pièce scolaire, et Betty Sue y gaspillait son talent à jouer la fée, la marraine, mais j'aime autant vous dire que quand cette petite fille était sur scène, elle avait beau n'être qu'une gosse, tous les autres enfants à côté avaient l'air de créatures d'une race inférieure. Sur scène elle avait une présence incroyable, jamais rien vu de mieux depuis. Hors de scène elle n'avait rien de spécial, juste une gentille gamine, sans plus, mais sur scène alors là... Quelle présence ! Quel sens du personnage, aussi ! Et tout ça lui venait naturellement.

Il est parti d'un petit rire :

— Elle jouait la fée comme une reine, comme une grande dame qui gaspille généreusement ses dons sur des êtres inférieurs. Et même déjà à l'époque elle avait une présence sexuelle terrifiante. Et les adultes qui la regardaient ! Cette libido dans l'air ! À couper au couteau, presque. Après la pièce je suis allé la voir en coulisses, et elle regardait la fillette qui jouait Cendrillon avec tant d'envie que je n'ai pas hésité à lui en faire tout un plat sur la qualité de son jeu. Je me suis même un peu laissé emporter, j'en ai peur. À la fin elle m'a regardé et m'a fait : « C'est seulement que sa robe est plus belle que la mienne, c'est tout. Je ne voudrais pas être Cendrillon de toute façon. Pas mon genre. » Neuf ans, mon cher ami, elle avait neuf ans.

— Après ça naturellement je l'ai prise en main, et autant que possible je m'arrangeais toujours pour que mes pièces scolaires et celles du Petit Théâtre aient un rôle pour elle. J'ai aussi tenté d'obtenir que cette horrible bonne femme qu'elle a pour mère me permette de l'inscrire à un cours dramatique à San Francisco — même proposé de payer toutes les dépenses de ma poche. Bien sûr elle a refusé. « Des conneries tout ça », je crois que ce sont ses mots exacts. Sa mère m'a mis des bâtons dans les roues à tous les tournants. Je suppose que dans sa jeunesse on l'avait considérée jolie fille — plutôt difficile à imaginer maintenant, mais enfin — et elle en voulait à Betty Sue. Et ce n'est guère étonnant remarquez, imaginez donc être cloué dans cette horrible roulotte derrière un tripot sordide. Une fois, Betty Sue avait quinze ans à peu près, je me suis arrangé pour qu'un ami — qui est photographe professionnel — lui fasse son album. Les portraits étaient ravissants. Bien plus tard quand j'ai demandé à Betty Sue ce qu'elle en avait fait elle m'a dit qu'elle les avait perdus, mais je demeure persuadé que c'est sa mère qui les a détruits.

— Quelle tristesse tout de même, il a continué en buvant. À quinze ans elle jouait Antigone dans la version d'Anouilh, et à seize ans Mère Courage. Jamais je n'aurais cru ça possible.

— Plutôt corsé, pour des pièces scolaires, j'ai fait.

— Ça, c'était pour le Petit Théâtre. On avait une bonne troupe à cette époque. Même les journaux de San Francisco nous donnaient de bonnes critiques. Elle était tellement bonne. (On aurait dit quelqu'un qui se remémore l'époque héroïque d'une vieille guerre oubliée.) Avec un peu de chance, il a repris du ton de quelqu'un qui n'en avait jamais eu. La chance c'est presque aussi essentiel que le talent, vous savez.

Et son regard s'est noyé dans son verre.

J'ai décidé d'interrompre sa rêverie.

— Quel âge elle avait quand vous l'avez séduite ?

Gleeson est parti d'un rire léger, sans hésitation. Ses dents refaites brillaient au soleil. L'oiseau-mouche est entré sous la véranda en bourdonnant, juste un flou bleu. Il s'est arrêté pour sentir le parfum de Gleeson. Mais celui-ci n'avait rien d'une fleur, et l'oiseau s'est éloigné. Gleeson a remué les cubes de glace dans son verre et s'est levé.

— Je crois bien que je vais prendre ce verre, maintenant, il a dit d'un ton plaisant. Vous voulez une autre Tecate ?

— J'aimerais autant une réponse à ma question.

— Mon cher ami, il a fait en se préparant son verre, vous vous êtes laissé raconter de malveillantes rumeurs sur mon compte. Infâmes ragots.

— Mme Flowers m'a donné votre nom et c'est tout. Sauf que maintenant je commence à comprendre pourquoi elle l'a prononcé en grinçant des dents. Autrement tout ce que je sais de vous c'est ce que vous m'avez raconté.

— Alors vous avez... extrapolé ?

— Deviné.

— Vous jouez très bien les bouseux, mon ami. Il m'a tendu une autre bière. Mais vous vous êtes donné quand vous ne m'avez pas demandé ce que les lettres A.T.C. signifiaient, et on ne vous a certainement pas parlé de Brecht ni d'Anouilh dans la police ou dans les cours par correspondance pour devenir détective privé.

— C'est moi qui suis censé être le détective.

— J'imagine que vous jouez ce rôle-là à merveille également, et je suppose qu'il n'est pas dans mon intérêt de poursuivre cet entretien.

— Je suis pas d'ici, j'ai fait, et je me contrefous de savoir combien de pucelages adolescents vous avez d'accrochés dans votre salle des trophées. Il vaut encore mieux qu'elle ait fait ça ici avec vous, aux chandelles et avec du bon vin, plutôt que sur le siège arrière d'une voiture avec un boutonneux quelconque et un pack de six Coors.

— On ne me flatte pas aussi facilement, il a répliqué, mais je pouvais voir une petite lueur salace au fond de ses yeux. Néanmoins, il m'arrive effectivement de succomber. (Et avec un sourire mouillé :) La plupart des âmes simples de ce patelin me prennent pour une tante, et je les laisse croire ce qu'ils veulent. Très pratique comme réputation, vous ne trouvez pas ? (J'ai fait oui de la tête.) Mais Betty Sue et moi n'avons jamais eu ce genre de relations. Non que je n'aie été cruellement tenté, remarquez bien — elle exsudait le sexe — et elle se serait peut-être laissée faire. Il est certain que si j'avais su que les choses tourneraient comme ça, qu'elle ne ferait pas carrière dans le théâtre, je ne me serais pas gêné. Mais je craignais qu'une relation sexuelle n'entrave nos relations professionnelles.

— Professionnelles ?

— Oui. Je ne suis peut-être plus qu'un simple prof d'arts dramatiques dans une école secondaire, mais dans mon temps j'ai monté des pièces off-Broadway, à la télévision aussi, et je connais mon métier. Betty Sue avait des chances d'arriver.

Et je dois avouer que j'avais l'intention de me servir d'elle au cas où elle aurait décroché la timbale.

Nouveau soupir.

— Les entraîneurs sportifs se font bien un nom grâce aux jambes de leurs joueurs vedettes, je ne vois pas pourquoi je n'aurais pas pu en faire autant. C'est pour ça que je me suis retenu. Comme c'est souvent le cas avec les adolescentes, Betty Sue aurait pu se fatiguer d'être avec un homme plus âgé, et confondre relations sexuelles et relations professionnelles. Et voilà pourquoi, mon cher, je n'ai pas touché un seul de ses cheveux.

Il m'a sorti ça avec suffisamment de regret et de fierté dans la voix pour que cela sonne juste.

— Mes excuses, j'ai fait en essayant de lire son visage sous le masque mélancolique. Vous devez encore avoir des relations dans le monde du théâtre, et je présume que vous leur avez demandé s'ils n'avaient pas entendu parler de Betty Sue durant toutes ces années.

— Tellement de fois que j'en suis devenu un objet de dérision, il a répondu d'un air piteux. Mais personne n'en a plus jamais entendu parler. C'est une impasse, j'en ai peur.

— Elle aurait pu être enceinte ?

— Elle aurait pu, oui. À mon avis après quatorze ans elle n'était plus vierge. Mais évidemment, qu'est-ce que j'en sais ?

Ce qui me turlupinait toujours c'était qu'il m'ait menti sur ce qu'il buvait.

— Vous savez, des fois les gens admettent un petit truc — comme vos vues intéressées sur sa carrière — simplement pour cacher quelque chose de plus important.

— Qu'est-ce que je pourrais avoir à cacher ? il a demandé d'un ton sans expression.

— J'en sais rien. (Je me suis penché en avant jusqu'à ce que nos mains se touchent presque.) J'ai un peu d'instruction, mais je suis pas exactement du genre sophistiqué.

— Toujours le gars de la cambrousse au fond de vous-même c'est ça ?

— Si vous voulez. Et comme vous l'avez dit vous-même, vous, connaissez votre métier — vous en connaissez un rayon pour jouer un rôle, mentir et porter des masques, et si jamais je découvre que vous m'avez emmené en bateau, mon petit vieux, je vous garantis que je reviendrai vous causer du pays.

Et sur ce, j'ai broyé la boîte de bière dans mon poing serré. Une boîte en fer comme on n'en fait plus beaucoup.

Gleeson est parti d'un petit rire nerveux.

— Ce que vous pouvez être bidon, mon vieux, il a fait le plus allégrement qu'il a pu. Même un enfant ne se laisserait pas prendre à un numéro pareil.

Je lui attrapé le poignet et me suis mis à serrer de toutes mes forces, enfonçant le lourd bracelet d'argent dans la chair délicate.

— Contrairement à toi, mon petit pote, je fais pas de numéro. Les grands discours intellectuels ça va cinq minutes, l'artiste, mais dans ma partie c'est encore la violence et la douleur qui paient le plus.

— Oh mon Dieu ! il s'est mis à gémir en se tortillant. Vous allez me casser le bras.

— Et c'est juste le début, mec. Dis-toi bien que j'adore faire ce genre de chose, et que toi je peux pas t'encadrer.

— Je vous en prie, il a fait tout bas.

La sueur lui perlait au front.

— Accouche le reste, je lui ai sifflé dans le creux de l'oreille.

— Il n'y a rien d'autre, je vous le jure… lâchez-moi… vous allez me casser le…

— Écoute-moi bien, mon petit vieux, j'ai fait d'un ton engageant, l'armée des États-Unis m'a entraîné, et ceci à grands frais, à conduire des interrogatoires ; elle m'a farci le crâne de toutes sortes de merdes psychologiques et autres. Mais quand je me suis retrouvé là-bas au Vietnam, c'était pas de la psychologie qu'on faisait. On branchait juste les petits saligauds sur la gégène — une pince-crocodile sur le prépuce, deux sur le bout des seins — et je te prie de croire qu'ils étaient cent fois plus coriaces que toi, mais quand on tournait la manivelle je te garantis qu'ils répondaient, les petits saligauds.

— C'est bon, il a gémi, ça va comme ça.

Je lui ai relâché le poignet.

— Vous pouvez m'enlever ça ? il a fait en s'acharnant sur le bracelet tordu.

— Sûr, j'ai dit.

Et je lui ai redressé son argenterie. Sa figure

s'est plissée tout d'un coup et il a battu des cils. Il s'est frotté le poignet tandis que je lui versais un verre.

— Vous aviez quelque chose à me dire.

— Oui, c'est vrai. Une fois, il y a déjà pas mal de temps, j'ai cru la reconnaître dans un film porno que j'ai vu en ville. La fille était grasse comme une truie, vraiment horrible, mais ça aurait pu être elle, elle lui ressemblait ; la copie était épouvantable, un grain pas possible, et l'éclairage encore pire. Pourtant on aurait bien dit que c'était elle, sauf qu'elle avait cette cicatrice, une cicatrice horrible au milieu du ventre.

Quand il s'est arrêté de babiller, sa bouche a continué à remuer comme une petite créature à l'agonie.

— Pourquoi mentir là-dessus ? j'ai demandé, franchement surpris.

— J'avais… j'ai honte de l'intérêt que je porte à ces… à ce genre de choses, il a dit en se précipitant sur son verre. Et puis c'était tellement sordide, cette grosse fille avec tous ces vieux jetons…

— Vous vous rappelez le titre ?

— Quelque chose avec *Animal* dedans. *Désir* ou *Passion animale*, quelque chose comme ça. Je sais vraiment plus, c'était tellement horrible.

Il s'est mis à chialer.

— Et tellement excitant, j'ai ajouté, et il a fait oui de la tête. C'est tout ce que vous aviez à me dire ?

Il a de nouveau acquiescé.

Il y avait quelque chose qui ne collait pas, mais

je n'aurais pas su dire quoi. Ce que je savais, en revanche, c'est que je ne pouvais pas le cuisiner davantage. Je n'avais pas l'estomac nécessaire. Le seul interrogatoire dont j'avais été témoin au Vietnam m'avait rendu malade, mais je ne me souviens plus si j'avais vomi à cause de la souffrance du petit Viet Cong, du plaisir que je pouvais lire sur la figure du capitaine de rangers vietnamien, ou simplement à cause de mon propre épuisement. Je venais de me taper vingt-trois jours de baroud dans la jungle et j'en étais arrivé à être capable de dormir debout les yeux ouverts, ce qui était une bonne chose parce que couché et les yeux fermés je n'étais pas foutu de dormir. C'était quelques jours après ça que j'avais commis la transgression qui m'avait sorti du Vietnam — et deux ans plus tard sorti de l'armée. Cette époque semblait vraiment loin d'habitude, mais là à écouter Gleeson sangloter au soleil, elle ne semblait pas encore assez loin.

— Dites, j'ai fait, je ne voulais pas vous faire mal.

— Oh ! je comprends ! (Il postillonnait.) C'est cette horrible guerre qui vous a tous détraqués, les petits gars comme vous.

— Ça fait neuf ans que j'ai quitté l'Indo, et je suis pas un petit gars, alors me cherchez pas d'excuses.

— Bien sûr, il a fait aussi sincèrement qu'il le pouvait. Bien sûr.

Ensuite il a ôté les mains de sa figure et s'est essuyé ses larmes.

— Me rendrez-vous un petit service ?

— Quoi ?

— Si vous la retrouvez, passez-moi un coup de fil. Je vous en prie. Je vous paierai ce que vous voudrez.

— Vous auriez dû y songer il y a dix ans.

— Ha ! il a fait en se frottant les yeux. Il y a dix ans, j'allais sur quarante ans au lieu d'aller sur cinquante, et jamais je n'aurais pensé moisir encore dix ans ici, jamais pensé qu'une quelconque petite actrice de théâtre scolaire représenterait le sommet de ma carrière. Jamais. J'ignorais ce qu'elle représentait pour moi à l'époque. Maintenant je sais. Et j'aimerais tant lui parler. La revoir. Je vous en prie.

— Je ne la retrouverai pas.

— Mais si jamais…

— Je vous le ferai savoir gratuitement. Je m'excuse pour votre poignet, et merci pour les bières.

— Tout le plaisir a été pour moi, il a répondu. Un léger sourire lui ourlait la lèvre. Après ça il s'est remis la tête dans les mains.

Je l'ai laissé là sous la véranda, son énorme tête au creux des bras comme celle d'un bébé grotesque. Comme je descendais le perron, une toute jeune fille en short et halter est arrivée dans l'allée sur sa bicyclette dix vitesses. J'ai eu envie de lui dire que Gleeson n'était pas chez lui. Son salut et son sourire étaient tous deux timides et polis, empreints d'émerveillement, ses cuisses étaient élancées et dorées, couvertes d'un duvet de sueur.

— Salut, elle a dit comme ça, une journée splendide, vous trouvez pas ?

— Soutenez-moi avec des gâteaux de raisins, fortifiez-moi avec des pommes, car je suis malade d'amour.

— Hein, quoi ? elle a fait, délicieusement interloquée.

— De la poésie, je crois[1].

Et au lieu de la prendre dans mes bras pour la protéger, au lieu de la renvoyer chez elle avec un sermon, je l'ai laissée et suis retourné à mon El Camino. La jeunesse supporte tout, les rois, la poésie, l'amour. Tout sauf le temps qui passe.

1. Ancien Testament. Cantique des Cantiques, I, 2.

5

Comme l'après-midi était déjà avancé, qu'on était samedi et que je ne me sentais guère d'humeur à cavaler comme une sœur de charité, j'avais espéré qu'Albert Griffith ne répondrait pas au téléphone. Manque de pot. Quand je lui ai expliqué ce que je voulais il m'a aussitôt fixé rendez-vous pour cinq heures dans son bureau. Il avait même l'air désireux de me parler. J'ai pris tout mon temps pour rouler jusqu'à Petaluma et je me suis trouvé un bar de motel anonyme à souhait, de quoi tuer le temps à petit feu avec un match incroyablement tocard des Giants sur la télévision.

Au bout de deux innings qui s'étaient traînés lamentablement et de deux bières que je m'étais évertué à faire durer presque autant, le barman s'est rapproché et je lui ai demandé quelque chose de plus corsé.

— Allons-y pour les douves C.C., l'ami, parce qu'avec cette chierie je vais en avoir drôlement besoin.

— Eh, dites, du calme, hein ? il a fait en s'éloignant.

— Ça veut dire Canadian Club à l'eau plate, eh, patate, j'ai hurlé dans son dos. Mais ça fait rien, je le prendrai autre part.

— C'est ça, l'ancien, il a fait.

Pour tout pourboire je lui ai laissé un cul de bière éventée. Quand même les barmen se mettent à perdre leur sens du romantisme, il est grand temps de changer de monde. Ou au moins de bar. J'ai trouvé le siège du journal du coin, et le bar le plus proche.

Albert Griffith, lui, en revanche, se posait un peu là question romantisme. Doris Day se serait étouffée dessus. Il avait son bureau dans une maison victorienne restaurée au cœur du patelin, mais dans une petite rue tranquille ; il la partageait avec un autre avocat et deux psychanalystes. Et il s'était mis sur son trente et un pour la circonstance : un coûteux costume bleu marine à fines rayures, fait sur mesure, avec gilet, cravate en soie et tout le tremblement. Après m'avoir fait entrer dans son bureau il m'a offert un fauteuil en brocart doré et une goutte de Pure Malt. J'ai accepté les deux. Dans mon métier, il faut bien se plier aux petits numéros que jouent les gens. Au moins pour quelques minutes. En général les avocats se révèlent être trop tortueux pour me plaire très longtemps. On dirait que pour eux la justice est un jeu élaboré, que les cours de justice sont des petits théâtres et que le client est seulement là pour servir d'excuse au grand jeu juridique. Ils ont aussi la déplorable habitude de se faire élire aux postes politiques ou de se faire nommer dans les commissions gouvernementales, ce qui leur permet de concocter des lois que personne ne peut comprendre sans le secours d'un avocat. Mais Albert Griffith se comportait comme s'il avait été mon meilleur ami. Pour le moment.

Il m'a laissé m'installer et est resté là appuyé contre le devant de son énorme bureau, bras croisés, en me toisant de toute sa hauteur avec un petit sourire amical derrière des yeux sardoniques. Il m'a juste laissé le temps de goûter son incomparable whisky pur malt et s'est lancé dans son numéro.

— Bon, Monsieur Sughrue, autant être clair et net d'emblée. J'ignore par quels moyens vous avez persuadé Mme Flowers d'engager vos services pour cette enquête inutile, ni combien d'argent vous avez réussi à extorquer à cette malheureuse femme, mais il se trouve qu'elle est une amie de ma mère, et j'ai l'intention de mettre fin à votre sale petit jeu.

— Vous voulez une part du gâteau, c'est ça ? j'ai dit. D'accord. Il y en a assez pour tout le monde.

— Quoi ?

Je l'ai laissé à son désarroi, suis passé derrière son bureau et j'ai pris un cigare dans le coffret en noyer laqué. Je l'ai allumé, me suis assis dans son fauteuil tournant en cuir véritable, et pour faire bonne mesure j'ai mis mes bottes sur le bureau.

— Mais vous vous croyez où, bon Dieu ?

— Ça coûte rien de prendre un peu ses aises,

baveux, j'ai fait en lui soufflant la fumée de cigare dans la figure.

— Levez-vous immédiatement, il a postillonné. Il n'aurait pas été plus hors de lui si je m'étais assis sur le nez de sa femme.

— Écoute-moi bien, Buster Brown[1], j'ai fait en empochant une poignée de cigares, t'as beau chier dans la dorure ici, t'es jamais qu'un merdeux de seconde zone. Ton paternel, quand il tient debout, travaille pour les Ponts et Chaussées à faire le guignol avec un panneau de déviation, et maman elle t'a payé tes études de droit avec ses pourboires de coiffeuse. Pour ce qui est de ce beau décor de bordel Belle-Époque, c'est ton beau-père qui s'est fendu ; pour ça et tout ce cirque du grand avocat. Quant à toi, Monsieur Griffith, non seulement t'es un raté, mais au tribunal tu fais rigoler tout le monde, alors laisse un peu tomber le grand numéro de l'avocat balèze, tu veux ?

— Si vous ne quittez pas mon bureau immédiatement, j'appelle la police.

Sa voix était proche des larmes.

— Une fois que vous m'aurez fait vos excuses, j'ai dit, peut-être qu'on pourra reprendre tout ça à zéro.

Mais là sur le moment il n'avait plus rien à dire. Je l'ai regardé changer de couleur au moins quatre fois tout en notant le travail lamentable que son dentiste avait fait sur ses molaires inférieures. Au bar à côté du journal j'étais tombé sur un pisse-

1. Personnage de comic-strip, l'éternelle mauviette fils-à-maman.

copie de l'Associated Press qui, pour le prix d'un Seven and Seven[1], m'avait détaillé la vie d'Albert Griffith par le menu.

— Si ça peut vous faire changer d'attitude, j'ai dit, passez un coup de fil à Rosie. Elle a investi quatre-vingt-sept dollars, deux bières et un sourire dans l'affaire, et peut-être même que je vais me laisser encore payer une canette ou deux, et peut-être que je vais seulement en être de cent tickets de ma poche avec cette histoire, mais en ce qui la concerne elle ne paiera pas un sou de plus. Alors allez-y, appelez-la pendant que je reprends un peu de ce whisky qui vaut vraiment pas son prix.

J'ai ranimé mon verre ; il a appelé Rosie et lui a parlé à voix basse pendant une minute. Ensuite il a raccroché, desserré sa cravate et s'est servi un verre lui aussi, mais un vraiment corsé. Je n'arrivais pas encore à me faire une idée très nette de Betty Sue, mais une chose était sûre : la seule mention de son nom semblait pousser les hommes à boire.

— Installons-nous sur le canapé, il a dit, et on s'est posés chacun à un bout d'une longue étendue de cuir. Veuillez accepter mes excuses. Je suis sûr que vous êtes dans le métier depuis assez longtemps pour savoir que la plupart des privés indépendants sont des ordures. Même les agents des grosses boîtes sont effroyablement moches, derrière cet extérieur raffiné qu'ils vous présentent.

1. Seagram Whisky allongé de Seven-Up (l'étiquette porte un gros 7, pour sept ans d'âge. Le Seven-Up est de la limonade).

— Merci.

— De quoi ?

— De penser que mon extérieur n'est pas raffiné.

— Pas de quoi, il a fait en jetant un bref regard sur mes Levis délavés et ma chemise de travail élimée. Il s'est marré. Un peu trop longtemps à mon gré. Rosie a tout expliqué, Monsieur Sughrue, et je regrette d'avoir réagi si hâtivement.

— Ça va, j'ai l'habitude.

— Non, non, je suis réellement navré. (J'aurais bien aimé qu'il arrête.) Rosie m'a même dit que vous l'aviez prévenue que ce serait sans doute du temps et de l'argent perdus, il a continué avec un sourire triste. Laissez-moi vous dire que c'est vraiment une cause perdue.

— Pourquoi ça ?

— J'étais étudiant à Berkeley quand Betty Sue s'est sauvée de chez elle, et pendant deux ans j'ai consacré tout mon temps libre à la chercher dans toute la ville. Je peux vous dire que ça s'est vu aussi dans mes notes. J'ai bien failli être boulé au concours d'entrée. (Il parlait d'un ton dramatique. Je n'étais pas encore convaincu.) Aucune trace. Pas la moindre piste. C'est comme si elle était descendue de ma voiture cet après-midi-là et disparue de la face du monde. J'ai même demandé à un ami qui a fait son droit avec moi — il est à Washington maintenant — de dénicher son dossier de Sécurité sociale, voir si des fois il n'y aurait pas eu de versements effectués depuis l'emploi à mi-temps qu'elle avait eu tout l'été avant de disparaître. (Il s'est mis à sucer son verre à whisky mais sa main tremblait si fort que le bord du verre claquait contre ses dents.) Je ne peux en déduire que deux choses : soit elle ne veut vraiment pas qu'on la retrouve, soit elle est morte. Encore que dans ce cas-là elle ne serait pas morte à San Francisco ni nulle part autour de la Baie. Au moins durant les cinq ans qui ont suivi sa fugue.

— Qu'est-ce que vous en savez ?

— J'ai fait toutes les morgues du comté, vérifié tous les cadavres des listes de disparus non identifiés. Je me suis arrêté au bout de cinq ans, il a expliqué dans un souffle, comme si le seul souvenir l'épuisait encore.

— Vous vous êtes donné beaucoup de mal.

— J'étais très amoureux d'elle, et Betty Sue était une fille très spéciale.

— C'est ce qu'on m'a dit, j'ai fait, tout en regrettant aussitôt.

— Qui vous a parlé d'elle ? il a demandé d'une voix qui se voulait neutre.

— Tout le monde.

— Mais encore ?

— Son prof d'art dramatique, par exemple.

— Gleeson, il a fait avec un petit rire, ce salaud de pédé. Il ignorait tout de Betty Sue, et il s'en foutait pas mal. Il l'encourageait à faire du théâtre pour lui en mettre plein la vue, c'est tout. Elle jouait bien, c'est vrai, mais elle n'aimait même pas ça. Elle me disait toujours : « Ils font que de me reluquer, Albert, ils me voient pas comme je suis. »

— Je croyais que c'était Marilyn Monroe qui avait dit ça.

— Hein ? Oh ! peut-être bien. Je suis sûr que c'est un trait psychologique que beaucoup d'actrices ont en commun. Betty Sue était très susceptible sur son apparence physique. Des fois quand on se… quand on se chamaillait, elle pleurait en disant : « Si j'étais moche ou infirme, tu ne m'aimerais pas. »

— Et c'était vrai ? j'ai demandé sans vraiment le vouloir.

— Bon Dieu, il a répliqué vivement, je ne l'ai pas vue depuis dix ans et je… j'en suis encore à moitié toqué.

— Et votre femme, elle prend ça comment ?

— On n'en parle jamais.

— Est-ce que Betty Sue était suffisamment sérieuse sur cette histoire de théâtre pour vouloir se tirer à Hollywood ou à New York, quelque chose comme ça ?

— Les filles font encore ça ?

— Les gens continuent encore à faire ce qu'ils ont toujours fait, j'ai dit. Vous pensez que Betty Sue en aurait été capable ?

— Non, je ne crois pas. (Il m'a demandé si je voulais encore un verre. J'ai secoué la tête et il est allé s'en verser un.) Je ne crois vraiment pas. Ce qu'elle aimait c'était la discipline, les répétitions et tout ça, mais pour elle ce n'était pas la représentation qui comptait. Elle avait des engouements comme ça, vous savez. Il disait cela comme s'il s'était agi d'une maladie dont il avait été épargné. Un mois c'était le théâtre — pas seulement jouer la comédie, mais écrire et mettre en scène — et le mois d'après elle voulait faire médecine et devenir toubib dans une mission. Ensuite elle voulait se mettre peintre, ou artiste à la noix. Et le pire c'est qu'elle aurait pu réussir dans presque tout ce qu'elle entreprenait. Un exemple : je ne suis pas très fort au tennis, mais j'ai quand même failli faire partie de l'équipe universitaire ; eh bien, quand j'arrivais à la traîner sur un court, j'aime autant vous dire qu'elle m'en faisait baver. Il a regardé son verre, puis s'est décidé à en vider la moitié d'un trait. Et vous savez, malgré toutes ces choses qu'elle savait faire bien, c'était la fille la plus seule que j'aie jamais connue. C'était ça qui me tuait, cette solitude. Je ne pouvais pas du tout l'aider. Des fois on aurait même dit que mes efforts ne faisaient qu'empirer les choses. Je ne pouvais pas la tirer de cet isolement, c'est tout.

— Même pas au lit ?

— Vous vous arrêtez vraiment nulle part, mon salaud, il a fait tout bas.

— Déformation professionnelle.

— Eh bien, la vérité c'est que je ne l'ai jamais touchée, il a fait avec toute la tristesse qu'il fallait. Peut-être que si je l'avais fait je ne l'aurais pas toujours dans la peau.

— Et personne d'autre ne la touchait ?

— J'ai toujours suspecté qu'elle n'était pas vierge, il a répondu avec un léger sourire. Mais elle refusait d'en parler.

— Et il vous arrivait de vous chamailler à ce sujet ?

— Moi oui, mais elle ne réagissait pas. Elle restait seulement là, dans sa coquille, et elle pleurait. Ou elle me demandait de la ramener chez elle.

— Vous vous étiez disputés le jour où elle est partie ?

— Non, il a murmuré en hochant la tête. C'était juste un jour comme les autres. On avait pris ma voiture pour aller au ciné à San Francisco, peut-être un restaurant après, et en chemin elle a voulu qu'on passe par le Haight pour voir les hippies. On s'est fait bloquer par la circulation et elle a juste ouvert la portière, elle est descendue et s'est éloignée. Sans regarder derrière elle ni rien. Sans un mot.

Il disait ça lentement, comme s'il avait rabâché ces paroles trop souvent.

— Et vous ne lui avez pas couru après ?

— Est-ce que je savais, moi, il a presque crié, est-ce que je pouvais me douter qu'elle partait pour de bon ? Et puis je pouvais pas laisser ma voiture comme ça au milieu de la rue.

— Je croyais que c'était une pièce, que vous deviez aller voir.

— Merde, je sais plus. Ça fait dix ans, putain, dix ans.

— C'est vrai.

— Besoin d'un autre verre.

Je ne savais pas si c'était une question ou quoi. Quand il s'est levé je lui ai tendu mon verre mais il a continué d'arpenter le bureau en le tenant à la main.

— Autre chose que vous pourriez me dire sur elle ? j'ai demandé.

Il s'est arrêté de tourner et m'a regardé comme si j'étais tombé sur la tête, ensuite il s'est remis à arpenter avec les mêmes pas mesurés d'un homme ivre. Mais ses mains et sa bouche marchaient toutes seules, comme malgré lui. Il a levé les bras en criant presque :

— Vous dire quelque chose sur elle ? Bon Dieu, je pourrais y passer ma journée à vous en raconter et au bout du compte vous n'en sauriez pas plus. Vous dire quoi ? Que j'en étais amoureux depuis qu'elle était toute môme ? Que je n'ai pas arrêté de l'aimer même si elle n'est plus ici ? Et c'est pas faute d'essayer, croyez-moi, parce que j'ai vraiment essayé de m'arrêter de l'aimer. Il a fait une pause. Ça paraît si bête comme ça, quand on y pense maintenant, vous ne trouvez pas ?

— Quoi ?

— Que la disparition d'une foutue collégienne que je n'ai jamais touchée puisse représenter l'expérience la plus traumatisante de ma vie. Et je vais vous dire un truc, je m'y connais en traumas, à grandir comme ça avec un père qui picolait. Qu'est-ce que vous voulez savoir, d'abord ?

— Tout. N'importe quoi.

— Que j'ai épousé une femme raisonnablement insignifiante et que je suis le père de deux enfants raisonnablement insignifiants ? Que je ne peux même pas les regarder en face ni me résigner à les plaquer ni supporter l'idée de me mettre à les aimer de peur qu'ils se sauvent de chez eux, eux aussi ?

— Eh, mon vieux, gardez ça pour vos voisins du dessus, là, les tordus de psychanalystes. Je veux rien entendre. Je vous ai demandé de me parler d'elle, pas de vous. (Il s'est arrêté de marcher et a regardé ses pieds.) Mais vous connaissez déjà le chemin, pas vrai ?

— J'y vais depuis deux ans, il a fait avec ce mélange de fierté et d'embarras qu'ont si souvent les gens qui font une psychanalyse. Et on a beau en rigoler, ça marche. Je voulais faire médecine, vous savez, mais toutes ces visites à la morgue, tous ces visages sous les draps en plastique, à la fin j'ai craqué.

Il est allé au bar et s'est mis à verser du whisky à l'aveuglette dans nos verres. Il a gardé le mien à la main.

— Comme vous l'avez si bien dit, comme avocat je ne suis même pas drôle. Mais je me suis inscrit en médecine pour la rentrée à Davis. De la grâce de Betty Sue, ça m'aura pris dix ans pour me décider, mais maintenant je vais finalement le faire.

— Bonne chance, j'ai dit.

— Merci, il a murmuré sans relever l'ironie. Autre chose ?

— Une dernière question. Ça m'ennuie beaucoup de vous la poser, mais j'apprécierais vraiment si vous y répondiez.

— Allez-y. Il a fini par remarquer les deux verres qu'il tenait dans les mains. Il ne m'a pas donné le mien pour autant. Mais pourquoi ça vous ennuie tellement de me la poser ?

— Il y a une rumeur selon laquelle Betty Sue aurait fait des films de cul à San Francisco.

— C'est tellement absurde que ça ne mérite même pas de réponse.

Il m'a finalement donné mon verre.

— Vous ne savez vraiment rien là-dessus ? j'ai demandé en me levant pour aller mettre un peu de glace dans le whisky tiède.

— Soyez pas ridicule.

Il m'a sorti ça en me regardant en face, par-dessus toute une étendue de tapis persans.

— Bon. Vous vous souvenez d'une fille nommée Peggy Bain ?

— Naturellement. C'était la meilleure amie de Betty Sue. Sa seule amie, je devrais dire.

— Vous ne sauriez pas où elle crèche, par hasard ?

— En fait, ça se pourrait. Je me suis occupé de son divorce il y a quelques années, et des fois elle m'envoie une carte à Noël

Il est allé à son bureau pour éplucher son Rodolex. Ensuite il a écrit une adresse et un numéro sur une carte avec son petit stylo en or. Cette simple tâche avait restauré un peu de sa façade, mais quand il a repris son verre en main il y avait du blanc autour des phalanges.

— Il y a deux ans elle était encore à cette adresse à Palo Alto. Si vous la voyez, faites-lui mes amitiés.

— Merci bien. J'y manquerai pas.

— Dites, il a repris d'une voix trop forte, asseyez-vous une minute. On va prendre un verre. Pour le plaisir, cette fois, pas par nécessité.

— Non merci, j'ai fait en reposant mon scotch sans le finir. J'ai un rencard.

— Moi aussi, il a fait d'un ton maussade en regardant sa montre. Avec ma femme.

Il m'a raccompagné jusqu'à la porte et on s'est serré la main. Mais au dernier moment il a gardé ma main et m'a demandé :

— Rendez-moi un service.

— Quoi ?

— Si jamais par un hasard dément vous arriviez à retrouver Betty Sue, pourriez-vous me prévenir ?

— Pour rien au monde, j'ai répondu en retirant mes doigts.

— Pourquoi ça ? il a demandé, interloqué et au bord des larmes.

— Je vais vous raconter une histoire, j'ai fait, ce qui a eu pour effet de le déboussoler encore plus. Quand j'avais douze ans, mon paternel travaillait sur un ranch dans le Wyoming, à l'ouest d'un trou perdu nommé Chugwater, et je passais mes vacances d'été avec lui — ma mère et lui vivaient plus ensemble — et faut que je vous dise que mon paternel il en avait un grain, s'était mis dans la tête qu'il avait du sang indien, notion qu'il avait d'ailleurs inventée de toutes pièces. Enfin bref, il s'est mis à porter des tresses et à vivre dans un tipi en prétendant qu'il était Comanche de la tribu

Kwahadi, et en tant que fils unique j'en étais aussi, forcément. Et cet été-là, j'avais donc douze ans, il m'a expédié tout seul dans la nature pour recevoir ma vision. Trois jours et trois nuits assis sous un ciel vide sans bouger, sans boire ni manger. Et vous savez pas ? Ben ça a marché.

— Je ne suis pas certain de comprendre ce que vous essayez de me dire, il a dit sérieusement.

— Ce que je veux dire, c'est que je l'ai eue, ma vision. Et depuis, j'arrête pas.

— Et alors ?

— Alors, quand vous m'avez parlé de tous ces cadavres anonymes sous les draps en plastique, j'en ai eu encore une.

— Une quoi ?

— Une vision. Je voyais votre air de dépit chaque fois que vous ne la trouviez pas sous ce drap en plastique. (Il a tout de suite compris. Au bout de deux ans de divan, il avait dû se mettre à en avoir lui aussi, des visions.) Je sais que vous êtes quelqu'un de bien et tout ça et que vous n'y pouvez rien si vous réagissez comme ça, mais c'est un fait, et si jamais je la retrouve comptez pas sur moi pour vous en avertir.

Et là il s'est mis à hurler :

— Pourquoi vous me faites subir tout ça ?

Mais je lui ai refermé la porte à la figure. Je n'avais pas encore eu de vision à ce sujet. À l'entrée j'ai tenu la porte ouverte pour laisser passer une belle femme mince aux traits délicats et au sourire fragile. Elle m'a remercié d'une voix tellement proche de l'hystérie que pour un peu j'en aurai couru jusqu'à mon El Camino. Pas de vision, pas de poésie pour elle, ça c'était sûr. Pour moi, juste une bière pour la route. Je suis resté assis au volant, bière en main, la petite glacière posée sur le siège du mort comme un étrange animal domestique, à repenser à mon cinglé de père et à ces jours et ces nuits passés assis en tailleur sur une butte de Sybille Creek, immobile comme une bestiole idiote ou une pile de pierres marquant une tombe anonyme. Évidemment que j'avais eu des visions. Au début c'était de crever de faim ou de me faire tellement chier que je me voyais mourir rien que pour rompre la monotonie. Ensuite je me voyais mourir de froid sous les étoiles, ou me retrouver estropié à vie, les jambes perpétuellement en tailleur comme celles d'un monstre de foire avec ses fers et sa petite caisse à roulettes. Et pourtant plus tard les vraies visions sont venues : une pierre qui volait, une étoile qui discourait comme un érudit d'Oxford, Virginia Mayo à mes pieds. Je suppose que comme Comanche je valais pas tripette ; j'avais vu trop de films, et puis d'abord mon paternel avait tout inventé. Mais nom de Dieu, des visions j'en ai eu, pour ça oui. Et aucune des drogues que j'ai pu ingurgiter depuis, séparément ou mélangées, n'a jamais égalé ces premières visions. Mais je ne suis jamais retourné sur cette butte au-dessus de Sybille Creek non plus. Et je ne le ferai jamais.

6

Tout le long de la route en rentrant à Sonoma, je me demandais ce que Gleeson et Albert avaient bien pu faire au Bon Dieu pour réveiller en moi autant de méchanceté. J'avais bousculé Gleeson sans pitié, j'avais gratté ce pauvre Albert comme une croûte qui suppure encore, et je les avais laissés tous les deux devant des verres vides. Peut-être que c'était ma nature, d'être mauvais comme ça. C'est ce que la seconde femme dont j'ai été amoureux m'a dit en refusant de m'épouser. Elle avait deux gosses à élever et elle disait comme ça qu'elle n'avait pas envie que je leur enseigne la méchanceté. Ça et autres choses. Si cela ne m'avait pas rendu encore plus furieux, j'aurais sans doute essayé de me sentir coupable envers Gleeson et ce pauvre Albert. Et peut-être même envers la femme qui avait refusé de m'épouser. Mais elle je l'avais rincée de mon système avec la bringue qui s'était terminée dans les cendriers et les toilettes d'Elko. Après ça j'étais rentré chez moi et je m'étais tellement bien rangé des voitures que j'avais sauté à pieds joints sur l'occasion quand on m'avait demandé de filer le train à Trahearne et de le suivre dans sa bringue du non-retour.

J'avais au moins trouvé du travail, sinon le pardon. J'avais même trouvé Trahearne. Mais je savais pertinemment que je n'avais pas une chance de retrouver Betty Sue Flowers. Même si je devais chercher pendant un million d'années. Alors bon, je sirotais ma bière et je bouffais encore un peu plus de kilomètres dans mon El Camino. C'est mon numéro à moi, ça. Ça fait des années que ça dure.

Le numéro de Trahearne, en revanche, ça commençait à bien faire. Aussi difficile à éviter qu'une fausse pièce ou qu'un assureur accroché à vos basques. Quand je suis entré dans ma chambre de motel, j'ai trouvé son énorme carcasse étalée sur l'autre lit comme une baleine échouée sur la plage. Sur la table de nuit entre les deux lits se trouvaient un demi-gallon de vodka, une bouteille de tonic et un seau plein de glace. Il y avait aussi un mot sur mon oreiller : *Arrêtez-moi avant que je me remette à tuer.* Dans son coin de la chambre il y avait une pile de magazines et de livres de poche.

Je l'ai secoué par l'épaule en lui demandant ce qu'il foutait dans ma chambre, mais il m'a simplement souri entre deux ronflements comme un chérubin obscène. Je me suis lavé, j'ai mis mon Levis propre et l'ai laissé roupiller là sans laisser de mot rigolo. La journée que je venais de passer ne se prêtait pas aux mots rigolos. Mais alors pas du tout.

Bea était de Sacramento, n'avait jamais entendu parler de Betty Sue Flowers, et n'a découvert mon imposture que beaucoup plus tard dans la soirée pour que cela fasse la moindre différence. On a fait la tournée des grands ducs, enfin le peu qu'ils avaient dans le pays, et on a rempli la nuit comme on a pu avec force rires, mensonges, pas mal d'herbe — qu'elle faisait pousser elle-même — et pas mal de mon whisky aussi. Après ça on a titubé comme on a pu jusqu'à mon motel pour perpétrer le plus grand mensonge de tous. On avait aussi une pleine brassée de livres de Trahearne avec nous, mais le grand homme ne pouvait pas les signer dans son sommeil.

— On pourrait attendre jusqu'à demain matin, j'ai suggéré en me penchant vers le lit.

— Oh non c'est pas possible ! a fait Bea avec un petit gloussement, demain faut que je sois à Sacramento avant une heure ; et puis d'abord jamais je pourrais faire ça avec lui dans la même pièce.

— Tu veux que je le réveille ?

— Non, idiot. C'est justement de ça que j'ai peur.

— T'en fais pas pour ça, mon amour, j'ai susurré dans une oreille soudain accessible. Le vieux père dort comme une pierre. Et puis il y a autre chose…

— Quoi ?

— Je sais pas si je fais bien de te le dire.

— Allez.

— Ben voilà : le vieux peut plus bander, j'ai dit d'un air tout à fait sérieux. Whisky et blessures de guerre, tu comprends. Mais il aime vraiment ça, être au milieu de l'action quand il y a une partie de jambes en l'air.

— Tu te fous de moi.

— Je te jure. Il prétend que le pouvoir des émanations sexuelles lui fait faire des rêves absolument merveilleux. Il dit que c'est à peu près le seul plaisir qui lui reste dans la vie.

— Non, elle a fait en secouant la tête mais en se frottant toujours contre moi.

— Si, j'ai soufflé dans la jolie petite oreille. On sait jamais, si ça se trouve cette nuit il va faire un rêve du tonnerre de dieu et demain il va pondre un poème dessus. On pourrait s'arranger pour qu'il te le dédie.

Là il a fallu que je feigne une quinte de toux pour couvrir le bruit que faisait Trahearne en essayant de ne pas éclater de rire.

— Tu crois que ça pourrait arriver ? elle a demandé timidement.

— Je crois que je pourrais m'arranger pour, oui.

Elle s'est dégagée et m'a souri.

— Tu fais ça souvent, ce genre de corvée pour lui.

— Jamais assez souvent.

— Bon, elle a murmuré en se blottissant de nouveau dans mes bras, mais alors ferme la lumière.

— Je pourrai pas voir tes taches de rousseur, j'ai dit.

— Tu peux les lécher, gros bêta.

Le lendemain matin on était tous les trois dans nos lits respectifs en train de prendre le petit déjeuner — fraises de serre et crème véritable, crêpes à la dinde et trois bouteilles de champagne californien. Trahearne a poussé un gros soupir en terminant de dédicacer le dernier des livres de Bea, pour lui dire ensuite :

— Ma chère, je suis certain que mon fidèle compagnon ici présent a dû se montrer terriblement indiscret cette nuit, qu'il vous a fait part de choses très personnelles, trop privées pour être même mentionnées à la lumière du jour, des choses que je vous saurais infiniment gré de ne répéter à personne. Si cela se savait, cela pourrait me causer de l'embarras, vous comprenez.

— Oh ! plutôt mourir que d'en dire un seul mot, Monsieur Trahearne, Bea a roucoulé en se jetant une fraise dans la bouche, sa merveilleuse bouche.

— Faites-moi plaisir, appelez-moi Abraham, Trahearne a fait très officieusement. Je me considère comme votre obligé.

— Moi c'est Isaac, j'ai bougonné à travers une bouchée de dinde.

— Et moi, comme on va m'appeler ? a demandé Bea de façon irrésistible.

— La Rose de Sharon, le lys de la vallée, pas noir mais néanmoins attirant, a dit gravement Trahearne.

— Pourquoi pas la putain de Babylone ? j'ai suggéré.

— Sois pas méchant, Bea a dit gentiment en me flanquant un grand coup de coude dans les côtes tout en regardant sa montre. Je sais pas qui je suis, mais je sais une chose, c'est que si je suis pas chez ma mère à Sacramento à une heure je vais me faire appeler Arthur.

Et le plus naturellement du monde elle est sortie des couvertures, complètement nue. Elle a récolté ses vêtements soigneusement pliés et est passée dans la salle de bains. Sans se presser, mais sans frimer non plus. Le soleil matinal jouait sur ses seins blancs et ses hanches en mouvement.

— Absolument ravissante, Trahearne a fait dans sa barbe une fois la porte fermée. Et ce numéro que vous lui avez sorti, Sughrue. Je croyais pourtant avoir tout entendu dans le genre — mais les émanations sexuelles et les rêves érotiques pour le pauvre vieux impuissant, chapeau ! Où c'est que vous êtes allé pêcher ça ?

— Les drogues, j'ai fait. Vous croyez tout de même pas qu'elle a gobé toutes ces conneries, non des fois ?

— Les femmes adorent ce genre de bobards, elles adorent jouer les infirmières. C'est ce qui leur donne ce pouvoir sur nous, mon garçon, leur victoire dans la soumission, l'ascendant qu'elles trouvent dans la défaite.

— Vous voulez que je prenne des notes ?

— Vous arrêtez jamais de jouer les détectives blasés, hein ? Et comment trouvez-vous mon numéro du vieil homme triste et sage ?

— Si un cul de cochon c'est du porc, vieux père, comment ça se fait qu'on appelle ça du jambon[1] ?

— L'envie, mon jeune ami, l'envie. Quelle petitesse ! Est-ce que vous m'avez entendu vous envier les gigotements inspirés de votre petite amie cette nuit ?

— Je vous ai entendu respirer fort, en tout cas. Ça compte ?

Trahearne s'est marré et j'ai servi le champagne. Quand Bea est ressortie de la salle de bains, Trahearne lui a fait comme ça :

— Ma chère, laissez-moi vous remercier pour ce charmant spectacle. Cela m'a, comme on dit, réchauffé le cœur.

— C'est plutôt le cliché qu'est réchauffé, oui, j'ai interrompu.

— ... et m'a redonné foi en la nature humaine. Vous êtes vraiment trop bonne pour un vieil homme malade comme moi.

— Trop heureuse d'avoir pu vous faire plaisir, Monsieur Trahearne, elle a répondu en se penchant pour planter un baiser sur sa joue ronde. Sa grosse paluche a remonté le long de sa cuisse pour aller lui caresser affectueusement la croupe. Mais vous êtes un horrible vieux tricheur, elle a ajouté. Et sa main experte d'infirmière diplômée s'est vivement glissée sous les couvertures pour aller klaxonner férocement sur son engin. Et ça alors, c'est quoi ? elle a fait en rigolant.

1. Jeu de mots intraduisibles avec *ham* qui veut dire « jambon » mais aussi « cabot » ou « cabotin ».

Trahearne en a rougi pour de bon, je crois bien. Ensuite il a continué à bafouiller et à toussoter pour se donner une contenance. Elle est venue me trouver dans mon lit et m'a gratifié d'un baiser qui était censé me faire languir après les joies du foyer et me faire renoncer à la vadrouille — au moins pour quelques jours —, après quoi elle m'a dit :

— Et toi, C. W., t'es le pire menteur du monde — émanations sexuelles, mon cul, oui — mais t'es gentil quand même. Tu peux m'appeler quand tu veux.

Et sur ce elle a quitté la pièce, ses livres sous le bras, en répandant son rire clair comme des pièces de monnaie et laissant derrière elle un léger parfum de femme.

— Bon Dieu, parlez d'un sacré bout de femme. Exceptionnelle, Trahearne a bredouillé.

— Vous les vieux, un rien vous impressionne.

— Ha, ha ! Dois-je percevoir les accents de l'amour véritable derrière le mordant du cynisme éculé ?

— Amour véritable mon cul, j'ai fait en écho. C'est la révolution sexuelle, le mariage ouvert, les rapports à la coule. C'est son jules qu'elle va retrouver chez sa mère, le toubib. Il a sans doute passé la nuit à pilonner sa seconde ex-femme, sa sœur, le jules à sa sœur et un fox-terrier bissexuel.

— Si c'est vrai, c'est triste.

— C'est pourtant le cas, dans les grandes lignes.

— Alors, c'est triste. Moi je me rappelle encore l'amour véritable.

— Vous voulez dire l'époque où il fallait être fiancé avant de pouvoir montrer le cul de sa poule aux copains ?

— Le cynisme ne vous va pas du tout, il a fait d'un ton amusé.

— Désolé. Le champagne, je suppose.

— C'est drôle. Moi ça me rend toujours romantique.

— Sans blague.

— Où diable Catherine a bien pu vous dénicher ? Sûrement pas dans les pages jaunes de l'annuaire ou quelque chose de banal comme ça.

— Je suis dans l'annuaire. Mais c'est dans un bar qu'elle a entendu parler de moi.

— Comme de bien entendu, il a fait en levant un sourcil bâti comme un ver à soie. Où ça ?

— Au Sportsman, à Cauldon Springs, j'ai dit. Le patron est un vieil ami à moi. On était à l'armée ensemble.

— Bob Dawson ?

— C'est ça. Elle était là-bas pour voir si on vous avait pas repéré dans les parages et il lui a dit qu'il avait un pote qui retrouvait les objets perdus, comme les ex-maris, et de fil en aiguille…

— Ça je m'en doute, il a fait, bizarrement amer tout d'un coup.

Et puis j'ai compris.

— C'est plus votre femme, après tout. Alors qu'est-ce que ça peut bien vous foutre ?

— Moi je m'en fous. C'est ma mère que ça embarrasse.

— Votre mère ?

— Catherine habite avec ma mère. Dans sa maison, il a précisé, et ça la rend malade quand Catherine fait la pute dans tout le pays.

— Vous habitez avec votre mère ?

— Catherine habite avec ma mère. Dans sa maison. Ma maison est à un jet de pierre de la sienne.

— Vous avez pas l'air très enchanté de l'arrangement.

— Des fois non.

— Déménagez.

— C'est pas si simple. Elle est âgée maintenant, perclue d'arthrite, et je lui ai promis d'habiter sur le ranch jusqu'à sa mort. Je lui dois bien ça, vous comprenez, je lui dois au moins ça. Et puis d'abord tous les endroits se ressemblent.

— Les gens sont différents, j'ai rétorqué, mais il m'a ignoré.

Il a bu longuement au goulot de la bouteille de champagne. Il s'est étranglé. Ensuite il m'a regardé avec des yeux humides.

— Si j'avais su qu'on rigolerait comme ça, Sughrue, je vous aurais laissé me rattraper bien plus tôt.

— Un brin coûteux, comme distraction.

— Mais j'en ai pour mon argent, il a fait en jetant la bouteille vide sur la moquette. J'en aurais donné autant rien que pour voir cette jeune personne traverser la pièce. Il s'est redressé pour s'installer sur sa bonne fesse. C'est merveilleux, quand même, une femme nue. Bon Dieu ce que j'aime ça ! J'en ai vu des palanquées au cours de ma vie, mon gars, mais j'y suis pas encore fait. Il a éclaté de rire en hochant la tête. Débouchez donc l'autre bouteille. On va boire aux femmes nues.

C'est ce que j'ai fait, et le bouchon a rebondi contre le plafond pour aller courir sur la moquette comme une petite bête enragée. J'ai rempli nos verres et Trahearne a levé le sien dans un rayon de soleil faiblard qui se faufilait entre les feuilles d'un eucalyptus. Il a regardé les bulles monter comme des bijoux flottants.

– C'est drôle, il a fait.

– Quoi ?

Et c'est là qu'il m'a raconté son histoire sur les femmes nues et le soleil. Et aussi qu'il était bâtard.

Sa mère était institutrice à Cauldon Springs, et célibataire, quand elle s'était fait engrosser par un éleveur du coin, qui lui par contre était marié, et le conseil d'administration de l'école l'avait forcée à quitter le patelin. Elle était allée accoucher à Seattle et c'est là qu'elle était restée après la naissance du bébé, à faire des petits boulots pour gagner leur vie à tous les deux. Il était en âge d'aller à l'école que sa mère avait déjà commencé à écrire des westerns pour les feuilletons à deux sous ainsi que des articles pour les magazines et les suppléments du dimanche, alors ils avaient déménagé dans un lotissement aux confins de Capitol Hill. Après la classe, Trahearne revenait chez lui en prenant le chemin des écoliers par les allées, histoire de causer aux gens que sa mère décrivait dans ses livres, les marins au chômage et les bûcherons, les vieux de la vieille qui avaient connu des époques violentes, des endroits lointains et romantiques.

Mais des fois, au cours d'une de ces balades sans but, il voyait une femme qui se tenait toute nue à sa fenêtre de derrière au premier étage. Mais seulement quand il pleuvait, comme si les traces laissées sur ses vitres par la pluie grise la rendaient invisible. Mais l'enfant la distinguait, dans l'ombre mais clairement visible derrière les reflets de la vitre. Sous la pluie. À la fenêtre. Elle se touchait parfois légèrement la pointe des seins. Parfois elle soutenait le poids de ses seins lourds et pâles dans ses mains blanches, toujours à regarder fixement la pluie froide. Jamais au soleil. Toujours quand il pleuvait. Parfois elle semblait regarder en bas et elle souriait, ses yeux gris soudés aux siens à travers la vitre, et alors elle soulevait ses seins comme des pierres qu'elle aurait voulu lui lancer. Et d'autres fois encore elle riait, et il sentait la pluie comme des larmes glacées sur son visage en feu. La nuit il rêvait de soleil dans l'allée et se réveillait en entendant le froissement insistant et imperceptible de la bruine dehors.

Même après l'école secondaire, quand il était en première année à l'université de Washington et qu'il habitait encore chez sa mère, il voyait la femme. Et même après qu'il eut pris une chambre plus près du campus, il retournait dans son ancien quartier les jours de pluie pour arpenter encore une fois les briques qui recouvraient l'allée, des briques rouges qui luisaient sous la pluie. Ce n'est qu'après avoir fini ses études, quand, ne trouvant pas de travail à Seattle, il s'était installé dans l'Idaho pour travailler en forêt sur les chutes, qu'il avait cessé de hanter l'allée derrière la maison, cessé de regarder, cessé d'attendre.

Il y avait eu des filles, bien sûr, durant cette période, mais ce n'était jamais ça. Cela pouvait se passer dans une cabine de motel ou sur un plaid étalé sous les pins et les étoiles, cela n'était jamais pareil. Sauf avec une, presque. Une fois. Une Indienne replète avec qui il s'était baigné, nus tous les deux, dans un lac à l'aube ; un lac qui avait englouti une ancienne forêt marécageuse et qui était plein de minuscules particules de bois en suspension dans l'eau, brillantes et pellucides, qui rendaient la fille nue proche mais distante à la fois, comme une patineuse dans une de ces boules en verre presse-papiers où il neige dedans. Une seule, une fois, presque.

Et puis la guerre était arrivée. Trahearne s'était engagé dans les Marines en janvier 42, et une fois fait son peloton, ses barrettes encore toutes neuves, il avait pris sa permission à San Francisco au lieu de retourner à Seattle dire au revoir à sa mère avant de s'embarquer pour le Pacifique. Juste au milieu du pont du Golden Gate il avait rencontré une jeune veuve qui n'avait pas encore vingt ans, dont le mari s'était trouvé sur l'*Arizona* comme enseigne à Pearl Harbor. Au début, à la voir si pâle dans sa robe noire et le visage défait par les larmes, il avait cru qu'elle avait l'intention de sauter, mais quand il s'était mis à lui parler il avait découvert que ce n'était pas le cas. Elle était seulement venue jeter son alliance dans la baie. Une chose, comme il a dit tristement, en a mené à beaucoup d'autres, et ils sont tombés amoureux, le jeune lieutenant impatient de partir à la guerre trouver la gloire, et la jeune veuve adolescente qui avait déjà perdu un homme à la guerre, une violence et une soudaineté aussi choquantes que ce caillot de sang menstruel qui avait mis fin à son enfance si peu de temps auparavant. Leur amour, comme il a dit, avait pris sa force dès le début dans la puanteur de la mort, et chaque fois qu'ils s'accouplaient ils avaient le sentiment que c'était la dernière fois pour tous les deux.

À son dernier jour de permission ils étaient retournés sur le pont, et là, dans les rafales de vent et de soleil qui amenaient le printemps et qui sifflaient dans les câbles comme un lointain tir d'artillerie, un vent qui tenait son froid de la mer verte, un vent odorant comme une jungle, là il a raconté à son nouvel amour l'histoire de la femme nue sous la pluie. Mais avant qu'il ait pu terminer, elle avait déboutonné son corsage, et sans prêter aucune attention aux gens qui se pressaient autour d'eux elle avait offert ses petits seins au soleil de l'après-midi. Elle lui avait pris la tête et l'avait tenue entre ses seins. Ensuite elle l'avait laissé partir à la mort.

– Bien sûr, il a fait comme ça, c'était la chose la plus excitante qui m'était jamais encore arrivée. Ça l'est peut-être encore. Je sais pas. Je n'ai jamais été aussi touché de ma vie. Un geste tellement beau.

— Et qu'est-ce qui est arrivé ?

— Toujours les questions, hein ? il a dit en me jetant un dur regard insistant. Qu'est-ce qu'il pouvait bien leur arriver, aux gens, à cette époque ? Il leur est arrivé la guerre, voilà ce qu'il leur est arrivé. Mais je pense pas que vous puissiez beaucoup vous souvenir de ça.

— Je me souviens que mon paternel est parti ; ensuite il est revenu, et puis il est reparti pour de bon.

— Tué ?

— Non. Mais après l'Afrique du Nord, l'Italie et le sud de la France, le Texas devait plus avoir l'air de grand-chose de rare. Il est parti dans l'Ouest et ma mère et moi on est restés derrière. Elle a toujours dit que la guerre lui avait seulement donné un prétexte pour devenir le bon à rien foutre et le vadrouilleur qu'il avait toujours voulu être.

— Les femmes sont comme ça, fils, il s'est soudain mis à philosopher. Elles comprennent pas la bougeotte. Suffit de leur donner une grotte bien chauffée et un arrivage régulier de tripes d'antilope, et elles se croient chez elles pour de bon.

— Peut-être. Mais peut-être aussi que non, j'ai fait. Et la femme, qu'est-ce qu'elle est devenue ?

— Quelle femme ?

Il avait l'air en colère et confus.

— Celle avec les nibards.

— Pour un homme qui fait preuve d'un soupçon d'imagination, jeune homme, vous avez l'âme en rase-mottes et la bouche en vide-ordures.

— Je vous ai dit que j'étais un salopard qui mettait son nez partout.

— Ça vous pouvez le dire. C. W., c'est les initiales de quoi ?

— De rien, j'ai menti. La femme, qu'est-ce qu'elle est devenue ?

— Merde, fils, est-ce que je sais, moi. Elle a dû se marier avec un planqué, ou un bidasse sans le sou, ou un autre officier qu'avait une perm plus longue que la mienne, est-ce qu'on sait ? Quelle différence ? Ce qui compte c'est l'histoire.

— Pas quand je sais pas comment elle finit.

— Les histoires, fils, c'est comme les instantanés : des images chipées au temps, avec des marges bien nettes et dures. Mais ça c'était la vie, et la vie ça commence et ça se termine toujours dans le sang et la merde, de la matrice à la tombe. Juste un gros gâchis, une boîte d'asticots laissés au soleil à pourrir.

— Bon.

— Et en parlant de gâchis, il a fait en souriant, qu'est-ce que vous comptez faire maintenant ?

— Vous ramener chez vous, je suppose.

— Et la fille à Rosie, alors ? Celle qui s'est sauvée de chez elle ?

— C'est perdre mon temps. Si j'avais un an à perdre et à rien foutre, j'arriverais peut-être à la retrouver ou à découvrir ce qui lui est arrivé. Mais pas comme ça en deux jours. Je dirai seulement à Rosie que vous êtes sorti de l'hosto plus tôt que prévu.

Mais ce n'était pas ce que j'avais envie de dire.

— Écoutez, fils, j'ai rien à branler chez moi. Il m'a regardé verser le reste du champagne. Et je trouve que j'ai bien mérité quelques jours de rigolade — après tout, merde, j'ai encore pris une balle et survécu encore un coup —, alors pourquoi ne pas essayer encore deux ou trois jours de plus ?

— Dans ce cas, oui, si ça vous dérange pas.

— Me déranger, fils ? Bordel, mais j'insiste, il a fait, grand seigneur.

— Super.

— Mais j'ai un petit service à vous demander, il a ajouté en sortant ses jambes du lit et en s'asseyant délicatement sur le bord.

— Quoi ?

— Emmenez-moi avec vous.

Il a dit ça timidement en frottant ses pieds contre la moquette.

— Hein ?

— Laissez-moi venir avec vous.

J'ai rigolé et il a redressé la tête.

— Je serai pas dans vos pattes, promis.

— Si vous me promettez de rester relativement sobre, j'ai dit, vous êtes le bienvenu à bord.

— Sobre comment ?

— Au moins aussi sobre que moi.

— Ça c'est pas un problème, il a croassé. Ça vous dérange pas, c'est sûr ?

— Après tout, c'est vos fesses, vieux père.

— Pas la peine de me le rappeler, il a maugréé. Mais il s'est mis debout en souriant. Il fait un temps superbe, fils. On va aller chercher ma péniche, baisser la capote et se payer un peu de soleil et d'air frais. Rien de tel qu'un bon bol d'air pour effacer cette odeur d'hôpital et la, euh, l'ineffable odeur de luxure qu'on a encore dans le nez. Nom de Dieu, je crois bien que j'irai même jusqu'à payer l'essence et le whisky.

— Et mes frais ? j'ai demandé dans son dos comme il entrait dans la salle de bains, mais il m'a fait un signe de main comme pour dire *Au diable les frais*.

Pendant que je remettais la tête de delco en place et chargeais nos affaires dans sa décapotable, Trahearne s'est évertué à persuader Fireball d'évacuer la banquette arrière, mais manifestement le bouledogue revenait de cuite et donnait tous les signes de vouloir défendre sa position jusqu'à la mort. Ou du moins jusqu'à ce que Trahearne verse le contenu d'une canette bien glacée dans un enjoliveur d'Hudson tout rouillé. Le museau dans sa bière matinale, Fireball nous a ignorés tout le temps qu'on montait en voiture et baissait la capote, mais quand on a démarré il a juste jeté un œil sur les portes bouclées du saloon et s'est mis à nous suivre avec cet air bien arrêté et cette drôle de façon de trotter qu'il avait. On aurait dit qu'il savait que dans toute cette portion de la Californie on était les seuls à détenir les bières fraîches absolument essentielles pour soulager une gueule de bois un dimanche matin ; et aussi qu'il avait bien l'intention d'attraper la Cadillac par un pneu arrière et de ne pas lâcher prise jusqu'à ce qu'on les lui livre. J'ai ralenti pour le garder à l'œil.

– Va bien falloir qu'il s'arrête, l'abruti, Trahearne a dit au bout d'au moins un kilomètre.

Peut-être que c'est ça, la définition de l'abruti : il n'abandonne jamais. J'ai encore fait cinq cents mètres. Ensuite j'ai stoppé la voiture pour attendre le chien. Il s'est finalement pointé, l'air irascible et soiffard. Trahearne lui a ouvert sa portière et lui a donné une bière. Fireball a fait la fine gueule, s'est installé sur la banquette arrière et est resté là avec beaucoup de dignité comme un millionnaire bégueule attendant que la valetaille veuille bien se mettre en route. Je me suis exécuté. Ses bajoues flottaient presque au vent et il avait l'air d'apprécier le soleil et la balade dominicale.

– Lui manque plus que le cigare, Trahearne a bougonné.

Je lui ai passé ceux que j'avais fauchés à ce pauvre Albert, mais il se les est gardés pour lui.

– Quel cirque, tout de même ! il s'est mis à beugler au milieu de la fumée de cigare et en se calant bien dans son siège comme pour mieux profiter du voyage. Quel foutu cirque !

À la sortie de San Rafael j'ai dû freiner sec pour éviter une estafette qui s'était rabattue sur trois files pour atteindre la rampe de sortie. Trahearne a grimacé, puis a changé de position, un peu plus haut sur l'oreiller qu'on avait piqué au motel.

– Nom de Dieu, si j'étais plus jeune – et

merde, si j'étais seulement entier — je te rattaperais ces crapules histoire de leur apprendre les bonnes manières, moi.

— Z'êtes bien sûr de vouloir venir avec moi, vieux père ?

— Fils, j'ai jamais rien voulu d'autre. Il souriait malgré la douleur. Prendre la route, rouler, bouger. Et me voilà à vadrouiller à travers l'Amérique avec un bouledogue alcoolique, un privé à la gomme et une bouteille de Wild Turkey entamée. Sur ce il l'a sortie de la boîte à gants, en a bu une longue gorgée et me l'a passée. Mais m'appelez plus *vieux père*, c'est tout ce que je demande.

— M'appelez pas *privé à la gomme*, alors.

— Il fait trop beau pour s'engueuler. Et si c'était un effet de votre bonté de faire passer l'anesthésique au lieu de le garder à la main, je verrai ce que je peux faire pour calmer la douleur.

Quand je le lui ai rendu il n'y a pas été de mainmorte.

— Non merci, j'ai fait quand il m'a de nouveau offert la bouteille. Je peux vous poser une question indiscrète ?

— On est dans la même galère, pas vrai ?

— Qu'est-ce que vous foutiez sur la route ? Vous cherchiez après votre femme ? Elle s'était barrée ?

— Elle s'était pas barrée, comme vous dites si bien. Mais Melinda, comme toutes les artistes, elle a besoin de changer d'air de temps en temps — nouveaux points de vue et tout ça —, besoin d'être seule, anonyme, de voir le monde sans les œillères qu'on peut avoir quand on est en couple. Et bon sang, je comprends ça. S'il y en a un qui peut comprendre ça, c'est bien moi, non ? Je suis pareil. Une chance, c'est que dans ce mariage il y a assez de place pour ce genre de liberté. Dans ce mariage, contrairement à mon premier, ma femme et moi ne dépendons pas complètement l'un de l'autre. Il est resté un moment sans rien dire. Sacrée Catherine, quand même ! J'ai beau avoir divorcé, on dirait bien que je suis pas fichu de m'en débarrasser complètement. Je crois qu'elle s'était mis dans la tête que Melinda s'était effectivement fait la malle, ce qui est une idée démente mais qui j'en suis certain la ravissait au plus haut point. Elle s'est sans doute dit que je m'étais lancé à sa poursuite avec de sombres idées de meurtre. Ou quelque chose de dramatique comme ça. Elle a cru pouvoir me sauver en vous envoyant à ma recherche. Ou quelque chose comme ça. J'en sais rien. Bordel, *douze ans* que j'ai été marié à cette bonne femme – que j'ai subi cette bonne femme –, et j'ai toujours pas la moindre idée de ce qu'elle a dans la tête. Je serais pas autrement étonné qu'elle vous ait engagé pour me tirer une balle dans le cul.

– Auquel cas je me suis acquitté de ma tâche plutôt finement, vous trouvez pas ?

– Sous-estimez pas Catherine, il a fait avec un sourire. Elle s'y connaît comme personne pour arranger les choses. Pendant des années elle a arrangé ma vie. Il était en train de m'en dire plus que je n'avais demandé, mais je ne savais pas quoi exactement. Vous êtes pas marié, vous ?

— Jamais été.

— C'est bien ce que je pensais. Vous êtes pas assez compliqué, pourriez pas survivre.

— C'est ce que j'ai toujours dit.

Au bout d'un long moment passé en silence à regarder les frêles monuments et autres immeubles d'habitation défiler le long de l'autoroute, il a demandé :

— Je peux vous poser une question ?

— Posez toujours.

— Où c'est qu'on va ?

Et il s'est mis à rire comme un bossu.

Quand il s'est calmé je lui ai dit ce que j'avais appris sur Betty Sue Flowers, ce que j'avais l'intention de faire et où je voulais chercher. Je me suis égosillé comme ça contre le vacarme de la circulation jusqu'à ce qu'on débouche dans l'espace bleu et venteux du Golden Gate. J'ai continué à parler et Trahearne a continué à picoler, et une fois sur le pont il a cessé de m'écouter. Sans doute qu'il repensait à la jeune veuve. Il était là à fixer la bouteille qu'il tenait dans sa main comme une grenade, les sourcils froncés. Sa folle escapade avait déjà du plomb dans l'aile.

Derrière, le bouledogue trônait comme une idole païenne, et la sourde lueur rouge qu'on voyait au fond de ses yeux stoïques, tout comme le caractère quasi mystique de son sourire impénétrable, le faisait ressembler à un crapaud magique.

7

On dit toujours que les dieux veillent sur les idiots et les ivrognes – et on en faisait indéniablement partie, Trahearne et moi. J'ignore qui a inventé cet adage, mais il se vérifie un peu trop souvent à mon gré.

Arrivés dans le centre-ville on s'est arrêtés dans un bar tranquille et j'ai appelé tous les dealers que je connaissais, tous les flics, toutes les anciennes copines. Qui m'ont donné des noms et des numéros de téléphone tous absolument sans valeur. Comment étais-je censé savoir que les tsars et les roitelets du porno opérant dans cette ville passaient tous leurs dimanches après-midi à faire des retraites spirituelles ou des séances de méditation transcendantale ou des séminaires *e.s.t.* ? Plus par ennui qu'autre chose, et dans le vague espoir de rester sobre, j'ai fait les bars et les boîtes de Broadway et je suis tombé sur un étudiant qui s'ennuyait ferme lui aussi dans sa billetterie. Il connaissait un professeur de sociologie qui en savait plus long sur les films pornographiques que la Ligue Pour la Décence et la Mafia réunies.

Le professeur était chez lui comme tout bon citoyen qui se respecte, en train de regarder un vieux film muet qui racontait l'histoire d'un jeune benêt à la plage, que deux filles amènent fourbement à baiser une chèvre à travers le trou d'une palissade. Plusieurs mois après les mêmes filles lui extorquent son argent de poche, l'une d'elles s'étant mis un oreiller sous son maillot à l'ancienne mode et l'accusant d'en être le père.

– Bon sang, Trahearne a marmonné comme ça en se tortillant sur sa chaise pliante en métal. C'en serait presque drôle.

– Presque ? le professeur Richter l'a regardé de haut dans la lignée de son nez pointu. Presque ? il a répété comme s'il avait écrit, dirigé et interprété le film lui-même. En fait il ressemblait un peu au jeune protagoniste.

– C'est hilarant, vous voulez dire ! il s'est mis à braire comme ça. Et c'est bien ça le problème avec la pornographie moderne : trop de sérieux. Il y a des exceptions, bien sûr. En règle générale, quand le film pornographique moderne s'essaie à l'humour, il vise le plus bas possible, et quand il y réussit ne serait-ce qu'un tout petit peu vous avez généralement un hit national sur les bras, comme avec *Deep Throat*, par exemple. C'est pareil avec tous les arts : plus la technologie progresse, plus l'humour décline. Les limites et les définitions de l'art en question s'estompent, puis disparaissent complètement et l'art doit alors se moquer un peu trop de lui-même, se satiriser. Les arts visuels deviennent littéraires, et ça, mes bons amis, c'est le premier signe de la dégénérescence culturelle. Il s'est légèrement frotté les mains, qu'il avait fines et poussiéreuses, et a ajouté en remontant les coins de sa bouche :

— Vous ne trouvez pas ?

Il avait les yeux brillants et le sourire peiné du fanatique, sa longue figure ne trahissant absolument aucune émotion, alors Trahearne et moi on s'est contentés d'opiner du chef. Son visage n'était pas déplaisant, juste inexpressif et hystériquement objectif. Peut-être qu'après tout son régime régulier de films pornos lui avait gommé les traits ; mais en revanche jamais je n'aurais pu même commencer à deviner ce qui était arrivé à ses fringues. Peut-être qu'il avait dormi dans son costume noir lustré. Plusieurs fois. Et sans ménagement. En tout cas il avait dîné avec — ou dessus. Il avait une tache de sauce tomate ornée d'un minuscule champignon séché qui lui servaient de fleur à la boutonnière, et son étroite cravate noire dont le nœud s'étranglait à peu près de la taille d'un petit pois anglais lui avait manifestement servi de bavoir.

— Que puis-je pour vous, messieurs ?

Il avait enfin compris qu'on n'était pas venus pour discuter art et érotisme avec lui.

Je lui ai fait voir ma licence et lui ai expliqué mon affaire. Je n'avais pas fini qu'il s'était déjà précipité sur un classeur, pour en revenir les mains pleines de fiches. Les murs de son petit appartement étaient couverts de classeurs et de rayonnages pleins de boîtes de film.

— *Passion animale*, il a annoncé en tendant la main droite. Et en tendant la gauche : *Désir animal.* Messieurs, faites votre choix. Pas exactement original comme titre, l'un comme l'autre, mais bigrement populaires.

Il a ricané à sa propre plaisanterie.

— Très très petit budget, j'ai précisé, avec une partouse à la fin.

— Comme s'ils ne l'étaient pas tous, à petit budget, il a fait avec un autre rire fêlé. Vous pourriez me donner une date approximative ?

— Fin des années 60, peut-être.

— Actrice principale blonde ou brune ?

— Blonde.

— Voyons voir.

Il a replacé les fiches dans le classeur et en a parcouru d'autres.

— Peut-être que c'est ce que vous cherchez, il a dit tout en lisant une des fiches.

Ses lèvres fines ont prononcé un long chiffre en silence et il s'est rué sur une pile de boîtes et en a retiré une du milieu d'un mouvement si brusque que celles du dessus sont retombées en place avec un petit claquement sec.

— Autant que je puisse me souvenir, celui-ci c'est vraiment une merde. Sans absolument rien qui puisse le racheter. Vous voulez le voir ?

— Ça vous dérange pas ? j'ai demandé à Trahearne.

— Pourquoi ça me dérangerait ?

Il avait l'air dans le cirage.

— Vos illusions romantiques, j'ai rigolé.

— Oh ! Oh ouais, celles-là !

Sa confusion semblait s'éclaircir. J'aurais bien voulu pouvoir en dire autant.

— Envoyez-le, il a fait sèchement, et Richter a mis la bobine en place sur son projecteur.

C'était effectivement tout ce qu'il y a de fruste, voire même un peu pitoyable. Et c'était bien Betty Sue Flowers. J'avais beau détourner souvent le regard, elle était toujours là quand je reposais les yeux sur l'écran. Elle avait tellement grossi, elle aurait pu faire la pige à un modèle de Rubens, et sans cette façon qu'elle avait de pouvoir se dandiner avec une certaine grâce, elle aurait paru complètement grotesque et comique en jeune ménagère boulotte, vêtue de son seul petit tablier, ses cheveux blonds séparés en deux couettes qui lui encadraient le visage.

L'intrigue, elle, était maigre ; il y avait au moins ça de bien. D'abord un petit amuse-gueule pas très corsé avec une paire de caniches en peluche qui avaient l'air effarés de ce qui leur arrivait ; ensuite on passait aux choses sérieuses avec la participation successive du facteur, du laitier, de deux employés du gaz venus relever le compteur, et d'un garçon livreur qui portait des tonnes de fond de teint pour cacher ses rides. À tous les cinq ils offraient en spectacle suffisamment de bedaines, de genoux cagneux, de tatouages à demi effacés, de pieds sales et de pines courbes pour fournir un bon spectacle de foire. Dans le final, soigneusement empilés et s'emboîtant besogneusement autour de la table de cuisine, ils avaient l'air encore plus effarés que les deux caniches et on voyait leurs figures se contortionner de douleur comme ils s'évertuaient à tout lâcher au même moment sur Betty Sue qui s'occupait de tous les cinq simultanément. Tout le monde était raide défoncé, et les gens de l'équipe technique n'arrêtaient pas d'entrer dans le champ ou de faire de l'ombre ou de bouger la caméra et de saloper le point. On pouvait presque entendre le soupir de soulagement collectif quand ils se sont finalement trouvés à court de pellicule. C'était à peu près aussi excitant que de se branler dans une vieille chaussette sale.

Mais Betty Sue, en dépit de toute sa graisse et de ses yeux, qui étaient aussi opaques que deux galets mouillés, possédait quelque chose qui n'avait rien à voir avec son apparence. Elle avait l'air de se laisser dégrader librement, sans joie, mais bien déterminée à faire du bon travail. Elle m'excitait malgré moi, ce qui faisait cailler le whisky dans mon estomac. J'avais beau m'évertuer à la colère indignée, tout ce que je ressentais c'était de la tristesse, un peu, et une érection écœurante. À présent je comprenais pourquoi Gleeson n'avait pas voulu parler du film ; moi non plus. Pas plus que je ne désirais regarder la grosse et laide cicatrice qui lui barrait l'abdomen.

— Pas drôle. Pas drôle du tout, même, a grogné Trahearne.

La bobine était finie et la pellicule tournait toujours en claquant comme un volet cassé.

— Je vous avais prévenu, Richter a répliqué en commençant à rembobiner.

— Je crois que je vais sortir un moment. J'ai besoin d'un peu d'air et d'à peu près un gallon de whisky, Trahearne a fait en se levant lourdement de sa chaise.

Après son départ j'ai demandé à Richter s'il connaissait le nom d'un ou de plusieurs des acteurs.

— Vous rigolez, ou quoi ? Dans ce métier il n'y a que la *crème de la crème*[1] qui ont des noms, et généralement des noms d'emprunt. J'ai néanmoins reconnu le type qui faisait le laitier — dans un autre contexte, cela va sans dire.

— Quel genre de contexte ?

— Il avait une librairie porno ici en ville et je crois que son nom c'est Randall quelque chose... Randall Jackson.

— Il est toujours ici ?

— Non, il s'est fait la malle après ce film, qui est d'ailleurs le seul qu'il ait fait. Je crois me souvenir qu'on m'a dit un jour qu'il s'était lancé dans la distribution de bouquins pornos. Du côté de Denver je crois.

Je lui ai demandé s'il connaissait quelqu'un d'autre, ou d'autres détails concernant le film, mais il n'avait jamais revu la fille, ce qui voulait dire qu'elle avait arrêté le métier. Je l'ai remercié et me suis levé pour partir.

— Je peux vous poser une question ? j'ai fait.

— Bien sûr que non, il a répondu plaisamment.

— Qu'est-ce que vous fabriquez avec tous ces films ?

1. En français dans le texte.

— Catalogue, classification, index. Je prépare une thèse sur le déclin du film pornographique américain.

— Ça vous coûte pas un peu cher ?

— J'ai une bourse, a fait Richter d'un ton ravi.

Je ne lui ai pas demandé de préciser d'où il la tenait. Je ne tenais surtout pas à le savoir. Quand je l'ai quitté il rechargeait son projecteur en fredonnant.

Dehors, Trahearne et Fireball étaient vautrés à boire et à regarder l'activité clairsemée du dimanche qui régnait sur Folsom Street — deux taxis, un speedfreak jacassant et un poivrot oriental. En montant en voiture je me suis dit que j'aurais bien aimé avoir une plus grande variété de drogues sur moi. Ou moins de chance aveugle dans mes recherches.

— C'était la fille que vous cherchez ? Trahearne a demandé.

— Non, j'ai menti. Elle lui ressemble bien un peu, mais c'est une souris qui s'appelle Wilhelmina Fairchild.

— Ça pourrait être un nom de scène.

— Non. Richter connaît la môme personnellement. Elle bosse dans un salon de massage du côté de Richmond. Alors à moins qu'elle ait chopé l'accent teuton depuis sa fugue, c'est pas la fille à Rosie.

Je ne savais pas trop pourquoi j'avais menti à Trahearne. Parce que j'étais gêné pour Rosie, peut-être. Ou pour moi. Enfin bref, je ne voulais pas qu'il sache que c'était bien Betty Sue qu'on avait vue sur cet écran, Betty Sue en train de passer dans toutes les mains sous l'éclairage vacillant.

— Rien que pour Rosie je suis bien content, Trahearne a fait. Je me suis arrêté chez elle par hasard et je suis resté trois jours à picoler parce que sa tôle et son bouledogue me plaisaient. On n'a pas beaucoup causé, elle et moi, mais j'aime bien sa façon de servir la bière et de tenir le bar, c'est pour ça que ça me réjouit de savoir que sa gosse a pas fini comme ça. Ou pire.

— Moi aussi.

— Et maintenant ?

— Palo Alto.

— Pourquoi ?

— Histoire de causer à la meilleure copine de Betty Sue.

— Elle est peut-être pas chez elle. On ferait peut-être mieux de passer un coup de fil avant, rester en ville ce soir. Boire un verre ou deux, se donner un peu de bon temps et souffler un peu.

— Pas de repos pour les canards boiteux, j'ai dit en déboîtant juste entre un taxi et un semi-remorque, laissant aussi pour au moins deux dollars de pneus derrière moi. Il fait beau et la route est belle pour aller là-bas, j'ai continué quand le routier s'est fatigué de me corner aux fesses.

— Si on arrive entiers.

— Vous voulez peut-être la conduire, cette putain de péniche ?

J'étais en rogne contre moi, contre mon mensonge, contre le film.

— Conduisez comme vous voulez, fils, Trahearne a fait en protestant des deux mains. Mais vous mettez pas en boule contre moi. Je suis pas responsable de la terre entière.

— Des fois j'arrive plus à savoir si c'est moi qui débloque ou si c'est le monde qu'est devenu une fosse septique.

— Les deux. Mais votre plus gros problème c'est que vous êtes un moraliste. Pourtant vous en faites pas.

— Pourquoi ?

— Ça vous passera avec l'âge. Mais en parlant de débloquer — qu'est-ce qu'il fait avec tous ces films, l'autre excité ?

— Si je vous le disais vous me croiriez pas.

J'avais eu raison en partie. Le bout de route était agréable. Exception faite de l'échauffourée que Fireball avait eue avec un grand caniche gris qui avait voulu lui renifler le cul dans une station-service et exception faite aussi de la rombière en Mercedes qui appartenait au caniche et qui avait giflé Trahearne quand il lui avait suggéré de faire quelque chose d'impossible et d'obscène avec sa saleté de clébard, la route avait été belle. Mais Trahearne avait eu raison de vouloir téléphoner d'abord.

La fille qui habitait à l'adresse que m'avait fournie Albert ne savait pas où Peggy Bain perchait, mais elle connaissait quelqu'un qui saurait sûrement. On a passé l'après-midi à se traîner d'appartement en bistrot et à parler à des gens qui croyaient tous savoir où elle serait sûrement. Finalement on est arrivés à la dernière adresse possible, un barbecue tout là-haut du côté de La Honda. Le soleil piquait déjà du nez derrière les collines de la chaîne côtière et Trahearne n'arrêtait pas de geindre comme un gamin soûl. Il avait oublié sa promesse de rester au moins aussi sobre que moi. Trahearne et Fireball étaient soûls comme des cochons. Le bouledogue avait eu au moins la décence de tourner de l'œil sur la banquette arrière. On s'est garés au milieu des voitures qui encombraient Skyline Drive. Trahearne a reniflé l'air, bredouillé quelque chose au sujet d'une party, et du coup s'est arrêté de se plaindre.

— Peut-être que vous feriez mieux de rester dans la voiture, j'ai suggéré.

— Foutaises, il a fait en tirant une autre bouteille de Turkey de dessous le siège. Si mon petit numéro de l'auteur célèbre marche pas, fiston, je leur ferai voir mon invitation. (Il a montré le whisky.) J'ai toujours beaucoup de succès dans les sauteries, il a ajouté en s'extirpant péniblement de la voiture.

Évidemment le vieux salaud disait vrai. Le jeune barbu qui a répondu à notre coup de sonnette connaissait Trahearne pour l'avoir vu à une lecture de poèmes à Seattle quelques années auparavant, même si Trahearne ne se souvenait absolument pas de lui, et il nous a invités chez lui et immédiatement commencé à présenter Trahearne à ses amis comme si celui-ci avait été l'invité d'honneur prévu depuis le début. Quelques minutes plus tard on était avec des verres, des glaçons et Peggy Bain, assis autour d'une table de jardin. Trahearne s'est débarrassé de notre hôte et de ses fans, s'est installé à côté de Peggy Bain en lui passant son énorme bras autour des épaules et en l'appelant *trésor*. C'était une femme avenante avec un visage rond comme la pleine lune et un poncho de grosse laine. Quand Trahearne lui a expliqué l'objet de notre visite, elle nous a regardés, lui d'abord, ensuite moi, puis elle a éclaté d'un tel fou rire qu'elle a dû enlever ses lunettes sans montures et les poser sur la table au milieu des assiettes sales.

— Vous rigolez, j'espère, elle a fait entre deux fous rires.

Elle a continué comme ça encore un peu, puis s'est calmée et s'est essuyé les yeux en disant :

— Mec, on s'est perdues de vue depuis l'école secondaire.

Elle s'est arrêtée le temps de sortir une pipe de hasch de sa manche. Elle l'a allumée et l'a offerte à Trahearne. Il a tiré un grand coup dessus, bien goulu, et il a retenu sa respiration en bredouillant *de la vraie dynamite, cette dope !* Un vrai moutard. Ensuite elle me l'a présentée mais j'ai fait non de la tête, désireux de rester la tête claire encore quelques minutes.

— Il y a plusieurs années, je suis tombée sur son père à Bakersfield, qui m'a dit que Betty Sue avait fait partie d'une communauté en Oregon, mais que c'était fini.

— Vous vous rappelez le nom ?

— Mec, qui peut se rappeler ces noms-là ? Sunflower ou Sunshine Starbright Dreaming ou Sun Fun ou une connerie prétentieuse à la hippie dans le même genre.

Elle a gratifié sa petite plaisanterie d'un rire de gorge, ensuite elle a ajouté :

— Je sais plus le nom, mais c'était du côté de Grants Pass, je crois bien.

— Et quand est-ce que vous avez causé à son père ? j'ai demandé.

Trahearne a bredouillé *yeah* en lui pelotant l'épaule à travers la grosse laine.

Les traits de Peggy Bain se sont raidis tout d'un coup, et elle a remis ses lunettes. Elle a soupiré en levant les mains. J'ai cru que j'allais avoir droit au refrain rituel, pour qui je me prends de poser toutes ces questions sur Betty Sue et tout ça, mais c'est à Trahearne qu'elle s'en est prise :

— Hé, mec, le trip starfucker, c'est pas mon genre, okay ? Voyez la dame là-bas près de la porte ? Celle avec le turban sur la tête et tout ce métal hurlant qui lui pend au cou ? C'est à elle qu'il faut s'adresser, okay ?

Ce disant elle lui a pris sa grosse paluche par les doigts comme si elle avait retiré un crabe crevé, et elle l'a laissée tomber sur ses genoux.

— Excusez-moi, il a bredouillé sans une trace de sincérité tout en regardant alternativement ses genoux et la porte.

— Mais faut pas que ça vous fasse flipper, mon vieux, a fait Peggy.

— Ça chie pas, il a fait.

Et il est parti vers l'entrée en clopinant.

— Qu'est-ce qu'il a ? elle a demandé.

— Tempérament d'artiste, j'ai dit. Il croit qu'un auteur célèbre c'est censé pouvoir tirer son coup plus souvent que les autres.

— Pas ça, idiot. Qu'est-ce qu'il a à la jambe ?

— Vieille blessure de guerre.

— Laquelle ?

— Une des deux, elles sont toutes pareilles.

J'avais été entraîné à la réplique gauchiste par un sous-lieutenant coiffé en brosse qui pompait tout dans un manuel sur les répliques gauchistes.

— *Right on*, mec, elle a fait. Comme à la parade.

— Mais pour en revenir à Betty Sue, ça fait longtemps que vous avez vu son père ?

— Six ans au moins. Ça je le sais parce qu'à l'époque j'étais encore mariée à ce connard réac de Santa Rosa. On était descendus à Bakersfield pour je ne sais trop quel congrès de la United Farmworkers, et j'ai vu le nom du paternel à Betty Sue dans le journal. Il jouait dans une boîte qui s'appelait *The Kicker* — sans doute shitkicker en abrégé —, alors on s'est bien défoncés à plusieurs et on a été voir un peu les bouseux. Bien sûr on s'est arrangés pour prendre les deux hippies les plus baraqués avec nous, deux mecs qui travaillaient comme bûcherons du côté de Weed. On voulait voir comment ils vivaient, de l'autre côté de la barrière.

— Et comment ils vivaient ?

— Exactement comme on peut s'y attendre, mon vieux, la belle vie, la grande vie à Bakersfield, elle a répliqué avec un sourire ironique. Mais le vieux Flowers, lui, il était cool.

— C'est-à-dire ?

— Il chantait dans un groupe, il s'occupait du bar et il trafiquait de la poudre comme un bandit.

— Cocaïne ?

— Quoi d'autre ? C'est ce qu'il y a de mieux, non ? Au début nous on croyait qu'il se vantait, histoire d'impressionner les hippies — vous savez, comme les caves peuvent faire des fois —, à raconter comme ça qu'il vendait de la coke à tous les grands noms de la country qui passaient à Bakersfield, mais après le deuxième set il nous a invités dans son bureau derrière, et j'aime autant vous dire qu'on s'en est vraiment mis plein les trous de nez. On en a acheté cinq grammes. De la bonne came. Et le prix était bien aussi.

— Et vous avez parlé de Betty Sue, j'ai fait pour la faire revenir de ses souvenirs de coke. Des miens aussi.

— Oui. Je lui ai demandé s'il avait eu des nouvelles et il a dit qu'elle avait téléphoné une fois, un an ou deux avant, pour demander du fric. C'était pour se tirer de sa communauté. Probablement une de ces saloperies fascistes à la hippie, pas besoin de vous faire de dessin, hein ?

— Mais vous ne vous souvenez plus du nom ?

— Je vous ai dit, Sun-machin-chose. (Elle m'a regardé.) C'est parce qu'elle est dans la merde que vous la cherchez ?

— Non, pas pour ça, j'ai fait.

Et puis j'ai réalisé que depuis le film je ne savais plus bien pourquoi je cherchais Betty Sue.

— Je suis tombé par hasard sur sa mère, et elle m'a engagé pour renifler quelques jours.

— Désolée, mais je peux pas vous aider.

— Ça fait rien. Ça fait trop longtemps qu'elle est partie, de toute façon.

— Pas encore assez.

Peggy avait juste murmuré ça en regardant ses pieds. Toute trace de rire défoncé avait disparu de sa voix à présent.

Derrière elle les nuages abandonnaient leurs dernières traînées cramoisies à un gris doux et brumeux. Un grand conifère solitaire se détachait contre le ciel en chute. Derrière moi la fête grondait comme le tonnerre. Peggy a rallumé sa pipe de hasch et cette fois-ci je l'ai acceptée. On s'est partagé ça. Le vent froid nocturne est arrivé de la mer par-dessus les chaînes boisées, forçant les invités à rentrer dans la maison. Les gens se plaignaient faiblement du vent comme des gosses qu'on appelle pour rentrer se coucher. Toujours trop tôt. Les baies vitrées derrière la maison reflétaient les derniers vestiges du coucher de soleil, et derrière, comme en double exposition, la fête continuait de battre son plein en silence, lèvres en mouvement, blessures sans le son, gestes sans signification. Près d'une des portes Trahearne regardait le coucher de soleil d'un air triste.

— Qu'est-ce que je peux bien vous raconter de plus, mec, Peggy a demandé une fois la pipe terminée.

— Je sais pas, j'ai fait en allant m'asseoir plus près d'elle, mais pas trop près quand même. J'en sais vraiment rien. Peut-être me raconter comment elle était.

— C'est trop.

— C'est pas encore assez.

— Quoi, par exemple ?

— Oh ! je sais pas, moi ! À quoi elle ressemblait à l'école avec ses couettes et ses croûtes aux genoux, ou dites-moi…

— Je m'en doutais, elle m'a coupé. Je m'en doutais.

— Hein ?

— Rien qu'à votre façon d'en causer, je peux vous dire que vous en pincez pour elle.

— C'est un des risques du métier. (J'essayais de m'en tirer à bon compte.) J'en pince un peu pour tous ceux à qui je file le train. Ils cessent d'être des photos et des parlottes et deviennent des personnes, c'est tout. (J'ai bu un coup pour faire passer le goût âcre du haschisch.) Des fois je me fais une idée des gens que je pourchasse et quand finalement je les retrouve ils sont très différents. (Je débloquais complètement.) Ou quelque chose comme ça.

— Arrêtez les conneries, mon vieux. Vous êtes mordu. Jamais connu quelqu'un qui le soit pas. Bordel, elle pouvait faire plein de choses bien, mais pour ça elle était encore plus fortiche que pour tout le reste.

— Quoi ?

— Pour que les hommes l'aient dans la peau —

pour ça elle avait le chic. Ils venaient de partout et de loin rien que pour pouvoir s'asseoir aux pieds de la reine, rien que pour toucher l'ourlet de sa robe — oh ! et puis merde, c'est pas juste !

— Quoi ?

— Elle a jamais trouvé quelqu'un qui soit à la hauteur, c'est tout. Elle a pris son verre de vin entre ses doigts potelés. C'était la plus belle femme du monde et en même temps c'était rien qu'une môme, mon vieux, juste une pisseuse de Sonoma comme moi, mais elle était tellement belle, belle et seule. Seule parce que personne était assez bon pour elle.

— Bégueule ?

— Vous y êtes pas du tout, mon vieux, sinon pourquoi elle aurait été copine avec moi ? Je vais vous dire. Toutes mes années d'école je les ai passées à regarder les jolies filles essayer d'être copines avec moi simplement parce qu'à côté de moi elles jetaient plus de jus ; mais Betty, elle, elle s'en foutait, elle était vraiment mon amie, et elle était plus jolie que toutes les autres, et plus maligne et plus gentille — tout, quoi.

— Vous repensez à elle, des fois ?

— Mec, y a pas un jour qui passe sans que je pense à elle.

— Je vois.

— Vous voyez rien du tout, mon pote, elle a dit tout bas. Je l'aimais, vous comprenez, c'était de l'amour que j'avais pour elle. Mais ça, je l'ai su qu'après, qu'après être passée par deux cauchemars de mariages ; mais depuis j'ai compris ce que c'était : Je l'aimais. Quand elle s'est tirée j'ai pleuré comme une Madeleine, toutes les larmes de mon corps. Jusqu'à ce moment-là j'avais toujours cru que c'était un cliché, mais quand elle est partie de chez elle j'ai découvert qu'on pouvait vraiment pleurer comme ça.

— Je suis désolé, j'ai dit.

— Je la détestais aussi, elle a avoué. Mais ça ça venait de moi, c'était ma faute à moi. Moi aussi j'étais dans la queue, je faisais partie des mordus, des soupirants, mais j'ai mis des années à m'apercevoir que c'était ça que je faisais. Et merde, si elle était là ce soir, vous et moi on serait là à tirer la langue comme les autres. Là elle s'est essayée à rire en me donnant une bourrade dans le bras. À faire la queue pour voir la dame.

— Je fais jamais la queue pour rien, j'ai fait d'un ton badin.

— Vous iriez jusqu'à tuer pour avoir une chance de faire la queue. C'est ce genre de fille, elle a dit en souriant tristement. Ou quelque chose comme ça. Tout ça n'a pas beaucoup de sens, hein ?

— Je sais ce que vous avez voulu me dire. Merci d'avoir pris la peine.

— De rien, mon pote. Je suis comme ça tout le temps maintenant. Et quand j'aurai fini mon droit, je ferai payer le monde pour tout ça, je lui en ferai baver.

Comme c'était la première chose un peu heureuse que je lui entendais dire je lui ai souhaité bonne chance et l'ai à nouveau remerciée. Ensuite je me suis éclipsé au fond du patio en quête d'un buisson à arroser.

Betty Sue Flowers. J'avais causé à trois personnes, mais je n'avais encore rien trouvé sur elle qui soit vraiment utile, sauf le fait que tous ceux qui l'avaient connue en étaient toujours mordus. Peut-être que moi aussi. Peut-être que je n'avais déjà plus le choix. Mais il fallait que je me décide. Son paternel était à Bakersfield, Randall Jackson était peut-être toujours à Denver, et ce qui restait de la communauté se trouvait dans le sud de l'Oregon — de longues trottes dans des directions pratiquement opposées, et aucune n'était sur le chemin du Montana. Les quatre-vingt-sept dollars de Rosie avaient fait leur temps depuis belle lurette et j'en étais toujours au même point ; mais bon, ça je le savais avant de commencer. Alors je suis retourné à la sauterie en essayant de ne plus y penser.

Dans la cuisine j'ai trouvé Trahearne appuyé contre le mur à côté de la dame aux chaînes. Il était en train de lui faire cadeau de la balle qu'on lui avait retirée de la hanche en disant :

— Diablesse charmante et ensorcelante, je veux vous donner ceci comme porte-bonheur.

Et il l'a chatouillée sous le menton.

— Pourquoi vous lui léchez pas le bras pendant que vous y êtes ? j'ai fait, mais ils m'ont ignoré tous les deux.

Elle a gloussé en acceptant le porte-bonheur et Trahearne lui a baisé la main. Comme j'essayais de filer pour les laisser tranquilles, Trahearne m'a saisi par le cou de sa grosse paluche et m'a tiré à lui, approchant sa grosse figure enflammée par le whisky tout contre la mienne, comme une boucherie de cauchemar.

— Et qu'est-ce qu'elle vous a raconté de beau, la petite gouine ?

— Rien que je ne savais déjà, j'ai répondu. Foutons le camp d'ici.

— Les réjouissances font juste de commencer, ça commence juste à être intéressant, il a fait en me tapant sur l'épaule et en me versant une grande rasade de whisky. Et en jetant un regard concupiscent sur la dame aux chaînes : On reste encore un peu.

Et, prenant la dame sous son bras dans un bruit de chaînes et de soie, il l'a emmenée dans la nuit étoilée.

— Amusez-vous bien, j'ai fait, surtout amusez-vous bien.

— Faudrait apprendre à vous détendre, il a conseillé par-dessus son épaule, apprendre à vous donner du bon temps.

Ah oui, le bon temps. Les fêtes qui n'arrêtent jamais, la bouteille de whisky qui ne s'assèche jamais, les drogues récréationnelles. Les belles inconnues drapées de satin et denim, argent et or fin. Oui, oui, la vie facile sans responsabilités, sans le fardeau d'un boulot régulier ou d'une famille. *Freedom's just another word for nothing else to lose*, pas vrai ? Et : *The night life is the right life for me, just keep on keeping on.* Le bon temps c'est le cinquième verre qu'on prend dans un patelin inconnu, ou soulager une gueule de bois avec une douche bien chaude et une bière bien froide dans une chambre de motel, ou alors avec le goût salé d'un sein d'autostoppeuse à demi morte de fatigue dans la saleté duveteuse de son sac de couchage. Ben voyons. *Right on. The good times are hard times*, mais c'est le seul bon temps que je connaisse.

Le lendemain matin je me suis réveillé avec le soleil dans la figure sur la banquette arrière de la décapotable, trempé de rosée et de bave de chien, et pas qu'un peu de mauvais poil. J'ai jeté un œil autour de moi. Ça avait l'air d'être la Californie. Et puis un livreur de journaux m'a appris que c'était Cupertino, mais ça ou rien ça m'en disait autant. Deux maisons plus haut dans la rue il y avait un type aux cheveux crépus qui était devant chez lui à sucer ce qui restait de sa demi-pinte tout en faisant de son mieux pour esquiver le tir de barrage et de batterie de cuisine qui semblait provenir de la maison. Il a évité une grande cuillère et une lourde louche et s'est mis à ricaner en esquissant un petit pas de danse, mais à ce moment-là une moulinette lui est arrivée en plein sur la lèvre inférieure, qui s'est aussitôt mise à pisser le sang à profusion. Il s'est mis à chialer et une blonde en peignoir s'est précipitée dehors et l'a fait entrer.

Tout en hochant la tête j'ai partagé la dernière bière fraîche avec Fireball. Ensuite je l'ai fait descendre pour qu'il aille arroser la pelouse de quelqu'un. Quand il a eu terminé je me suis appuyé sur le klaxon de Trahearne jusqu'à ce qu'il sorte de la maison d'en face en titubant, la chemise dans une main, les chaussures de l'autre, la queue entre les jambes.

— Foutue cinglée de garce, il s'est plaint comme on démarrait. Comment j'étais censé savoir qu'elle voudrait garder toute sa foutue clinquaille au lit ? Bordel, c'était comme d'essayer de baiser dans un accident de voiture.

— Toujours mieux que de dormir dans la bagnole, j'ai fait en maugréant.

— Pas de ma faute, il a grogné en laçant son soulier. Vous avez refusé d'entrer dans la maison.

— Z'auriez au moins pu remonter la capote.

— C'est ce que j'ai fait. Deux fois, même. Mais vous avez rien voulu savoir. J'ai même eu droit à un discours de quarante minutes sur les vertus de coucher à la belle étoile pour se décrasser le système, alors je vous ai foutu la paix.

— Bonne idée.

— Vous êtes salement teigneux quand vous buvez, Sughrue.

— Sobre aussi.

— Et la femme, qu'est-ce que vous en avez fait ?

— Quelle femme ?

— Celle qu'était avec vous.

— Sais pas, mais je suis sûr que j'ai bien aimé. Elle était comment ?

— Douce et velue. Elle est pas dans le coffre, quand même ? Trucidée, ou quelque chose de moche comme ça ?

— Aucune idée, j'ai dit, et je vais pas aller regarder avant d'avoir bu un coup.

— On va même pas faire semblant de vouloir prendre le petit déjeuner, il a fait avec un grand sourire. Tout droit dans le premier bar qu'on trouve ouvert.

— Et ensuite, en route pour Bakersfield, j'ai dit.

— Oh mon Dieu !

8

Entre les muflées et les gueules de bois on a mis deux jours pour arriver à Bakersfield, mais sur le chemin entre le motel et le bar du père de Betty Sue on était tous les deux sobres, Trahearne et moi, et pas trop mal en point, ce qui était une bonne chose parce que la tôle avait l'air du genre de dancing où un homme a besoin de tous ses esprits avant d'y mettre les pieds. L'enseigne lumineuse promettait *dancing tous les soirs aux accents de Jimmy Flowers and the Pickers* ; quant au bar, une bâtisse carrée en fibro au milieu d'un parking, il promettait tous les ennuis qu'on pouvait souhaiter. Comme il était encore un peu tôt, cependant, on est entrés avec la foule du déjeuner — deux soudeurs et un représentant de commerce venus ici pour se taper des bières et des Slim Jims[1]. Le barman de jour m'a dit que M. Flowers arrivait généralement vers une heure et demie, et effectivement à deux heures pétant on a entendu

1. Slim Jims : bâtonnets de bœuf séchés, genre beef-jerky. Se vend dans les bars avec les cacahuètes ou les noisettes salées.

le bruit de ses bottes en autruche dans l'entrée. La peau d'autruche donne un cuir ravissant pour les bottes — si vous aimez le cuir qui a l'air de provenir d'un animal mort d'une crise d'acné suraiguë — et en tout cas ça allait bien avec le costume sport lie-de-vin du plus pur style western synthétique que portait Flowers, tout comme le costume collait parfaitement avec la femme qui le suivait.

Flowers s'est montré tout sourires et poignées de main jusqu'à ce que je lui montre ma licence et que je lui dise ce que je voulais. Là il a tordu le nez et a fait entrer sa secrétaire dans le placard qu'il appelait son bureau. Comme je ne lui avais pas emboîté le pas il est ressorti pour me faire signe de le suivre. Prétendant qu'il avait quelque chose à me dire, et que ça prendrait du temps.

— Cette sale petite ingrate, il a fait en cognant un coup sur son bureau pas très solide. Si on m'avait dit un jour qu'un de mes gosses deviendrait une sale hippie, merde, je l'aurais jamais cru. Ça non alors. Enfin merde, j'aime bien voir les mômes s'amuser, mais pour ça faut qu'ils travaillent et méritent leur bon temps. Et puis vous savez, j'ai perdu un garçon au Vietnam et j'aurais pu perdre l'autre aussi, mais bon, il avait quelque chose au genou, mais voilà que tout d'un coup je me retrouve avec une foutue hippie pour fille. Je veux dire, dites, d'abord j'apprends qu'elle s'est tirée de chez elle avant d'avoir fini ses études — et vous savez bien comme c'est important les études de nos jours — et moi, là, son père qui l'a toujours adorée, je reçois pas un mot, pas une nouvelle d'elle en quatre, cinq ans, et puis une nuit elle téléphone, en P.C.V., remarquez bien, et en plein milieu de la nuit, qu'elle m'a réveillé encore. (Il s'est arrêté et a regardé sa secrétaire.) Tu te rappelles, hein mon chou ?

Et elle lui a tapoté la joue comme si se réveiller en pleine nuit avait vraiment été un tel effort. Une joue bien rasée et fraîchement poudrée.

— Et vous savez pas ce qu'elle veut ? il a demandé brusquement, sans me laisser le temps de répondre. De l'argent, nom de Dieu, elle veut de l'argent pour pouvoir se tirer de sa foutue saloperie de communauté où elle couchait avec tout le monde comme une saleté d'animal. Et vous savez ce que j'y ai dit ? J'y ai dit que j'y avais pas donné d'argent pour qu'elle aille se foutre dans la merde et que j'allais pas lui donner *ça* pour en sortir. Ça vous pouvez m'en croire que j'allais rien lui donner, si vous voyez ce que je veux dire.

Même en supposant qu'il en sache plus long, le père de Betty Sue n'allait rien me dire de toute manière, alors je n'avais pas à me montrer plus aimable que j'en avais envie :

— Vous voulez dire que ces sales hippies s'en collaient plein les trous de nez, en plus de tout le reste. C'est ça que vous voulez dire ?

— T'as pas ta langue dans ta poche, toi mon gars.

Son regard était aussi plat qu'une bière tirée de la veille. Et puis, en souriant seulement de la bouche :

— Mais c'est pas grave, parce que tu dois pas avoir ta tête dans ta poche non plus, pour venir me dire des trucs pareils comme ça en face.

— C'est de Peggy Bain que je tiens ça, j'ai dit.

Je ne voulais pas paraître trop malin quand même.

Flowers a poussé un profond soupir, comme si la conversation était l'effort le plus dur qu'il avait eu à faire depuis des années. Sa secrétaire lui a tapoté l'épaule à nouveau, tout en murmurant :

— Attention à ton cœur, mon chou.

Elle aussi était habillée pour la circonstance. Je crois qu'elle cherchait à avoir l'air chatte, mais elle avait plutôt l'air de quelque chose que le chat ramène à la maison.

— Les drogues, pour la plupart, ça vous rend stupide. (Il me faisait un cours.) Mais la cocaïne c'est la défonce des malins. Il faut être malin pour l'apprécier et riche pour pouvoir se le permettre.

— Dans mon métier on a besoin d'avoir les yeux en face des trous, j'ai fait, alors la drogue, j'y connais pas grand-chose.

— Ça se voit, il a dit avec dédain. Combien elle vous paie, la Rosie, pour ce boulot qui sert à rien ?

— Pas encore assez, j'ai répliqué, cherchant à l'insulter.

Il a choisi d'ignorer mon sous-entendu.

— Elle les a toujours sortis avec un élastique. Satanée vieille bonne femme.

— Oh ça, sa boîte marche pas aussi bien que la vôtre. Vous avez dû faire un malheur, à vendre toutes ces batteries de cuisine en alu.

— T'as pas ta langue dans ta poche, mais on pourrait arranger ça, tu sais, il a fait d'un ton égal. Ça ou te faire sauter une rotule.

— Vous faudrait de l'aide, j'ai dit stupidement.

— J'ai juste à claquer des doigts, il a fait en levant la main. Pigé ?

— Vous avez les relations qu'il faut, c'est ça ?

— Quelque chose comme ça.

— Qu'est-ce qu'un brave type comme vous peut fabriquer avec des relations pareilles ? j'ai demandé en manière de plaisanterie.

— Je gagne ma croûte.

— Okay. Je m'excuse.

— Attention à pas recevoir la porte dans le cul en sortant.

— Mes amitiés à la Famille, j'ai dit en partant.

Peut-être qu'il bluffait, mais je n'avais nulle envie de m'en assurer. Je me suis dépêché de sortir, au grand soulagement de Trahearne.

— Cet endroit me fout les glandes, il a fait.

— Moi aussi.

Et je lui ai dit pourquoi en montant dans la voiture.

Comme j'avais besoin d'un peu de temps pour réfléchir sur cette histoire de Betty Sue Flowers, et comme Trahearne exigeait quelques journées de récupération dans le luxe et la luxure, on a foncé tout droit à San Francisco sans s'arrêter et il nous a pris une suite au *St. Francis*.

Parlez de réflexion et récupération. Cigarettes, whisky et petites pépées. Enfin, pas si petites que ça. Il y en a une, une professionnelle, qui n'arrêtait pas de jacasser au sujet de son sorcier de psychanalyste. J'ai simulé un orgasme vite fait et suis allé me réfugier sous la douche jusqu'à ce qu'elle parte. Après ça il y a eu l'autre, la poétesse, une vieille amie de Trahearne, celle-là, qui était tellement garce et vache que je me suis dépêché de finir. Mais avec elle, pas moyen de me planquer sous la douche. Elle est venue me rejoindre pour me soûler de grands discours sur les responsabilités que j'avais envers les femmes en général, et elle en particulier. Quant à Trahearne, je n'ai jamais su au juste à quel stade des festivités c'est arrivé, mais toujours est-il qu'il est tombé du balcon du bar dans le hall de l'hôtel et s'est retrouvé le nez dans un caoutchouc en pot, à la grande consternation de la direction, je dois dire. Et moi j'ai embouti l'arrière d'un cable-car avec la décapotable. Pas de blessés, mais il m'a fallu endurer une véritable mousson d'injures ; paraît que j'avais essayé de détruire un monument historique. À entendre le receveur et les touristes on aurait cru que j'avais écrabouillé une nonne. Mais ce qui est arrivé de pire, quand même, c'est que Fireball s'est mis à la bière japonaise et qu'on lui a payé un collier en strass.

Finalement ça s'est tout de même terminé un après-midi. Fireball était en train de laper l'eau des chiottes, il y avait une blonde en bottes rouges qui dormait à poil sur le canapé dans une position extrêmement révélatrice, et la suite puait comme un asile de nuit dans le Tenderloin[1].

— C'est pas des façons de vivre pour une grande personne, Trahearne a décrété en ouvrant l'œil. On rentre chez nous.

— Chez soi, j'ai fait, c'est là où on pose sa gueule de bois.

— Un peu plus de mouvement et un peu moins de vos conneries à la redresse, si ça vous fait rien, il a grogné en se tenant précautionneusement la tête.

Une fois décidé à rentrer chez lui, plus rien ne pouvait retarder Trahearne. Plus question d'attendre. Pour rien. Même pas seulement réveiller la blonde. Il a rouspété tout le temps que j'ai pris pour faire les valises, ensuite il s'est plaint tout le long de la route jusqu'à Sonoma, où je me suis arrêté pour ramener le chien chez Rosie, récupérer mon El Camino et louer une barre de remorque. Mais derrière le comptoir il y avait une femme que je ne connaissais pas. Qui m'a dit que Rosie dormait dans la caravane, et aussi de ne pas la déranger. Mais il fallait bien.

Au bout de cinq minutes à rester devant sa porte, Fireball et moi, Rosie s'est montrée dans l'encoignure. Elle avait hâtivement passé un peignoir de bain en éponge d'un violet tout passé. Ses cheveux étaient emmêlés de sommeil et de sueur. Fireball m'a bousculé pour s'en aller trottiner au fond de la caravane, d'où on pouvait entendre le bruit de ronflements masculins.

1. Le Tenderloin est le quartier des pochards et des prostituées à S.F. au nord de Market Street.

— Qu'est-ce que c'est que cette idiotie qu'il a autour du cou ? elle a demandé. Elle n'avait pas l'air très enchantée de me voir. Vous auriez dû m'appeler avant de passer, me donner le temps de me retourner.

— Désolé, j'ai dit, mais ça s'est fait au dernier moment.

— Z'avez fait la bringue, hein ?

— On s'est payé à peu près autant de rigolade qu'un homme peut supporter.

— Vous avez retrouvé ma gosse ?

J'ai secoué la tête et regardé par terre. Rosie a essayé de cacher ses ongles de pieds trop longs, tout jaunes et tout tordus. D'abord avec un pied, ensuite avec l'autre. J'ai relevé les yeux.

— Vous avez trouvé une piste ?

— Une rumeur, j'ai dit, selon laquelle elle aurait vécu en Orégon il y a six ou sept ans.

— Où c'est qu'on vous a dit ça ?

Rosie avait l'air perplexe.

— Son père.

— Vous avez causé à ce salaud de bon à rien ?

— À peu près aussi longtemps que j'ai pu le supporter.

— Comment il va ?

— Il a son groupe à lui, et une boîte où il peut jouer.

— Alors il a quelqu'un qui s'en occupe pour lui.

— Il a une secrétaire.

— Nan, ça peut pas être ça. Jimmy Joe il a une trouille bleue des femmes qu'ont un peu de tête.

Il aurait peut-être aimé Betty Sue un peu plus, si elle avait pas été aussi maligne.

— Peut-être, j'ai fait. Dites, puisque j'ai rien pu trouver de précis, faites-moi plaisir, reprenez votre argent.

J'ai essayé de lui rendre la liasse de billets pliée en deux.

— Rempochez-moi ça, elle a fait.

— Non, prenez-le.

— Vous l'avez gagné.

— Bon. Je m'arrêterai en Orégon en rentrant et je me renseignerai encore un peu.

Ce qui était justement ce que je ne voulais pas faire. Je ne voulais plus chercher, plus retrouver de petits bouts de Betty Sue Flower.

— Si je tombe sur quelque chose je vous passerai un coup de fil.

— J'apprécierais, mais vous en avez déjà fait plus que ce que j'ai payé, sûrement.

Derrière elle sur sa gauche des grincements de ressorts et des jurons étouffés se sont mis à emplir l'air fétide. Fireball s'était mis au lit avec le monsieur et le monsieur n'avait pas l'air d'apprécier. L'air gêné, Rosie s'est retournée pour dire à l'homme de la mettre un peu en veilleuse. Derrière elle je pouvais voir un poster de Johnny Cash grandeur nature. Elle m'a de nouveau regardé.

— Vous avez bossé plus que ce que je vous ai payé, hein ?

— Je vous ai bien dit que c'était de l'argent fichu en l'air.

— Ça c'est moi que ça regarde et c'est mon

argent ; et je vous remercie d'avoir essayé. Téléphonez même si vous trouvez rien en Orégon. Et appelez en P.C.V., m'avez compris ? Et si jamais vous repassez par ici vous aurez toujours un endroit pour picoler là où votre argent est pas bon.

— L'idée que je me fais du paradis, j'ai dit, et Rosie s'est marrée.

— Vous ramenez la bagnole du gros père ? elle m'a demandé en indiquant derrière moi.

J'avais déjà accroché la Cad de Trahearne à la barre de remorque derrière mon El Camino.

— Le gros père aussi, j'ai fait.

— Qu'est-ce qu'il a ? Il peut plus conduire ?

— Il peut même pas encore marcher.

— Ça doit être bien quand même, a murmuré Rosie.

— Quoi donc ?

— D'avoir assez d'argent pour se payer quelqu'un et se faire remorquer.

— Je sais pas, j'ai admis, et comme on se disait au revoir, Rosie et moi, un homme chauve et tout poilu est apparu dans l'embrasure de la porte en réclamant amour, bière glacée et œufs brouillés. Il avait une panse de buveur de bière qui descendait par-dessus l'élastique lâche de son caleçon. Rosie m'a demandé si je voulais manger un morceau — mais ses yeux me suppliaient de m'en aller, alors c'est ce que j'ai fait. De toute manière il fallait que je ramène Trahearne chez lui.

Trahearne s'était taillé sa réputation littéraire grâce à six volumes de poésie très appréciés des critiques, dont deux avaient reçu des prix, mais il s'était taillé sa fortune grâce à trois romans, le premier publié en 1950, le second en 1959 et le troisième en 1971. Je les avais lus tous les trois, et ils avaient beau se situer dans des endroits différents, avec des personnages différents, je n'arrivais pas à les séparer dans ma tête. Le premier, *La Dernière Patrouille*, se passait sur une île du Pacifique durant les dernières semaines de la Seconde Guerre mondiale. Une escouade de Marines est envoyée en mission derrière les lignes japonaises pour faire sauter un pont d'importance stratégique. Mais avant même de commencer leur marche ils reçoivent un message-radio leur apprenant que la guerre est finie, information que le jeune lieutenant commandant la patrouille garde pour lui. Arrivés au pont, ils trouvent les Japonais malades et morts de faim qui sortent pour se rendre, et les Marines les massacrent tous. Au cours de l'engagement le jeune lieutenant reçoit une balle dans la poitrine, et en mourant il dit la vérité à ses hommes. Il rit, heureux de mourir avant la fin des hostilités. La guerre est finie, comme il dit, et la paix va être un enfer.

Dans le deuxième roman, *Dérive*, les survivants d'un yacht naufragé, à la dérive sur un petit radeau, font tout leur possible pour éviter leurs sauveteurs. Un des survivants, un scénariste d'Hollywood, arrive à convaincre les autres qu'il est plus important de survivre en s'en sortant tout seul que de vivre tout court. À la fin du roman je m'attendais à ce qu'ils finissent tous dans le ventre d'une baleine, mais il n'y a que le scénariste qui meurt, en sautant dans la gueule d'un requin. Son seul regret étant de ne pas avoir le temps de fignoler une bonne réplique d'adieu bien sentie.

Dans le troisième, *En remontant le fleuve*, un auteur de théâtre alcoolique et son pacifiste de fils joignent leurs forces pour assouvir une terrible vengeance contre un groupe de chasseurs d'élans qui ont accidentellement tué la femme et la mère. Même jusqu'à ce que le dernier chasseur trouve la mort dans un piège à ours, ni le père ni le fils ne savent lequel des chasseurs a effectivement tiré, et ils s'en foutent complètement, trop absorbés qu'ils sont dans leur quête de justice naturelle. Le fils s'engage pour le Vietnam et le père s'arrête de boire pour écrire une grande pièce sur la signification de l'amour.

Trois romans, trois best-sellers, tous adaptés avec succès au cinéma, et tous bien reçus des critiques, peut-être à cause de sa réputation comme poète. Mais pour moi les bouquins n'étaient que du roman de gare bien ficelé, assaisonnés et alourdis de symboles et d'allusions littéraires. Un salmigondis de luxe, comme a dit un critique qui ne s'est pas laissé impressionner. Les personnages masculins, même les méchants et les lâches, s'accrochent à un code macho si criant que même un voyou illettré ou un *pachuco* d'East L.A. s'y retrouverait immédiatement. Les femmes servent d'accessoires, d'arrière-plan et de victimes. Et les histoires sont toujours incroyables. Mais Trahearne avait trouvé sa niche et l'exploitait comme s'il s'était agi du filon principal et non d'une veine auxiliaire, et cela lui avait rapporté beaucoup d'argent — cela à une époque où l'argent voulait encore dire quelque chose.

Mais peut-être qu'il n'avait pas eu le choix. En rentrant de la guerre il avait découvert que sa mère était devenue riche et célèbre grâce à deux romans qu'elle avait écrits sur les mésaventures tendres, touchantes et comiques d'une jeune veuve et de son tout jeune fils, comme celle-ci essaie de faire joindre les deux bouts comme institutrice dans une petite école de l'ouest du Montana. Selon les propres mots de Trahearne, elle a gagné un million de dollars et n'a plus écrit une seule ligne depuis. Et en plus elle avait inventé ça de toutes pièces, puisqu'elle n'avait enseigné qu'un an à Cauldon Springs avant de se faire mettre enceinte et renvoyer. Et, toujours selon lui, elle n'avait même pas pris la peine d'écrire son meilleur roman. Elle avait préféré le vivre : quand l'argent s'était mis à rentrer, elle avait quitté Seattle pour retourner à Cauldon Springs. Elle avait acheté les sources thermales et l'hôtel qui allait avec, ainsi que le plus gros du bourg, et c'est de sa grâce si le patelin avait tourné à peu près durant les vaches maigres à une époque où les stations thermales n'étaient plus en vogue et où les fluctuations du marché de la viande ruinaient les éleveurs. Elle n'avait jamais rien dit de méchant à personne, jamais mentionné le fait que les gens du patelin l'avaient mise à la rue. Elle se contentait de vivre dans sa maison sur la colline, et, sourire angélique aux lèvres, de les regarder d'en haut la regarder d'en bas.

Avec ses premières rentrées d'argent, Trahearne avait fait construire une maison de l'autre côté du torrent près de chez elle, et à part un voyage en Europe de temps en temps et un occasionnel séjour dans des universités comme écrivain en résidence, il n'avait jamais habité ailleurs. Mais jamais il n'avait écrit de poème dont l'action se situait à moins de cinquante milles de Cauldon Springs. Il écrivait sur les choses qu'il voyait au cours de ses bordées, sur la route, sur les petits patelins dont le futur était tenu en otage par les autoroutes, sur les serveuses de routiers dont le plus fol espoir était de pouvoir un jour monter à Cheyenne ou à Omaha. Il écrivait sur un passé qui traînait encore comme un fantôme indésirable, sur des bars où les quelques rares survivants d'un désastre dépassant toute compréhension se réunissaient afin de se contempler sur des photographies poussiéreuses et jaunies, ou dans le contenu sépia de leurs verres. Mais il n'écrivait jamais sur là où il habitait. Et tout en le reconduisant là-bas, j'avais bougrement trop de temps pour penser aux fugues et aux fugueuses.

Mon El Camino était un engin bâtard — mi-conduite intérieure, mi-camion, une idée à moitié cinglée qu'ils avaient eue à Detroit à l'usage des cowboys en chambre qui veulent conduire un pick-up sans vraiment conduire un pickup — et moi j'adorais ça. Le môme de Ronan, là-haut sur la réserve indienne, celui qui l'avait commandé, l'avait fait équiper pour faire le circuit des rodéos, ce qui veut dire beaucoup de bornes à fond la caisse et toujours en remorquant des trucs lourds. Le môme s'était fatigué du circuit et aussi de payer les traites, et quand la banque l'avait récupéré grâce à mes services, le concessionnaire me l'avait laissé pour pas cher.

C'était une beauté, rouge pompier avec un toit noir en vinyle, et pour recouvrir l'arrière une sorte de couvercle je-ne-vous-dis-que-ça, en chrome et tout. Sans parler d'une boîte quatre vitesses synchro et d'un moteur trafiqué poussé à cent quatre-vingts centimètres cubes sous le capot. C'était un vrai fauve, capable de faire manger la poussière à une Corvette en ligne droite et qui se tenait mieux qu'une Porsche Carrera dans un virage. J'ai encore la contredanse que j'ai chopée dans un piège-radar au Dakota du Sud où je me suis fait piquer à rouler à plus de deux cents. Évidemment elle croquait ses trente-cinq litres à l'aise — et encore, quand j'avais de la chance, et même la Lloyd's of London aurait refusé de m'assurer ; mais avec une C.B. radio, un détecteur de radar et un bon stock de Désoxyne, même un môme aurait été capable de faire une bonne moyenne à remorquer la péniche de Trahearne. Et moi j'avalais littéralement le bitume. Quand Trahearne a émergé de son roupillon on était déjà à Lovelock, au Nevada, et comme je me suis arrêté pour faire le plein il est monté devant avec moi. Il s'est tenu peinard à turluter son Wild Turkey jusqu'à ce qu'on arrive à Elko.

— Je suis fatigué, il a fait comme ça, et j'ai mal au cul. Je veux qu'on s'arrête dormir un coup.

— Retournez dans votre bagnole là-derrière, vous pourrez roupiller. Moi j'ai tellement de speed dans le système que j'arriverais pas à dormir même si on me mettait k.o.

— Ça j'y suis pour rien, il a fait, allez, on s'arrête.

— Je croyais que vous étiez pressé d'arriver chez vous.

— Dites donc, fils, c'est moi qui paie, et quand je dis qu'on s'arrête, on s'arrête. Compris ?

— Compris, j'ai dit. Un moment je suis votre meilleur copain de boisson, et une minute après je suis votre nègre.

Je me suis garé dans une station-service tout éteinte et suis descendu de voiture.

— Qu'est-ce que vous faites ? il m'a demandé.

Il m'a suivi derrière la voiture et a répété sa question.

— Je décroche cette saloperie, j'ai grogné en peinant sur les boulons de la barre de remorque. Vous pouvez rentrer chez vous tout seul, vieil homme — vous pouvez y aller quand ça vous chante, vous arrêter quand ça vous chante. Moi je plaque.

Ça a eu du mal à venir, mais finalement il l'a dit.

— Eh, je m'excuse. Et puis merde, j'ai même plus sommeil.

— Vous êtes bien sûr ?

— Ouais.

— Vous allez pas changer d'avis ?

— Non. Et je m'excuse. L'argent ça rend les gens cons, des fois, vous savez.

— Je sais pas encore. Mais quand votre ex-femme m'aura réglé, je pourrai me faire une meilleure idée.

Trahearne s'est marré et m'a sorti une bière de la glacière.

— Faut apprendre à y aller piano, à prendre les choses comme elles viennent.

— Je voulais pas m'arrêter, je lui ai rappelé.

Il s'est marré de nouveau et on est repartis.

Juste au sud d'Arco, comme je tuais le temps en regardant le faisceau des phares balayer le désert et les buissons de sauge, Trahearne s'est réveillé et a voulu savoir ce que le père de Betty Sue m'avait dit.

— J'ai essayé de vous le dire quand on est rentrés à San Francisco, j'ai fait, mais vous en aviez assez que de m'en tartiner sur cette poétesse dont j'allais paraît-il raffoler.

— Elle est garce, fils, mais pleine de vie, il a fait en rigolant. Elle vous en a fait baver, hein ?

— C'est rien que de le dire.

— Et vous les aimez pas garces, hein ?

— Et vous ?

— Des fois, il a murmuré, des fois ça aide !

— À quoi ?

— À oublier que je suis en train d'accomplir un

acte idiot que j'ai déjà accompli bien trop de fois, il a répondu doucement, avec beaucoup trop de femmes différentes dans trop d'endroits sordides.

— C'est nouveau, ça.

— C'est ça, il a dit sans plus d'explication. Son père savait qu'elle avait vécu en Orégon ?

— Non. Et s'il l'avait su il me l'aurait pas dit de toute manière.

— J'aurais cru que vous vous seriez arrêté par là en route.

— J'y ai bien pensé, j'ai admis. Et puis j'ai décidé de vous ramener d'abord. J'irai voir par là-bas la semaine prochaine.

— Vous vous donnez bien du mal pour cette fille.

— Dieu me le rendra mille fois. Ou plutôt Rosie. Elle m'a promis un mois de bière gratuite la prochaine fois que je repasserai par Sonoma.

— Arrêtez les salades, il a dit, vous êtes obsédé par cette fille.

— Ça se peut, j'ai fait.

Et à ce moment-là on a dépassé un panneau nous indiquant à combien on était du Craters of the Moon National Monument.

— Hé, j'ai fait en changeant de sujet, on s'est tapé la même putain au *Cottontail*. Je vous ai pas dit ?

— Et pourquoi, grand Dieu ?

— J'ai pensé que ça pourrait me donner un indice.

— Putain, il a fait, pas étonnant que vous soyez cynique comme ça, un mystique qui s'ignore, voilà ce que vous êtes.

Il a hésité. Elle vous a dit quelque chose ?

Il a demandé ça un peu nerveusement.

— Elle a exprimé des doutes sur la conquête de la lune par l'homme, mais c'est à peu près tout.

— C'est ça les femmes, fils — soit trop faciles à avoir, soit trop difficiles, il a fait en soupirant.

Je ne lui ai pas demandé ce qu'il voulait dire par là. J'ai juste continué à foncer sur les montagnes sombres qu'on voyait au fond du désert en faisant de mon mieux pour reléguer Betty Sue Flowers au fin fond de mes pensées à l'aide du moelleux coup de pouce du whisky de Trahearne.

Malgré une biture sans conséquence, j'ai réussi à ramener Trahearne chez lui vers minuit le soir suivant. Sa maison était une longue et basse étendue de pierres et de rondins sise sur un sous-sol qui sortait du flanc d'une petite colline. En me garant devant j'ai aperçu une femme dans l'embrasure de la porte d'entrée ouverte, en contre-jour, bras et chevilles croisées comme si elle n'avait attendu qu'après nous durant des jours et des jours comme une femme de marin scrutant la mer et la tempête de son toit en terrasse.

— Retour au bercail, Trahearne a fait. Chaque fois que je rentre je m'étonne d'être encore vivant. J'arrête pas de me dire que je crèverai sûrement sur la route un de ces jours. Mais je suppose que je suis destiné à mourir dans mon lit.

— Pas la peine de me faire un dessin, j'ai dit.

— Vous restez coucher, naturellement.

— Si c'est pour entendre une scène de ménage, j'aime autant continuer sur Meriwether.

Trahearne a éclaté d'un rire sonore qui a rompu le calme de la voiture.

— Vous en faites pas. Melinda est une sainte. Elle me pardonne avant même que j'aie fauté. Alors entrez donc boire un verre pour fêter le retour au bercail.

Sur ce il m'a donné une grande claque dans l'épaule et est descendu de voiture en beuglant :

— Whisky, femme !

Sa grosse voix faisait écho dans la vallée encaissée. De l'autre côté du torrent la lumière s'est allumée à une des fenêtres du premier dans la maison de sa mère.

— Dans quel ordre ? a demandé la femme de la porte.

Sa voix douce et unie n'était même pas teintée de rancœur.

— Rien à foutre de l'ordre, a crié Trahearne en réponse. Viens seulement fêter et réconforter le marin au bout d'un long voyage, le chasseur redescendu de la montagne.

— Sur son fidèle cliché ? elle a répliqué joyeusement.

Le grand homme a gravi en claudiquant les marches en cèdre qui menaient à la terrasse, et j'ai suivi avec ses valises et mon sac de marin comme un foutu porteur indigène.

— Qui c'est derrière toi ? la femme a demandé, Gunga Din ?

— Ramène-toi, Gunga Din, sale porc, sahib y

en a vouloir plein d'eau pour whisky, il a enchaîné tout en revenant sur ses pas pour m'aider avec les bagages.

— Merci, j'ai fait en m'arrêtant deux secondes au milieu des marches histoire de calmer le tremblement dans mes jambes causé par les amphétamines.

Trahearne et sa femme se sont tombés dans les bras à la porte et je l'ai entendue murmurer *espèce de fou*. Ensuite elle est partie d'un petit rire en le conduisant à l'intérieur. Dans le silence le ruisseau chuchotait sur son lit pierreux, et la figure à la fenêtre semblait me regarder. Je me suis dépêché de monter le reste des marches, comme gêné.

Quand je suis arrivé dans l'entrée, qui donnait directement sur une salle de séjour à peine plus grande qu'une maison, Trahearne était déjà affalé dans une énorme chaise longue en cuir. Sa femme était derrière le petit bar, affairée avec les cubes de glace. Tout à l'autre bout de la pièce, dans une cheminée assez grande pour rôtir une Volkswagen dedans, trois énormes bûches crépitaient joyeusement. Il faisait un froid de canard, la nuit dans ces montagnes, et d'où je me tenais la fournaise faisait juste figure de bon feu bien confortable.

— Qu'est-ce que je peux vous offrir, Monsieur Sughrue ? m'a demandé la femme de Trahearne.

— Une bière, s'il vous plaît, j'ai fait.

Elle a ouvert une canette et en a versé le contenu dans une chope en faïence. Ensuite elle a fait le service. Trahearne d'abord, moi ensuite.

En me tendant ma chope elle a fait :

— Je crains fort que Trahearne ait autant de savoir-vivre qu'une pierre. Je suis Melinda Trahearne. Elle m'a tendu une main rude que j'ai serrée tout en me présentant à mon tour.

— Faites comme chez vous, elle a continué en souriant, marchez, secouez-vous les fesses pour les dégourdir, et ensuite prenez un siège.

— Merci, j'ai fait, et elle est retournée rejoindre Trahearne.

Et je suis resté piqué là comme un œuf pendant qu'elle s'asseyait sur l'accoudoir de sa chaise longue et lui tripatouillait le peu de cheveux qu'il avait. Elle avait l'air si manifestement heureuse de le voir de retour que je faisais de mon mieux pour ne pas les regarder ni entendre ce qu'elle lui murmurait.

J'avais eu l'esprit tellement préoccupé par Betty Sue Flowers que je ne m'étais même pas demandé à quoi pouvait ressembler la seconde femme de Trahearne. Elle avait l'air plutôt ordinaire, la trentaine à peu près, et elle n'était pas du tout ce à quoi je me serais attendu si j'y avais seulement songé.

Elle n'était pas laide, juste ordinaire, et on aurait cru qu'elle revenait d'une rude journée de labeur dans les champs. Ses cheveux étaient d'un brun terne, ni clairs ni foncés, et elle les portait très court et pas peignés, ce qui lui faisait un nez trop long, une bouche trop large et des yeux trop espacés. À part une traînée de glaise gris-rose qu'elle avait en travers du front, son visage était entièrement dénué de maquillage, et même avec l'éclairage diffus son teint semblait cireux, un peu comme celui d'une taularde ou d'une barmaid. Elle portait des jeans trop larges et un sweat-shirt en velours très ample, alors je ne pouvais pas me faire une idée de son corps. Elle n'avait l'air ni maigre ni grosse mais elle évoluait avec cette grâce mesurée que les filles de riches semblent acquérir dès leurs premiers pas. Ses pieds nus, aussi, étaient fins, élégants et manucurés, alors que ses mains étaient aussi dures et rugueuses que celles d'un maçon ; ses yeux étaient d'un drôle de bleu-vert, ce qui aurait pu les rendre remarquables, mais ils n'avaient pas l'air d'aller avec ses cheveux ni avec son teint.

Elle m'a surpris en train de l'étudier et m'a gratifié d'un sourire généreux. Ses dents étaient aussi droites et régulières qu'on pouvait se les payer. Si sa voix n'avait pas été si complètement dénuée d'accent, elle aurait pu passer pour une de ces filles de riches de la Côte Est, le genre à faire littérature anglaise et hockey sur gazon dans une des grandes écoles privées. Je l'ai regardée descendre de l'accoudoir et passer derrière Trahearne pour lui masser les paquets de muscles qu'il avait entre les épaules. Ça avait l'air plutôt agréable, mais il s'est renfrogné.

— Pitié, femme, la cure estoie plus douloureuse que la douleur.

Il lui a tapoté les mains pour la faire cesser.

— Douillet, va, elle a fait en riant.

Et elle s'est levée pour aller ranger ses valises.

Lourdes comme elles étaient, elles ne lui faisaient même pas tomber les épaules, et elle les a portées jusqu'à un couloir obscur comme si elles avaient été vides. Ce qui n'était pas le cas, j'étais bien payé pour le savoir. Je pouvais distinguer le contour de ses hanches s'affirmer sous les jeans trop lâches. En me retournant j'ai vu que Trahearne me regardait détailler sa femme.

— Ça fait combien de temps que vous êtes mariés, tous les deux ? j'ai demandé en levant ma bière.

— Presque trois ans.

Il n'avait pas l'air spécialement intéressé.

— Elle a l'air bonne fille.

— Ouais. Bonne fille.

Sa voix semblait sombrer de fatigue.

— Je ferais peut-être mieux de décrocher les voitures et continuer ma route.

— Soyez pas bête, a fait Melinda du couloir. Vous roulez depuis trop longtemps, et j'insiste pour que vous restiez ici au moins cette nuit.

— Vous êtes bien aimable, mais je voudrais pas gêner.

— Vous ne gênerez pas du tout, elle a dit gracieusement. Le sous-sol est plein de chambres d'amis — vous serez tranquille, c'est très calme et vous pourrez aller et venir sans nous gêner le moins du monde. Il y a un bar avec tout ce qu'il faut, un frigo plein de bière, une petite cuisine et deux télés couleurs. Vous devez rester.

— Oh, qu'il aille se faire foutre, à la fin ! Trahearne a grogné tout d'un coup. Il tient à jouer les culs-terreux jusqu'au bout et il peut dormir à la belle étoile si ça lui chante. En plus, il a jamais été marié et il a une sainte frousse des scènes de ménage.

— Soyez pas bête, Melinda m'a fait en riant. Le seul son de discorde que vous entendrez dans cette maison, ce sont les ronflements de Trahearne. Allez, venez, je vais vous montrer votre chambre, elle a fait en venant prendre mon sac marin.

— Et moi je vais aller renouer connaissance avec mon lit, Trahearne a fait en se levant. Bonne nuit, C. W., faites de beaux rêves et toutes ces conneries de politesse, il a ajouté en s'acheminant vers le couloir comme un ours blessé.

— À demain, j'ai dit, et j'ai suivi sa femme à travers la grande cuisine pour descendre au sous-sol.

En bas il y avait une grande pièce couvrant tout le côté dégagé du sous-sol, et les chambres se trouvaient au bout d'un couloir semblable à celui du haut. Melinda a porté mon sac jusqu'à une petite pièce à côté de la salle de bains et est retournée avec moi dans la grande pièce pour me montrer le bar et la petite cuisine.

— Faites comme chez vous ici. Vous trouverez tout ce qu'il faut pour le petit déjeuner dans le frigo. Pour déjeuner aussi. Je suis désolée, mais comme Trahearne et moi n'avons pas exactement les mêmes heures pour travailler, nous ne prenons qu'un repas ensemble le soir. Généralement vers sept heures. Jusque-là il faudra vous débro tout seul, j'en ai peur.

— Ça ira très bien.

— J'en suis certaine, Monsieur Sughrue. Les célibataires font toujours les meilleurs invités. Ils sont plus capables de se débrouiller seuls que la plupart des hommes mariés, j'ai remarqué. Et avec un léger sourire : Vous n'avez jamais été marié ?

— Non, M'dame.

— Ça vous embêterait de me dire pourquoi ?

— Ça m'embête pas, non. Mais la vérité c'est que j'en sais foutre rien. J'ai jamais sauté d'un avion sans qu'on me pousse aux fesses. Je suppose que personne m'a poussé dans le mariage.

— J'ai fait un peu de parachutisme, elle a dit tout bas, et je trouve mon mariage tout aussi excitant.

— Vous avez l'air heureuse.

— Oui, c'est vrai. Et je suis sûre que vous l'avez remarqué, j'aime beaucoup mon mari.

— Oui, M'dame.

— Et il a l'air de bien vous aimer aussi. J'en suis ravie. Je ne suis pas jalouse des amis de mon mari. J'espère seulement qu'on pourra être amis aussi.

Sur ce, elle m'a de nouveau tendu la main.

— Oui, M'dame, j'ai fait en lui serrant la main.

— Évidemment, si vous insistez pour m'appeler « m'dame » encore une fois, je vous fous une dérouillée.

Elle a dit ça posément, avant d'éclater de rire.

— Je suppose que je pourrais me laisser persuader de vous appeler Miz Melinda, sous la torture, j'ai dit, et on a souri tous les deux.

— C'est déjà mieux.

Elle m'a dit de faire de beaux rêves.

Après son départ sa voix m'est revenue en tête, des mots et des phrases qui ne semblaient pas coller avec le reste — « mon mari » et « frigo » — mais j'ai essayé de ne pas y penser.

Les longues heures au volant et la Désoxyne m'avaient laissé trop énervé pour pouvoir dormir, alors je me suis posé devant la télévision pour boire mes bières et regarder les films pour insomniaques que le câble de Spokane amenait jusqu'ici. Pendant vingt ou trente minutes je ne les ai pas entendus broncher, mais ensuite les Trahearne ont fait un potin du diable, surtout pour un couple qui ne s'adonne jamais aux scènes de ménage. Depuis que je faisais ce métier, je prenais toujours tout ce qui venait, et je m'étais cogné sans doute plus d'affaires de divorce que j'aurais dû, et surtout plus que ma part quand j'avais encore un associé. Je ne voulais rien entendre à moins d'être payé pour. Alors j'ai fait jouer la télévision plus fort, mais même comme ça je pouvais encore entendre le lourd grondement de la voix de Trahearne à travers les planchers épais. J'ignore ce qu'il avait à lui reprocher, mais en tout cas il le lui a reproché pendant toute la seconde moitié de *Johnny Guitar* et durant une bonne partie de *La Bête aux mille visages*. Je me suis mis au scotch. J'ai trouvé un paquet de cigarettes derrière le bar et je suis sorti en faisant coulisser une des baies vitrées. Même comme ça le bruit des récriminations et protestations résonnait encore. Je suis retourné à mon film en montant le son encore un peu.

Finalement ils se sont calmés et le vacarme s'est changé en grincements de sommier et autres bruits de la chair. Ce qui a eu pour effet de me coller le bourdon encore plus que leur crêpage de chignon. Je suis ressorti dehors et suis allé jusqu'aux voitures pour finalement m'asseoir sur le pare-chocs couvert de rosée de l'El Camino. Dans les prés avoisinants, les vaches remuaient leurs sabots et s'ébrouaient doucement en émettant des petits soupirs, et on entendait presque le bruit de leurs dents plates en train de broyer l'herbe placidement. De l'autre côté du ruisseau il n'y avait plus de lumière dans l'autre maison, mais je pouvais encore sentir le regard caché derrière la faible lueur d'une lampe de chevet qui luisait comme un spectre derrière les fenêtres noires.

Une fois de plus j'ai sorti la photo de Betty Sue Flowers de ma poche. Cela faisait une semaine que je la trimbalais sur moi et je ne l'avais encore montrée à personne, rien qu'à moi seul. J'ai craqué une allumette et elle est apparue, familière comme une fille avec qui j'aurais pu grandir, mais la flamme s'est éteinte et l'image vacillante du film s'est mise à remplir l'écran aveugle que j'avais dans la tête. Je ne savais même pas pourquoi cela avait tellement d'importance pour moi, je ne savais plus quoi penser. Je suppose qu'à présent j'étais comme les autres, je voulais qu'elle corresponde à l'image que je me faisais d'elle, je voulais qu'elle redevienne ce qu'elle aurait peut-être pu être, mais en réalité ma plus grande peur c'était qu'elle tienne à rester cachée, tienne à vivre sa vie hors d'atteinte de tous ces désirs possessifs qu'elle provoquait. À moins qu'elle ne soit simplement morte, auquel cas elle avait déjà vécu sa vie telle qu'elle l'avait voulue, du mieux qu'elle avait pu. J'ai regardé la photo que je tenais à la main, celle que je ne pouvais plus voir, et tout ce que je voyais c'était les images que je ne pouvais regarder sans flancher, la peau laiteuse et terne qui s'exhibait et se mouvait avec une grâce indéniable, fragile et déterminée à la fois, infiniment vulnérable, mais intacte également. Honteux d'avoir été excité, honteux de ma honte et excité encore par toutes ces pensées, je suis retourné à la maison à présent silencieuse, retourné à mon lit vide.

Mais pas pour dormir, ni même faire des rêves déplaisants. Je me suis mis à boire et à fumer en regardant le plafond. Quand le cendrier a été plein je suis allé le vider dans la salle de bains, et par habitude je l'ai lavé. C'était une masse de terre cuite émaillée, aussi informe qu'une pierre, avec une petite dépression au centre. Quand j'ai gratté les croûtes de cendres un profil de femme est apparu, un visage fier moulé dans la glaise, de longs cheveux emmêlés coulant le long du visage comme si la femme s'était tenue au milieu d'une tempête cosmique. En y regardant de plus près, j'ai vu comme un cercle de spectateurs, des yeux qu'on pouvait à peine distinguer autour du creux, des yeux qui fixaient le visage de la femme avec un désir proche de la haine. Et puis j'ai remarqué un vase posé sur la commode de la salle de bains, une flûte en céramique contenant un petit bouquet de fleurs séchées, et sur le vase une série de visages de femmes, toutes les mains sur les yeux, et les longs cheveux qui semblaient saigner sur leurs épaules. C'était sans doute l'œuvre de Melinda, j'ai songé, une femme sans beauté qui comprenait la malédiction qui pèse sur la beauté ; et je dois dire que j'étais impressionné. Le cendrier était aussi lourd qu'une pierre, le vase aussi léger que s'il avait été moulé d'air, et les visages de femmes indiciblement fragiles.

D'habitude, au cours de ces visites insomniaques à la salle de bains, je n'en ai assez que de me regarder dans la glace, un long regard dur qui ne trouve qu'une tronche usée et avinée là où il aurait pu y avoir autre chose — s'il n'y avait pas eu toutes ces années gâchées, tous ces bars et ces nuits interminables. Mais cette nuit-là je n'en avais assez que de passer mon pouce sur les visages prisonniers derrière l'émail translucide, surtout les femmes en pleurs, et il ne me restait plus de pitié pour moi-même.

Comme on fait son lit on se couche, et c'est là que je suis allé finalement pour dormir. Je savais qu'en me levant je ferais ce que j'avais à faire — payer tout ce que je devais aux femmes.

9

Une fois, un vieux copain de boisson à moi est rentré chez lui au bout de deux semaines de beuveries avec une rose tatouée sur le bras. Autour de la fleur il y avait écrit *Baise-les toutes/et dors jusqu'à midi.* Sa femme l'avait forcé à se la faire enlever par un chirurgien, mais elle haïssait la cicatrice encore plus. Chaque fois qu'il la touchait il avait un petit sourire. Quelques années plus tard elle a essayé de lui faire passer son sourire à coups de bouteille, mais tout ce qu'elle a réussi à faire c'est lui casser deux dents, et le sourire avait encore plus l'air d'un défi qu'avant. Ce que je ne pige pas dans l'histoire, en revanche, c'est qu'ils soient toujours mariés. Il a toujours son sourire, qu'elle déteste plus que jamais.

Je n'avais ni tatouage ni mariage, mais j'ai quand même dormi jusqu'à midi. Dès que j'ai ouvert l'œil j'ai tout de suite su qu'il fallait que je roule du pieu et enfile d'une manière ou d'une autre mes chaussures de footing et mon survêtement. Cela faisait bien trop longtemps que j'étais sur la route, et je pouvais entendre les différentes inestimables parties de mon individu réclamer de l'exercice à cor et à cri. Cela m'éclaircirait peut-être l'esprit. Peut-être que je me casserai une jambe et devrai renoncer à aller en Oregon.

J'y suis finalement parvenu, je suis sorti au soleil dans ma tenue de gym bien malade. Je me suis assis sur la terrasse pour examiner les alentours.

La mère de Trahearne possédait toute une demi-section[1] de terres au nord-ouest de la petite bourgade de Cauldon Springs. Sa propriété s'étendait entre deux crêtes basses dans une vallée peu profonde. Le haut des crêtes était boisé, mais dans le bas les flancs étaient couverts de buissons de sauge. Entre les deux maisons et la route elle avait quelques têtes de bétail dans un petit pâturage. Cold Spring Creek coulait paresseusement entre les deux crêtes jusqu'au pré, où il se tordait soudainement en une série de méandres réguliers et étouffés par les saules. Ensuite il longeait la route jusqu'aux eaux thermales de Cauldon Springs, à l'est du bourg. Trahearne avait sa maison sur le côté Est de la rivière, sa mère sur le côté Ouest. La maison de sa mère semblait tout droit sortie des Grandes Plaines, une maison bien solide et carrée avec pour toute fioriture un perron couvert au milieu de la façade, et elle avait l'air de contempler le bourg en bas avec le regard fixe du fermier rendu fou par les caprices de la météo.

Le patelin s'était développé autour d'une source

1. Une section est une mesure de terre utilisée par le gouvernement pour les homesteads. Égale à un mille carré.

chaude qui bouillonnait dans un bassin de grès de la taille et de la forme d'une baignoire. Un ancien, qui avait fait fortune dans les mines d'argent et d'étain, avait fait construire l'hôtel et l'établissement de bains, vantant la vertu curative des eaux. Il avait englouti toute sa fortune là-dedans, bâti une station thermale qui ressemblait à un énorme gâteau de mariage autour de la source, puis s'était installé pour goûter les années qui lui restaient à vivre. Mais il avait bâti sa station thermale trop loin de la population, et la source n'était pas assez importante pour fournir de l'eau assez chaude pour tous ses bassins et ses bains ; même pas assez pour satisfaire le peu de clients qui venaient. Finalement quand il est mort, il était depuis longtemps le seul pensionnaire de son hôtel, et le seul à prendre les eaux.

La mère de Trahearne avait réouvert les bains et un étage de l'hôtel, mais uniquement par protection pour le patelin – tout comme le court de tennis qu'elle avait fait construire juste à côté de l'hôtel. Un petit rappel de sa fortune. Cependant elle refusait de faire repeindre les bâtiments. Elle les laissait se décolorer et virer de leur blanc d'origine à un gris cendré aussi terne que l'argent non astiqué.

Je me suis mis à courir à mon rythme sur le chemin en gravier qui descendait vers la route principale, et Melinda m'a dépassé. En fait elle m'a pratiquement laissé sur place. Elle courait comme une biche. Six saisons de football à l'armée et quatre saisons à l'école m'avaient laissé des jambes qui n'avaient plus que le souvenir de ce que c'était que de courir vite, et j'enviais la facilité et l'allure rapide de Melinda. Elle courait avec autant de grâce qu'elle marchait mais elle dissimulait toujours ses formes, cette fois-ci sous un survêtement. Arrivée à la route elle a pris à l'ouest et s'est mise à attaquer une longue côte. Je l'ai brièvement suivie dans la montée, mais me suis mis à marcher au bout de peu de temps. En haut de la côte elle s'est retournée. J'ai attendu là où je me tenais, et quand elle a fait demi-tour je lui ai emboîté le pas et on est retournés jusqu'à la route au pas de course.

— C'est pas comme ça que vous allez retrouver la forme, elle a fait en respirant lentement et avec aisance.

— C'est de la pénitence, j'ai dit en haletant lamentablement, pas de la culture physique.

Elle a ri. Ensuite elle m'a laissé sur place, laissant un petit nuage de poussière sous ses tennis après chaque foulée puissante, ses cheveux courts sautant en désordre sous le soleil.

Quand j'ai finalement regagné la maison elle était debout sur la terrasse à me regarder, poings sur les hanches, jambes écartées. J'ai péniblement monté les marches, pour m'écrouler sur une chaise longue en séquoia.

— Si seulement je pouvais persuader Trahearne de prendre un peu d'exercice, elle a fait comme ça.

— Si seulement vous pouviez me persuader d'arrêter, j'ai répliqué en haletant.

— Vous n'aimez pas ça, courir ?

— C'est moins grave que de prendre une pointe de bambou dans l'œil, j'ai fait, mais ça au moins c'est vite passé, comme douleur.

— Exactement, Trahearne s'est mis à braire en apparaissant dans l'entrée. Bloody Mary ? il a demandé en me brandissant un pichet plein à ras bord sous le nez comme s'il s'était agi d'une potion magique.

— Seulement parce que c'est avant le petit déjeuner, j'ai dit tandis qu'il me versait un verre.

— Ici c'est *ça* le petit déjeuner, presque tous les jours.

C'était Melinda qui avait parlé, et je me suis retourné pour déceler une trace d'ironie d'épouse lasse sur son visage ; mais elle avait le sourire et était en train de tapoter affectueusement la joue ronde de Trahearne. Je ne savais pas pourquoi ils s'étaient bigornés la nuit précédente, mais en tout cas ils avaient l'air d'avoir tout oublié ; ou alors ils avaient choisi de donner cette impression. Melinda lui a planté un léger baiser sur le coin de la bouche avant de rentrer dans la maison. Trahearne s'est installé sur une chaise longue à côté de moi.

— C'est une femme exceptionnelle que vous avez là, j'ai fait. Pour une épouse.

— Et vous avez pas vu le plus beau.

Et il s'est mis à rougir. Ce qui m'a fait sourire. Mais lui ne m'a pas rendu mon sourire. Il s'est contenté de remplir mon verre à nouveau en disant :

— Buvez ça, fiston, ensuite je vous montrerai

ce que les gens qui savent vivre font pour faire passer leurs gueules de bois.

— Alors, c'est ça que ça veut dire, prendre les eaux ? j'ai dit en suivant l'exemple de Trahearne et me laissant glisser dans le bassin principal.

Il s'est contenté de grogner en s'immergeant jusqu'aux épaules. Son t-shirt blanc, qu'il avait tenu à garder, s'est brièvement gonflé d'air, pour finalement roter par l'encolure. Une fois les Bloody Mary terminés, Trahearne m'avait tarabusté pour que je le conduise au patelin prendre les eaux. Il avait la clé de la porte de derrière, et aussi celle d'un vestiaire privé où on s'est changés. On avait le bassin pour nous tout seuls, à part un vieux couple de touristes de l'Oklahoma qui sont partis dès notre arrivée pour aller prendre un bain de pieds dans un bassin de boue qui se trouvait derrière une porte portant un nom approprié : Le trou au cor.

— Alors comment vous trouvez ça ?

— C'est pas mal, j'ai répondu en mentant par politesse.

L'eau, qui puait légèrement le soufre et d'autres minéraux que mon nez rechignait à identifier, était tiédasse au lieu d'être chaude, et elle était aussi appétissante qu'une suée de fièvre.

— En tout cas ça vaut foutrement mieux que la course à pied ; et je crois même que ça marche. Ma mère ne jure que par ça — elle vient ici tous les matins à six heures — et Melinda vient souvent nager tard le soir, faire des longueurs de bassin après son travail.

— Et vous, qu'est-ce que vous faites ?

— Moi je viens soulager mes gueules de bois en macérant là-dedans jusqu'à ce que je prenne la suée. (Il s'est plongé la tête sous l'eau, puis s'est relevé.) Je me demande si je suis en sueur. (Il s'est marré.) J'ai l'impression d'être en sueur.

— Vous êtes en eau, ça on peut pas dire le contraire, j'ai dit en essayant de ne pas regarder le réseau de cicatrices violettes qui rougeoyaient sous le t-shirt mouillé.

Il s'est replongé dans l'eau.

— Quand vous en aurez marre, dites-le-moi.

— C'est pas moi qu'ai voulu venir, j'ai dit.

— Alors foutons le camp d'ici. Cet endroit est toujours comme un hôpital.

Il s'est remis debout et a monté péniblement les marches. Il avait encore plus de cicatrices sur le dos. Les profondes crevasses étaient certainement des blessures de shrapnel, comme les souvenirs douloureux d'une guerre oubliée gravés à jamais dans sa chair. Je l'ai suivi dans le vestiaire.

Comme on se changeait, il s'est quand même décidé :

— Bon, mes cicatrices me rendent coquet, et puis après ?

— Elles sont pas si moches que ça.

— Suffisamment, il a répliqué. Allez, grouillez-vous, je crois que je suis assez dessoûlé pour même essayer d'écrire un peu tantôt.

— Moi je sais que je suis assez sobre pour rentrer à Meriwether.

— Demain, Trahearne m'a fait d'un ton sans appel. Melinda a sorti un steak du congélateur pour vous.

— À vos ordres, j'ai fait, et je l'ai accompagné jusqu'à la voiture qui était parquée entre l'arrière de l'établissement de bains et le court de tennis.

Il y avait un homme assez âgé qui faisait du mur, et deux adolescentes qui se disputaient chaudement une partie.

— Regardez pas, Trahearne a dit en montant en voiture. Ça va vous rendre fou, toute cette chair nubile.

— C'est déjà fait, j'ai dit en démarrant.

Plus tard dans l'après-midi, après un petit somme au soleil, une douche et un casse-croûte, j'ai appelé chez la mère de Trahearne pour faire savoir à Catherine Trahearne que je n'avais pas tout à fait oublié qui m'avait engagé. Elle partait juste au patelin jouer au tennis, mais elle m'a dit de passer prendre un verre avant dîner, et j'ai accepté. Trahearne était barricadé dans son vaste bureau à côté de la salle de séjour, en train de remuer papiers et glaçons tout en jurant à plein gosier, et Melinda était montée à son atelier sur la colline, alors je me suis versé un verre et j'ai traîné le long du sentier en gravier qui descendait jusqu'à la rivière et le pont étroit qui l'enjambait. La rivière était petite et encombrée de pierres et buissons, mais elle se frayait énergiquement un chemin à travers les débris, faisant occasionnellement la pause dans un trou peu profond. La contemplation des eaux courantes est un art qui requiert de la patience, alors je me suis appuyé sur la rembarde du pont pour essayer de m'y exercer et humer les bouffées de fraîcheur que la brise apportait à la surface, observer les truites assez grandes pour la poêle briller dans l'eau cristalline. Leurs ouïes s'agitaient comme des vestiges d'ailes en attendant la tombée de la nuit pour leur ration de larves de mouches.

— Vous devez être le détective, a fait une voix de femme bourrue dans l'ombre des saules juste à côté, et j'ai bien failli en tomber du pont. Excusez-moi, elle a fait, je n'avais pas l'intention de vous faire sursauter, mais j'ai dû piquer du nez et faire un somme sans m'en apercevoir et quand je me suis réveillée vous étiez là.

— Y a pas de mal, j'ai dit en la regardant sortir de l'ombre.

C'était une grande femme anguleuse, les cheveux gris coupés court, avec une chemise de flanelle rouge usée, des pantalons Malone et des bottes de chasse qui avaient l'air d'être des Bean's véritables, mais tout éculées. Elle avait aussi une canne noueuse et s'appuyait lourdement dessus en boitant de la berge jusqu'au sentier.

— Edna Trahearne, elle s'est présentée en m'offrant une main noueuse elle aussi.

Elle devait bien aller sur ses quatre-vingts ans, mais ses yeux étaient clairs et sa poignée de main ferme en dépit de ses doigts déformés. De profondes rides avaient érodé les traits accentués de son visage, et ses seins lourds mais flétris pendaient sous la flanelle comme des bouts de chair inutiles.

— Et vous, vous êtes le fameux Sughrue.

— Oui, M'dame.

— Comment va mon fils ?

— Un peu éprouvé. Mais il a une constitution de cheval.

— Ça, c'est une vraie nature. Mais un de ces jours il va lui arriver un pépin et y aura personne pour le tirer d'affaire. J'avais bien dit à Catherine de n'envoyer personne après lui cette fois-ci — une perte d'argent et d'effort — mais naturellement elle n'a pas voulu m'écouter. Je sais pas ce que cette salope avec qui il vit maintenant peut bien lui faire — depuis son arrivée ici on se parle plus, lui et moi —, mais en tout cas ses virées se font de plus en plus rapprochées maintenant, et ça fait plus de deux ans qu'il a rien écrit. S'il se débarrasse pas d'elle sous peu, il sera dans la tombe avant moi. Elle s'est arrêtée de parler pour me toiser. Puis, d'un air de ne pas y toucher : Vous trouvez pas ?

— Je sais pas. Elle a l'air de l'aimer.

C'était plutôt faible, mais c'est tout ce que je trouvais à dire.

— Il a pas besoin d'amour, jeune homme. Ça le trouble. Il a besoin qu'on s'en occupe comme d'un gosse. D'après ce que je peux voir, la jeune épouse de mon fils commet l'erreur de le prendre pour un homme. Alors que c'est un artiste. Et tous les artistes sont des enfants.

C'est vrai, il y a des hommes dont il faut s'occuper comme ça. Mais c'était carrément dégradant d'en parler comme ça au premier venu. J'ai décidé de voir si la vieille était aussi dure à cuire qu'elle s'en donnait l'air.

— J'ai cru comprendre que vous aussi vous écriviez, à une époque.

— C'était la seule façon pour une femme seule de travailler autrement qu'en servant de boniche aux hommes, et dès que j'ai eu assez d'argent pour m'acheter cette propriété, j'ai arrêté.

— Pas toute dévouée à votre art, si je comprends bien.

— Suffit de lire mes deux romans pour voir de quel genre de contes de fées il s'agit en réalité, et si vous avez un peu causé de moi avec mon fils vous savez sans doute la vérité sur la vie que je mène ici. Je les ai tous roulés comme les idiots qu'ils sont, mon gars, et croyez-moi, cet argent je l'ai pas volé ; mais venez pas me parler d'art ni de toutes ces sornettes.

— Bon, j'ai dit.

Elle était aussi dure à cuire qu'elle s'en donnait l'air. Je me suis remis à étudier la rivière.

— Vous pêchez ? elle a demandé brusquement. Ou est-ce que vous êtes un de ces glandus avec leurs cannes à lancer fantaisie ?

— Je suis pas très fortiche, non, mais ça m'arrive d'attraper une truite ou deux.

— Si je vous prêtais ma canne à lancer, 'croyez que vous pourriez nous attraper une demi-douzaine de ces petites truites ? Moi j'y vois plus assez bien pour attacher les mouches, même si j'avais encore les mains pour, mais une bonne friture de truites ça me ferait bougrement plaisir, ce soir.

— J'ai ma canne dans mon coffre, j'ai dit.

Et j'ai posé mon verre pour aller la chercher au trot, comme un fils obéissant.

La rivière n'avait pas vu de pêcheur depuis longtemps, et les truites happaient toutes les mouches que je pouvais leur offrir ; mais j'attrapais plus de branches de saule que de truites et j'ai bien dû mettre une heure à en attraper assez pour une friture. La vieille m'observait telle l'orfraie, mais en s'abstenant de tout commentaire désobligeant ou conseil sur ma façon de lancer. J'ai nettoyé les poissons dans la rivière, ensuite je l'ai suivie jusqu'à la porte de derrière de chez elle et dans sa cuisine. Pendant que je me lavais les mains elle m'a sorti une bière et m'a dit de venir la rejoindre sur le porche par-devant. On a traversé le séjour lentement, comme si on avait visité un musée. Un musée de guerre. Les murs et les tables étaient couverts de souvenirs de guerre ramenés par Trahearne : cadres contenant des photographies de jeunes officiers — Marines, récemment instaurés dans leurs grades —, un Trahearne plus mince dépassant tous ses compagnons d'une tête ou plus ; les mêmes têtes durant une mission dans la jungle, visages hâves et yeux creux au beau milieu d'une forêt vierge réduite en un tas de débris par le feu d'un engagement ; des drapeaux pris à l'ennemi, un pistolet automatique — un Nambu de calibre 25 —, et un sabre d'officier samouraï croisé de l'épée de cérémonie de Trahearne. Sans parler des coussins brodés, colliers de coquillages et boucles d'oreilles en os — tout le futin qu'on peut ramener des îles. Un des cadres contenait une photo de mariage, Trahearne en tenue de sortie sous un pin de Monterey tout tordu par le vent, une plage blanche et un océan d'un bleu artificiel derrière lui ; mais la femme séduisante qui se tenait à ses côtés avec le bouquet blanc était tout en noir. Comme s'il avait été tué à la guerre, on aurait dit. Rien de sa vie d'après-guerre ne se trouvait dans la pièce, et je m'attendais à moitié à trouver une médaille du mérite en or terni accrochée à la fenêtre de devant. J'ai bien regardé, mais je n'ai trouvé que la vieille qui m'attendait à la porte d'entrée avec un air irrité. Je me suis secoué pour chasser l'atmosphère réfrigérante de la pièce et l'ai suivie dehors. J'ai respiré un grand coup. L'air de la salle de séjour sentait trop le vieux et le sang pour que je me sois risqué à le respirer.

— Vous avez fait la guerre ? elle a demandé poliment.

— Pas celle-là, j'ai dit. Elle a hoché la tête en souriant comme si j'avais répondu à côté de la question. Je l'ai contournée en prenant bien soin de ne pas la toucher, et me suis présenté à la belle femme qui se tenait assise dans un rocking-chair sous la véranda.

Elle était en blanc aujourd'hui, pas en noir : robe courte de tennis, raquette et sac de balles à ses pieds. Des gouttes de sueur perlaient sur son front juste à la racine des cheveux, des cheveux cuivrés qu'elle portait tirés en arrière. Elle était encore plus jolie maintenant, si possible, avec son teint lisse et bronzé, sa chair ferme et élastique.

— Catherine Trahearne, elle a dit inutilement en se levant. Je m'excuse, mais je viens de faire une partie de tennis et je n'ai pas encore eu le temps de me changer.

— Je comprends. Moi je reviens juste de la pêche.

— Vous avez eu de la chance ?

— Assez pour le dîner, a coupé la vieille, mais tout juste.

C'était à la fois un ton de reproche et de commande, mais pourquoi ou dans quel but, je n'en avais aucune idée.

— Chaque poisson que j'attrape est un coup de chance.

— Vous avez tout de même retrouvé Trahearne, a repris Catherine, alors je préfère croire que vous pêchez avec habileté, et pas qu'avec de la chance.

— Ha ! a ricané la vieille. Un vrai gâchis sur toute la ligne.

J'ignorais si elle voulait parler de ma pêche ou de ma chasse.

— Quoi qu'il en soit, merci de l'avoir ramené entier. Je suis certaine que ça n'a pas dû être facile.

— Pas trop difficile non plus, j'ai fait.

— Ha ! la vieille a fait encore une fois.

— Mère, vous voulez votre verre de vin maintenant ou plus tard ?

— Je crois que je vais attendre, je le prendrai en me couchant. Peut-être que si j'attends je pourrai dormir.

— Comme vous voulez. Puis en s'adressant à moi, Catherine a ajouté : Je vous inviterais bien à rester dîner, mais je suis sûre que vous avez d'autres plans. Si vous voulez bien m'excuser, je dois prendre ma douche avant le dîner. J'avais la troublante impression que ce n'était pas par politesse qu'elle m'avait dit cela, qu'elle allait prendre une douche ; mais bien plutôt pour que j'imagine son corps nu et bronzé sous l'eau chaude et savonneuse. Et si vous voulez bien m'envoyer votre note, Monsieur Sughrue, je veillerai à ce qu'elle soit réglée sans délai. Et encore merci. J'ai été ravie de faire votre connaissance.

Après une poignée de main elle est rentrée à l'intérieur, les muscles lisses et plats de ses cuisses ondulant sous le soleil.

— Comment mon fils a pu laisser tomber une pareille femme, je ne le comprendrai jamais, a fait Edna Trahearne.

— Comment je pourrais savoir, j'ai bredouillé.

— Faites pas l'idiot avec moi, la vieille s'est mise à gronder. J'apprécie les truites, fiston, mais pas suffisamment pour vous laisser faire l'idiot sous ma véranda.

— Désolé.

— Et vous excusez pas non plus.

J'ai récupéré ma canne à lancer, j'ai dit au revoir et suis rentré chez Trahearne. J'avais la conviction d'avoir été manipulé d'une manière que je ne comprenais pas encore, et pour des raisons qui m'échappaient totalement. Peut-être que j'étais pratique comme cible. Ou peut-être que j'étais tombé sur un asile de dingues. Il fallait bien qu'ils soient tous un peu timbrés pour vivre comme ça les uns sur les autres, mais je ne savais vraiment pas ce qui se tramait. De toute manière mon boulot était terminé. Tout ce que je savais c'était que Melinda m'avait promis un steak pour dîner. Je voulais de la viande rouge, deux verres de bon whisky, une bonne nuit sans ivresse, et ensuite je ne désirais qu'une chose : déguerpir.

Quand je suis arrivé le dîner était prêt, mais il a fallu aller débusquer Trahearne pour qu'il vienne manger. Il était assis dans sa tanière à regarder fixement le dessus de son bureau qui était couvert de bouts de papier. Du papier jaune à lignes. D'un air absent il jouait avec un pistolet automatique, un vieux calibre 45 de service. Pendant ce temps-là Melinda s'évertuait à maintenir les steaks à peu près saignants.

— Maintenant vous savez, il a murmuré quand je me suis amené dans le bureau avec un verre pour chacun.

— Ce que je sais, c'est que le dîner est prêt.

— Vous avez fait connaissance avec la vieille bique et la dame dragon, et vous avez visité le palais des rêves perdus, alors qu'est-ce que vous avez besoin de savoir de plus ?

— Et si on bouffait ? j'ai suggéré.

— Bouffer, bouffer. Et il a remis ça avec son charabia poétique : Uni à une épouse âgée, je décrète et édicte les lois iniques à une race de sauvages qui mangent, dorment, se reproduisent et ne me connaissent point.

— Il ne convient point qu'un roi désœuvré, j'ai coupé en trichant d'un vers, foute en l'air le dîner.

— Ou c'est que vous avez bien pu apprendre un poème comme ça ?

Il en était tout baba, du fond de sa vape alcoolisée.

— Quand je jouais les espions pour le compte de l'armée des États-Unis à l'université du Colorado, j'ai fait une licence de littérature anglaise.

— Vous vous foutez de moi ou quoi ?

Il s'est calé dans son fauteuil.

— Non, je vous chie pas.

— Bon Dieu, fils, trinquez encore un coup, et pis après vous pourrez me raconter votre vie d'espion.

— En mangeant ?

— Bon, oui, merde, il a grogné comme ça en soulevant péniblement sa masse du fauteuil. D'accord, bande de saligauds. Vous et votre sacrée bectance.

Il ronchonnait, mais il m'a quand même suivi jusqu'à la table.

Si j'avais su comment il allait se comporter, je l'aurais laissé dans son bureau à cuver et à citer du mauvais Tennyson. Son steak était trop cuit, sa pomme de terre à la braise était froide, et il y avait trop de vinaigre dans la salade — enfin c'est ce qu'il proclamait d'une voix forte et avinée. Il a mangé quelques bouchées, ensuite il s'est mis à déplacer la nourriture sur son assiette comme s'il avait voulu jouer à une sorte d'échecs aux victuailles. Après quoi il s'est bien calé dans son fauteuil — il présidait la table — et s'est mis à dormir comme un bienheureux, sans toutefois trop ronfler. Melinda m'a souri en hochant la tête. Mais pas en reproche.

— Pauvre chou, elle a fait tout bas. Son travail ne marche jamais très bien quand il vient juste de rentrer. Si ça ne vous dérange pas, on va le laisser dormir ici pendant qu'on dînera.

— Ça me dérange pas, j'ai fait, j'ai tellement faim que je pourrais manger même s'il était éveillé.

— Soyez pas méchant, elle m'a fait d'un ton léger, et elle m'a de nouveau gratifié d'un sourire en se passant une main dans ses cheveux courts. Un léger nuage de poussière d'argile s'en est échappé. Elle est retournée à son steak, mangeant comme un ouvrier agricole à la fin de la moisson. Une fois terminé son steak, elle a coupé un grand bout de celui de Trahearne et se l'est envoyé avec un égal plaisir. Après ça elle a proposé de prendre le café sur la terrasse, et on a laissé le grand homme dormir dans son fauteuil.

Il était passé huit heures, mais le soleil était encore visible, en train de se coucher sur les montagnes basses à l'ouest. L'herbe du pré avait tourné à un vert dru dans l'air limpide, et de vertes qu'elles étaient les collines boisées sont passées à un noir de charbon. Sur la prairie les engoulevents s'ébattaient dans les saules avec des cris perçants, et les petites truites sautaient dans la brume en suspens sur la rivière. Au loin, les lumières de Cauldon Springs scintillaient comme des signaux lumineux.

— C'est vraiment dommage, Melinda a dit tout

bas, qu'il n'arrive pas à écrire sur tout ça... cet endroit, je veux dire. Mon travail n'a jamais aussi bien marché, le sien jamais aussi mal. Et pourtant il prétend que c'est pas ma faute. Des fois je me demande quand même...

Elle s'est arrêtée pour boire un peu de café, puis m'a regardé par-dessus sa tasse.

Les confidences, ça commençait à bien faire. J'avais eu mon fade pour la journée. Alors j'ai détourné la conversation.

— Vous êtes de par ici ?

— Hein ?

La lumière tombante mettait ses traits en valeur, et j'ai songé tout d'un coup que si elle avait seulement voulu s'en donner un peu la peine — se maquiller, peut-être, se laisser pousser les cheveux et porter autre chose que des vêtements informes —, elle aurait pu être une femme séduisante. Elle a rougi en voyant que je la détaillais, et je me suis demandé ce qu'elle devait ressentir devant la beauté apprêtée de Catherine, et ce que ressentaient ses doigts quand elle modelait ses ravissants profils dans la glaise.

— Est-ce que vous êtes du Montana ? j'ai précisé.

— Oh non ! elle a répondu très vite, presque comme si elle s'était sentie coupable que ce ne soit pas le cas. De Marin County, de l'autre côté de la baie de San Francisco. Et Sun Valley, et le sud de la France.

On avait l'impression qu'elle avait débité la liste tellement de fois déjà qu'elle en avait marre. Elle s'en est aperçue.

— Je m'excuse. J'adore cette partie du pays, et je crains de vous avoir donné l'impression d'être blasée. La pauvre petite fille de riches, et tout ça. En fait j'aurais bien voulu avoir été élevée dans un petit ranch comme ici, mais mes parents étaient tous les deux plus qu'aisés. Pas vraiment riches riches, remarquez, mais aisés — héritages et rentes, surtout — et ils s'essayaient à un peu tout, vous savez, violon et violoncelle, peinture abstraite, plongée sous-marine, ski. La pire espèce de dilettantes, j'en ai bien peur. (Elle a dit ça avec un petit rire affectueux.) Mais des gens très bons et très gentils, au fond.

— Et ils voyagent toujours ? j'ai fait.

J'avais bien conscience de faire la conversation avec la pauvre petite gosse de gens aisés pour qui Trahearne, malgré tous ses défauts, avait dû sembler aussi réel et excitant qu'une tempête dans l'Atlantique du Nord.

— Mes parents ?

— Oui.

— Non, ils sont morts tous les deux, j'en ai peur.

— Désolé.

— Ma mère s'est tuée dans un accident de ski dans les Alpes, et mon père est mort de chagrin. Enfin, c'est ce que j'ai fini par me dire. Il a raté un virage avec son Alfa sur la Costa Brava.

— Désolé, j'ai répété.

— Merci, mais il n'y a pas de quoi. Cela semble si loin, cela fait si longtemps. Puis elle s'est reprise tout en se redressant : Enfin, je suis bien contente que vous n'ayez pas été blessé dans l'accident.

— Juste un peu de casse, j'ai dit.

Je me demandais ce que Trahearne avait bien pu lui raconter.

— Oh ! ça a dû être un peu plus que ça tout de même, pour que Trahearne reste trois jours à l'hôpital.

— Observation, j'ai fait, bien content d'avoir toute ma tête à moi.

Apparemment Trahearne n'avait pas tenu à ce que sa jeune épouse sache qu'il s'était fait flinguer, et ce n'était certainement pas moi qui allais le lui dire.

— Il a quand même dû valser assez loin quand il a été éjecté, elle a continué. Parce que les cicatrices qu'il a sur la fesse ont l'air plutôt sérieuses.

— Pas bien graves, j'ai dit.

— C'est arrivé comment ? elle a demandé.

Mais pourtant je n'avais pas l'impression qu'elle essayait de me tirer les vers du nez.

— Franchement, j'étais trop bourré pour me souvenir exactement de ce qui s'est passé.

— Enfin, merci d'avoir pris soin de lui.

— On a bien rigolé, j'ai fait, et je sais pas trop qui a pris soin de qui.

— La folle équipée, on dirait. Vous savez, on s'est connus au cours d'une escapade de ce genre. J'enseignais dans un atelier à Sun Valley, et j'étais en train de boire un verre à l'hôtel avec ma classe ; Trahearne est venu de la terrasse, tellement énorme, tellement beau, tellement plein de vie. Et il s'est assis à côté de moi au bar, m'a offert un verre et puis un autre, et au bout du compte on s'est enfuis ensemble. Ce n'est qu'en arrivant au Mexique que j'ai appris qui il était – c'était ce genre d'aventure, vous savez, pas de noms et tout ça – et quand je l'ai entendu épeler son nom pour les douaniers mexicains pour ce formulaire, là, vous savez, la carte de visiteur, eh bien, je pouvais pas y croire. J'étais là avec l'homme le plus *débordant de vie* que j'avais jamais connu, et cet homme se trouvait être Abraham Trahearne. Je n'en revenais pas. La vie est tellement bizarre. Qui aurait pu croire que tout ça découlerait de quelque chose d'aussi anodin qu'une invitation à boire un verre ?

– En parlant du grand homme, j'ai dit tout en faisant mon possible pour ne pas paraître ironique, vous voulez que je vous aide à le mettre au lit ?

– Vous n'y pensez pas. Dans deux heures il va se réveiller et réclamer whisky et petites pépées à cor et à cri.

Son sourire me donnait à entendre qu'elle était parfaitement capable d'assurer le rôle de la petite pépée. L'espace d'un instant je l'ai crue, mais elle a tourné son visage et je me suis dit que si réellement elle était ce genre de créature, elle le cachait foutrement bien.

– Je vous ai fait suer avec ma petite histoire d'amour, n'est-ce pas ?

– C'est pas ça. J'étais seulement en train de me dire que je devrais boucler mon sac et filer pendant que j'y vois encore à peu près clair.

– Trahearne sera tellement déçu, elle a fait d'un air qui paraissait sincère.

— Ouais, mais j'ai cette autre affaire dont il faut que je m'occupe. J'aurais déjà dû être en Oregon hier.

— Ne jamais remettre à demain... c'est ça ?

— Quelque chose comme ça, oui.

— C'est tellement excitant comme expression.

— Quoi donc ?

— S'occuper d'une affaire. Tout ce que ça peut suggérer : sombres intrigues, mystères compliqués, le genre d'aventures auxquelles le commun des mortels n'a jamais droit.

— J'ai bien peur que la réalité soit plus dans le genre récupération de voitures, faire la tournée des bars pour retrouver les maris en goguette, des trucs comme ça.

— Ou des enfants fugueurs.

— Des fois.

— Ça, ça devrait être excitant, quand même. Le prince enlevé par les romanichels, et tout ça.

— Jamais connu de romanichel ni de prince, j'ai avoué.

— C'est pas une raison pour s'arrêter de chercher, elle a fait. Il y avait une note plaintive dans sa voix, douce comme le cri d'un animal égaré ou agonisant. J'aimerais vraiment que vous ne partiez pas tout de suite.

— Faut que j'y aille.

— Je comprends. Je suis sûre que Trahearne aurait voulu vous dire que vous serez toujours le bienvenu dans cette maison. Et c'est valable pour moi aussi. Revenez quand ça vous chante.

— Sûr, j'ai fait, merci.

Mais je ne voyais vraiment pas ce qui aurait pu m'inciter à revenir dans cette maison de fous. On s'est dit au revoir et je suis parti dans ma voiture. En comparaison, ma quête pour retrouver trace de Betty Sue Flowers me paraissait presque sensée.

En bourrant comme un âne j'ai fait la route jusqu'à Grants Pass tout d'une traite, dix-neuf heures paisibles au volant, ensuite je me suis pris une chambre dans un motel où j'ai dormi comme un ange jusqu'à dix heures le lendemain matin.

Au bureau du shérif de Josephine County, quand je m'y suis arrêté histoire de leur faire savoir que j'allais opérer dans leur comté et que je n'avais nulle intention d'enfreindre la loi, ils m'ont bien fait comprendre qu'ils n'en avaient rien à secouer. Mais ils m'ont quand même dit où aller. Ce qu'ils ne m'ont pas dit, en revanche, c'est à quoi je devrais m'attendre, et deux heures plus tard j'étais toujours en train de monter dans les Siskiyous sur une route en gravier qui longeait la berge d'un petit torrent qui finissait par se jeter dans l'Applegate River. Au bout de dix milles de lacets le paysage s'est ouvert en une jolie vallée, et là j'ai soudain compris le petit sourire du shérif adjoint.

Près de la route se tenait une bâtisse en forme de A, tout en préfabriqué, avec plein de petits fanions en plastique multicolores accrochés à des câbles. Juste devant, une grande pancarte annonçait SUNDOWN SUMMER ESTATES. J'étais à peine parqué qu'un grand jeune homme s'est précipité de la cabine en faisant traîner ses chaussures de montagne sur le porche en pin de mauvaise qualité.

— Bonjour bonjour. Qu'est-ce que je peux faire pour vous ?

— Je crois que je cherche un endroit pour me retirer des affaires, j'ai fait.

Et le plus beau c'est que c'était presque vrai, tout d'un coup. Un coin tranquille où me la couler douce en repensant à toutes les folles entreprises de ma vie passée.

— J'ai justement ce qu'il vous faut, un lopin de dix arpents avec accès à la rivière, une source, et un endroit épatant pour faire construire. Tout à aménager, évidemment, mais vraiment pas cher.

— En fait c'est une communauté hippie que je cherche, j'ai dit.

— Vous vous êtes trompé d'endroit.

Son boniment était terminé et sa voix était dure à présent.

— C'est à vous, tout ça ?

— Exact.

— Pas de hippies, hein ?

— Plus maintenant.

— Où c'est qu'ils sont passés ?

— Là où vont les hippies une fois qu'ils découvrent que c'est du boulot de vivre de la terre à l'ancienne manière.

— Vous l'avez eue comment, cette terre ?

— Comme si ça vous regardait. Je l'ai héritée de ma grand-mère, si ça vous intéresse. Il a aussitôt détourné le regard en remuant les pieds sur place. Vous êtes flic, ou quoi ?

— Privé, j'ai dit.

Et je lui ai montré ma licence.

— C'est complet, il a fait en bougonnant. Aujourd'hui j'ai eu trois acheteurs en puissance — un éleveur de poulets de Fresno, deux mômes en Continental toute neuve, et un poulet. Privé, celui-là.

— Je voulais surtout pas vous donner de fausse joie, j'ai fait.

— C'est mieux que rien, comme on dit.

— C'était votre communauté, c'est ça ?

— Tout le monde peut se tromper, il a rigolé. Ben oui, quoi. J'ai fêté mes vingt et un ans au Vietnam, et puis j'ai hérité de cette terre et d'un petit paquet de fric, et quand je suis revenu je pensais plus qu'à une chose, pas vrai : paix, fumette et nanas qui se rasent plus les poils des jambes. Tout ça, quoi. C'est comme ça que je voyais le paradis sur terre.

— Et ?

— Et les temps changent, il a dit simplement. Et mon fric a pas duré. Je croyais qu'on pourrait l'étaler ici, à tous qu'on était, mais personne ne voulait faire sa part. Ils voulaient pas travailler, ces enfoirés de fainéants. Alors un jour je me suis défoncé bien comme il faut à l'acide et je suis parti en commando à moi tout seul, vous savez, comme au Vietnam. Brûler les huttes et tout le saint-frusquin et reloger les petits salopiots. Mon vieux, j'aurais voulu que vous les voyiez déguerpir.

— Et maintenant vous liquidez ?

— Tout ce que j'ai, sauf un quart de section

par-derrière. C'est ça ou encore six mois sur le pipeline, et l'Alaska c'est super et tout ça, vieux, enfin si on n'a pas à bosser dehors — mais on se les gèle tout le temps, là-bas.

— Ça fait combien de temps que tout le monde est parti ?

— Quatre ou cinq ans. C'est qui que vous cherchez ?

— Betty Sue Flowers, j'ai dit.

Et je lui ai montré la photo.

— Vous vous foutez de moi, il a fait en la regardant.

— Non, c'est vraiment elle que je cherche.

— Pas ça, vieux. Mais vous voulez quand même pas me faire croire que c'est elle là-dessus, non ? Quand elle était ici elle était grosse comme une loche. Elle baisait bien, ça je dois reconnaître, mais elle était large comme la grange.

— Vous vous souvenez d'elle, alors ?

— Un miel comme ça ça s'oublie pas facilement. Il a poussé un soupir triste, comme s'il se rappelait bien trop d'autres choses aussi. Dites, vous auriez pas une bière en trop, par hasard ?

J'ai fait oui de la tête et j'en ai sorti deux de la glacière. On est allés s'asseoir sous le porche.

— Elle c'en était une vraie, mon pote. Pourquoi vous la cherchez, au fait ?

— Ça fait un bout de temps que sa famille l'a perdue de vue et ils aimeraient bien la revoir.

— Ça ça m'étonnerait.

— Pourquoi ça ?

— Mec, j'ai déjà rencontré pas mal de folles

dans ma vie — au Vietnam et sur le pipeline — et j'ai fait des choses que j'aime pas trop me rappeler en plein jour, mais elle, c'était encore un autre genre.

— Elle était avec vous ?

— Tout le monde était avec tout le monde. Vous savez bien, destruction du concept de la propriété privée et de la possession personnelle. Et merde, mec, tu prends suffisamment de drogues, ça sonne bien.

— Au moins il vous reste la terre.

— Tout juste. Ils voulaient me faire changer le titre de propriété, le faire mettre à nos noms à tous, tu parles, paraît que je faisais dans le trip petit chef parce que la terre était à moi. C'est là que j'en ai vraiment eu ma claque.

— C'est là qu'elle est partie ?

— Non, ça faisait un bout qu'elle était déjà partie. Elle est pas restée très longtemps, en fait. Elle s'est tirée avec ce vieux mec, là. Peut-être même qu'elle était arrivée avec, je sais plus.

— Vous vous rappelez son nom ?

— Jack. Quelque chose comme ça. On n'était pas très portés sur les noms propres, vous savez, c'est encore un des vestiges du fascisme bourgeois dont il fallait se débarrasser, et toutes ces conneries.

— Randall Jackson.

— Peut-être bien. Mais je sais vraiment plus.

— La brioche, les jambes en serpette, déplumé sur le caillou ?

— C'est ça, c'est lui. Sale foutu con.

— Sale con ?

— Il me potinait pour que je finance un film de cul qui aurait posé à l'étude sociologique sur la liberté sexuelle dans les communautés. Vous voyez le genre. Il prétendait qu'il avait des tas de relations pour la distribution et disait qu'on pourrait se faire un gros paquet. Vous le connaissez ?

— On s'est jamais vus, mais je vois qui c'est.

— Qu'est-ce qu'il est devenu ?

— Aux dernières nouvelles il serait à Denver. Dans les bouquins de cul. Mais c'est seulement une rumeur.

— Ça m'étonnerait pas plus que ça, il a fait.

Et on est restés assis en silence à écouter le claquement des fanions en plastique.

— On dirait que je vends des putains de bagnoles d'occase, pas vrai ? (J'ai fait oui d'un signe de tête.) Quand je me suis décidé à vendre mon cul j'ai voulu faire ça le plus salement possible, je suppose. Eh dites donc, si vous avez encore une bière en trop, peut-être que je pourrais vous céder une parcelle en échange.

— Vous pouvez avoir la bière, j'ai fait, mais j'ai déjà cinq hectares dans le Montana, sur la branche Nord de la Flathead River. Désolé.

— Vraiment pas de quoi être désolé, il a fait en revenant avec deux canettes.

— Elles partent bien, les parcelles ?

— Pas exactement comme des petits pains. Deux lopins de cinq arpents le mois dernier, et encore il a fallu que je finance le crédit moi-même. L'argent se fait rare, de nos jours. Mais j'ai une offre d'un syndicat immobilier — vous savez, le genre de compagnie qui vend ses parcelles à la télévision et dans le supplément du journal du dimanche. L'ennui c'est qu'ils veulent tout le terrain, bien entendu. Ils disent que si je garde mon bout à moi ça fout tout par terre pour l'aménagement, ou une connerie de ce genre ; mais si j'arrive pas à vendre plus de parcelles que ça, va bien falloir que j'accepte leur offre.

— Mieux que rien, je suppose.

— Moins que rien, vous voulez dire. Rien que de l'argent. Bordel, et dire que mon arrière-grand-père est né sur la piste de l'Oregon dans un chariot du second convoi d'Applegate, et que ma grand-mère est née dans une baraque en rondins qui tient encore debout, à cinq milles d'ici là-haut en suivant le torrent.

— Comme vous le dites, les temps changent.

— Ouais. Mais vous savez pas ce qui me fait le plus rager ?

— Quoi ?

— Un de ces soirs, mec, je serai à Santa Cruz ou ailleurs à regarder le film de minuit, raide défoncé, et tout d'un coup je vais voir un fumier de cow-boy d'opérette se pointer sur l'écran et offrir ma terre toute découpée en rondelles. Et ça, mon pote, ça me fait mal au ventre.

— Peut-être que vous pourriez faire un peu d'élevage ou quelque chose comme ça.

— Putain, vous avez regardé les prix du marché aux bestiaux, récemment ? Faut s'amener avec un gros paquet comme capital, et tout ça pour quoi ?

Pour perdre sa liquette sur le marché de la viande. Et puis ça fait trop longtemps que je me la coule douce, je suis devenu fainéant.

Il m'a regardé après une longue pause, puis il s'est décidé :

— Dites donc, vieux, vous avez l'air du genre de particulier qui s'est défoncé une fois ou deux dans sa vie, et j'ai cette vache de dynamite, là dans ma poche. S'il vous reste une bière ou deux on pourrait glander ici et se défoncer gentiment en attendant le client. Les clients qui sont pas près de venir, de toute manière.

On a fumé sa dope et bu mes bières en regardant le soleil monter dans le ciel bleu. On a parlé des convois de chariots et des pistes, de ce que ça avait dû être. On a causé du garage à motos qu'il allait peut-être ouvrir à Santa Cruz. Mais on n'a pas parlé de Betty Sue et on n'a pas plané non plus bien haut.

10

Deux après-midi plus tard j'étais en train de tirer les sonnettes chez Randall Jackson. Il opérait à partir d'une sorte de cagibi situé dans le coin d'un grand entrepôt rempli de caisses de bouquins et de magazines. Il n'avait pas été trop dur à trouver. Le vendeur dans la première librairie porno que j'avais faite sur Colfax m'avait dit où aller. Mais je crois que j'étais arrivé au mauvais moment. À peine j'ai frappé que les voix à l'intérieur se sont tues. La porte s'est ouverte brutalement. Elle en est presque sortie de ses gonds. Et un type basané très costaud et très vilain à regarder malgré son costard à trois cents dollars m'a demandé ce que je voulais. J'aurais dû m'en douter, je suppose. Là où il y a de l'argent il y a de la merde, et dans ma partie il faut s'attendre à avoir affaire à ces gens-là. Ils sont partout. Pas aussi organisés qu'ils veulent bien le faire croire, mais suffisamment tout de même.

— Qu'est-ce que je peux faire pour vous ? il a demandé poliment.

Il avait une légère trace d'accent mexicain. Sa

coupe de cheveux à vingt sacs aurait eu l'air plus à sa place sur le crâne de quelqu'un d'autre.

— J'aimerais dire deux mots à M. Randall Jackson, j'ai fait.

Encore plus poliment.

— Désolé, mais il est occupé en ce moment.

— Qui c'est, Torres ? a demandé une voix à l'intérieur.

— Personne, il a répondu, sans chercher à m'insulter.

— Dis-lui d'attendre.

— Il fait beau, Torres a dit, vous serez aussi bien à attendre dehors.

— Je serai sur le dock de chargement.

Il a acquiescé et on s'est quittés. J'étais bien content. Le gâteau poilu de la pornographie, c'est la grosse affaire : tout petit capital à investir initialement, grosses rentrées de liquide. Et la liberté de la presse, c'est bien en théorie. Mais je suppose que c'est pas mes oignons. J'ai attendu dehors en regardant deux Noirs baraqués charger des caisses en carton à l'arrière d'une camionnette bleue anonyme. Il ne faisait pas beau du tout, mais je ne me plaignais pas. Denver avait chopé une dose de smog aussi épaisse que L.A., mais je regardais à travers le rideau gris et sale de la brouillasse comme si j'avais pu voir les montagnes et les pins se découper comme des cathédrales sinistrées sur un ciel cristallin bleu cobalt.

Randall Jackson n'était pas celui qui avait parlé dans le bureau. Je pouvais entendre sa voix câline et geignarde, aussi onctueuse qu'une graisse de vieux bacon, comme il raccompagnait le type qui avait parlé jusqu'à la portière d'une Continental noire aux vitres fumées. Le gros costaud basané, celui qui avait des manières de gentleman, s'est mis au volant et ils sont partis. Sur ce, Jackson s'est tourné vers moi, et son ton n'avait plus rien de câlin.

— Tu voulais me voir ? Lui en revanche le temps ne l'avait pas ménagé. Sa panse était devenue plus ronde, ses cheveux plus dégarnis encore, et ses jambes plus arquées que jamais. Sa garde-robe n'arrangeait rien non plus — un blazer marron et des pantalons bleu électrique avec une piqûre argentée dans le tissu. Ses chaussures basses fantaisie étaient bien astiquées, et les glands étaient tout ce qu'il y a de chou, mais elles étaient éculées aux talons. Une chose était claire : il avait beau avoir son nom sur la patente, il ne tirait pas la chaîne sans demander la permission. Il s'est fait pressant :

— Alors, j'écoute.

— Je suis à la recherche de Betty Sue Flowers, j'ai dit. Je ne pensais pas qu'il allait causer et je ne voulais pas lui dire mon nom, alors je n'ai offert ni licence ni explication.

— Connais pas, il a fait aussitôt.

— Elle avait peut-être un autre nom. D'après les renseignements que j'ai, vous étiez avec cette fille en Oregon il y a quelques années.

— Tes renseignements tu peux te les foutre au cul, mec, j'ai jamais mis les pieds en Oregon.

Ses tout petits yeux noirs brillaient comme des zircons.

— Alors j'ai dû me tromper de Randall Jackson, j'ai dit. Je m'excuse de vous avoir dérangé, Monsieur Jackson.

Et je suis remonté dans mon El Camino.

Un coup pour rien. Pour l'instant. Avec tous les employés qui nous regardaient, je ne pouvais pas le bousculer. Mais il m'avait menti, probablement par habitude, et j'étais bien décidé à savoir pourquoi. Mais cela risquait d'être coton. Son numéro ne serait pas dans l'annuaire, l'adresse sur sa patente serait nécessairement fausse, et il avait vu mon El Camino. Donc je ne pouvais pas le filer avec. Il me fallait une autre voiture.

Une des raisons pour lesquelles je passe mon temps à sillonner le pays en voiture, en plus du fait que j'ai une sainte frousse de l'avion, c'est que je ne peux pas louer de voiture en arrivant en ville. Je ne peux pas louer de voiture parce que je n'ai pas de carte de crédit. Et je n'ai pas de carte de crédit parce que je ne peux pas en obtenir une sans la voler. C'est encore plus facile de voler une voiture. J'ai plus d'expérience dans cette branche.

Personne n'aime trop s'en vanter, parce que c'est plutôt merdique comme boulot, mais les détectives privés passent pas mal de temps à faire de la récupération de voitures. Moi, en fait, c'est comme ça que je suis entré dans le métier. Après mon troisième accrochage avec l'Armée, je n'ai pas rempilé. Un pote m'a trouvé du boulot comme journaliste sportif pour l'*Eagle-Beacon* de

Wichita. Journaliste, c'est ce que je faisais à l'armée en fait. Quand je ne jouais pas au football. Et comme j'étais à court d'argent et que je m'ennuyais ferme, je m'étais mis à faire du noir pour une compagnie de crédit – retrouver et récupérer les voitures, les chaînes stéréo, le mobilier et les postes de télé. Quand le journal m'a viré parce que je ne valais pas un clou comme reporter, je suis allé à San Francisco. Là j'ai donné dans la récupération des mômes fugueurs pendant un an. Ensuite le Montana, où j'étais allé enterrer mon père. C'est là que je me suis remis à faire de la récupération, mais à plein temps cette fois. C'est dire que j'avais volé pas mal de voitures dans ma chienne de vie, légalement avec mandat du tribunal en poche ou non, et donc je me disais que je devrais être capable d'en emprunter une à Denver sans trop de problèmes.

J'ai roulé jusqu'à Stapleton Airport et me suis garé dans le parking le plus éloigné de l'aérogare, ensuite j'ai attendu la voiture qu'il me fallait, quelque chose de pas trop voyant comme une voiture de fonction, de préférence conduite par un représentant de commerce exténué, avec son petit bagage de vol à la main. Je n'ai pas eu à attendre bien longtemps, et le représentant était à peine hors de vue que je fauchais une Ford LTD marron appartenant à la Hardy Industrial Towel Company. Quand on a les outils qu'il faut, cela prend juste une minute. J'étais sorti du parking avant que le représentant ait atteint l'aérogare.

J'avais tout un stock de titres en blanc et une

paire de plaques minéralogiques d'Alabama dans mon coffre à outils, plus une poignée de formulaires de récupération légale laissés en blanc, mais je n'avais pas le temps de les remplir. Et donc quand Jackson a déboîté dans sa Cougar couleur prune et s'est mêlé à la circulation d'heure de pointe sur Santa Fe Avenue, il fallait que je fasse bien attention à conduire prudemment tout en le serrant de près. Mais il m'a facilité la tâche et je lui ai filé le train jusqu'au centre-ville. On s'est arrêtés devant une boîte à strip-tease dans le bout d'East Colfax. Deux heures plus tard, à la tombée de la nuit, il est ressorti du bar, la figure enflammée par le whisky et les visions de chair nue. Je lui ai planté un revolver dans les côtes, après quoi il nous a conduits bien gentiment jusqu'à un motel minable à Aurora, en pleine banlieue. On n'a même pas eu à descendre de voiture.

– Okay, il a admis, je la connaissais, d'accord. On s'est retrouvés ici ensemble et j'étais raide comme un passe-lacet, alors je lui ai fait faire le tapin et le premier soir elle s'est fait choper pour racolage. Le premier soir. J'avais pas de quoi payer son amende alors elle a fait trente jours de taule.

– Et ensuite ?

Jackson a allumé une cigarette et a jeté un coup d'œil sur les chambres du motel.

– Ensuite elle a plus voulu entendre parler de moi.

– On peut pas trop lui en vouloir, non ?

– Je suppose que non.

— Et où elle est partie, après ça ?

— Du côté de Fort Collins, à ce qu'on m'a dit. Il y a une vieille pleine de pèze qui habite à l'entrée de Poudre Canyon, et elle donne dans le trip réhabilitation, tu sais, elle sort les nanas de prison et les prend chez elle. Le genre bienfaitrice, quoi. Et on m'a dit que Betty Sue avait vécu là-bas pendant un temps. Ensuite je sais plus.

— Rien ?

— Que dalle.

— Pourquoi tu m'as menti avant ?

— Je croyais que t'étais quelqu'un de sa famille, l'accent et tout ça, tu vois. Je croyais que t'étais venu me régler mon compte.

— Te régler ton compte, pourquoi ça ?

— Ben, c'était juste une môme, et tout ça. Comme si cela expliquait tout.

— T'aurais pas dû mentir, j'ai fait.

— Ça je m'en rends bien compte maintenant. Il a jeté un œil sur le 38 que je tenais à la main. Qu'est-ce que t'avais l'intention de faire dans ce motel, mon pote ?

— Te mettre en morceaux, j'ai dit.

— C'est bien ce que je pensais. Merde, j'ai bien cru que t'allais me buter là comme ça en pleine rue, mec. T'avais des yeux, j'aurais voulu que tu voies. Tu te sentais plus, mec.

— La fatigue.

— Pourquoi que tu cours après Betty Sue, bordel ?

— Je me rappelle même plus, j'ai dit.

Après ça Jackson nous a reconduits à sa voiture.

— Sans rancune, j'ai fait comme il descendait.

— Sans rancune, il a dit.

Il a remonté sa ceinture de pantalon et s'est éloigné.

Sur la route pour retourner à l'aéroport, je me suis dit tout d'un coup que cela avait été trop facile, et j'ai même songé à retourner le voir, mais j'avais assez d'ennuis comme ça. J'ai garé la voiture de fonction près de l'emplacement où je l'avais empruntée, j'ai récupéré la mienne et j'ai foncé plein nord, direction Fort Collins. À mi-chemin mes mains se sont mises à trembler tellement qu'il a fallu que je sorte sur la première rampe venue et que je m'arrête sur le bas-côté. Ce n'était pas les nerfs, je ne crois pas. Plutôt la colère qui remontait à la surface. Jackson avait raison. Quand je lui avais planté le flingue dans le dos en face de la boîte à strip, j'avais eu envie de presser la détente, une envie folle de tirer, tirer et encore tirer, lui faire sauter le caisson jusqu'à ce qu'il y en ait plein le trottoir. Je repensais à ce que Peggy Bain avait dit, que je serais prêt à tuer pour seulement pouvoir faire la queue devant Betty Sue. J'y repensais, mais la queue me semblait foutrement trop longue. J'ai rampé sous la couverture métallique à l'arrière de la bagnole et j'ai bouclé le revolver dans le coffre à outils. Ensuite je me suis remis en route, plein nord, les montagnes à gauche, le vide des Grandes Plaines à droite.

Un été comme ça, quand j'étais môme — mes

parents étaient déjà séparés —, j'étais resté avec mon paternel sur la plaine à l'ouest de Fort Collins, juste au nord-est d'un petit bled nommé Ault. Tout l'été j'avais habité avec lui chez une veuve toute rabougrie et ses trois enfants en bas âge. Ils essayaient de faire du dry-farming sur la terre à blé qu'elle avait, et on vivait tous dans une cave sur la plaine, une cave sans maison dessus. On était là comme des taupes à regarder par les soupiraux, à attendre la pluie qui ne venait jamais.

Arrivé à la rampe de sortie pour Fort Collins, j'ai eu brièvement envie de prendre à l'est, histoire d'essayer de retrouver la cave. Je l'avais retrouvée une fois, quand j'habitais Boulder, mais c'était en plein jour. Dans le noir je savais que je n'avais aucune chance. Alors au lieu de ça je me suis pris une autre chambre de motel, j'ai exploré un autre bar et bu un autre putain de verre.

Le lendemain j'ai eu de la chance. D'abord un peu de chance qui a mal tourné, ensuite un peu de malchance qui a empiré.

La deuxième bonne femme que j'ai appelée au bureau de probation m'a dit où trouver la vieille dame pleine de pèze que je cherchais. La première que j'avais eue en ligne aurait pu me le dire tout aussi bien, mais elle n'avait pas voulu.

Selma Hinds habitait dans une grande maison octogonale construite tout en verre et en rondins au sommet d'une crête au sud de Cache la Poudre River. En montant le canyon je pouvais la voir se détacher tout là-haut comme un château fort. Je me suis garé près de la boîte aux lettres en bas de la côte et j'ai mis mes chaussures de montagne tout en lorgnant d'un œil morfondu la benne téléphérique qui reposait près de la route, sans doute le vestige d'une vieille mine. Mais ça c'était bon pour les provisions et le bois de chauffe seulement. Moi il fallait que je me tape un bon kilomètre de sentier en lacets. Cela grimpait plutôt raide, et tout en montant je me demandais si Selma Hinds avait souvent de la visite, ou si les colporteurs venaient souvent la solliciter. Elle n'avait pas le téléphone, et je me demandais si elle serait chez elle. Sinon il faudrait bien l'attendre, du moins si je ne voulais pas m'appuyer la grimpette deux fois dans la même journée.

J'étais en sueur et hors d'haleine quand j'ai finalement quitté le fouillis du taillis de pins pour déboucher sur une grande clairière qui occupait une sorte de selle sur la crête. Au même moment, une demi-douzaine de chiens ont découvert ma présence. Mais ils m'ont fait fête, surtout une grosse chienne labrador qui n'avait plus que trois pattes et qui m'a justement enfoncé son unique patte de devant dans les roustons. Quant aux autres, des bâtards de petite taille pour la plupart, ils se sont contentés d'aboyer à qui mieux mieux.

La bâtisse octogonale se tenait sur l'endroit le plus élevé de la clairière, avec un grand potager qui la séparait de cinq cabines plus petites et d'une rangée de cages en grillage qui bordaient la clairière à l'autre bout. Deux filles très jeunes et un garçon étaient en train de travailler dans le jardin au milieu des semis de printemps qui étaient protégés par de la sciure et des toiles en plastique. Le sol sec et rocailleux de la montagne avait été tellement enrichi de fumier naturel qu'il en était aussi noir qu'une terre alluviale. Dans les cages en grillage, des petits animaux et des oiseaux m'observaient avec cet air éberlué qu'ont les patients dans les hôpitaux. Les mômes m'ont regardé du jardin mais se sont remis au travail.

Sur le seuil de la maison principale se tenait une grande femme au visage lisse et maternel. Elle tenait un gros chat jaune dans ses bras. Ses cheveux bruns et rayés de mèches grises étaient réunis en un chignon méticuleux, et elle portait une robe longue sans apprêt. Même d'où j'étais je pouvais voir que ses yeux gris me regardaient avec une bonté calme, le genre de regard qu'on pourrait attendre d'une pionnière sur la Plaine dans sa maison en terre et bouse séchée. Une femme qui avait connu toute la cruauté que le monde avait à offrir, qui l'avait endurée et qui trouvait encore le moyen de pardonner, contre toute raison.

Elle avait beau ne ressembler en rien à ma mère, qui elle était une femme petite et alerte comme il y en a tant dans le Sud, pleine de ressort et même un peu soûlante, vaguement morose parce que les circonstances — en l'occurrence mon père — l'avaient forcée à exercer un emploi nettement au-dessous de sa condition et de faire de la représentation pour les produits de beauté Avon dans tout Moody County, au Texas, néanmoins je me sentais léger et joyeux en marchant vers Selma Hinds, un peu comme on rentre chez soi à la fin d'une longue guerre. Elle m'a souri et j'ai souri comme un môme. Et je me serais presque mis à courir pour lui sauter au cou, mais quand je suis arrivé devant elle quelque chose dans ses yeux, peut-être cette façon qu'ils avaient de ne se fixer sur rien, m'ont fait me raviser.

Je me suis présenté et elle m'a invité à l'intérieur. Plusieurs chats vadrouillaient ou somnolaient un peu partout sur les meubles de la grande pièce unique, remuant la queue et gardant un œil en éveil sur les chiens qui restaient la langue pantelante de l'autre côté de la porte d'un air tout triste. Selma Hinds s'est à peine assise sur le sofa en m'indiquant le fauteuil en face d'elle que les chiens se sont arrêtés d'aboyer. Ils se sont assis eux aussi et nous ont observés calmement.

— Vous avez l'air d'un homme qui cherche quelque chose, elle a fait doucement, ou quelqu'un.

— Une fille, j'ai dit. Betty Sue Flowers.

— Je vois. Comme vous pouvez le constater, j'héberge les chats de gouttière — les boiteux, les infirmes, les mal-en-point. Elle s'est arrêtée pour lisser le poil de l'écaille et blanc qui avait pris la place du gros chat jaune sur ses genoux. Et aussi ceux qui en ont pris un coup spirituellement. Je les ramène ici, je fais ce que je peux pour les remettre sur pied — je les restaure de corps comme d'esprit. S'ils ont un foyer et s'ils désirent y retourner, je leur paie le voyage. Ceux qui n'en ont pas, je les aide à trouver où aller. Et des fois ceux qui ne sont pas en mesure de voler de leurs propres ailes, je les garde près de moi.

— Je vois. Elle en avait un grain. Ou alors elle était bien trop bonne pour ce monde-ci.

— En général ce sont les animaux humains qui s'en vont, et les autres qui restent... Elle s'est arrêtée de nouveau. Suffisamment longtemps pour me donner un petit espoir. Pour les jeunes c'est très dur, en ce moment. Et ce que j'offre c'est un endroit coupé du monde, de la violence et des drogues. Un refuge, en somme.

— Et Betty Sue est venue ici ?

— Oui, pour un temps.

— Ça veut dire qu'elle est repartie ?

Maintenant je ne savais plus trop que penser.

— Elle nous a laissé son esprit, qui vit encore parmi nous, même maintenant. Et ses cendres sont mêlées à la terre du jardin.

— Pardon ?

— Elle est morte, Monsieur Sughrue.

Et comme je ne trouvais rien à dire :

— Vous paraissez choqué. C'est pourtant ce qui nous attend tous, mourir. Et plus d'une fois.

— Sais pas trop si je pourrai faire comprendre ça à sa mère.

— Alors dites-lui que durant son séjour parmi nous, Betty Sue avait regagné son innocence et retrouvé sa jeunesse. Elle était heureuse, ici, elle avait rajeuni.

— On dit que c'est possible, j'ai fait, encore interdit, moi j'ai encore jamais vu ça arriver.

— C'est dommage, Monsieur, parce que c'est

justement un des délices que la vie vous réserve — observer les jeunes redevenir jeunes.

— C'est arrivé comment ?

Je voulais savoir comment elle était morte.

— Elle s'est épanouie comme une fleur, ici. (Selma n'avait pas l'air d'avoir compris ma question.) Elle en est venue à s'estimer de nouveau. Si vous la cherchez depuis un bout de temps, vous savez sans doute ce qu'a été sa vie après sa fugue. Elle est arrivée ici de la prison, battue et vaincue par la vie, grosse et laide. Mais elle a jeûné pendant quelque temps, histoire de nettoyer son système de tout ce mucus animal, et ce désir de manger qu'elle avait a disparu. Elle s'est remise à être belle, entière. Elle est restée ici plus longtemps qu'aucune de mes pensionnaires, avant ou depuis, et pourtant son séjour posait plus de problèmes qu'avec les autres.

— Je peux vous demander pourquoi ?

— Ce n'est pas qu'un boulot, pour vous, ou est-ce que je me trompe ?

— Non, Madame.

— Vous n'êtes pas de la famille, pas vrai ?

— Non, Madame.

— Je l'ai senti tout de suite. C'est pour ça que je vous ai parlé comme je l'ai fait. Comprenez bien que je ne juge ni ne critique mes pensionnaires, ni leur vie passée. Mais quand ils sont ici ils doivent suivre mes règles, ou partir. Pas de viande, pas de drogues, pas de sexe. Ce qu'ils font une fois partis est entièrement leur affaire, et s'ils reviennent sur la montagne l'esprit en charpie, je les reprends avec la plus grande joie. Mais tant qu'ils restent ici ils doivent respecter mes règles, ou s'en aller.

— Et Betty Sue avait du mal avec ça ?

— Les garçons la suivaient comme une chienne en chaleur, elle a répondu d'un ton égal. Et il n'y a rien d'étonnant à ça. Betty Sue avait une grande capacité pour l'amour. Elle tenait les garçons à distance, mais c'était très dur pour elle. On aurait dit qu'elle avait besoin de cette sorte d'affection mâle — je suppose que son père ne lui a jamais donné l'amour dont elle avait besoin —, mais elle s'en défendait aussi. (Selma a éclaté de rire.) Elle avouait aussi un intense désir de manger de la viande rouge, mais elle n'a jamais cédé là-dessus non plus. (Le rire semblait avoir fait remonter les souvenirs à la surface et ses yeux gris se sont assombris.) Et puis un après-midi, l'été dernier — elle avait déjà décidé de nous quitter pour reprendre ses études —, elle a pris mon camion pour aller aux provisions en ville, et en revenant un chien a déboulé juste devant le camion et elle a braqué pour l'éviter. Elle a quitté la route et elle est tombée dans la rivière…

Elle est allée jusqu'à la fenêtre, le chat se laissant mollement porter sous son bras, et a indiqué la rivière bouillonnant en bas.

— C'est arrivé juste au coin, là en bas.

J'ai suivi du regard dans la même direction que son doigt, le long de la pente jusqu'à un tournant brutal où se trouvait un plan d'eau verte pleine de remous.

— Elle n'est pas morte du choc de l'accident, mais elle s'est noyée. Je suis désolée.

— Vous pouviez pas prévenir sa mère ?

— Sa mère ? Non. J'ai fait tout ce que j'ai pu, placé des annonces dans les journaux de San Francisco et tout ça, mais Betty Sue ne parlait jamais de son enfance. Jamais. Pas un mot, tout le temps qu'elle a été ici. En cela aussi elle était différente des autres.

— Je comprends, j'ai dit.

— Comment ça se fait qu'elle ne voulait pas parler de son enfance, d'après vous ?

Ses yeux étaient humides et sérieux.

— Je sais pas. Peut-être qu'elle se prenait pour la princesse qui a été enlevée par des paysans. J'en sais rien.

— Les enfants font ça trop souvent. Quelle tristesse !

— Je suppose que le mieux c'est d'accepter ce que le sort vous donne comme parents et essayer de s'en accommoder, j'ai dit, histoire d'alléger la conversation.

— C'est facile à dire, et souvent difficile à faire. (J'ai compris que je venais d'être réprimandé pour manque de gravité.) Ce sont aux parents de faire tout leur possible pour que leurs enfants se sentent aimés et désirés. Même s'ils ne font rien d'autre, ils leur doivent au moins ça.

Sa voix était si hachée que je me suis dit qu'elle avait dû avoir été rejetée étant môme. Ou alors elle avait été mauvaise mère. Mais je me suis bien gardé de demander.

— Vous l'avez fait incinérer ?

— C'est si triste une tombe, vous ne trouvez pas ?

— Oui. C'est seulement que sa mère va peut-être pas trouver cette idée à son goût — les gens de la campagne se font de drôles d'idées sur la crémation, des fois.

— Ce qui est fait est fait, elle a interrompu brutalement, il n'y a plus grand-chose à aimer ou à ne pas aimer à présent.

— Exact. Vous n'auriez pas une photo de Betty Sue, par hasard ? J'ai indiqué le panneau de liège couvert de photos. Ça ferait peut-être plaisir à sa mère.

— Ce sont des photographies de ceux qui ont trouvé une vie nouvelle. Ce sont eux qui nous les envoient. Ici on ne prend pas de photos. Rien qui puisse leur rappeler l'état dans lequel ils sont arrivés.

— Ça se comprend, j'ai dit. Ça vous ennuierait de me dire pourquoi vous faites tout ça ?

— Ça m'ennuierait au plus haut point. J'ai mes raisons, et elles ne regardent que moi.

— Dans ce cas, laissons tomber, j'ai dit, et elle m'a souri. Je suis sûr que Mme Flowers voudrait que je vous remercie de sa part pour votre bonté, et moi je tiens à vous remercier d'avoir bien voulu me parler.

— Je regrette d'avoir eu à vous apprendre toutes ces mauvaises nouvelles, elle a fait en serrant la main que je lui tendais. Avant, il y a des années de ça, je croyais qu'après la mort on accédait à une sorte de conscience universelle, une vie bien meilleure que ce monde imparfait dans lequel il faut bien se résigner à vivre quand même, mais maintenant je sais, j'ai cette terrible certitude que les morts ne se relèvent pas pour revenir sur terre, et cette certitude ne me donne aucune fausse joie. Je la supporte seulement. C'est pour ça que ça m'attriste profondément d'avoir à vous dire que Betty Sue est morte.

– Je suppose qu'on devrait se réjouir de savoir qu'elle a au moins connu un peu de bonheur ici, j'ai fait, vu qu'elle a été si malheureuse partout ailleurs. Vous avez une gentille propriété ici.

– Merci.

– C'est moi qui vous remercie. Pour moi c'est un peu tard pour renoncer à la boisson, à la viande rouge et aux femmes, surtout aux trois en même temps, mais il se pourrait quand même qu'un beau matin vous me trouviez roulé en boule sur votre paillasson. Enfin, si j'arrive à grimper la côte.

– J'accepte ça comme un compliment, elle a répliqué en me tapotant la main. Ma porte sera toujours ouverte.

– Merci bien. Je suppose que je devrais avoir la date de sa mort aussi. Sa mère va sans doute vouloir savoir ça.

Elle me l'a fournie sans hésitation, et j'ai pris congé.

En redescendant le sentier poussiéreux j'ai marché en regardant droit devant moi, et en prenant les larges virages de la route au fond du canyon je n'ai regardé ni le soleil qui dansait sur les rapides, ni les tours et les donjons de roche rose qui surplombaient le torrent. J'ai foncé droit devant moi sans m'arrêter jusqu'à ce que j'arrive au palais de justice de Larimer County, jusqu'à ce que j'aie le certificat de décès en main. Il était bien là. Je me suis traité de sale con soupçonneux et j'ai maudit mon succès creux, maudit la longue trotte qui m'attendait pour aller en Californie, et celle encore plus longue pour rentrer chez moi. Et puis j'ai décidé de me poivrer. Une biture noire en guise de veillée funèbre. Une purge en guise de noyade.

Voilà pour la chance qui a mal tourné.

Pour la malchance qui a tourné au pire, ce n'est que bien plus tard que c'est arrivé. Plus précisément quand je me suis ramené à ma chambre de motel en titubant, plus fatigué que vraiment soûl, fatigué d'essayer de me soûler sans y parvenir. À peine j'ai mis la clé dans la serrure que quelqu'un m'a matraqué par-derrière juste assez fort pour me faire tomber sur les genoux et m'en faire voir trente-six chandelles. Suffisamment sonné pour qu'ils puissent me faire entrer sans problème dans la chambre, me fouiller et me laisser tomber dans un coin. Quand j'ai été en mesure d'y voir clair, j'ai reconnu l'homme que j'avais vu dans le bureau de Jackson. Il était assis tranquillement dans un fauteuil, tout comme son gorille d'associé. Celui qui était si vilain.

Un autre gorille, le dos contre le mur, me couvrait avec un petit automatique muni d'un silencieux.

— Pas d'histoires, j'ai bredouillé.

— Vous êtes pas exactement en mesure d'en faire, a dit l'homme dans le fauteuil. Mais cela sans animosité particulière.

— C'est ce que je veux dire.

— Monsieur Sughrue, vous devez bien comprendre que je ne peux pas me permettre de vous laisser malmener mes amis.

— Sous-fifres.

— Hein ?

— Jackson est un sous-fifre. Pas un ami.

— Peu importe, je peux pas vous laisser lui appuyer un flingue sur la glotte et proférer des menaces que vous n'êtes pas en mesure de tenir.

— Bon, d'accord, je vais y renoncer pour le Carême.

— J'ai bien peur que ce ne soit tout à fait insuffisant.

— Écoutez, j'ai dit, si vous vouliez vraiment me descendre, on serait pas là à papoter…

— N'en soyez pas si sûr.

— … et aucun de vous se trouverait à moins de vingt bornes d'ici. Par contre si vous êtes animés d'un sentiment de vengeance mal embouché pour ce que je suis supposé avoir fait à Jackson, je veux bien prendre ma trempe. (Je me suis redressé contre le mur.) Et j'essaierai même de pas faire trop de bruit.

— Ça, c'est gentil, a fait l'homme dans le fauteuil.

— Sans rancune, Torres a dit tout bas en enfilant un gant sur sa main droite.

— Sans rancune, j'ai fait.

Et j'ai encaissé du mieux que j'ai pu.

Ils avaient l'air de faire ça sans beaucoup de conviction, et je n'ai pas du tout résisté, me gardant bien de leur donner le moindre prétexte de prendre les choses un peu plus à cœur. Peut-être que cela a marché. Ou alors ils n'avaient jamais eu vraiment l'intention de trop me démolir. Toujours est-il qu'ils n'ont pas fait de dégâts irréparables. Rien de cassé, ni de dent tombée ni de rate pétée. Mais bon Dieu, j'avais oublié ce qu'un passage à tabac professionnel peut faire mal tout de même et j'ai été bien content quand ils m'ont déshabillé pour me ligoter et me mettre dans la baignoire. J'ignorais pourquoi ils faisaient ça, mais je savais que le pire était passé et je m'en réjouissais. Peut-être qu'ils se doutaient de ce que j'avais voulu faire subir à Jackson dans cette chambre de motel à Aurora.

Avant de me saucissonner et de faire couler la douche froide, celui qui commandait a fait comme ça :

— Hé, mon pote, toi au moins t'as de la discipline. Et moi j'aime bien les gars qu'ont de la discipline. Tu devrais venir bosser pour moi.

— Laissez votre nom à la réception, j'ai marmonné.

— Ton seul problème, c'est que tu te crois à la fois dur et malin, il m'a fait en me tapotant la joue, mais la vérité c'est que t'es dur seulement. Parce que t'es con.

— Et merde, j'ai grogné, je suis pas très fortiche pour recevoir des ordres non plus.

— Peut-être que tu devrais te choisir un autre métier, il a susurré en regardant le photostat de la licence.

— C'est un ordre ?

— Tu t'arrêtes jamais, hein ? il a fait en se marrant. J'espère que ça valait le coup pour toi, tu sais. J'espère que t'as retrouvé la môme, celle pour qui t'as fait chier Jackson.

— Elle est morte, j'ai dit. Depuis cinq ans. Du temps perdu.

— Dommage. Remercie le bon Dieu que t'aies pas amoché mon pote et remercie le ciel que je sois de bonne composition.

— J'apprécie.

Sur ce, ses acolytes m'ont bâillonné avec une chaussette. J'appréciais aussi que la chaussette soit propre, et aussi qu'après leur départ j'aie pu réussir à fermer le robinet avec mon pied. Et quand la femme de ménage est arrivée le lendemain matin et qu'elle m'a retiré la chaussette du bec au lieu de hurler au secours, j'ai apprécié aussi. Je me suis souvent demandé comment j'aurais bien pu expliquer tout ça à la police. J'ai donné un gros pourboire à la femme de chambre et lui ai dit de prévenir la réception que je resterais un jour de plus. J'avais besoin de repos.

11

— C’est pas vrai, c’est tout, Rosie faisait pour la cinquième fois.

— Je regrette, j’ai répété, mais j’ai vu le certificat de décès, de mes yeux vu, et j’ai parlé à la femme chez qui elle habitait, qui elle a vu le cadavre. Je suis désolé, mais c’est comme ça.

— Non, elle a fait, et elle s’est frappé la poitrine entre les deux seins, un dur coup de poing qui a sonné creux et lui a fait monter les larmes aux yeux. Vous croyez peut-être que je le saurais pas, si ma gosse était morte depuis tout ce temps-là ?

C’était un après-midi comme les autres chez Rosie, frais et poussiéreux à l’intérieur, printemps radieux dehors, soleil adouci d’une brise légère. Même le lointain ronronnement de la circulation semblait agréable, comme le bourdonnement d’abeilles au travail dans un champ de trèfle en fleur. Après avoir fait un saut au dispensaire où on m’avait fait une radio et donné quelque chose pour atténuer la douleur, j’avais quitté Fort Collins et fait la route tout d’une traite, carburant au speed, à la codéine, à la bière et aux Big Macs —

et j'étais arrivé chez Rosie pas très beau à voir, sale, pas rasé, et bourré. J'avais les nerfs comme gainés de sable et l'estomac doublé de verre pilé. Même porteur de bonnes nouvelles je n'aurais pas exactement eu l'air d'un envoyé des dieux, mais avec ces sales nouvelles je ressemblais franchement à un vieux messager de la Western Union de l'Enfer. J'avais une si sale gueule qu'Oney ne m'a même pas demandé de lui signer son plâtre. Et Lester m'a demandé si je me sentais bien. Il a même offert de me payer une bière. Fireball s'était réveillé assez longtemps pour que ma jambe de pantalon soit entièrement couverte de bave, mais, voyant que je ne lui offrais rien à boire, il était retourné se coucher derrière la porte. Rosie ne voulait pas me regarder en face. Ni à mon arrivée, ni même quand je lui ai appris la nouvelle.

— Je regrette, j'ai dit encore une fois, mais elle est morte.

— Arrêtez de dire ça, elle a fait.

Elle essuyait le comptoir comme une furie depuis une minute.

— Mais c'est la vérité, et il faut l'accepter.

Finalement elle s'est arrêtée d'essuyer et m'a regardé.

— Foutez le camp. Allez, tirez-vous.

— Hein ?

— Dehors, elle a dit tout bas. Tirez-vous.

— Aw, voyons, Rosie… Lester a commencé, mais elle s'en est pris à lui aussi.

— Toi ta gueule, espèce de salaud de bon à rien. Et tire-toi. Tirez-vous tous. Dehors. Spécialement vous.

Elle me pointait un doigt furibard sous le nez.

— Je m'en vais, j'ai dit, mais vous pouvez reprendre votre saleté de pognon.

Et j'ai jeté ses quatre-vingt-sept dollars sur le comptoir.

— Gardez-le, elle a fait d'une voix aussi dure et plate qu'une plaque de fourneau en fonte. Vous l'avez gagné, vous le gardez.

— Un peu, que je l'ai gagné, merde, j'ai explosé en le récupérant. Je me suis fait raconter des tas de bobards, emmener en bateau, passer à tabac, bordel, je me suis enquillé près de six mille bornes et j'en ai encore deux mille à faire pour rentrer chez moi, alors y a intérêt que je les ai gagnés, ces fafiots, et pas qu'un peu, même.

— Personne vous a demandé de faire du rab, alors venez pas me faire suer avec ça.

Mais elle n'arrivait toujours pas à me regarder en face. Ses yeux avaient viré à un gris métallique et cassant, comme deux bouts d'ardoise. Tirez-vous, c'est tout.

— Je m'en vais.

— Et prenez cet enfoiré de chien avec vous pendant que vous y êtes. Depuis que vous l'avez ramené il vaut même pas la balle pour le buter.

J'ai claqué des doigts. Fireball a ouvert un œil et m'a suivi dehors. Lester et Oney nous avaient précédés, et ils étaient en train de tourner en rond dehors comme des élèves pendant un exercice d'incendie.

— Fichu caractère qu'elle a, c'te bonne femme, Lester a fait en hochant la tête.

– Elle a de la peine, il lui faut un peu de temps, j'ai dit en remontant dans mon pickup.

– Où c'est que vous allez, maintenant ?

– Chez moi, j'ai répondu.

Comme si j'avais jamais su où c'était.

Chez moi ? Chez moi c'est Moody County dans le sud du Texas, là où les plaines des blacklands viennent buter contre les collines de caliche et les arroyos taillés en éclair dans le *Brasada*. Le pays des broussailles. Mais je n'y mets plus jamais les pieds. Chez moi c'est l'appartement que j'ai sur la berge de Hell Roaring Creek. Un trois-pièces où je me sens tellement chez moi qu'à chaque fois que j'y retourne il faut que j'ouvre placards et tiroirs pour m'assurer que j'ai bien le bon appartement. Chez moi ? Dites plutôt un bar de motel un dimanche soir à onze heures, où je partage mon ennui et mon silence entre une jolie barmaid qui pense que je suis un sale con et un taré quelconque en blouson nylon qui pense que je suis son pote. Comme j'ai dit une fois à Trahearne, chez soi c'est pas là où on pose son chapeau, c'est là où on pose sa gueule de bois. Du moins pour les abrutis comme moi. Des fois. D'autres fois chez moi ce sont les cinq arpents que j'ai sur la North Fork, à cinquante bornes de Columbia Falls, passé Polebridge ; rien que du chemin de terre. Ça et le bar le plus proche, qui est à dix milles de la frontière canadienne. J'ai une baraque là-bas, pas terminée, juste les fondations, un plancher d'apprêt et une cheminée en gros blocs de pierre, et j'ignore toujours si c'est ça que je peux appeler mon chez-moi, mais toujours est-il que je perchais sur la North Fork depuis près d'une semaine quand Trahearne m'est tombé dessus.

J'étais en train de travailler ferme. À mon bronzage et au premier verre de la soirée. Il n'avait pas beaucoup plu ce printemps-là, et j'ai aperçu la plume de poussière s'élever de la route comme des signaux de fumée au moins dix minutes avant de pouvoir distinguer la Volkswagen décapotable qui en était la cause. Elle chargeait par-dessus les nids-de-poule et les ornières comme un tank miniature. Toujours sur les chapeaux de roue elle a tourné sur la route qui montait jusque chez moi et s'est finalement arrêtée pile à deux doigts seulement de mon tas de bûches. Comme ça, au milieu de la poussière, Trahearne avait l'air coincé dans une baignoire trop petite pour son arrière-train.

— Putain, qu'est-ce que c'est que ce truc-là ? j'ai demandé tandis qu'il s'extirpait de derrière le volant.

— C'est l'idée que se fait Melinda d'un moyen de transport, il a grogné. Ma voiture à moi est chez le carrossier.

— Vieux père, si jamais vous montez la route encore un coup comme ça en faisant autant de poussière, vous pouvez être sûr qu'un sauvage du coin va transformer c'te pauv' bête en passoire.

— Épargnez-moi l'humour bouseux, si ça vous fait rien, Sughrue. Il était en train de s'épousseter comme un cow-boy après une longue trotte à cheval. Où diable étiez-vous passé ?

— Ici et là.

— Vous êtes le diable à retrouver, mon salaud.

— Je me cachais pas, j'ai dit. Vous savez pas chercher, c'est tout.

— Arrêtez vos conneries.

De toute évidence il ne s'était ni rasé ni changé depuis plusieurs jours, et il boitait toujours. Mais il avait l'air raisonnablement sobre.

— Qu'est-ce qui se passe ? j'ai dit.

— Rien du tout, il a répondu d'un ton bourru en s'asseyant sur mes marches et en craquant une allumette contre la dalle d'apprêt, rien du tout, nom de Dieu, et étant donné que vous foutez rien aussi bien que n'importe qui, je me suis dit qu'on pourrait peut-être rien glander ensemble. C'est pas aussi dangereux ni aussi chiant que quand je fais ça tout seul.

— C'est un compliment, ou une insulte ?

— Passez-moi une bière et fermez-la. Je lui ai lancé une boîte que j'ai sortie de la glacière qui me servait de repose pied. Alors, qu'est-ce que vous fabriquez comme ça ? il a finalement demandé au milieu de ses volutes de mousse de bière et de fumée de cigare.

— Je bosse sur ma maison de retraite.

— C'est gentil ici, il a fait en regardant les alentours.

— Merci. En tout cas j'aime mieux ça que l'ironie facile.

À vrai dire, je l'aimais bien plus que ça — à tel

point que l'idée de finir la baraque me semblait presque superflue. J'avais coulé les fondations et la dalle de sol trois étés auparavant, et l'été suivant j'avais donné un coup de main pour la cheminée. Mais en guise de toit et de murs j'avais monté une tente de l'armée contre la cheminée — une tente de surplus avec une armature en bois. Un des murs manquants donnait sur un petit bouquet de pins un brin poussiéreux à cause de la route, et au-delà de la North Fork Road on voyait une chaîne de montagnes basses et arrondies qui bloquaient partiellement l'horizon à l'ouest. Au nord, Red Meadows Creek batifolait au milieu d'un plateau herbeux, puis se ramassait sur lui-même pour franchir une espèce de grand goulet, pour finalement se jeter dans les eaux de la North Fork enflées de neiges fondues. À l'est, de l'autre côté de la rivière, les aiguilles de Glacier Park se découpaient sur un ciel aussi virginal et bleu qu'un œil d'ange. Au sud, cependant, la vue — déjà banale par temps clair — était souillée par le halo sale qui restait en permanence en suspens au-dessus de la route.

— Pas mal, a concédé Trahearne, mais y a nulle part où accrocher le Mondrian.

Ça l'a fait marrer et il s'est étranglé en finissant sa bière.

— La peinture abstraite me donne des…

— Oh ! et merde à la fin, il m'a interrompu, est-ce que je peux crécher ici quelques jours ?

— Faites comme chez vous.

— C'est bien ce que j'avais dans l'idée. Merci.

Il est resté assis à attendre que je lui demande pourquoi, mais comme rien n'est venu il me l'a dit quand même. C'était comme ça, avec Trahearne.

— Chez moi j'arrivais à rien. Pouvais pas travailler. Pas *ça*. Bordel, je me demande souvent si j'ai pas déjà monté la dernière femme qui en valait la peine, si j'ai pas bu le dernier verre de la dernière bonne bouteille et écrit la dernière ligne qui vaille encore grand-chose. Et le pire c'est que je suis pas foutu de me souvenir *quand* c'est arrivé.

Il a levé les yeux. Il y avait des larmes dans ses yeux glauques. Pas moyen de me souvenir quand c'est arrivé, ni où c'est parti.

— Faut vous calmer, j'ai dit.

— Et vous faut vous arrêter de me ressortir mes propres conseils.

— Pour commencer, vous auriez pas dû me les donner, j'ai dit en lui lançant une autre bière.

— Vous pouvez vraiment être salaud quand vous vous y mettez. Vous vous en rendez compte, au moins ?

Ses doigts tremblaient tellement qu'il n'arrivait pas à tirer l'anneau de la boîte.

— Voulez que je vous ouvre ça, vieux père ?

— Je suppose que c'est pour ça que je suis venu, il a fait en souriant soudainement et en essuyant ses larmes d'un doigt aussi gros qu'une saucisse. Pour la qualité de la sympathie. Au moins ici elle a du tranchant, Sughrue, et ça je peux supporter.

Il avait l'air de quelqu'un qui avait plus que son content de sympathie à la maison, mais je me suis bien gardé d'en rien dire. Il l'a dit lui-même, de toute façon.

— C'est seulement que j'en ai ma claque de toute cette foutue sollicitude. Comme si elle était infirmière aux urgences et que j'étais sur le point de crever. Tôt ou tard je finis toujours par me remettre à travailler. J'ai pas encore trouvé le bon moment, c'est tout.

Comme je n'avais rien à redire là-dessus il l'a finalement bouclée et on est restés assis, comme ça, à goûter le silence. Une légère brise faisait remuer les pins, ce qui faisait tomber la poussière, et derrière nous la rivière rugissait sur son lit de caillasse. Lentement l'après-midi a cédé sa place au crépuscule, restant quand même dans l'air comme des cendres, et Fireball est revenu de ses explorations en trottinant sur la route comme un homme qui revient d'une mission sérieuse. Il a poussé sa truffe contre la cheville de Trahearne et le grand homme a sursauté.

— Bon Dieu, qu'est-ce qu'il fout ici, celui-là ?

— Rosie prétend qu'on lui a filé des mauvaises habitudes.

— Vous êtes retourné en Californie ?

— Entre autres. Je me suis tapé tellement de bornes que j'en ai le cul tout usé.

— Apparemment y a pas que ça qu'en a pris un coup, il a fait en indiquant les ecchymoses jaunes sur mon abdomen.

Je n'avais pas suffisamment travaillé à mon bronzage pour les rendre invisibles.

— Je me suis fait battre de peu dans une discussion politique à Pinedale, au Wyoming, j'ai menti.

Je ne savais toujours pas quoi penser du passage à tabac, et même si j'avais su je n'avais guère envie d'en parler.

— Vous avez retrouvé la fille à Rosie ? il a demandé en farfouillant dans la glacière pour se trouver une autre bière.

— Découvert qu'elle est morte depuis plusieurs années.

— Morte comment ?

— Noyée. Accident de la route.

— Quelle pitié ! Et Rosie, comment elle a pris ça ?

— Elle m'a foutu le cul dehors.

— Hein ?

— Elle a pas voulu me croire.

— Et pourquoi ça ?

— Prétend qu'au fond de son cœur elle sait que sa fille est vivante. Mais j'ai vérifié le certificat de décès et parlé à la femme qui a identifié le cadavre.

— Quelle pitié !

— Les mômes en fugue se font tuer tout le temps, ça arrive souvent. Sur quatre que je retrouve j'en retrouve trois les pieds devant, à la morgue. Être en cavale c'est pas une bonne vie. Au moins la fille à Rosie, elle, elle a eu six mois de bon avant de mourir.

Je me suis levé pour aller jeter une allumette sur les bûches dans la cheminée. La sciure imbibée de kérosène a aussitôt pris et les bûches se sont mises à craquer. Mais au lieu d'un feu de joie cela ressemblait un peu trop à un bûcher funéraire.

— Six mois de bon, j'ai répété.

— Des fois je me dis que je donnerais bien ce qui me reste de vie pour juste six mois de bon, il a dit tout bas.

— C'est pas comme ça que ça marche.

Les flammes se sont élevées sans faire de fumée. Les étincelles qui montaient dans la courte cheminée sont allées se perdre dans la nuit veloutée qui attendait son tour à l'est.

Trahearne est resté sobre cette nuit-là, se contentant de bières bien espacées, et le lendemain il n'a plus rien touché. Le matin du troisième jour il a traîné sa patte folle sur près de huit bornes pour aller à l'épicerie générale de Polebridge s'acheter une boîte de crayons et un bloc de papier à lignes Big Chief. Le quatrième matin il s'est mis à l'œuvre sur la table de pique-nique à côté de la tente. Après ça, pendant plus d'une semaine, nos jours et nos nuits sont devenus aussi réguliers et réglés que le lever et le coucher du soleil.

Le matin je faisais mon footing le long de la North Fork en direction de la frontière, en évitant les camions de bûcherons sur la route. Bien sûr je n'arrivais jamais jusqu'à ma destination, mais le retour en marchant était agréable. Enfin, jusqu'à ce que j'arrive à la rivière. Là, dans un trou d'eau juste au-dessous du goulet, je plongeais dans une eau tellement glaciale qu'elle m'en coupait le souffle. Dès que j'arrivais à la cabine, Trahearne fermait son bloc, nous faisait un plein broc de café à la cow-boy et se mettait à préparer le petit déjeuner pendant que je me séchais sur les marches avec une tasse de café et la première cigarette de la journée qui me faisait tousser et cracher comme un perdu. Cracher du flegme et quelque chose qui ressemblait fort à des bouts de mou.

Un matin, au-dessus de la pile moelleuse d'œufs brouillés qu'il concoctait dans la poêle, il m'a demandé comme ça :

– Ça rime à quoi, toute cette course à pied ?

– Ça me fait du bien.

Sur ce je me suis étranglé sur mes glaires et me suis remis à tousser et à cracher mieux que jamais.

– Fils, je crois que c'est encore moi le plus verni, il m'a fait avec un petit sourire.

– Pourquoi ?

– Moi j'ai pas à me donner tout ce mal pour en chier, il a fait en rigolant comme un homme sans soucis et bien dans sa peau.

L'après-midi, jusque tard dans la soirée, on causait de choses et d'autres – de nos guerres respectives, de nos pères déserteurs, de la nature des choses –, ensuite on s'enfilait dans les sacs de couchage et on attendait le jour suivant, qui serait identique à la veille.

Et puis un matin, en rentrant, j'ai trouvé un mot cloué sur les marches qui disait : *Désolé. Serai de retour dans quelques jours.* J'ai songé un moment à faire la tournée des bars moi aussi, mais à la place j'ai été à la pêche.

Deux nuits plus tard il s'est ramené sur les chapeaux de roue vers trois heures du matin et a complètement bousillé le pare-chocs de la Volkswagen contre la pile de bois. Ensuite il s'est traîné au lit en bougonnant je ne sais quoi sur sa chienne de vie et tous ses coups durs. Moi j'ai fait le mort jusqu'à ce qu'il s'endorme. Le lendemain il est resté au lit toute la journée, ne se levant que pour aller pisser, boire des verres d'eau et s'envoyer des tonnes d'aspirine. Il nous a foutu le jour suivant en l'air à rouspéter tout le temps qu'il faisait trop beau. Ensuite il s'est remis à travailler.

Ce coup-ci il a seulement duré quatre jours. Le matin du cinquième jour, quand je me suis pointé tout ruisselant d'eau glaciale, je l'ai trouvé avec la bouteille de whisky posée sur le bloc-notes, comme un moutard qui défie ses parents. Dans l'âtre il y avait plein de pages chiffonnées, blotties là comme la progéniture de quelque animal nocturne.

— Combien de temps vous croyez encore pouvoir supporter cette foutue solitude ? il a demandé d'un air pincé tout en versant une grande rasade de Wild Turkey dans sa tasse.

— Quelle solitude ?

— Bordel, Sughrue, on vous a jamais fait de réflexions sur votre hospitalité ?

— Jamais deux fois, j'ai fait.

Je me suis remis à me sécher avec un sweat-shirt sale et il s'est levé en grognant. Il s'est traîné péniblement jusqu'à la Volkswagen décapotable et est parti à toute allure dans un nuage de poussière. Peut-être le même qui l'avait amené.

Ce soir-là, en allumant le feu avec les bouts de poèmes, j'en ai trouvé un qui avait l'air plus long que les autres. Je l'ai défroissé sur la table et j'ai lu :

Autrefois tu dormais à tire-d'aile dans le soleil, tes membres ambrés figés en plein essor. À présent tu reposes immobile comme les rochers sous les clapotis de l'eau noire, tes chaînes bleues pour seule lumière. L'obscurité des eaux te retient. Les baleines explorent au plus profond de l'empreinte du glacier, de tendres nageoires ébouriffent tes cheveux, tes yeux rêvent d'écailles d'argent.
Ne bouge surtout pas,
attends. Ce long été doit cesser avant que l'interminable hiver ne revienne avec ses glaciers pierres tombales qui font chanter la glace.
Je ne te pleurerai pas.
Quand la terre retrouvera sa chaleur, les hommes tailleront des pointes de flèche dans les éclats de ton cœur…

Sa large écriture d'écolier courait sur la page, se convulsant par moments en une furie presque indéchiffrable. J'ignorais ce qu'il voulait dire dans ce poème, mais l'écriture était celle d'un enfant fou à lier. Pour un peu, je l'aurais presque plaint. J'ai plié le poème en quatre et l'ai glissé dans son portefeuille. Je le trouvais maniéré et guindé, mais pour des raisons que je ne voulais pas examiner de trop près, je tenais quand même à le garder.

Plus tard dans la soirée je me suis servi une pleine tasse de son whisky et suis descendu à la rivière avec. La nouvelle lune briquait les eaux agitées. La rivière se trouvait empuantie d'une odeur de vieille neige. Elle était froide, d'un vert saumâtre, et rugissait comme un train fou. Une avalanche de neige fondue.

Une fois, au cours de ce même été que j'avais passé avec mon père dans la cave sur la plaine du Colorado, il était revenu bourré et m'avait réveillé pour m'emmener voir ma première neige. Il m'avait ficelé dans son dos sur sa moto, une vieille Harley de surplus au changement de vitesse suicidaire, et on avait foncé à travers la nuit sur la plaine en direction des montagnes, à tout berzingue, comme si on avait eu le démon aux fesses, la roue arrière crachant le gravier à chaque virage. On a finalement trouvé de la neige sur la face nord d'un massif et on s'est arrêtés. Et sous le quartier de lune on s'est déshabillés pour se rouler dans la neige. Je suppose qu'il voulait donner un caractère mystique à l'aventure, mais il était comme moi, il avait grandi sur la plaine sans savoir ce qu'était la neige, et il ne nous a pas fallu plus de deux minutes pour qu'on se retrouve en pleine bagarre de boules de neige, criant et rigolant après les étoiles et luttant enlacés sur la croûte de neige gelée. En rentrant j'ai dormi tout le long du chemin, de nouveau ficelé dans son dos avec du raphia de moissonneur, les joues en feu, rêvant de blizzards et lacs gelés, de paysages givrés. Mais je ne sais pas pourquoi, j'étais tout de même bien au chaud dans des peaux d'ours, des peaux de castor et de lynx, à rêver de glace tandis que la moto fendait la nuit.

J'étais en train de ressasser tout ça en sirotant le whisky charbonneux quand j'ai entendu Trahearne revenir, plus lentement qu'il n'était parti. Il s'est garé près de la maison en laissant tourner le moteur qui grinçait dans le noir comme des dents, et il a entrepris de rassembler ses affaires en se cognant partout comme un ours soûl. Je suis resté près de la rivière jusqu'à ce que je l'entende claquer sa portière, ensuite je suis remonté à la cabine. Il conduisait à petite allure, coincé dans l'auto minuscule pour lui. Il conduisait lentement, solennellement, presque comme une barque funéraire lâchée sur un grand fleuve noir et silencieux. La braise de ses feux arrière s'est finalement estompée dans la poussière.

Ce n'est que le lendemain matin que je me suis aperçu de la disparition du bouledogue.

12

Je suis rentré à Meriwether le lendemain, et, faute de mieux à faire, j'ai repris le boulot. Une récupération nocturne là-haut en plein sur la réserve, un encaissement de dette sans trop me fouler, et une affaire de divorce si sordide que j'ai vérifié mon compte en banque, et le trouvant encore tout gonflé de l'argent de Catherine Trahearne, j'ai décidé de larguer l'affaire, de fermer mon bureau et de dire à mon service de répondeur téléphonique qu'on ne pouvait me joindre nulle part. Parti en voyage sur une grosse affaire. Cela accompli, j'ai passé plusieurs jours et nuits peinard, à jouer au poker à deux dollars la mise et à contempler ce qui restait de mon ravissant minois dans des miroirs de bars. Quand l'éclairage était bon je ne faisais pas plus de quarante berges, même si en réalité j'étais plus jeune de deux ans. Je suis resté plus ou moins sobre et à peu près sain d'esprit, et malgré l'appel de la route qui s'est fait ressentir bien des fois, je n'ai pas bougé d'en ville. Ensuite un des barmen du *Red Baron* a dû s'absenter pour aller enterrer sa mère à Billings et j'ai fait le remplacement.

À mon arrivée à Meriwether, et bien des années avant ça, le *Red Baron* s'appelait l'*Elbow Room*, un chouette bar à prolos avec des clients qui buvaient sec, le genre d'établissement où à sept heures du matin le barman qui fait l'ouverture sort dans le parking réveiller les pochetrons qui roupillent dans leur voiture, les aide à entrer et paie la première tournée de sa poche. L'*Elbow Room* n'était affligé ni de juke-box ni de billard à poches ou électrique. Juste un poste de télévision pour les matchs et une honnête mesure de whisky pour les spectateurs. Et puis un été le vieux Unbehagen est mort dans son lit juste une semaine ou deux après qu'un gros paquet de fric me soit tombé entre les pattes, un paquet de fric si brûlant que personne n'osait le réclamer. Alors je me suis mis en cheville avec les frères Schaffer, des jumeaux, et ensemble on a racheté la patente et les locaux. J'étais leur partenaire « silencieux ». Malheureusement comme associés les frangins Schaffer étaient aussi grandes gueules et ambitieux que j'étais silencieux et minoritaire. Ils ont pris mon bar favori et l'ont transformé en place de commerce. En fait, ils ont fait un malheur avec leurs danseuses, leurs tables de billard et leurs flippers. Et comme j'étais compromis par ce fric douteux, je ne pouvais même pas élever la voix pour protester. J'encaissais ma part et je m'écrasais.

Le lundi soir au *Baron* c'était le soir du concours de strip amateur ; une demi-douzaine de jeunes personnes pas très intéressantes exhibaient leur médiocre anatomie avec grand enthousiasme — à défaut de talent –, cela devant une horde de jeunes mâles excités que la seule idée d'amateurisme rendait positivement dingues. Le milieu de semaine était réservé aux trémoussements et aux tortillements de cul semi-professionnels, et les mordus se contentaient généralement de beugler mollement en attendant que l'inévitable bagarre d'ivrogne ne vienne rompre la monotonie. Le vendredi et le samedi soir c'était le rock, heavy metal ou bluegrass, enfin bref, le boogie sous toutes ses formes. Mais le dimanche était heureusement le jour de repos – pour se reposer des folles joies du spectacle. Le dimanche soir les buveurs devaient se distraire tout seuls et la tôle était généralement aussi animée qu'un cimetière.

Catherine Trahearne aurait pu s'amener un dimanche soir. Mais il a évidemment fallu que ce soit un lundi. Ce soir-là quand elle a passé la porte d'entrée capitonnée au vinyle, elle avait l'air aussi déplacée qu'un poulet à la messe, mais elle est allée directement au comptoir et s'est plantée derrière un groupe de jeunes gens jusqu'à ce qu'ils lui fassent une place, honteux et rouges jusqu'aux oreilles. Vêtue comme cela tout de laine et cuir – pantalon beige, pull en cachemire sombre et gilet en daim –, elle avait l'air encore plus belle que dans sa tenue de tennis. Les tons sienne foncé de son teint sans défaut évoquaient des nuits torrides et mystérieuses, et son corps mince et athlétique promettait de réaliser tout ce qui était évoqué. Elle n'avait pas encore perdu ce que les femmes sont censées perdre passé la cinquantaine. Pas un poil.

Un gros morceau de turquoise poli mais pas taillé pendait au bout d'une lourde chaîne d'argent entre ses seins. La pierre avait sensiblement la forme d'une dent de requin.

En s'asseyant au comptoir elle a sorti une cigarette que je me suis empressé d'allumer. Par-dessus mon épaule elle a regardé la scène surélevée où Boom-Boom, notre danseuse-amateur-en-résidence catégorie poids lourds, était juste en train de soulever sa chemise pour révéler des seins aussi gros et ronds que deux têtes chauves. Cela en poussant un gloussement hurleur à en faire péter tous les verres. Comme toujours, la salle a explosé en acclamations et encouragements, sifflets et coups de poing sur les tables. Normalement Boom-Boom était une barmaid tout ce qu'il y a de réservée, mais le lundi soir elle se défoulait vraiment et leur en donnait pour leur argent. Catherine a paru amusée par le tapage, du moins son sourire paraissait sincère. J'ai fait la sourde oreille aux commandes stridentes que me criaient les danseuses nues qui servaient également aux tables. J'ai ignoré les soiffards qui se pressaient contre le comptoir et lui ai demandé ce qu'elle voulait boire.

— Quelle drôle de façon de gagner sa vie, elle a fait.

Et elle a soufflé sur l'allumette avant que je me brûle les doigts.

— Elle fait ça en amateur, j'ai dit.

— Mais avec quel enthousiasme, non, vous ne trouvez pas ?

Elle me regardait droit dans les yeux. Un regard qui me rappelait ce que j'avais ressenti quand elle m'avait dit qu'elle devait prendre sa douche la première fois qu'on s'était vus. Pour échapper au regard j'ai jeté un coup d'œil par-dessus mon épaule. C'était vrai que Boom-Boom s'en donnait à cœur joie, et pas qu'un peu. Je me faisais l'effet d'être un crétin de ne pas l'avoir remarqué avant.

— Mais en fait, c'est de votre nouvelle profession que je parlais, Monsieur Sughrue.

— Juste un remplacement, pour dépanner un ami malade, Madame Trahearne.

— Catherine, elle a corrigé doucement.

— C. W.

— Ce sont les initiales de quoi ? elle a demandé en souriant.

— Chauncey Wayne, j'ai avoué.

— Va pour C. W., elle a fait en riant.

— Vous voulez boire quelque chose ?

— En fait, je suis ici pour affaires. Mais cela pourrait se faire devant un verre. Plus tard, peut-être ? Quelque part plus propice à la conversation ?

— Vous êtes descendue où ?

— Au *Thunderbird*.

— Ils ont un piano-bar très tranquille, là-bas. Je pourrais vous y rejoindre vers minuit. C'est pas trop tard ?

— Pas du tout, elle a fait. Alors à tout à l'heure.

Et elle m'a tendu sa main fine. Le vernis sur ses ongles était d'un rouge sombre proche du brun. Il était assorti à son rouge à lèvres et faisait ressortir la couleur de son teint et de ses cheveux. Elle a retenu ma main et a gardé ses yeux verts rivés aux miens. J'en ai presque piqué mon fard.

— Trahearne vous aime beaucoup, elle a fait, et j'espère qu'on pourra être amis aussi.

J'avais déjà entendu ça quelque part. Toutes les femmes de Trahearne voulaient être mes amies. Catherine m'a gratifié d'un sourire cher avant de s'en aller. Tous, jusqu'au plus taré et au plus bourré des jeunots, ont détourné les yeux des redoutables obus de Boom-Boom pour la regarder sortir et lorgner ses déhanchements délicats.

Dans l'éclairage rose et diffus du piano-bar elle avait l'air encore plus sensationnelle. On lui aurait donné la trentaine. Une belle trentaine, même. Et elle le savait, vous pouvez m'en croire. Une fois installés avec nos verres dans le confort d'une banquette en alcôve, elle s'est mise à s'occuper de mon cas à grand renfort d'œillades imparables et de sourires légèrement amusés. Bref, elle me faisait plus de gringue qu'il n'est légalement permis d'en faire dans un endroit public.

— Merci d'être venu, elle a murmuré.

— Vous avez dit que c'était pour affaires, j'ai dit un brin nerveusement en vidant mon verre avant même que la serveuse ait eu le temps de regagner le comptoir.

Je m'étais bien amusé durant la première cavale, c'est entendu, mais je ne me sentais guère d'attaque pour recommencer à courir après Trahearne à travers tout le continent, du moins pas déjà. Et s'il y avait une chose dont je ne voulais surtout pas, c'était bien de fricoter avec son ex-femme.

— Oui, j'ai un petit reproche à vous adresser sur la façon dont vous vous êtes chargé de la récupération de mon ex-époux.

Tout ça d'un air faussement sérieux.

— Hein ?

— Quand vous avez appelé de l'hôpital, vous m'avez sorti un pieux mensonge sur l'accident de Trahearne qui ne vaut même pas la peine d'être discuté, mais à présent je veux un rapport circonstancié, tous les détails les plus juteux de sa dernière odyssée.

— Bon, j'ai dit. Qu'est-ce que vous voulez savoir ?

— Tout, elle a répliqué adorablement. Où il est allé, comment vous l'avez retrouvé, comment il a pris cette balle dans l'arrière-train. Tous les détails sordides. (Elle a bu une gorgée de son vermouth.) J'ai toujours été curieuse de savoir ce qui se passait au juste durant ses randonnées, mais avec lui ses versions sont déjà de la littérature à partir du moment où il remet les pieds à la maison, et aucun des autres messieurs que j'ai engagés ne s'est montré capable de le retrouver, ni bien entendu de me fournir le moindre détail. On aurait dit qu'ils étaient à la fois à court d'intelligence et d'imagination. Est-ce que les membres de votre profession sont généralement aussi balourds que ceux à qui j'ai eu affaire par le passé ?

— Ça va peut-être vous paraître bizarre, j'ai dit,

mais le seul détective privé que je connaisse c'est mon ancien associé ici en ville, et lui il picole encore plus que moi. Je sais qu'il existe des congrès pour les privés et tout ça, mais j'y ai jamais mis les pieds. Ils n'en ont que de baver sur le dernier cri en détection électronique ou en gardiennage industriel et toutes ces foutaises. Moi je donne seulement dans la récupération de bagnole, les mômes fugueurs et les maris qui trompent leurs femmes, c'est tout.

— Vous ne me paraissez pas très ambitieux.

— Exact. Et c'est pour tout pareil. J'ai passé un total de neuf ans à l'armée. Rempilé deux fois. Mais en fait j'ai surtout joué au foot et glandé dans les gymnases, entre les articles sportifs que j'écrivais pour le journal du camp. Et j'ai passé quatre ans de ma vie à jouer au football pour trois écoles différentes sous deux noms différents, et je suis entré dans ce métier strictement par accident. Alors vous voyez, j'ai rien d'un Don Quichotte ni d'un arbitre de la morale de l'Occident. Disons plutôt un homme de main de second ordre, ou un glandeur de première.

— Le type même du surdoué qui ne se foule pas ?

— Le type même du clodo, du ramasseur de pommes, du minable tout juste bon à cueillir les petits pois.

— Mais vous avez quand même retrouvé Trahearne. Alors faut tout me raconter.

Pendant que je lui racontais ce que je croyais qu'elle voulait entendre, elle s'est rapprochée en souriant, m'a touché la main du bout des doigts, et au bout d'un moment nos cuisses et nos hanches se sont retrouvées l'une contre l'autre et ses ongles continuaient de se promener sur mes poignets. Quand j'ai arrêté de raconter elle m'a dit d'abouler le reste, et plus vite que ça. Elle a dit ça en riant et en me tenant la main pendant que je complétais mon histoire. À la fin du récit elle me serrait le bras tout contre ses seins.

— Simplement délicieux, elle a fait comme ça.

— Dites, j'ai fait en m'efforçant de dire ça légèrement comme une plaisanterie, c'est gentil de me faire du plat comme ça, mais va falloir vous calmer un peu.

Elle n'a pas joué les mijaurées le moins du monde. Elle s'est juste contentée de rire ouvertement, un rire qui paraissait cristallin dans le confort du bar, comme des cloches carillonnant les vêpres au crépuscule dans une pastorale.

— Soyez pas si sérieux, elle a fait, je ne vais pas vous sauter dessus.

— Oh et puis merde, quelqu'un s'est plaint avec une voix qui sonnait bigrement comme la mienne. Je savais bien que c'était la dernière des choses à faire, fricoter avec les ex-femmes de ses amis — et en dépit de tous nos accrochages, Trahearne était devenu un ami. Mais je me suis encore entendu le dire : « Oh et puis merde. »

Et Catherine a porté ma main à ses lèvres, qu'elle a posées sur une phalange tout aplatie. Vous me croirez si vous voulez, mais en la suivant pour sortir du bar, j'étais dans mes petits souliers comme un môme de seize ans.

Une fois terminé, allongé près d'elle dans sa chambre de motel, ma main posée sur les muscles élastiques de sa cuisse, je lui ai demandé :

— Et vous vous êtes tapé toute cette route en voiture rien que pour ça ?

— En avion, elle a rectifié en riant. Je suis venue en avion par Seattle. Je suis censée rendre visite à des amis là-bas. Mais oui c'est exact, c'est pour ça que je suis venue, et j'aurais même fait la route à pied.

— Pourquoi ?

— Soyez surtout pas choqué par ce que je vais vous dire, elle a fait en s'arrêtant le temps d'allumer deux cigarettes, et puis rappelez-vous que je vous aurais peut-être choisi de toute manière. Mais voyez-vous, je me démène comme un beau diable pour conserver ce corps intact et l'empêcher de vieillir, et tous les ans j'endure toutes sortes d'humiliations aux mains de chirurgiens esthétiques simplement pour pouvoir profiter pleinement de mes années déclinantes. Alors voyez-vous, je couche avec qui me plaît (et là sa voix s'est sensiblement durcie). Particulièrement avec les amis de Trahearne. Ça vous ennuie ?

— Disons que j'ai un peu l'impression d'avoir piétiné les plates-bandes du vieux, j'ai fait en repensant tout d'un coup à la frêle putain dans le désert. D'un autre côté, les plates-bandes sont sacrément chouettes. Alors je suppose que j'ai pas à me plaindre.

— Merci. Il ne me reste plus que quelques années avant de devenir toute vieille et ratatinée — non, ne m'interrompez pas — et j'ai beaucoup d'années de solitude à rattraper.

Elle s'est arrêtée de parler et m'a regardé. J'étais en train de fixer la fumée des cigarettes qui se détachait sur le noir du plafond comme une crinière de jument.

— Vous n'êtes pas curieux de connaître mes motifs ? elle a demandé en promenant légèrement un ongle sur les poils de ma poitrine.

— Non.

— Je croyais que les détectives étaient curieux de nature.

— Seulement au ciné.

Après un autre long silence elle a repris :

— C'est curieux, vous savez.

— Quoi ?

— Je n'explique jamais mes agissements à personne, mais comme vous ne me demandez rien j'ai envie de vous le dire.

— Vieille tactique d'interrogatoire qui nous vient des Chinois, j'ai répliqué, et elle a ri en me tapant sur le ventre.

— Un peu de sérieux, elle a fait, toujours en riant. Après tout, c'est l'histoire de ma vie que je vais vous déballer.

— Okay.

— Vous voyez, on s'est rencontrés pendant la guerre, elle a commencé en se penchant au-dessus de moi pour éteindre sa cigarette. J'étais encore toute gamine, à peine dix-huit ans, mais j'étais déjà veuve. Mon premier mari était un de ces jeunes gens chics de Carmel qui s'était empressé d'aller mettre ses chevaux de polo à l'écurie pour s'en aller rejoindre la R.C.A.F. avec des visions d'Escadrille Lafayette en tête. Dans l'excitation du départ il a pris ma virginité, et le lendemain comme pris de remords il m'a emmenée à Reno, où il a fait de moi une honnête femme. Six mois plus tard son Spitfire tombait dans la Manche, pendant Dunkerque. Sur le coup j'ai eu l'impression de vivre un roman, et je suppose que ça n'a pas beaucoup changé depuis. Et puis j'ai rencontré Trahearne, et c'était comme de passer au chapitre suivant. À la profonde horreur de tous les gens qui me connaissaient, je l'ai épousé dans ma robe de deuil ; ensuite je l'ai envoyé se faire tuer à la guerre.

— Alors c'était vous, la femme sur le pont, j'ai murmuré.

— Oh ! il vous a raconté cette histoire absurde à vous aussi ? En fait, je ne savais pas trop ce que ça signifiait pour lui, mais quelque chose en moi a su exactement quoi faire.

— Je me demande qui était la femme à la fenêtre, j'ai fait d'un air songeur.

— Sa mère, naturellement.

Catherine a dit ça tout bas.

— Bon Dieu, j'ai fait comme ça en me redressant pour chercher une autre cigarette à tâtons. C'est bien pour ça que je suis pas curieux. Je découvre déjà bien assez de choses comme ça, et des choses que je tiens pas du tout à connaître. Nom de Dieu de nom de Dieu.

— Allons, allons, ce n'est pas si terrible que ça. Et il y a si longtemps. Si Trahearne tient à faire croire que c'est si important que ça pour lui, c'est simplement parce qu'il n'a jamais été capable d'utiliser cet épisode dans ce qu'il écrit.

— Si on en revenait à la guerre, j'ai dit. Quelque chose que je peux comprendre.

— Quatre longues et misérables années de fidélité, et ensuite quinze ans de remords constants pour lui parce que j'étais capable de rester fidèle, et lui pas. Ce n'était pas tant le fait qu'il courait après tout ce qui bougeait qui me gênait, en tout cas pas autant que ses crises de remords, qui le mettaient dans des rages dont j'étais généralement l'objet. Pas exactement une vie facile. Un beau jour, il y a deux ans, il m'a téléphoné de Sun Valley pour m'annoncer qu'il me quittait. Je n'étais pas surprise. Il m'avait déjà fait le coup plusieurs fois. Mais ce coup-ci il a vraiment demandé le divorce, et laissez-moi vous dire que ça lui a coûté très cher. Je l'ai dépouillé, comme il dit si bien, tel le grizzli dépèce le saumon. Je lui ai laissé la tête et les arêtes. Ça aurait peut-être même pu suffire à le faire rappliquer, mais avant d'avoir le temps de vraiment réaliser à quel point je l'avais plumé il était déjà remarié. À présent il a une femme aussi volage que lui, sinon plus, et il n'a plus à se sentir coupable. Bien sûr il n'a pas écrit deux mots en deux ans qui vaillent la peine d'être conservés. Ce qui le rend fou, je présume.

— Et vous habitez chez sa mère, j'ai fait en soulignant mon incrédulité.

— Edna a été très bonne pour moi durant toutes ces années, et c'est le moins que je puisse faire. Elle est plus ma mère que ma vraie mère, et puis en habitant chez elle ça me permet de garder un œil sur Trahearne. J'ai ma liberté, à présent, plus d'argent que je pourrai jamais dépenser de mon vivant, et j'ai aussi ma revanche. Elle a roulé sur moi pour m'étreindre. Et croyez surtout pas ce qu'on dit, que la vengeance n'est pas douce à savourer.

— Mais vous l'aimez toujours, la vieille baderne.

— Bien sûr. (Elle chevauchait mes hanches, à présent.) Mais ça aussi, j'aime. Ça vous ennuie pas, dites ?

Je m'en faisais un peu pour les complications et l'embrouille, mais au lit Catherine était une femme ardente et caressante, je suppose que c'est toute cette passion qu'elle avait gardée en banque durant toutes ces années, et tout le reste de la nuit je dois dire que je ne m'en suis plus fait du tout. Pourtant le lendemain matin, quand elle a rendu sa chambre de motel et qu'elle est venue s'installer chez moi avec ses valises, j'avais quelques doutes. Elle les a cependant vite apaisés durant les trois jours qui ont suivi. Elle cuisinait un bien meilleur petit déjeuner que Trahearne et elle était plus facile à vivre, mais je dois quand même avouer que j'ai été soulagé quand elle m'a annoncé qu'elle devait reprendre l'avion pour Seattle et ensuite rentrer chez elle. Ce n'est qu'à l'aéroport que j'ai réalisé à quel point elle allait me manquer.

— Je sais pas comment, mais ça m'a tout l'air d'avoir cessé d'être une aventure de week-end, j'ai dit en regardant les passagers descendre de son avion.

— Je sais, m'en parlez pas. Elle m'a pressé la main d'un air rageur. Ça semble idiot à dire comme ça, mais j'aurais bien voulu vous avoir connu vingt ans plus tôt. Et ce n'est pas seulement idiot, c'est faux, en plus. Disons plutôt trente ans, et à cette époque vous étiez encore en culottes courtes.

— Je suis né vieux, j'ai fait.

Mais elle m'a ignoré.

— Vous ou quelqu'un comme vous. Vous auriez peut-être pu me sauver de ce maudit martyr émotionnel que je semble avoir choisi.

Sa voix s'était faite amère. Et puis il a été temps de partir, et elle m'a tendu la joue pour un sage baiser d'adieu.

— On va faire comme si vous étiez un amant anonyme que j'ai dragué dans un bar à cocktails quelque part.

— Comme vous voudrez.

— Alors, au revoir, elle a fait en tendant la joue.

— Mais pas comme ça, j'ai dit en la prenant par les épaules et en l'embrassant sur la bouche, si fort que j'en ai sagouillé les lignes méticuleuses de ses lèvres. Je l'ai aussi passablement décoiffée et elle en a laissé tomber son sac.

— Salopard, elle a murmuré en reprenant son souffle et en ramassant son sac.

Le rouge était monté de son joli cou comme une flamme, retouchant ses joues d'un dégradé de sienne brûlée. Elle m'a essuyé la bouche en répétant :

— Salopard. C'est le dernier.

Ensuite elle a passé le contrôle de sécurité et a monté la passerelle sans même regarder derrière elle.

Moi j'ai dégluti péniblement, ravalant une vague douleur, et me suis éloigné à mon tour.

Personne ne vit éternellement, personne ne reste jeune assez longtemps. Mon passé m'apparaissait comme autant d'excédent de bagages, mon avenir comme une longue série d'adieux et mon présent comme une flasque vide, la dernière bonne lampée déjà amère sur la langue. Elle était toujours amoureuse de Trahearne, elle conservait toujours sa fidélité secrète comme on peut cultiver un pin miniature japonais, aussi minuscule et parfait qu'une tasse en porcelaine, perdu dans le coin sombre et touffu d'un jardin jadis rigoureusement entretenu mais finalement abandonné aux mauvaises herbes.

Après son départ je me suis traîné pendant des jours et des jours, comme dans les vapes, à me répéter sans arrêt quel beau crétin j'étais, à essayer de faire passer la pierre que j'avais au creux de la poitrine à grands coups de whisky. On était en juin, et dans le Montana on est assez haut sur l'échelle des latitudes nord pour se croire en avril. En avril ne te découvre pas d'un fil. Tu parles. Le ciel bleu régnait comme un idiot, les montagnes vertes scintillaient comme des mirages et le soleil se levait tous les matins pour me regarder sous le nez avec les yeux vides mais touchants d'un débile mental. J'ai pris ma voiture et j'ai roulé jusqu'à Elko pour essayer de trouver un paysage qui convienne mieux à mes états d'âme, mais les giboulées de printemps avaient fait fleurir le désert et les nuits étaient fraîches et résonnantes d'étoiles. J'ai claqué les quatre-vingt-sept dollars de Rosie dans une machine à sous à un dollar et j'ai décroché un jackpot de cinq cents dollars. Alors par dépit je suis allé me réfugier dans l'endroit le plus déprimant de tout l'Ouest américain, la gare d'autocars de Salt Lake City, et je suis resté là à boire du Four Roses à la bouteille, que je sortais périodiquement d'un sac en papier. J'ai même pas été foutu de me faire arrêter, alors je suis remonté sur Pocatello. Là j'ai bu de la Coors comme un cochon dans son auge en compagnie d'une bande de soiffards mormons, me disant que je pourrais toujours trouver la bagarre. Mais le cœur n'y était pas. Finalement, et pas plus mal en point que ça, j'ai pris la dérive au nord jusqu'à Meriwether comme un cow-boy itinérant en quête d'un round-up de printemps.

13

Un des avantages de mon métier, c'est qu'il ne me laisse ni le loisir ni l'inclination à me lamenter trop longtemps sur les amours perdues. Dès mon retour j'ai travaillé sur deux affaires de divorce et effectué quelques récupérations de postes de télévision dans des foyers où les disputes domestiques sont monnaie courante. Cela marche toujours comme un charme. J'ai retrouvé mon cynisme, et mon compte en banque ne s'en est pas trouvé plus mal. Et puis un après-midi, Trahearne a téléphoné.

— Hé, je m'excuse de vous avoir quitté en rogne comme ça l'autre jour, il a fait.

— Ça ressemblait plus à de la déprime carabinée.

— Toujours le mot pour rire, hein, Sughrue. Dites donc, quand est-ce que vous passez prendre votre satané cabot ?

— *Mon* cabot ? Vieux père, vous l'avez pris, vous le ramenez.

— Pas question. Je reste à la maison aussi longtemps que je pourrai le supporter.

— Comment va Fireball ?

— La dernière fois que je l'ai vu il m'avait tout l'air d'être le caïd du coin.

— La dernière fois ?

— Ouais, il s'est attaché à Melinda, c'est pas croyable ; on dirait qu'il a retrouvé sa grande sœur. Et ils sont en train de faire un petit voyage. Vous savez comme Fireball adore voyager.

— En grand style, je sais. Si elle passe par ici, elle pourrait peut-être le déposer.

— Pas sur sa route, il a répliqué un peu trop vite.

— Vous savez pas où elle est, c'est ça, hein ?

— Pas exactement. Mais ça fait rien.

— Vous voulez que je vous la retrouve ?

— Elle est pas perdue.

— Vous étiez pas perdu vous non plus, j'ai dit. Mais je vous ai retrouvé quand même.

— Ouais, bon, merci. Au téléphone son ricanement sonnait un peu comme le mugissement du buffle africain blessé. Qu'est-ce qu'il y a ? Vous vous ennuyez déjà, là-bas ?

— Je suis né ennuyé.

— Eh ben alors, merde, vous avez qu'à rappliquer ici, m'aider à rester à jeun.

Il avait l'air presque sérieux.

— Ça serait pas un peu le boiteux qui tiendrait la main à l'estropié, ou quelque chose comme ça ?

— Je m'en tire pas si mal tout seul. Je suis presque prêt à me remettre à l'œuvre.

— Je parie que vos lecteurs en respirent plus, j'ai dit. Eh, vous qu'êtes dans la littérature, vous voudriez bien me dire qu'est-ce que ça signifie, cette expression ?

— Est-ce que je sais, moi. Peut-être que ça sonne bien.

— Très drôle. Bon, passez-moi un coup de fil quand elle reviendra avec mon chien et je viendrai passer le week-end.

— D'accord, on fait comme ça.

Il avait l'air tout réjoui.

Et puis on a parlé du temps et de la pêche qu'on allait faire — toute la gamme des idioties inutiles qui rend la compagnie du téléphone si heureuse. Ce n'est qu'après avoir raccroché que j'ai repensé à Catherine, ce qui je présume voulait dire que j'étais guéri. J'ai poussé un gros soupir de soulagement, comme on dit. Quand je dis aux gens que je n'ai jamais été marié, j'oublie généralement de dire que j'ai été fiancé au moins quarante fois.

J'avais donc décidé de cesser de me morfondre, mais une fois décidé ça, la plante des pieds s'est remise à me démanger quelque chose de sérieux, si fort qu'il a même fallu que j'enlève ma botte. J'ai eu beau gratter furieusement, la démangeaison était plus profonde que ça, rien qui puisse la faire passer à moins de cinq cents bornes au compteur. Je me suis attelé au téléphone et j'ai appelé tous les bailbondsmen que je connaissais, mais pas un n'avait de client délinquant à ramener en taule. Alors j'ai essayé tous les vieux trucs — faire les cent pas dans mon minuscule bureau, trois pas dans un sens, quatre dans l'autre. En collant un verre contre la paroi j'ai essayé d'écouter ce qui se disait à côté chez le conseiller matrimonial, mais les séparations en aluminium ne font vraiment rien pour arranger l'acoustique. J'ai mon bureau dans une caravane double largeur que je partage avec deux agents immobiliers véreux, et le conseiller matrimonial — qui me refile pas mal de boulot. Aucun de mes voisins n'étant renommé pour la versatilité de sa conversation, j'ai juste enlevé les rideaux en plastique et me suis résigné à contempler la vue. Mais combien de temps peut-on contempler un bout de ruelle et une benne à ordures derrière un Prisunic ? J'en étais au point de songer à aller tailler une bavette avec la secrétaire inepte que je partage aussi avec mes voisins, mais c'est elle qui m'a appelé avant que j'aie à me déranger.

— On vous appelle au téléphone, elle a dit.

— Qui c'est ?

— Longue distance.

Elle chantonnait presque ça.

— C'est fou ce qu'il peut appeler, ce bon vieux Long.

— Hein ?

— Rien, j'ai fait. Si c'est pas en P.C.V., passez-le-moi.

— Ooops, elle a marmonné. Je regrette, Monsieur, mais on a été coupés, je crois bien. Ce qui voulait dire qu'elle s'était encore gourée de fiche sur l'échangeur. Peut-être que le correspondant va rappeler.

— Espérons.

Et le correspondant a rappelé. C'était Rosie. Avant que j'aie même pu dire bonjour elle a fait :

— ’vous l’avais bien dit, qu’elle était pas morte.

— Ça, pour ça vous me l’avez dit, j’ai répliqué. Ma démangeaison m’a grimpé le long de la jambe et est venue se fourrer sous ma peau entre les deux omoplates. Qu’est-ce qui se passe ?

— J’ai eu un coup de fil de Jimmy Joe. Il m’a dit comme ça qu’il avait reçu une carte postale d’elle ce matin. De Denver.

— Il est bien sûr que c’est son écriture ?

— Forcément. Sinon, qui pourrait me jouer un tour de salaud comme ça ?

— Je sais pas.

— Il me l’a lue, et c’était bien le style à Betty Sue.

— Vous l’avez pas revue depuis dix ans, alors comment vous pouvez savoir qu’elle a bien écrit ça ?

— Je sais. C’est tout.

— Ben voyons.

— Allez, C. W., vous mettez pas en rogne, tout le monde peut se tromper. Vous prendriez combien pour aller là-bas causer à cette dame qui prétend que ma gosse est morte et enterrée ?

— Pas un rond.

— Allez, soyez pas comme ça.

— Bon. Je vous enverrai ma note. Si je trouve quelque chose. Mais vous en revanche, vous pourriez me rendre un service.

— Quoi ?

— Appeler votre ex-époux et lui demander de m’envoyer la carte postale à Fort Collins, Colorado. Poste restante. Okay ?

— Comme si c'était fait.

— Je vous rappellerai dans un jour ou deux.

— Si jamais vous la voyez, dites-lui qu'elle a pas à rentrer à la maison ni rien. (Le ton de Rosie s'était fait suppliant.) Qu'elle m'appelle juste en P.C.V. C'est tout. Juste entendre le son de sa voix serait plus que suffisant.

— D'accord.

— Et dites, comment va ce bon à rien foutre de bouledogue ?

— Il va bien, mais il a le mal du pays. Je pourrais le ramener dans votre coin un de ces quatre. Si ça vous faisait plaisir, naturellement.

— Je crois que oui, en fin de compte. Et dites, je me foutrais des claques pour la façon que je vous ai causé l'autre jour… quand…

— Vous en faites pas pour ça, j'ai fait. À bientôt. Portez-vous bien.

— Vous aussi, fils.

En moins d'une heure j'avais les bagages dans l'El Camino et j'étais en route pour le Colorado.

Durant les quatorze heures de route j'ai eu amplement le temps de réfléchir à tout ça, cette carte postale un peu trop providentielle et le passage à tabac que j'avais subi à mon dernier passage dans le Colorado ; mais rien de tout ça ne semblait avoir de sens. J'aurais pu rouler pendant quatorze ans au lieu de quatorze heures, je ne serais sans doute pas venu à bout de ce sacré sac de nœuds. Moi je ne travaille pas comme ça. Je me souviens, un jour mon ancien associé m'a trouvé dans un bar en train de m'esquinter la cervelle sur une affaire de divorce passablement tordue à laquelle je ne comprenais absolument rien — je n'arrivais pas à voir qui était en train de faire quoi à qui —, mais lui il m'a conseillé d'oublier toutes ces cogitations et d'aller plutôt battre le pavé et alpaguer quelqu'un. Il en avait un tour, naturellement, mais sobre ou bourré c'était un sacré détective. Seulement pour les divorces, mais un sacré détective quand même.

Mais là j'étais sur la route, pas dans la rue, alors sur qui mettre la main ? Je n'en avais pas la moindre idée. Ou bien Selma Hinds avait menti, pour des raisons qui m'échappaient, ou bien quelqu'un lui avait menti, ce qui avait encore moins de sens. Si c'est elle qui avait menti et si elle voulait continuer à mentir, j'avais les mains liées. Contrairement à Jackson, Selma Hinds était une citoyenne respectable et respectée, et si je m'avisais de toucher à un seul de ses cheveux elle irait probablement droit aux flics et moi je me retrouverais sans doute au trou là-bas à Canon City, à l'ombre pour au moins vingt ans, ou même peut-être à perpète. J'ignorais ce qui se tramait, je comprenais de moins en moins et je n'aimais pas du tout la façon dont tout ça se présentait. C'est peut-être pour ça que la première chose que j'avais mis dans mes affaires c'était mes flingues. Quand les méninges se coincent, vaut mieux avoir un flingue sous la main. Des fois ça aide.

En l'occurrence, pourtant, mes inquiétudes et ruminations se sont révélées injustifiées. J'ai quitté la route principale de Poudre Canyon et me suis garé en bas du sentier qui monte chez Selma Hinds, juste derrière une Volkswagen rouge décapotable avec des plaques immatriculées dans le Montana et un pare-chocs avant défoncé sur le côté droit. Sur le coup je me suis demandé ce que Melinda Trahearne pouvait bien fabriquer chez Selma, pour tout de suite après me demander comment j'avais pu être à ce point idiot et aveugle. Ce foutu cinglé de Trahearne m'avait mené par le bout du nez depuis le moment où je l'avais rejoint chez Rosie. Peut-être bien avant ça, même, ce qui expliquerait cette longue et démente tournée des bars, ce qui expliquerait aussi pourquoi il avait été si facile à suivre et si dur à rattraper, et pourquoi c'était justement chez Rosie qu'il m'avait attendu. C'est lui qui voulait que je me mette à la recherche de Betty Sue Flowers, qui voulait que je me mette à fouiller dans son passé comme un chien affamé en retournant tous les os enterrés et la chair faisandée de sa vie, et tout ça pour qu'il ait une excuse à fournir pour le sale goût amer qu'il avait dans la bouche et pour l'odeur de corruption qu'il gardait dans le nez. Si je ne m'étais pas ainsi obnubilé sur Betty Sue, si je ne m'étais pas laissé obséder par la chasse, j'aurais sans doute reconnu son visage dans celui de Melinda. Et du premier coup. Maudit Trahearne. Il avait joué avec moi comme avec une balle en mousse au bout d'un élastique, et cela me rendait si las de m'en rendre compte, là tout d'un coup, que je me fichais éperdument de savoir qui tenait la raquette — tout ce que je voulais c'était décrocher l'élastique.

Selma et Melinda étaient en train de désherber à genoux dans le jardin. On pouvait entendre leurs voix douces et leurs rires résonner sur la crête comme des carillons éoliens. Au bord du jardin, roulé en boule dans un petit creux, Fireball dormait sur un tapis d'aiguilles de pin. Le reste des chiens faisait la sieste dans un chenil grillagé près des cages plus petites.

— Excusez, j'ai fait.

Et je me suis arrêté à la limite du jardin.

Les deux femmes se sont figées, puis se sont tournées vers moi en se redressant. Selma avait gardé son air miséricordieux, mais à présent l'expression semblait avoir été peinte sur une pierre, passive et permanente. Mais quand elle m'a reconnu ses traits se sont brisés comme en mille morceaux. Elle avait l'air farouche et effrayé d'un cerf prêt à prendre la fuite. Melinda a soupiré, puis s'est détendue, les yeux soudainement embués de la patience de l'éternelle victime.

— Je suppose qu'au fond de moi je savais que vous viendriez. Et je suppose que c'est ce que j'attendais. Comment Trahearne a trouvé ?

— Trouvé quoi ? j'ai fait. C'est votre mère qui m'envoie.

— Mais c'est moi, sa mère, Selma s'est mise à gémir.

— Je croyais que vous lui aviez dit que j'étais morte.

— Elle a pas voulu me croire. Et il y a cette carte que vous avez envoyée à votre père.

— Une carte ?

Elle avait l'air sincèrement surprise.

— C'est moi, sa mère, a répété Selma en essayant de se reprendre.

— Si c'est pas vous qui l'avez envoyée, quelqu'un l'a fait à votre place, j'ai dit. Trahearne, peut-être, ou un de vos amis de Denver. Quelqu'un a envoyé une carte pour que Rosie sache que vous étiez en vie, et pour que je vienne ici. Ce que je comprends pas, c'est pour quel motif.

— Moi non plus, elle a fait. Personne me court après, à part ma mère.

— Mais c'est moi, ta mère, a hurlé Selma.

Et ce coup-ci elle est tombée sur les genoux dans la terre riche et noire, en pleurs.

— C'est rien, c'est rien, lui a fait Melinda en pressant la tête de Selma contre sa cuisse.

— Dis-lui que je suis prête à payer... à lui payer ce qu'il voudra pour son silence. Selma sanglotait à présent. Tout ce qu'il voudra.

— Écoutez-moi, j'ai dit. En ce qui me concerne, Betty Sue Flowers est morte. Si je me suis encore tapé cette maudite côte, c'est simplement que je voulais être sûr. Si vous tenez vraiment à faire croire à votre mère que vous êtes morte, c'est votre conscience que ça regarde. Et si vous voulez faire comme si Trahearne savait pas qui vous êtes, c'est entre vous deux que ça se passe. Moi ça me regarde pas. Je rentre chez moi.

— Je paierai n'importe quoi, Selma a gémi.

— Chut, Melinda lui a fait gentiment. Ça devait arriver un jour. Ça va s'arranger. (Elle m'a regardé.) Attendez-moi, je vous en prie. En bas du sentier. Il faut que je ramène Selma à l'intérieur et que je la calme. Mais je vous en prie, attendez-moi. Il faut que je vous parle.

— Tout ce que vous pourrez faire c'est me dire des choses que je veux pas entendre.

— Je paierai !

Cette fois-ci Selma a vraiment hurlé. Les chiens dans le chenil se sont réveillés et ont commencé à aboyer, ce qui a eu pour effet de sortir Fireball de sa stupeur. Tout abruti de soleil il a bâillé, reniflé l'air un moment, puis s'est amené en trottinant pour me faire fête. Je lui ai gratté la tête tandis que Melinda aidait Selma à se relever et l'emmenait à l'intérieur. Je me suis dirigé vers la sente.

— Vous m'attendez, promis ? Melinda a appelé du perron. Promis ?

— D'accord, j'ai fait de la lisière du bois.

Fireball m'a suivi jusqu'en bas du sentier. Il allait bon train, le nez au vent, comme s'il pouvait déjà sentir l'odeur de la bière.

— Pas de stimulants sur la montagne, je lui ai fait, et il a pressé le pas.

Arrivé en bas de la sente j'ai traversé la route pour aller me laver la figure dans le torrent, histoire de rincer tous ces kilomètres dans l'eau glacée. Fireball m'a jeté un sale œil, mais il en a finalement lapé une petite gorgée. Il s'est immédiatement ébroué, secouant la tête, comme horrifié par le goût. Je l'ai ramené sur la route et lui ai donné une bière. On en avait bien mérité une, tous les deux.

Je me suis réveillé en milieu d'après-midi, la boîte tiède à la main. Melinda était assise sur le siège du mort. Maintenant elle portait un tricot de corps et des chaussures de marche. On aurait dit qu'elle s'était dépouillée de ses vêtements informes uniquement pour me faire voir ce qu'elle cachait, et pourquoi elle le cachait – longues jambes fuselées et musclées, seins hauts, fermes, le genre d'anatomie dont rêvent les hommes.

– Vous dormiez si bien, ça semblait dommage de vous réveiller. Selma n'a pas de café, mais je vous ai fait une tisane, elle a dit en me montrant un thermos.

– Je préfère une bière, j'ai fait. Faut que je fasse gaffe, voudrais devenir trop sain.

Pendant que je me cherchais une bière elle a dit :

– Alors comme ça Trahearne est au courant ?

– C'est lui qui m'a mené chez votre mère, et après ça quand Rosie m'a engagé pour vous retrouver, il m'a encouragé. Il devait avoir ça derrière la tête depuis le début.

– J'aurais dû lui dire la vérité sur ma... sur ma vie.

Elle s'est versé une tasse de thé faiblard.

– Oui, vous auriez dû. Dans l'histoire, il a eu la charmante opportunité de voir vos débuts à l'écran.

Elle a soupiré.

– Oh ! le pauvre, le pauvre ! Maintenant il me croira jamais.

— Croira quoi ?

— À cause de mon métier, je me déplace beaucoup, et j'ai besoin d'être seule très souvent, et il est convaincu que je… couche avec d'autres hommes, quand je suis pas avec lui.

Comme je n'ai rien dit elle a ajouté :

— Et ce n'est pas vrai. C'est seulement qu'il veut que ce soit vrai. Je le sais bien, et moi ça m'est égal. Mais je ne le trompe pas.

— Bon.

— Vous avez pas l'air très convaincu.

— Ça m'est égal. Et en plus de ça, c'est pas mes oignons, ce que vous faites ou ne faites pas, okay ?

— Ça vous est égal de savoir pourquoi il fallait absolument que Betty Sue soit morte, c'est ça ?

— C'est ça.

— Ils étaient sur ma trace, et pour qu'ils me fichent la paix j'ai décidé de mourir.

— Randall Jackson et les truands de Denver, j'ai fait.

— Vous les connaissez ?

Elle était tout étonnée de nouveau.

— Intimement.

— J'étais en prison, elle a commencé d'un air de défi, et…

— Je sais. Vous vous êtes fait pincer pour racolage.

—… perdu près de trente livres en prison, à raison d'une livre par jour, elle a continué comme si je n'avais rien dit. Selma est venue me voir en prison, et je voulais venir ici, seulement fallait que je fasse un saut chez Jack pour prendre mes affaires, mes livres et tout ça. Et quand il m'a vue vous savez, toute la graisse partie, il m'a forcée à travailler pour ces horribles types. C'était plus du tout comme à San Francisco – pour nous, c'était juste une défonce de plus, on s'amusait tout en gagnant de l'argent pour la croûte et la dope –, tandis que ça c'était un business, et ils m'ont mise dans un hôpital pour me faire enlever cette cicatrice que j'avais là… chirurgie esthétique et tout le tremblement. Ils ont claqué pas mal d'argent sur moi, et jamais ils m'auraient laissée partir. Vous comprenez ?

– Oui.

– Alors j'ai piqué un peu d'argent à Jack et je suis venue me terrer ici, mais ils sont venus me chercher au bout d'une semaine ou deux, il a fallu que je me cache dans les bois et que Selma mente – elle déteste mentir, ça lui a énormément coûté de vous mentir à vous aussi. Et puis un peu plus tard ce même été, sa fille s'est noyée dans un accident, et elle a dit au shérif que c'était moi qui étais morte, vous voyez, pour que je puisse prendre un nouveau départ, faire comme si rien de tout ça était jamais arrivé, vous comprenez, non ? Très doucement elle a posé la tasse en plastique du thermos sur le tableau de bord et s'est mise à pleurer. Mais vous vous en foutez, pas vrai ? Elle sanglotait entre ses doigts.

J'en avais soupé, des femmes en pleurs.

– Bordel de Dieu ! j'ai éclaté en balançant ma boîte de bière encore pleine par la portière ouverte. Votre mère m'a payé quatre-vingt-sept malheureux dollars pour vous retrouver, et j'ai sillonné tout le foutu pays à vous cavaler après. J'ignore si j'ai fait ça pour Rosie ou pour moi ou pour la vague idée que je me suis faite de vous, mais il y a quand même une chose que je sais, par contre, c'est que j'ai pas fait tout ça pour quatre-vingt-sept putain de dollars. Alors venez surtout pas me dire que je m'en fous, putain de bordel !

— Je m'excuse. Elle riait, à présent, tout en essuyant ses larmes. Je suis tellement en plein dans mes problèmes, j'en ai oublié à quel point vous en avez bavé pour me retrouver.

— Ça, vous le saviez même pas, j'ai fait, toujours en rogne.

— Je le savais sans savoir, elle a dit en souriant.

— Foutaises.

— Vous êtes mignon quand vous vous mettez en pétard, C. W.

J'ai sauté du siège et me suis calmé les nerfs en donnant de grands coups de pied dans des cailloux. J'ai fait tellement de poussière que je m'en suis presque étranglé.

— Et maintenant ? j'ai demandé en remontant sur mon siège.

— Je sais vraiment plus. Faut que je réfléchisse quelques jours. Ça a toujours été mon problème — faire tout sans réfléchir.

— Malgré ce que je vous ai dit là-haut, faut quand même que je dise quelque chose à votre mère.

— Pouvez pas me donner quelques jours ? Juste le temps d'éclaircir les choses avec Trahearne ?

— Je dois appeler votre mère demain.

— Bon, d'accord, j'appellerai Trahearne ce soir. Je préférerais faire ça autrement qu'au téléphone, mais s'il sait déjà qui je suis, je crois savoir ce qu'il pense de tout ça. Revenez demain. Je vous rejoindrai ici vers dix heures. Je crois que ça vaudrait mieux si vous montiez pas là-haut... vous savez, pour Selma. Elle a tellement mal pris toute cette histoire. Elle a enterré sa fille sous mon nom, et de toutes les choses que je lui dois, c'est encore ça que je lui dois le plus. Elle m'a rendu ma vie, vous comprenez, et c'est la plus grande chose que personne puisse faire pour quelqu'un. C'est ce que je ressens pour Trahearne, des fois — si je pouvais seulement lui rendre sa vie, la reprendre à ces deux horribles femmes qui l'ont rendu captif depuis si longtemps. Vous les avez vues — vous savez ce que je veux dire.

— Peut-être que oui, j'ai dit, et peut-être que non. Peu importe. Pourtant j'aimerais bien savoir quelque chose.

— Je croyais que vous ne vouliez rien entendre, elle a fait avec un ravissant sourire. (Cela paraissait à peine croyable que j'aie pu ainsi ne pas remarquer avant à quel point son sourire était beau.) Je croyais que vous n'étiez pas curieux.

— Arrêtez vos conneries. Dites-moi seulement ce qui vous a fait partir de chez vous au départ.

— Alors comme ça vous ne savez pas tout, finalement ?

— Non.

— J'étais enceinte, et mon petit ami m'a emmenée à San Francisco me faire avorter. En sortant de l'hôtel où on m'a fait ça je me suis mise à saigner, j'ai fait une hémorragie – histoire classique, vous savez, si classique qu'elle paraît même bien plate, jusqu'à ce que ça vous arrive à vous –, enfin bref, il s'est tiré et m'a laissée à saigner comme ça sur les marches du service des urgences au Franklin Hospital. Il m'a larguée là et s'est tiré.

– Albert Griffith ?

– Vous savez quand même des choses, hein ? Ils ont stoppé l'hémorragie sans problème, mais j'ai fait une septicémie tout ce qu'il y a de sérieux et il a fallu qu'ils me fassent une hystérectomie pour contenir l'infection. Joli tableau, pas vrai ? J'avais laissé mon sac dans la voiture d'Albert et j'ai menti sur mon nom et mon âge, alors personne n'a rien su. J'avais peur que quelqu'un apprenne ça, peur et honte aussi, je suppose. Enfin bref, j'étais restée trop longtemps à l'hôpital pour pouvoir rentrer chez moi, du moins c'est ce que je croyais. Alors j'ai vécu comme j'ai pu dans les rues du Haight jusqu'à ce que Jack me prenne sous sa coupe, et après ça il s'est passé tellement de choses que je pouvais même plus songer à rentrer à la maison. Même pas quand j'ai appris que Bubba s'était fait tuer.

– C'est votre frère Lonnie ?

– Oui.

– Votre petit frère est mort aussi.

– Je sais. De temps en temps je traîne du côté de Sonoma comme ça en douce, et j'ai appris ça.

J'ai même failli rentrer chez moi cette fois-là, d'ailleurs.

— Vous auriez dû rentrer dès le début, j'ai fait. Ça aurait épargné pas mal de peine à pas mal de gens, vous y compris.

— Je sais, bon Dieu, si vous croyez pas que je sais ! Mais mon père s'était tiré et il s'en foutait. Je l'ai appelé une fois, mais il se fiche de moi comme d'une guigne. Et ma mère est une salope…

— Hé, dites pas ça.

Elle m'a regardé.

— Je suis mal placée pour juger, c'est ça, hein ?

— Quand bien même vous auriez mené une vie de vestale, vous avez pas le droit.

— Je suppose que vous avez raison, elle a soupiré. Ça semblait pourtant si important, à l'époque. Maman a essayé de faire comme si ça lui coûtait pas, de divorcer, mais je voyais bien qu'elle dérouillait. Elle s'est mise à picoler pas mal et à ramener des hommes à la maison, et moi j'étais là, couchée dans la pièce du fond à les écouter rigoler et faire tout ce potin, et je me disais que si seulement elle avait pu arrêter avec ça, papa serait revenu. Ce qui était idiot parce que quand il était à la maison il ne s'occupait pas du tout de moi, c'était comme si j'existais pas. J'ai même fini par me persuader que j'avais été adoptée. Je crois que tous les mômes font un peu pareil, non ?

— C'est la solution de facilité.

— Ça fait si longtemps, tout ça, elle a murmuré.

— Et maintenant tout remonte à la surface.

— Vous savez, je crois que je suis contente, elle

a fait tout d'un coup en me tapant sur la cuisse. Je suis vraiment heureuse que tout ça soit terminé.

— Moi aussi.

— Vous avez fait toute la route sans vous arrêter, en venant du Montana, je parie.

— Exact.

— Vous devez être crevé. Elle a enlevé sa main de ma cuisse pour la poser sur ma nuque. Allez vous trouver un bon motel et roupillez longtemps. Ensuite revenez demain à dix heures. Je serai ici. Ça vous va ?

— Ça ira, j'ai dit en bâillant.

— Vous avez été si bon pour moi. Bon pour tout le monde, en fait — Trahearne, Selma, Maman. Vous savez, c'est toujours comme ça avec moi. Chaque fois que les choses ont l'air franchement mal barrées, quelqu'un arrive dans ma vie. Et ils sont toujours plus gentils que je le mérite — comme vous et Selma et Trahearne. Même ce pauvre Jack, à sa façon.

— C'est peut-être que vous le méritez, en fin de compte.

— Personne mérite rien. Ça se trouve comme ça. Allez, à demain.

Et elle s'est penchée pour m'embrasser légèrement sur le coin de la bouche, un baiser de grande sœur, mais son haleine sentait les herbes et les fleurs séchées. Et l'eau de source, bonne et rafraîchissante.

— À dix heures, alors, elle a chuchoté.

C'est là que je l'ai embrassée sur la bouche. Ses lèvres se sont entrouvertes légèrement, nos langues se sont touchées un bref instant électrique et ses yeux se sont agrandis. Ils se sont assombris, d'un bleu orageux.

— Je suis désolée, elle a fait, s'excusant pour quelque chose qu'elle n'avait pas fait. Quelque chose qu'elle ne voulait pas faire. Ensuite elle est descendue de voiture, elle a claqué des doigts pour appeler Fireball qui s'est extirpé de dessous la Volkswagen, et ils sont partis tous les deux par la sente.

Dans ma stupeur ensommeillée, j'ai quand même réalisé clairement que j'étais bel et bien dans la queue, que je le veuille ou non, dans la file d'attente pour la dame. Et aussi que je me fichais éperdument de ma position. Elle m'avait laissé pantelant, comme un cheval trop poussé. Tout en négociant précautionneusement les virages de la route du canyon, je me suis dit que si je ne faisais pas attention, les femmes de Trahearne allaient soit me briser le cœur, soit changer ma vie. Ou encore être ma mort. Une autre chose que je me suis dit, c'est que j'avais plutôt intérêt à filer plein nord sans m'arrêter et à rentrer chez moi aussi vite que mon El Camino pourrait me porter. Mais je n'en ai rien fait. J'ai bu deux ou trois verres en guise de déjeuner, mais le goût de sa bouche restait dans la mienne comme celui d'une hostie qu'on n'ose pas croquer, juste avant le vin amer. En milieu d'après-midi je me suis pris une chambre dans un *Holiday Inn* et je me suis laissé couler dans un sommeil sans rêve. J'avais demandé à me faire réveiller. Un réveil qui m'attendait comme une sentence de mort.

14

Le lendemain matin, le condamné, ayant dormi comme un bienheureux et s'étant douché comme un adolescent pour un rendez-vous, a mangé un petit déjeuner aussi copieux qu'il est possible de trouver dans un *Holiday Inn*, puis est sorti dehors histoire de contempler et humer l'air délicat, le ciel clair et ensoleillé des hauts plateaux. L'autoroute 25 était à cent mètres à l'est, cependant, et la puanteur des diesels tempérait quelque peu mon plaisir. À cent bornes de là, au sud, le nuage de smog gris au-dessus de Denver faisait comme un dos de baleine sur l'horizon. Mais ce qui m'a vraiment fichu ma matinée en l'air c'est quand j'ai vu Trahearne assis dans sa péniche de Cadillac, sourire obscène et face de lune. Il ressemblait à un sale gosse, poupon et méchant.

— Quoi de neuf ? j'ai fait en essayant de garder mon calme.

— Putain, j'ai fait tous les motels du coin avant de venir ici. Il se plaignait déjà. Fils, j'aurais quand même cru que vous auriez plus de goût que ça. Descendre dans un *Holiday Inn*, on n'a pas idée.

— Certains de mes meilleurs amis sont des Holiday Inns, j'ai répliqué. Qu'est-ce que vous foutez ici ?

— Je vous cherchais, qu'est-ce que vous croyez ? Notre conversation au téléphone m'a donné envie d'aller faire un saut à Meriwether, mais quand je suis arrivé là-bas votre secrétaire m'a dit que vous étiez ici, alors j'ai ramassé deux stoppeurs pour qu'ils me donnent un coup de main à conduire. On a roulé toute la nuit, et me voilà…

Sa voix se déroulait lentement, comme celle de ces poupées parlantes dont on a trop souvent tiré la ficelle.

— Plus de mensonges, si ça vous fait rien, okay ? j'ai fait en ouvrant la portière pour monter à côté de lui. Plus de mensonges.

Il a poussé un gros soupir.

— Fils, je pouvais pas la trouver sans vous. Je savais pas où chercher.

— Quand vous avez téléphoné, vous étiez déjà ici, hein ? Il a fait signe que oui. Et c'est vous qui avez envoyé la carte postale à son père, c'est ça ? Il a encore fait oui de la tête, qui est retombée lourdement sur sa poitrine. Mais pourquoi, bon Dieu ?

— Faut que je sache avec qui elle est, il a bredouillé.

— Bon, j'ai fait. Je vais vous montrer.

— Ça vous ferait rien de conduire ? il a demandé.

Il semblait inutile de se presser, alors je suis sorti du bled en roulant doucement. Trahearne n'a pas ouvert la bouche jusqu'à ce qu'on soit à cinq milles à peu près sur la route de Laramie. On était en train de franchir le premier contrefort quand il a dit quelque chose, mais la capote était baissée et le vent couvrait ses paroles.

— Hein ? j'ai fait.

— Je regrette, il a dit.

— Pas encore assez à mon gré, vieux père.

Et il s'est mis à chialer.

— Et arrêtez de geindre, bordel. Arrêtez tout de suite. Vous savez pas ce qu'elle a dit quand elle a su que vous aviez vu ce film de cul ? Elle a dit : « Oh ! le pauvre, le pauvre ! » Elle est bien trop bonne pour vous, j'espère que vous savez ça, au moins.

— Bon Dieu, si je le sais…

Au moment de quitter la 287 pour m'engager sur la route de Poudre Canyon, je lui ai demandé :

— Mais pourquoi ? Qu'est-ce que vous aviez dans le boudin, bordel ? Et d'abord comment vous avez su où aller ?

— J'avais qu'une chose en tête, la retrouver. J'étais là à tourner en rond, à vadrouiller et à picoler — espérant la trouver, vous savez comment c'est, mais sans vraiment la chercher. Et quand je me suis arrêté au *Cottontail*, j'ai pas pu… Enfin bon, la petite pute a dû vous le dire.

— Quoi ?

— J'ai pas été foutu de triquer.

Il a dit ça d'un air morne.

— Elle se souvenait même pas de vous.

— C'est encore pire.

— Si c'est à ça que vous tenez, vieux père, à ce qu'elles se souviennent de vous, évitez les bordels. Mais qu'est-ce qui vous a amené à Sonoma ?

— Une fois elle était partie, partie en voyage, et j'ai fouillé dans ses affaires. J'ai trouvé une coupure de journal, un article découpé dans un journal de San Francisco, une critique d'un truc monté par le Petit Théâtre. L'*Antigone* d'Anouilh. Quand j'ai lu la description de la fille qui jouait le rôle principal j'ai tout de suite compris qu'il s'agissait d'elle. J'ai toujours su qu'elle n'était pas ce qu'elle prétendait être, il a admis. Et ça depuis le début. Elle avait jamais mis les pieds dans le sud de la France ; jamais été à Sun Valley avant cet été-là. Au début ça me semblait excitant, vous savez ce que c'est, de ne pas savoir qui elle était vraiment. Mais ça c'est comme la promesse qu'elle a exigée de moi avant de consentir à m'épouser — la nouveauté s'est vite émoussée et très vite ça a commencé à me rendre cinglé.

— Quelle promesse ? j'ai demandé en garant la Cad derrière la Volks de Melinda. Il y avait un vieux camion gris, un GMC tout cabossé, garé juste à côté. À son air il aurait bien pu avoir été repêché d'une rivière. Quelle promesse ?

— Qu'elle pourrait aller et venir comme elle l'entendait. Que je poserais pas de questions.

— Elle vous a promis la même chose, non ?

Il a fait signe oui et a regardé autour de lui.

— Il habite dans le coin ?

— Il ?

— Vous savez bien, le mec... le mec avec qui elle est.

— Elle est censée me rejoindre ici vers dix heures. Elle vous dira ça elle-même.

— C'est vous, maintenant, c'est ça, il a fait tristement. C'était une déclaration, pas une question. C'est vous.

— Fermez votre putain de grande gueule, vu ?

Et sur ce j'ai traversé la route et suis descendu regarder le torrent.

Parlez d'une affaire, vraiment. Un détective c'est censé retrouver les disparus et trouver qui a commis le crime. Jusqu'à présent dans cette affaire, c'est moi qui avais commis tous les crimes — du vol de voiture à ma stupidité encore plus criminelle — et à part Rosie et moi tout le monde avait su qui était Betty Sue Flowers, dès le début. J'avais la dérangeante impression que si je ne rentrais pas rapidement chez moi, au lieu d'un bon compte en banque bien garni de l'argent de Catherine Trahearne j'allais me retrouver avec des trous dans les bottes et des mites dans les poches. Et plus je retournais ça dans ma tête, plus ça me foutait en rogne. Je me suis relevé d'un seul coup et suis remonté sur la route en chargeant et en hurlant contre Trahearne.

— Je vous envoie ma note, vieux père, et je me fous de savoir si ça vous casse les reins, vous avez intérêt à cracher !

— Entendu, il a répondu, tout penaud.

— Oh ! ce que vous pouvez être con quand vous vous y mettez ! Elle est là-haut, là au bout de cette sente, elle habite chez une femme qui lui a sauvé la vie une fois. Et elle fricote pas avec moi — elle a jamais couché avec personne d'autre du jour où elle a commis la colossale erreur de tomber amoureuse de votre misérable couenne.

— Bon, il a fait, n'en croyant visiblement pas un mot.

Et à bien y repenser, je n'étais plus si sûr d'y croire moi non plus. Comme beaucoup trop d'hommes, Trahearne et moi étions incapables d'accepter une femme comme Melinda, coincés comme nous l'étions entre nos passions passagères et ce besoin de fidélité chez une femme, un désir si primitif et sauvage qu'il devait sans aucun doute être inné, atavique, aussi incontrôlable qu'une fonction biologique. Du coup, j'ai cessé d'en vouloir au vieux.

— Quelle heure il est ? j'ai demandé.

— Dix heures et demie.

— Elle devrait pas tarder. On a qu'à boire un coup en l'attendant.

Il a eu l'air étonné. Ensuite il a mis la main sous le siège et en a ressorti la bouteille. En buvant le whisky je me suis demandé depuis combien de temps les hommes se pardonnent comme ça les uns aux autres, devant des boissons fortes. Se pardonnent d'être si bêtes.

À onze heures Melinda n'était toujours pas là, alors je me suis mis à grimper la sente qui montait chez Selma, Trahearne suivant le mouvement à son rythme. Dix pas et une halte pour souffler un coup.

— Je vais devant, j'ai fait, pour les prévenir de votre arrivée. Comme ça la surprise sera pas trop forte.

— La vraie surprise, ça serait que j'arrive là-haut, il a plaisanté.

J'étais déjà deux lacets plus haut que lui mais je pouvais l'entendre souffler comme un phoque.

Arrivé à la clairière, mes poumons mettaient les bouchées doubles eux aussi. En m'arrêtant pour souffler un peu, j'ai aperçu une tache sombre dans la poussière du sentier et des éclaboussures de sang sur les pierres tout à côté. Je me demandais où pouvaient être passés les chiens. À l'autre bout de la clairière, la porte du chenil était grande ouverte tout comme celles des cages plus petites.

J'ai couru jusqu'à la maison, mais il n'y avait personne. Je me suis précipité dehors et j'ai fait le tour. Un jeune garçon était en train de creuser un grand trou avec une pioche, et une fille était agenouillée devant toute une pile de chiens morts, d'oiseaux et de petits animaux à fourrure, morts eux aussi. Selma était assise au bord de la clairière, adossée contre un pin. Elle avait un fusil posé sur les genoux.

— Bon Dieu, mais qu'est-ce qui s'est passé ? j'ai demandé au garçon.

Il a sursauté, ensuite très vite il est sorti du trou, la pioche levée comme une massue. Il avait un vilain coquard qui lui fermait l'œil gauche et il crachait le sang entre ses dents cassées.

— Ce coup-ci va falloir me tuer, fils de pute !

Et il s'est précipité sur moi avec la pioche.

— Hé ! j'ai fait en reculant et en levant les bras.

Il ne s'est pas arrêté. La fille près de la tombe s'est mise à gémir en se couvrant le visage des mains.

— Hé, minute, j'ai fait.

Mais il s'amenait toujours.

— Du calme, fiston.

Je reculais toujours.

— J'ai rien fait, moi.

— C'est vous qui leur avez dit de venir ici ! Selma a hurlé en se levant et en braquant son fusil à deux coups dans ma direction.

Le garçon a regardé par-dessus mon épaule et j'ai entendu un bruit de pas sur les cailloux. J'ai entendu quelqu'un respirer un grand coup dans mon dos, mais je n'ai pas attendu de savoir qui c'était ni pourquoi. J'ai esquivé et fait un roulé-boulé. Du coin de l'œil j'ai entr'aperçu l'autre fille, armée d'une hache celle-ci. En s'abattant à l'endroit où je me trouvais juste une seconde plus tôt, la cognée a rebondi sur une pierre et la hache lui est partie des mains. Mais elle ne m'a pas pour autant lâché des yeux. Son regard sauvagement calme est resté rivé sur ma figure tandis qu'elle ramassait la hache. Rien de tel qu'une femme avec une hache pour vous faire vous remuer le train. J'ai jeté une poignée de terre et de cailloux sur le garçon à la pioche, me suis relevé, et j'ai couru à toute vitesse jusqu'à la sente. Et je vous prie de croire que je les levais haut, les genoux. La hache a sifflé au-dessus de ma tête et j'ai encore accéléré l'allure. Juste quand j'allais atteindre la lisière du bois Selma a tiré sa première cartouche et la volée de plombs a arrosé un pin chétif sur ma gauche. Avant que j'aie eu le temps d'amorcer un zigzag elle m'a eu avec la deuxième cartouche. Je l'ai prise dans le flanc droit, pas de plein fouet, juste le pourtour du groupement. Et pas assez de plombs pour me faire tomber. Par contre ça m'a fait m'activer brutal. Je suis sorti de la sente et j'ai foncé droit devant moi en dévalant la pente à travers les taillis.

Ce genre de combat rapproché nécessite de s'entraîner sans arrêt jusqu'à ce qu'on n'opère plus que par réflexes. Une fois les réjouissances commencées, il n'y a généralement pas beaucoup de temps pour réfléchir, et à peine assez pour seulement réagir. Cela faisait bien neuf ans que j'avais commandé mon escouade du Premier Régiment aéroporté là-bas sur les hauts plateaux du Vietnam, et pour Trahearne, sa guerre du Pacifique remontait encore à vingt ans de plus. Quand je l'ai retrouvé sur la sente à mi-chemin de la pente, on avait l'air malins, tous les deux. Deux civils morts de trouille, ça constituait une unité de combat aussi redoutable qu'une paire de poulets sans têtes.

— Bordel, qu'est-ce qui s'est passé ? il a demandé, hors d'haleine.

— Sais pas, j'ai fait en m'efforçant de réfléchir.

Magnez-vous de redescendre. Vous faites un mille sur la route, et si je suis pas de retour dans une heure vous prévenez le shérif.

— J'ai une carabine dans mon coffre, il a fait.

— Il y a déjà assez de fusils comme ça là-haut. Faites seulement ce que je vous dis.

— Et vous ? il a demandé d'un air vexé.

— Moi je remonte là-haut. Et vous, la descente c'est par là.

— Laissez-moi y aller aussi.

Il en gémissait presque.

— Du vent, du balai, j'ai dit, et du plat de la main je l'ai poussé aux épaules.

Le colosse est parti cul par-dessus la théière, et je me suis enfoncé dans le taillis, contournant le bord de la crête jusqu'au fossé le plus proche. Ensuite j'ai fait le grand tour en redescendant sur cinquante mètres par le fossé, pour ensuite remonter doucement vers la clairière. J'aurais été en meilleure forme, je m'y serais pris autrement, par l'autre côté en montant directement et en chargeant à travers la clairière. En fait, si j'avais eu la moindre jugeote, je me serais trissé vite fait.

Au bout d'un quart d'heure, je rampais toujours. J'étais derrière la maison. Il y en avait trois à l'autre bout qui surveillaient les arbres près de la sente — Selma avec le fusil, le garçon avec sa pioche et l'autre folle avec sa hache —, mais l'autre fille était toujours assise à côté de la tombe ouverte, à pleurer dans ses mains.

Je pissais tellement la sueur que je ne pouvais

plus dire si je saignais toujours, et j'étais trop crevé pour continuer à ramper sur le ventre. Je me suis relevé et me suis faufilé derrière la fille aussi silencieusement que j'en étais capable, avec tout le savoir-faire et la grâce d'une vache laitière, mais quand elle m'a enfin entendu j'étais déjà à ses côtés.

— N'aie pas peur, je lui ai dit, je te ferai pas de mal.

Elle a tout de suite tourné de l'œil dans mes bras. Je l'ai saisie et portée devant moi comme un bouclier et j'ai appelé les autres. Ils se sont retournés et ont commencé à marcher sur moi.

— Un pas de plus et je lui casse la nuque ! j'ai braillé d'un ton on-ne-peut plus mélodramatique.

À voir comment elle était molle dans mes bras, son cou aurait pu l'être déjà, cassé. Ils se sont arrêtés tous les trois, puis ont fait un pas hésitant en avant.

— Toi, jette cette saloperie !

Le garçon a jeté sa pioche par terre d'un air écœuré et Selma a posé son fusil à ses pieds, mais la fille gardait sa hache sur l'épaule.

— Faut que tu jettes ça, ma petite, j'ai fait.

— Je suis pas ta petite, ducon, elle a répliqué d'un ton posé, tout en serrant plus fort son manche de hache.

— Si ça vous fait rien, jeune fille…

C'était Trahearne. Il s'était péniblement pointé à l'entrée du sentier.

— S'il vous plaît, posez-moi ça, il a encore grogné.

Il avait la figure en feu et la chemise toute trempée de sueur, mais il marchait bien droit, armé de la carabine la plus vilaine que je connaisse — un flingue à émeutes, un Remington à pompe, gros calibre 12-gauge, huit balles dans le chargeur, canon court de soixante centimètres, avec une poignée pistolet et une crosse en métal qui se replie sur le fût et le canon. Je savais tout ça parce que j'en possède un tout pareil.

— S'il vous plaît, il a répété.

Elle a laissé tomber la cognée par terre tout contre sa chaussure de tennis mais sans pour autant lâcher le manche. J'étais disposé à m'en contenter. Privés de leurs armes, Selma et le garçon avaient décoléré et leurs épaules retombaient comme des sacs vides, mais la fille se tenait toute droite, le défi dans les yeux. Elle a même été jusqu'à cracher par terre dans ma direction. Moi je n'aurais pas été fichu de cracher, même si ma vie en avait dépendu. J'ai soulevé la fille évanouie dans mes bras et me suis dirigé vers la maison.

— D'où c'est que vous sortez comme ça ? j'ai demandé à Trahearne.

— Sais pas, mais en tout cas c'était une sacrée trotte.

Il était tout sourire, malgré son épuisement.

— On va aller s'asseoir à l'intérieur, j'ai fait à tout le monde en portant la fille sur le perron.

Et ils m'ont tous suivi comme des canetons après leur mère.

— Ils sont venus à la tombée de la nuit, Selma a commencé en touchant sa joue enflée, ils sont montés avec des revolvers équipés de silencieux et ont commencé à tirer sur les chiens. Ils ont tué les chiens et le plus gros des animaux et des oiseaux qui étaient dans les cages. Après ça ils ont emmené Melinda. Sa main a quitté sa joue pour caresser le front de la fille endormie sur ses genoux. Le son de sa voix était si creux et si distant que la pièce en semblait assombrie quand elle parlait. Benjamin a bien essayé de les en empêcher, mais ils l'ont roué de coups, et moi ils m'ont frappée quand j'ai essayé de l'aider.

— J'aurais dû être ici, l'autre fille a fait amèrement en frappant le plancher avec sa cognée.

— Ils t'auraient esquintée toi aussi, Selma a répondu doucement. Je suis contente que tu n'aies pas été ici. Elle m'a regardé à nouveau. Melinda n'arrêtait pas de leur crier qu'elle les suivrait de son plein gré, mais eux ils se contentaient de rire et continuaient à cogner sur ce pauvre Benjamin et à tirer sur les chiens.

— Ils ont tiré sur le bouledogue ?

Je connaissais déjà la réponse à ma question.

— Il a pris une balle dans le ventre, a fait la fille à la hache, mais lui et la chienne à trois pattes vivaient encore ce matin quand j'ai quitté la clinique vétérinaire là-bas à C.S.U.[1].

— Ils vont sacrément se les mordre d'avoir fait ça, j'ai dit.

— Putain, et kidnapper ma femme, alors ?

C'était Trahearne.

1. Colorado State University.

— Ça aussi. Pour tout ça ils vont payer. Je me suis redressé. Ils étaient combien ?

— Quatre, a répondu Selma.

— Y en avait pas un grand, baraqué, un Mexicain avec une sale gueule ?

— Ils avaient tous l'air de géants. La voix de Selma était vide d'expression. Et ils portaient des passe-montagnes.

— Vous avez pas appelé le shérif, au moins ?

— Ils ont dit que si on faisait ça ils tueraient Melinda et ensuite reviendraient ici nous tuer tous. Et je les crois. Vous les auriez vus abattre les chiens, les corbeaux, les éperviers et les chats sauvages dans leurs cages. Je les ai crus et je les crois encore. Et je n'ai pas appelé le shérif. Elle a levé la main et s'est touché le visage pour palper l'ecchymose, comme si la blessure allait bien plus profond que cela. Qu'est-ce qu'on pouvait faire ? Sa voix était devenue plaintive. Qu'est-ce qu'on peut faire, même maintenant ?

— En tout cas moi je vais faire quelque chose, nom de Dieu. Trahearne s'est mis à gronder en brandissant la carabine comme une icône, comme s'il s'était agi d'une bannière de ralliement pour sa guerre sainte personnelle.

— Calmez-vous, je lui ai dit.

Il m'a regardé d'un sale œil, ensuite il s'est levé et s'est mis à marcher à travers la grande pièce tout en tordant son gros nez enflé en direction de la tribu de chats endormis. Moi j'ai demandé à Selma pourquoi elle m'avait attaqué.

— On a cru que c'était vous qui les aviez amenés ici.

— Pourquoi ça ?

— Vous étiez le seul à savoir où elle se trouvait — et qui elle est en réalité. Vous êtes revenu pourquoi ?

— Elle désirait me parler. Me dire ce que je devais dire à sa… à sa mère naturelle.

— Et vous allez lui dire quoi, maintenant ?

— J'en sais rien. Peut-être que je suis monté sur la montagne et que j'ai vu le prophète. Tout ce que je sais, c'est que je me fais trop vieux pour ce genre de sport.

J'ai essayé un sourire entendu, et il a eu l'air à sa place sur ma tronche.

— Vous en avez pris un coup aussi, Selma a fait en souriant légèrement. Je suppose que c'est moi qui vous ai fait ça.

— C'est rien du tout, j'ai dit. Comme John Wayne.

— Stacy, tu veux bien t'occuper de la blessure de M. Sughrue ?

La fille a posé sa hache contre le canapé qu'elle occupait et a traversé la pièce avec un sourire gêné.

— Stacy a fait un an d'école vétérinaire, Selma a ajouté.

— C'est assez bon pour moi, je suppose, j'ai dit. J'ai été mis au monde par un vet.

Trahearne a éclaté de rire.

— Bon sang, Sughrue, si t'étais encore un peu plus pet'zouille que tu veux nous le faire croire, tes godasses te tiendraient plus aux pieds.

Et ça l'a fait marrer encore un peu.

D'une main experte, Stacy a décollé ma chemise pleine de sang séché de mon dos avec de l'eau oxygénée, ensuite elle a nettoyé mes blessures. J'avais pris plus de plomb que je croyais. Cela partait de la base du cou, jusqu'au biceps.

— Heureux que vous étiez pas plus près, j'ai fait à Selma.

— Vous avez pas craché de sang, des fois ? Stacy a demandé.

— Pas récemment, non.

— Essayez pas tant d'être drôle, elle a dit.

Cela sonnait plus comme un conseil médical qu'autre chose.

— Combien de plombs ? j'ai demandé.

— Onze, elle a dit en terminant de compter.

— C'est du combien ?

C'est Benjamin qui a répondu :

— Du sept.

— Acier ou plomb ?

Là il a fallu qu'il aille ouvrir un tiroir pour vérifier sur la boîte de cartouches.

— Acier.

— Si vous avez de la pommade antibiotique et des compresses, j'ai fait à Stacy, on peut les laisser dedans quelques jours.

— J'ai des sondes et un anesthésiant que j'utilise pour les bêtes, elle a fait. Je pourrais vous geler le bras et vous les sortir tous, et ensuite suturer les plaies.

Je l'ai regardée par-dessus mon épaule. Elle avait les pommettes hautes, la peau sombre et les yeux brun foncé. Je ne l'aurais pas vue à l'œuvre avec sa hache, j'aurais pu la prendre pour une petite nature.

— Bon, et puis flûte après tout, j'ai dit.

Et elle est allée chercher sa trousse.

Pendant qu'elle me charcutait, Trahearne a réussi à persuader Benjamin de descendre jusqu'à la voiture chercher la bouteille de whisky. Mais pour sa pomme, pas pour moi. Quand le garçon l'a ramenée, j'ai bu un coup quand même. J'ai laissé Trahearne boire deux gorgées et l'ai forcé à me rendre la bouteille. Je l'ai gardée jusqu'à ce que Stacy finisse de me triturer le dos. Elle a posé le dernier sparadrap sur les sutures pour qu'elles n'accrochent pas le tissu de ma chemise, ensuite elle m'a donné une légère tape sur l'épaule.

— Et maintenant ? elle a demandé comme ça.

— On récupère la dame, j'ai fait.

— Vous savez où elle est ? Trahearne a demandé avec impatience.

— Je sais comment m'y prendre pour trouver.

— Vous voulez un coup de main ? Benjamin a demandé.

— Et comment, a fait Stacy.

— On y va tous, a fait Selma, et la fille endormie sur ses genoux s'est réveillée brièvement.

On nageait en plein romantisme, une bande de désadaptés redresseurs de torts volant au secours de la princesse, et même moi j'y ai songé l'espace d'un instant. Mais on avait déjà assez d'ennuis comme ça.

— T'as fait ton service ? j'ai demandé à Benjamin.

— Non M'sieur, il a répondu en baissant la tête.

— Alors tu restes avec Selma. Tu l'aides à garder la baraque.

— Moi non plus j'ai pas fait mon service, Stacy a fait d'un ton lourd d'ironie, mais je suis plus dangereuse que n'importe quel Marine, bon sang. Au poids près, je les vaux tous.

— Tu pourrais me servir d'appât, si tu veux, j'ai fait, mais ça veut dire qu'il va falloir te montrer gentille avec un fumier.

— Ça devrait pas être difficile, elle a dit en souriant, j'ai passé toute ma vie à faire ça.

— T'as les jetons ?

— Et comment, elle a répliqué. Mais je m'en fous d'avoir les jetons, je suis trop en rogne pour que ça m'arrête.

— Ça sera pas joli-joli, tu sais.

— Mister, je pourrais vous en raconter des si moches que vos oreilles s'en ratatineraient en légitime défense.

— Bon, j'ai fait, alors tu viens.

— Veillez bien sur elle, Selma nous a dit doucement.

— Y a pas à s'en faire pour moi, Stacy a dit d'une voix ferme pour me faire comprendre qu'elle était capable de s'occuper de ses fesses.

— Faites bien tous attention, Selma a répété.

— C'est ce que je suis supposé faire comme métier, j'ai répliqué.

Ça m'a fait rigoler. Il ne devait pas y avoir beaucoup de joie dans mon rire, parce que quand j'ai regardé autour de moi tout le monde a évité mon regard. Sauf Trahearne, qui avait l'air infiniment triste.

Au milieu de la descente, Trahearne a fait une pause pour se reposer contre un rocher.

— Qu'est-ce qu'on va faire, alors ? il a demandé en me tapant sur l'épaule.

— D'abord on va arrêter de me taper sur l'épaule, j'ai dit.

J'avais dit ça à la rigolade, mais Trahearne l'a pris sérieusement.

— Excusez. Bon Dieu, j'ai rien fait comme il faut depuis la guerre.

— Vous avez crapahuté comme un chef, là tout à l'heure, quand vous avez remonté la côte avec la carabine.

— Et arrivé en haut c'était déjà fini. Il m'a regardé. Vous allez avoir besoin de moi, non ?

— Ça va sans dire. Surtout de votre argent-plastique.

— Et moi, qu'est-ce que je suis censée fournir ? Stacy a demandé.

— Ton corps nubile, j'ai dit.

— Ben dites donc, j'aime autant vous prévenir, c'est pas du neuf que vous allez avoir, elle a fait d'un ton léger.

Et elle est partie devant nous sur la sente.

À Denver ça a été la courette tout l'après-midi,

la folie, même – louer deux voitures, acheter une robe neuve pour Stacy, une perruque et une fausse moustache pour moi, et trouver une chambre de plain-pied avec entrée individuelle dans un motel près de l'aéroport – mais on a quand même réussi à être prêts à temps : quand Jackson s'est ramené d'une dure journée de boulot, Stacy était assise au bar du *Tricky Dickie's*, la boîte à strip sur Colfax. Stacy avait l'air toute neuve et paraissait seize ans à peine, malgré son permis de conduire qui disait vingt-quatre. Jackson, lui, était tout sourire et polyester en arrivant pour son vodka-Martini et sa ration de visions capiteuses. Mais, comme je le craignais, il avait un gorille avec lui.

Stacy a été magnifique – dure et délurée. Au début, le barman n'avait pas voulu croire sa pièce d'identité, et même après qu'elle lui a forcé la main et qu'il l'a servie, il a dit qu'il n'était pas sûr de vouloir d'une nouvelle racoleuse dans sa boîte. Elle l'a remis à sa place comme il faut et a tenu les mâles à distance jusqu'à ce qu'il finisse par la croire. Quand Jackson a commencé à la draguer, elle l'a envoyé aux pelotes.

– Écoute, mec, c'est du boulot que je cherche, pas une partie de jambes en l'air. Ni civils, ni michés, ni voyageurs de commerce, vu ?

– Et quelle sorte de boulot tu cherches, mon poussin ? Jackson a demandé.

– La même sorte de boulot que j'avais sur la Côte Est, elle a répondu, jusqu'à ce que ça se mette à sentir mauvais pour moi.

– Mauvais ?

— Que ça sente le roussi, mon pote. Et les rouquins.

— Ah ouais. Comme s'il avait compris depuis le début. Les rouquins. Quelle… quelle sorte de boulot c'était ?

— Je suis comme qui dirait dans le cinéma, mon pote. Qu'est-ce que tu croyais ? Que je passais des faux chèques, peut-être ? Fausse monnaie ? Ou que je fauche dans les épiceries ? Fais-moi plaisir, tire-toi et fous-moi la paix.

Il s'est rapproché encore un peu plus sous prétexte de montrer son verre vide au barman.

— Écoute, môme, j'ai des amis, ou disons plutôt que je suis en affaires avec des gens qui font des films, des fois. Juste comme ça pour le pied, tu vois.

Stacy s'est mise à glousser.

— Pour le pied et le profit.

— Tout juste, la môme.

— Et je suppose que t'aimerais jeter un coup d'œil sur la marchandise et l'essayer, avant de me mettre en contact avec tes potes, c'est ça ?

— Pourquoi pas ?

— Pourquoi pas, ben voyons. Elle a reniflé un coup. Casse-toi, mec. Tu veux un échantillon gratuit, adresse-toi à la représentante qui tire les sonnettes pour Avon.

— Je… euh… je veux bien payer, Jackson a dit sans trop se mouiller.

— Cent dollars pour la tête et les jambes[1],

1. En argot de prostituée, « *a half-and-half* » est une passe qui inclut une pipe avant.

Stacy a fait aussitôt. Tu m'as l'air du genre de mec à qui il faut au moins ça.

— Cent dollars !

Il s'est exclamé si fort que le barman et plusieurs clients se sont retournés.

— Si tu peux pas te permettre la marchandise, mec, vire de la boutique, elle a répliqué.

Elle a fait mine d'être très intéressée par son verre tout d'un coup. J'ignore comment Stacy avait senti qu'il valait mieux se montrer coriace avec lui au lieu de lui servir les habituelles promesses et les « tu viens, chéri » des tapineuses, mais en tout cas cela marchait comme un charme.

— Bon. D'accord, ça marche. Allons-y.

— Fais voir le blé d'abord, Stacy lui a dit sans le regarder.

Il a fallu que le pauvre bougre fasse un chèque et endure le petit sourire en coin du barman qui lui a apporté les billets en échange. Il a tendu les billets à Stacy tout en éclusant son troisième vodka-Martini.

— Garde-les, elle a fait. Je voulais seulement les voir.

— Ma voiture est juste devant, il a fait en se donnant un mal de chien pour avoir l'air dégagé.

— J'ai une chambre dans un motel près de l'aéroport, a fait Stacy. En route.

— C'est ça.

Et Jackson s'est tourné vers son ange gardien :

— Hé, mec, on y va.

— Bordel, qui c'est çui-là, Stacy a demandé en résistant contre la main de Jackson.

— Mon chauffeur, il a répondu en se donnant un grand air.

— Et il va te tenir la bite, ou quoi ?

— Je reviens, Jackson a fait à son acolyte, qui n'a pas demandé son reste pour se rasseoir et commander un autre verre.

J'ai redressé la perruque frisée qui me tombait sur l'œil et les ai suivis dehors. C'était la seule partie du scénario où j'avais donné des instructions précises à Stacy. Je ne voulais surtout pas qu'elle monte dans la voiture de Jackson.

— Dis, j'ai une tire de location, là. Ça serait mieux si tu me suivais.

— Je te ramènerai, Jackson a offert, grand seigneur.

— Et si je veux pas revenir ici ?

— Quand j'en aurai fini avec toi, ma poule, tu voudras me suivre partout.

Et Jackson l'a fait monter dans sa Cougar.

Je suis resté planté sur le bord du trottoir et les ai regardés partir, me demandant ce que Trahearne pouvait bien foutre avec l'autre Ford qu'on avait louée. Je me serais foutu des claques d'avoir fait confiance au vieux pour m'attendre dehors, et aussi de ne pas avoir prévu une autre clé de contact pour la voiture qu'on avait louée pour Stacy. Cinq minutes plus tard Trahearne s'est finalement pointé, les lèvres tordues d'un petit sourire contrit au milieu de sa grosse bouille écarlate.

— Partis, hein ? il a marmonné en se poussant pour me laisser le volant.

— Qu'est-ce que vous foutiez, bordel ? j'ai demandé en démarrant en trombe et tournant le coin sur les chapeaux de roue.

— Ben écoutez, fils, on avait laissé le whisky dans l'autre voiture, il a fait en m'agitant une pinte de vodka sous le nez, et je savais qu'on aurait grand besoin de remontants. On est trop vieux pour se lancer dans ce genre de cirque à jeun. Alors je suis allé nous acheter une bouteille. Quel mal à ça ?

— Il a pas voulu la suivre, j'ai répliqué en passant au jaune juste devant un bus. Elle est dans sa bagnole, et s'ils sont pas au motel quand on arrive là-bas, si jamais il l'a emmenée ailleurs, je vous garantis que je vous fais la peau, vieux père, et j'irai pas de main morte.

— Putain, C.W., est-ce que je pouvais savoir, moi ?

Et puis il a changé d'approche avec cette grâce pataude qu'ont les ivrognes quand ils se croient malins.

— Merde, fils, la môme a pas besoin de chaperon pour s'en tirer, ça vous pouvez me croire. Et sur ce il m'a flanqué une grande claque sur l'épaule, assez fort pour que les sutures se remettent à saigner. J'ai arraché ma perruque et l'ai jetée par terre à ses pieds. Il l'a ramassée en rigolant. Il la tenait devant lui comme une peau de castor premier choix.

— Z'étiez franchement vilain, avec ce truc-là, vous savez.

Et il se l'est mise sur la tête comme un chapeau.

— Évidemment, moi j'ai l'air vraiment girond avec.

Et il s'est esclaffé à nouveau. M'arrachant ma moustache, il se l'est collée de travers sur la lèvre supérieure.

— Comment vous me trouvez ? il a demandé en souriant. Et comme je ne répondais rien : Ha ! putain, soyez pas si sérieux, merde. Buvez un coup, ça vous calmera peut-être.

Il m'a poussé la pinte entre les côtes. Comme si j'avais besoin qu'on me pousse.

— Fils, ils ont ma Melinda, et je sais pas quoi faire. Je sais vraiment plus quoi faire.

Je lui ai rendu la bouteille.

— Essayez seulement de faire ce que je vous dis. Pour une fois.

— C'est vous le chef. Mais y a foutrement intérêt à ce que tout se passe bien.

— J'aurai tout entendu, j'ai fait en quittant Colorado et en coupant par une station-service pour prendre la 32e Rue.

Quand on est arrivés au motel, la Cougar bordeaux était parquée juste devant la chambre de Stacy. J'ai laissé Trahearne dans la voiture en lui disant bien de m'attendre, je suis entré dans la chambre attenante et j'ai ouvert la porte communicante. Jackson était déjà en selle. Je voyais les yeux de Stacy supplier par-dessus son épaule grasse et pleine de boutons. Avant que j'aie pu divertir son attention en lui enfonçant le silencieux de mon 22 dans l'oreille, il s'est mis à grogner et à gémir.

Il s'est secoué d'un spasme, et les yeux fixes de Stacy se sont emplis de larmes. Je l'ai assommé d'un coup de crosse sur la nuque, l'ai arraché d'elle brutalement en le jetant par terre. Après ça je lui ai flanqué un grand coup de pied dans l'estomac, à m'en fouler la cheville. J'allais remettre ça, mais Stacy a sauté du lit et m'a saisi par le bras.

— Ça va comme ça, elle a fait. Ça fait rien, c'est pas grave. Et en me secouant le bras plus fort : Ça fait rien. Vraiment.

— Si seulement on n'était pas arrivés en retard.

— Ça fait rien.

— Moi ça me fait quelque chose.

— Entièrement ma faute. C'était Trahearne qui s'excusait noblement en entrant par la porte communicante. Tout est de ma faute, ma petite, mais on pouvait pas faire autrement.

Stacy l'a regardé une seconde, a fait un pas vers lui et l'a giflé si fort qu'il en est presque tombé.

— Espèce de connard d'ivrogne, elle a sifflé entre ses dents.

Et elle l'a giflé de nouveau.

— Qu'est-ce que j'ai fait de mal ? il a dit, interloqué.

Elle l'a poussé pour passer dans l'autre chambre. Et puis il a aperçu Jackson par terre, complètement nu.

— Que je mette seulement la main sur cette ordure, il s'est mis à rugir en fonçant sur Jackson.

Je l'ai frappé juste à la pointe de l'épaule avec la crosse et il en est tombé assis sur le lit.

— Oh nom de Dieu !

— La ferme, et restez assis.

— Mais bordel, c'est ma femme qu'ils ont pris, espèce de cochon, c'est ma femme.

— Si vous la fermez pas, elle va être veuve. Je croyais vous avoir dit de rester dans la voiture.

— C'est ma femme.

C'est tout ce qu'il trouvait à dire. Ensuite il s'est étendu sur le lit en soupirant.

— J'arrête pas de merder, il a fait.

J'ai ficelé Jackson aux chevilles, aux genoux, aux poignets et aux coudes avec un rouleau de ruban adhésif et je lui ai enfoncé sa chaussette sale dans la bouche, faisant deux tours autour de son cou avec le ruban pour bien la maintenir en place. Tout en faisant ça j'entendais Stacy qui se lavait les dents et se douchait dans la salle de bains de l'autre chambre. Le bruit de sa toilette a duré assez longtemps pour que même Trahearne y prête attention.

Il s'est remis à geindre.

— Je fais jamais rien comme il faut.

— Je vous ai dit de la boucler. Donnez-moi un coup de main avec ce fumier. Allez, magnez-vous un peu la chatte.

— Tout de suite, chef, il a fait en pouffant, un doigt sur la bouche.

C'était comme de se farcir un gamin de sept ans, sauf qu'il pesait cent vingt kilos. Je n'arrivais pas à comprendre comment Catherine ou Melinda trouvaient la patience et l'énergie. Putain, je ne comprenais même pas où Trahearne trouvait l'énergie pour se conduire comme un pareil enfoiré. Enfin, il s'est finalement levé, a saisi Jackson sous les bras, et avant que j'aie pu l'aider, l'a porté dans la salle de bains, où il l'a déposé dans la baignoire.

— Ça ira comme ça, chef ? il a demandé avec un petit sourire à la Gary Cooper sur sa face de lune.

Schizophrénie — voilà le mot que je cherchais tout à l'heure. Sobre ou à un certain stade d'ivresse, Trahearne était un vieil homme triste doté d'un sacré caractère, mais durant certaines autres phases de son ivresse ce n'était plus qu'un mouflet de sept ans. Cent vingt kilos, et schizo jusqu'au trognon.

— Okay. Maintenant, dehors, j'ai dit.

— Écoutez, ça va bien maintenant. Je sais bien que je me suis conduit comme une andouille, mais c'est passé. Je sais qu'on a une affaire à régler et je vais ralentir le rythme avec la bouteille, juste boire jusqu'à ce que je dessoûle. Je l'ai déjà fait. Vous aussi. Vous savez ce que je veux dire.

— Restez pas dans mes pattes, alors.

— Sûr, il a fait, c'est vous le chef.

Il avait l'air aussi sobre qu'Oliver Wendell Holmes.

— Qu'est-ce qu'on fait maintenant ? Stacy a demandé en entrant dans la salle de bains.

Elle était en jean et t-shirt noirs à présent.

— Retourne dans la chambre, j'ai fait.

— J'ai signé pour toute la durée des festivités, mon pote. Elle avait l'air résolue, soudainement. Et après m'être farci cet enculé, si tu lui fais sauter le caisson je mérite de regarder. Je l'ai bien gagné. Merde, si tu le faisais, ça serait même un vrai rayon de soleil dans ma chienne de vie.

— *You are the sunshine of my life…* Trahearne s'est mis à fredonner tout en suçant sa vodka.

— Faites voir un peu ce truc-là, Stacy lui a fait en lui fauchant la pinte des mains.

C'était plus fort que moi. J'ai rigolé en hochant la tête. Quand j'ai regardé la tête que faisait Jackson, il avait tout l'air d'un homme tombé entre les pattes de la bande à Manson. Et on pouvait pas vraiment lui en vouloir.

— Tu vas me dire où elle est ? je lui ai demandé.

Il a commis l'erreur de hausser les épaules.

— Passez-moi l'annuaire de téléphone, j'ai fait à Trahearne.

— L'annuaire ? Stacy est allée dans la chambre et me l'a ramené.

J'ai soulevé les pieds de Jackson et les ai posés sur le Bottin. Ses parties génitales s'étaient rétractées entre ses cuisses et avaient l'air d'un organe vital qui se serait détaché de son corps. En me levant j'ai sorti l'automatique de ma ceinture.

— Alors comme ça tu sais pas où elle est ? j'ai demandé. Il a encore haussé les épaules. Bon.

Tout en baissant l'automatique j'ai attendu le passage d'un jet amorçant sa descente au-dessus du motel.

— Dernière chance, j'ai fait avant que le vacarme ne devienne trop fort pour qu'il puisse encore m'entendre. Toujours le haussement d'épaules.

Tu sais que j'ai pas l'intention de te buter, c'est ça, hein ?

Il a secoué la tête mais ses yeux souriaient. Jackson avait beau être une saloperie de première, il avait quand même de sacrées couilles au cul. Ou alors il avait encore plus la trouille de ses associés que de moi. Ce en quoi il avait tout à fait tort. Quand l'avion est arrivé juste au-dessus du motel, je me suis penché et lui ai tiré deux balles dans le pied droit. Il y avait du sang partout sur l'annuaire et dans la baignoire, aussi écarlate que la figure de Jackson était livide.

— Nom de Dieu, Trahearne a lâché en s'asseyant sur la cuvette des cabinets.

Dans le même mouvement Stacy s'est penchée sur le lavabo et s'est mise à vomir.

— T'occupe pas de moi, elle a fait aussitôt en se rinçant la bouche. Tire-lui-en une autre, à ce fumier.

— C'était pas nécessaire d'en tirer deux, Trahearne a fait.

— Une pour obtenir son attention, j'ai fait, et une autre pour lui montrer que je suis sérieux. J'ai regardé Jackson. Je le suis, tu sais. Sérieux.

Sans attendre de voir s'il commençait à me croire je l'ai attrapé et lui ai glissé l'annuaire sous les fesses.

— Tu piges ?

Il a fait oui immédiatement, d'un signe de tête.

— J'aime pas beaucoup ça, moi. C'était Trahearne.

— Alors tirez-vous, j'ai répliqué sans me retourner.

Il n'est pas sorti. J'ai pointé le silencieux sous le menton de Jackson.

— Bon. La première chose qu'il faut que tu te mettes tout de suite dans le crâne, c'est que dans cette ville t'es brûlé. Fini. Cette partie-là de ta vie est terminée. Parce que soit tu quittes cette chambre les pieds devant, soit tu la quittes en m'ayant dit où se trouve Betty Sue, auquel cas tes petits copains vont pas être très heureux ; alors autant mettre tout de suite une croix sur cette partie de ta vie. Faut que tu comprennes bien ça. On ira même jusqu'à te payer ton billet. Mais faut en prendre ton parti. Vu ?

Il ne faisait ni oui ni non de la tête. Il l'agitait seulement de haut en bas, un peu dans le cirage.

— Maintenant je vais te retirer ton bâillon, et tu vas pas faire de bruit. Compris ?

Dès qu'il a cessé d'agiter la tête j'ai pris mon canif et j'ai coupé le plastique. J'ai enlevé la chaussette. Il gémissait avec une retenue stupéfiante. J'ai pris la vodka des mains de Trahearne et lui en ai fait boire un coup. Tu vas me dire où elle est, maintenant ?

— Oui, il a fait dans un souffle.

— Où ?

— Ce type pour qui je travaille, M. Hyland — je crois que tu l'as vu une fois —, il a une maison entre Evergreen et Conifer, une grande baraque en briques, style colonial, sur une propriété de deux hectares. Côté ouest de la route. Peux pas te tromper. Dans le secteur, elle se remarque pas qu'un petit peu. Et puis il a son nom sur la boîte aux lettres.

— Et c'est là qu'elle est ?

— Oui, M'sieur.

— Quelle sorte de sécurité il a ?

— Sécurité ? Jackson avait l'air paumé.

Je lui ai encore donné une grande rasade de vodka.

— Combien d'hommes pour garder la carrée ?

— Garder la… ? Oh, ouais. Ben, quand ils tournent ils…

— Tournent ?

— Ouais, tu sais bien, quand ils filment, quoi. Quand ils tournent, M. Hyland a un mec à la grille et un autre qui patrouille le périmètre. Juste à cause des morpions du quartier, tu sais, pour les empêcher de venir mater — les morpions, ça respecte plus la propriété privée, de nos jours —, alors M. Hyland il fait faire le pet à Petey et à Mike. Quand ils tournent seulement.

— Et le grand costaud mexicain ?

— Torres ? C'est le garde du corps personnel de M. Hyland, et il reste toujours avec lui.

— Est-ce qu'ils se doutent qu'on va peut-être essayer de la reprendre ?

— Franchement, je crois pas qu'ils sachent seulement qui vous êtes. Jackson essayait manifestement d'être poli. En tous les cas, je sais bien que moi j'en ai pas la moindre idée.

Il ne semblait pas nécessaire de lui expliquer qui on était, et à vrai dire, en examinant la pièce exiguë et surpeuplée, je n'en étais pas sûr moi-même.

— Comment ils ont su où trouver Betty Sue ? j'ai demandé.

— Son paternel, tu sais, celui à Bakersfield. Il est en cheville avec des gens à nous et il a reçu une carte postale — nous on croyait qu'elle était morte —, enfin, c'est ce qu'on nous avait dit il y a longtemps, et c'est ce que toi t'as dit quand ils t'ont passé à tabac après, alors bon, quand les potes à son père nous ont téléphoné au sujet de la carte postale, Mike a pris l'avion pour le Montana et il t'a suivi jusqu'ici.

— Super, j'ai fait.

Je n'ai même pas pris la peine de jeter un sale œil sur Trahearne. Il a poussé un juron silencieux et est passé dans l'autre pièce.

— Et Betty Sue, elle est enfermée ?

— Je pense pas, non. Ils tournent cette nuit.

— Cette nuit ?

— Ouais. Ils louent le matos, tu vois, et dans la journée ils s'en servent pour l'agence de publicité de Hyland. Alors faut bien qu'ils tournent la nuit.

— Quelle bande de radins minables, Stacy a bougonné.

— Il a une clôture autour de la propriété ?

— Ouais, en grillage.

— Des chiens ?

— Quoi, des chiens ?

— Tu sais, des chiens de garde.

— Oh non, rien de tout ça. Hyland, il déteste les clébards.

Ça m'a remis quelque chose en mémoire.

— T'étais avec eux quand ils sont allés chercher Betty Sue ?

— J'ai conduit la voiture, c'est tout. Je suis pas monté. Je te chie pas, c'est vrai. Je te mentirais pas là-dessus.

— Aucune importance. Écoute bien, je vais te détacher les mains, et je veux que tu me fasses un plan du jardin et de la maison, okay ?

— Je peux boire un coup de vodka avant ?

— Sûr, et je lui ai coupé ses liens pour le laisser tenir la bouteille lui-même.

Il a bu un coup, ensuite il a pris le bloc-notes sur ses genoux et s'est mis à dessiner.

— Fais de ton mieux, j'ai dit.

— Je vais essayer, il a marmonné en mouillant la mine du crayon d'un coup de langue duveteuse.

— Fais comme si ta vie en dépendait, j'ai insisté, et il s'est mis à s'appliquer encore plus.

Une fois terminé il m'a tendu le plan. Qui n'était pas mal du tout.

— Seulement trois portes ? Devant, derrière et le garage ? Pas de porte qui donne sur un patio, pas de porte coulissante ou de porte-fenêtre ?

— Comme je te dis.

— Où est-ce qu'ils filment ?

— Dans cette chambre, là, au rez-de-chaussée, il a fait en montrant avec la gomme.

— Bon. Jusqu'ici tu t'es pas trop mal défendu. Maintenant je vais te laisser ici en compagnie de cette jeune personne et…

— Tu parles si je vais rester ici une seule minute, Stacy a fait aussitôt.

— Comme je disais, je vais t'enfermer dans le coffre de la voiture, et si tout se passe bien on te mettra dans l'avion demain matin.

— Pourriez pas juste me jeter à l'hosto ? Je préviendrai personne.

— Tu m'as eu une fois, j'ai dit, alors tu passes la nuit dans le coffre.

— Je te comprends, remarque.

— Alors c'est bien.

Ensuite je lui ai nettoyé le pied. Les deux balles étaient passées complètement à travers et il ne saignait presque plus.

— Mon pied, tu crois qu'il est foutu ?

Il a demandé ça pendant que je lui enroulais de la gaze autour de la cheville.

— Tu vas boiter le restant de ta vie, j'ai dit.

Il a accueilli ça d'un signe de tête, comme si c'était une justice qu'il comprenait.

— Tu veux bien me passer ses fringues ? j'ai demandé à Stacy.

Elle s'est un peu fait prier, mais elle y est tout de même allée. Elle les a jetées par terre et est retournée dans la chambre.

En aidant Jackson à s'habiller, je lui ai demandé :

— Mais pourquoi ils se sont donné tout ce mal ? Tout de même pas à cause d'une note de toubib qui date de cinq ans.

— Ça aussi, ouais, mais c'est surtout pour les quarante mille dollars qu'ils l'ont eue à la caille.

— Quarante mille quoi ?

— Tu savais pas ça, hein ? Jackson a fait avec un petit sourire avantageux.

— Non, mais tu vas me raconter.

— Quand Betty Sue s'est fait la malle, elle a piqué quarante mille ticksons dans la caisse, mon pote, et M. Hyland il a fallu qu'il rembourse ça de sa poche. Il va faire bosser Betty Sue jusqu'à ce qu'il récupère son fric. Ensuite il va la larguer dans un puits de mine.

— Charmants, ces gens-là.

— C'est juste les affaires.

Au lieu de lui faire avaler quelques dents comme j'aurais sans doute dû, je lui ai donné deux cachets de codéine qui me restaient de ma dernière visite au Colorado.

— Qu'est-ce que c'est ?

— Pour quand tu vas te mettre à jongler, j'ai dit.

— Tu sais, c'est pas croyable, mais mon pied me fait pas très mal, il a dit en posant son talon sur le sol de la salle de bains.

— Prends les putains de cachets, j'ai dit.

Ce qu'il a fait illico.

Le temps de préparer le coffre avec une couverture et un oreiller et de le porter à deux jusqu'à la voiture, Trahearne et moi, Jackson piquait déjà du nez et nous appelait « Maman ».

— Qu'est-ce qu'on va en faire ? Trahearne a demandé quand j'ai claqué la porte du coffre.

— Si on est encore en vie demain matin on lui donnera un peu d'avance sur ses petits copains. Mais si on est morts ou en prison ou à l'hosto, probable qu'il crèvera enfermé dans ce coffre. Merde, même si tout se passe bien comme prévu, c'est sans doute déjà un homme mort.

— Et ça vous dérange pas plus que ça ?

— Rien à foutre. C'est un fumier, ce mec-là, et il m'a menti. Je lui ai donné toutes les chances et il m'a quand même menti. Alors il peut crever.

— Moi aussi je vous ai menti.

En disant ça Trahearne a détourné les yeux et s'est mis à regarder en direction des lumières clignotantes de l'aéroport.

— Ouais, j'ai dit, mais c'est ça la différence entre vous et lui.

— Et c'est quoi ?

— Lui il vaut la peine qu'on le tue, vous pas.

Et je suis retourné dans la chambre en le laissant planté là.

15

Je suis comme tout le monde, j'ai vu trop de films. Je m'imaginais la propriété d'Hyland comme une immense maison genre forteresse, avec murailles et portails massifs gardés par toute une armée d'hommes équipés d'armes automatiques. Mais ce n'était qu'une grande maison en brique sur un lopin de banlieue entouré d'une clôture en grillage haute d'un mètre vingt environ. Il y avait bien un homme posté à l'entrée, mais la porte était grande ouverte et il avait l'air de s'ennuyer ferme, appuyé contre un des piliers. À la lumière des phares quand on est passé devant j'ai cru le reconnaître. C'était l'homme que j'avais vu attablé devant une tasse de café dans un routier à la sortie de Sheridan, dans le Wyoming. Même comme ça à monter la garde il ressemblait à un routier. Les yeux chassieux, les pieds gonflés, sans oublier les hémorroïdes. Moi en revanche j'étais costumé comme pour la parade. Le vrai mercenaire de pied en cape : rangers, treillis zébré-camouflage, et j'avais même la figure noircie au bouchon comme un maraudeur de nuit. Et avec ça, armé jusqu'aux dents : couteau de combat K-Bar fixé au mollet ; Smith & Wesson Airweight de calibre 38 dans un étui sous l'aisselle. Et le Colt Woodsman, le 22 long rifle équipé d'un silencieux, passé dans le ceinturon.

Quand on est passés devant le portail de chez Hyland, Trahearne a demandé en rigolant :

– Où tu t'en vas comme ça, fils, à la chasse à l'ours ?

– Toujours prêt, j'ai dit, c'est ma devise.

– Comme les scouts, il a ricané.

Avant que j'aie eu le temps de répliquer, Stacy lui a fermé son clapet :

– Il est seulement jaloux parce qu'il a pas d'uniforme.

Elle m'a déposé au premier virage, passé le portail, et je me suis faufilé dans le fossé jusqu'au coin de la clôture. Arrivé là je suis passé par-dessus et j'ai rampé vers la maison en essayant de repérer l'autre garde. Je l'ai trouvé en train de reluquer par une fente dans le rideau noir à l'une des fenêtres de la chambre du bas. Il y a comme ça des mecs qui n'en ont jamais assez, de ce genre de choses. L'air de la montagne s'était passablement rafraîchi, mais l'air conditionné marchait à plein tube. Le bruit de l'engin m'a permis de m'approcher tout près de lui par-derrière. Cela semblait presque dommage de lui gâcher son plaisir, mais je lui en ai foutu un bon coup derrière les oreilles et l'ai ficelé comme un cochon pour l'abattoir. Cela terminé, j'ai pris sa place sous la fenêtre.

Deux rangées entières de projecteurs emplissaient l'immense chambre d'une chaleur blanche qui semblait amplifiée par l'énorme miroir qui se trouvait au plafond au-dessus du lit. Sur un tabouret il y avait une Noire complètement nue en train de s'éventer d'une main et de fumer un joint de l'autre. Sur le lit, un type blond et bronzé était en train de se faire souffler son verre par une fille à gros seins en short et halter dont on voyait la tête bringuebaler sur son ventre d'un air excédé et exaspéré. Deux types étaient assis à côté de la caméra en train de papoter et de fumer de l'herbe. Et un troisième larron gras et court sur pattes allait et venait dans la pièce en causant aux murs. Dans l'ombre, derrière les projecteurs, Hyland et Torres étaient assis sur un canapé, de chaque côté d'une fille affublée d'une tonne de cheveux blonds, d'un léger peignoir, et sur son visage un air vide d'expression et trop de maquillage. Hyland avait un grand verre de quelque chose de rafraîchissant à la main. L'autre bras était nonchalamment passé sur les épaules de la blonde et sa main pétrissait un gros sein ferme de façon régulière, comme pour lui donner de l'exercice. Il a fallu que je regarde en deux fois le visage de la fille avant de reconnaître Melinda, et j'ai détourné les yeux aussitôt que j'ai pu.

À la grille j'étais supposé attendre que Stacy stoppe devant et demande son chemin au garde, mais quand j'ai tourné le coin de la maison j'ai tout de suite vu qu'il était parti dans son monde à lui. Sans attendre Stacy, je l'ai surpris par-derrière et l'ai estourbi lui aussi. Quand Stacy s'est amenée avec la voiture, je suis sorti de l'ombre et lui ai fait signe de s'engager dans l'allée. Elle a éteint ses phares et est entrée.

— Une seconde, j'ai dit, faut que je finisse d'empaqueter celui-là. C'est pour offrir.

Elle a écrasé le frein au pied et m'a suivi derrière les buissons. J'étais penché pour finir de ligoter les chevilles du type quand tout d'un coup Stacy a saisi la chocotte de ma poche arrière, et avant que je n'aie pu l'arrêter elle lui avait déjà aplati le nez, cassé deux ou trois dents et collé une bosse grosse comme une noix entre les deux yeux.

— Bordel, j'ai fait en lui reprenant la matraque de force.

— Ça lui apprendra à tirer sur les chiens, à cet enculé.

Elle avait dit ça posément.

Sur ce elle est retournée à la voiture et moi il a fallu que je passe un doigt derrière le bâillon du type pour voir s'il n'allait pas s'étrangler sur un bout de dent. Mais c'était sans espoir. Je lui ai arraché son bâillon. Sa bouche allait tellement le faire jongler qu'il ne serait certainement pas en mesure de faire beaucoup de bruit. Et pour ça il aurait encore fallu qu'il se réveille. Le gnon qu'il avait entre les deux yeux n'était pas joli à voir, peut-être même fatal, et j'ai brusquement songé que Stacy n'avait vraiment pas besoin de sa mort sur la conscience.

La journée avait déjà été assez rude comme ça, alors je me suis fait porter un bout de chemin sur le pare-chocs de la voiture. Ensuite je suis descendu et j'ai retiré les bouchons de valve du demi-tonne Dodge et de la Continental noire. Comme ça sur les jantes, les véhicules avaient l'air comique. Mais j'étais trop crevé pour sourire. Stacy a fait demi-tour pour se mettre dans le bon sens pour repartir, et moi je suis allé essayer les clés que j'avais prises sur les deux gardes, mais la porte de la cuisine n'était même pas fermée. J'ai posé les clés sur les marches et suis retourné sur mes pas pour organiser Trahearne et son artillerie.

J'ai encore vérifié pour voir s'il n'avait pas engagé de cartouche dans la chambre.

— Vous, vous restez dehors, je lui ai dit. Vous n'entrez que si vous entendez tirer, et si jamais vous entrez, tirez pas avant d'être certain de savoir sur qui. D'accord ?

— Allez plutôt dire à votre mère comment gober des œufs.

— C'est mon boulot, j'ai répliqué.

Il m'a regardé d'un air excédé.

— J'avais un peloton à Guadalcanal que vous étiez encore dans les langes.

— Contentez-vous de rester dehors, j'ai répété, et essayez de pas y penser.

Il a émis un seul grognement, et je savais que j'aurais à me contenter de ça comme accord. J'ai changé de chargeur pour mon 22, de façon à avoir trois cartouches à plombs au-dessus de six balles à pointes creuses. Ensuite pour Stacy j'ai sorti un Browning automatique de la voiture, un G.P. 9 millimètres Parabellum. J'ai engagé une cartouche dans la chambre et laissé le chien armé.

– Si jamais faut que tu t'en serves, j'ai fait, tiens-le comme je t'ai montré. Tu vises les rotules et tu continues à presser la détente jusqu'à ce qu'il soit vide.

Elle a acquiescé, la respiration courte, les yeux écarquillés.

– T'es vraiment sûre de vouloir venir ?

– Allons-y avant que je change d'avis, elle a dit.

Et elle m'a suivi dans la maison.

On a traversé plusieurs pièces dans le noir, ensuite elle m'a couvert pendant que je coupais les fils du téléphone, ce que j'avais oublié de faire dehors. À chaque fois que je la regardais par-dessus mon épaule je la voyais, genoux fléchis, le lourd automatique serré fort dans la main droite, la main gauche qui soutenait le poignet droit, et le tout qui décrivait des arcs de cercle réguliers couvrant toute la pièce. Elle aussi elle avait vu trop de films. J'espérais seulement qu'elle serait capable de presser la détente si jamais j'avais besoin d'elle. Une fois vérifié que toutes les pièces des deux étages étaient vides, on a fait une pause au pied des escaliers pour souffler un coup. Ensuite on est passés dans le couloir qui menait à la chambre où ils étaient en train de filmer.

J'ai écouté un moment à la porte. Quelqu'un était en train de se plaindre des conditions de travail, des heures indues et des déficientes prouesses physiques de *certains* soi-disant acteurs. Juste au moment où la voix disait : « Est-ce que t'as jamais eu une érection de ta vie, seulement ? » j'ai ouvert la porte, suis entré et avec la balle creuse que j'avais dans la chambre j'ai soufflé le haut du verre que Hyland tenait à la main. Juste pour l'effet.

— Tout le monde reste calme, j'ai dit pendant que Stacy s'adossait dans un coin près de la porte. Très calme.

Ça aurait presque marché. Tout le monde s'est pétrifié l'espace d'une seconde. Sauf Torres. D'un seul mouvement bien délié il s'est levé tout en portant la main sous son aisselle gauche. À deux mètres, une cartouche de plombs 22 long rifle ça vous pulvérise une tête de serpent à sonnettes. Alors quand j'ai tiré sur la main droite de Torres elle a paru exploser. Mais lui n'a pas fait plus de bruit que le silencieux.

— T'auras besoin de quelqu'un pour te torcher le cul ou te décrotter le nez, j'ai fait.

Il a rigolé et a laissé retomber son bras le long de son corps.

Comme s'ils avaient pris ça pour un signal, le reste de l'équipe s'est soudain agité et a commencé à vouloir bouger et protester, mais dès que Stacy a commencé son arc de cercle avec l'automatique braqué sur eux, ils l'ont tout de suite mis en veilleuse. Tous sauf le metteur en scène, le petit gros. Lui il était outré et exigeait de savoir ce que signifiait tout ce cirque.

— S'il l'ouvre encore une seule fois, j'ai fait à Stacy par-dessus mon épaule, tu lui fais sauter le caisson.

Il a ouvert la bouche, mais l'a refermée aussitôt

quand il a vu le canon de l'automatique. Il l'a regardé encore une fois, a émis un gros soupir, et a tourné de l'œil illico.

— Vous, là, les artistes, je veux vous voir tous sur le lit à plat ventre, mains nouées derrière la nuque. Et plus vite que ça.

Melinda m'a regardé d'un air indécis, mais quand j'ai fait un brusque signe de tête elle s'est précipitée sur le lit avec les autres.

— Maintenant vous deux, gentlemen, si vous voulez bien assumer cette bonne vieille position contre le mur, derrière le sofa. Hyland et Torres étaient trop des durs de durs pour aller jusqu'à se presser, mais ils se sont tout de même exécutés.

— S'ils lèvent seulement le petit doigt, j'ai dit à Stacy, tu commences à appuyer sur la détente et tu t'arrêtes seulement quand y aura plus de balles.

Elle a acquiescé d'un mouvement de tête et s'est mise sur ma gauche pour pouvoir couvrir les deux hommes pendant que je les fouillais. Hyland n'avait rien sur lui, mais ce que Torres avait cherché à atteindre n'était rien de moins qu'un Colt Python 357 magnum, modèle à canon long de six pouces.

— Ça t'aurait pris un mois, de sortir un engin pareil, j'ai fait tout en le déchargeant.

Mais il n'a pas réagi. Il restait seulement là, appuyé contre le mur, à regarder le sang couler de sa main sur les plâtres.

— Bon, j'ai dit en me reculant et en jetant le Colt sous le canapé, vous allez rester bien gentiment ici et on va causer un peu.

— Qu'est-ce que tu veux, Hyland a fait avec le plus grand détachement.

— La fille, j'ai dit, et un brin de satisfaction.

Il a haussé les épaules.

— Prends-la. Et autant te la taper à t'en faire péter le cœur, parce que t'es un homme mort.

Juste histoire de voir s'il était aussi dur qu'il s'en donnait l'air, je lui ai effleuré les fesses avec une autre charge de plombs.

— Nom de Dieu, il s'est mis à beugler, soudain en nage.

Torres a regardé Hyland avec mépris, puis le Colt Woodsman avec intérêt. J'ai balancé la dernière charge de plombs dans une rangée de bouteilles alignées au-dessus du bar contre le mur du fond.

— C'est la dernière, j'ai annoncé, c'est terminé pour le plomb, et j'ignore si t'irais bien loin avec une balle à tête creuse entre les deux yeux, mais tu peux toujours essayer.

Il a relâché tous ses muscles et a repris sa position contre le mur, mais avant que j'aie pu reprendre la conversation, Trahearne a fait irruption dans la pièce en hurlant tout ce qu'il savait.

— Où c'est qu'elle est ?

Et sur ce il engage une cartouche dans la chambre et lâche une balle dans le plafond. Le grand miroir a explosé comme du schrapnel, une des deux rangées de projecteurs s'est mise à cramer brièvement, pour finalement s'éteindre. Hyland a roulé par-dessus l'accoudoir du sofa pour se cacher derrière et Torres s'est propulsé du mur en fonçant comme un taureau furieux sur Stacy et l'automatique. Il ne l'avait même pas regardée. Même pas hésité. Il ne croyait pas que la petite aurait le cran de presser la détente, et cela a bien failli être sa dernière erreur.

Stacy a tiré cinq cartouches aussi vite qu'elle pouvait presser la détente, visant bas. Mais à chaque décharge le recul de l'automatique faisait remonter le tir. La première balle a éclaté le parquet entre ses pieds, les deux autres lui sont passées entre les jambes, et là Torres s'est rendu compte de ce qui allait suivre. Il s'est plaqué au sol, la tête la première. Comment elle a fait son compte pour le rater de si près avec cinq balles, ça je ne le saurai jamais. Torres non plus, d'ailleurs.

— Assez, il a fait tout bas. Et il a rampé derrière le canapé. Vous permettez que je m'étende une petite minute ?

— Je t'en prie, j'ai fait.

Il s'est mis sur le canapé et a posé la tête sur l'accoudoir que Stacy venait de réduire en échardes de bois et charpie de rembourrage.

— Mais comment j'ai fait pour le rater, putain ? elle se demandait encore.

— Où est ma femme ? a fait Trahearne.

La fusillade l'avait arrêté net lui aussi.

— Je croyais vous avoir dit de rester dehors, j'ai dit.

Mais il ne m'a même pas accordé un regard.

— Elle est là-bas.

J'ai montré la pile de gens réfugiés derrière le lit. Trahearne m'a passé la carabine et est allé repêcher Melinda.

— Faites-la sortir de là-dessous, je lui ai dit, et il est allé l'aider en caquetant comme une mère poule.

En passant à côté de moi Melinda a arraché la perruque et l'a laissée tomber par terre. Trahearne a essayé de flanquer un grand coup de pied dedans mais il a raté son coup et se serait même ramassé si Melinda ne l'avait pas rétabli. Même avec ses cheveux tout rognés et son maquillage qui coulait, elle jetait encore assez de jus pour justifier qu'un homme saigne pour elle, ou même perde la vie à cause d'elle. Une traînée rouge qui provenait d'une petite coupure barrait sa joue lisse, et quand elle m'a regardé j'ai vu qu'elle pleurait.

Les « artistes » et l'équipe technique étaient regrimpés sur le lit et ils étaient en train d'examiner les blessures que leur avaient causé les éclats de verre. D'où j'étais ça n'avait pas l'air sérieux, rien que des coupures. C'est la vedette masculine qui avait le plus morflé, un bout de miroir long comme le pouce qui lui dépassait du muscle juste sous l'omoplate gauche. Mais quand il a commencé à se plaindre la Noire le lui a retiré d'un coup sec en lui disant de fermer sa gueule.

— Monsieur Hyland, j'ai fait en m'approchant de son bout du sofa, vous pouvez sortir, maintenant.

Mais il n'en a rien fait. Quand j'ai regardé pardessus l'accoudoir je l'ai trouvé étalé dans une flaque de sang. Une des balles de Stacy lui avait éclaté tout un côté de la tête. Il y en avait plein le mur. De tous les efforts de cette chierie de nuit je crois que ça a été le plus dur, mais j'ai quand même réussi à me retourner vers Stacy et à lui dire :

– Monsieur le Caïd par ici a tourné de l'œil. Emmène donc tout ce beau monde dans la salle de bains au bout du couloir, qu'ils puissent se nettoyer un peu.

Elle a acquiescé et a fait signe aux autres sur le lit, avec l'automatique. Il a fallu que la Noire gifle l'acteur principal pour le décider à bouger, le metteur en scène a dû se faire porter par un des cameramen et la fille que j'avais vue sucer, mais finalement ils y sont arrivés et se sont engagés à la queue-leu-leu dans le couloir.

– Il est mort ? Torres a demandé dès que la chambre a été évacuée.

– Le mur en est plein, mon vieux, j'ai dit en récupérant une bouteille de scotch intacte au milieu du carnage sous le bar. Viens dans la cuisine, on va boire un coup.

– C'est bien la première bonne idée que t'as ce soir, il a fait en roulant du sofa et se mettant debout. Peut-être la meilleure de ta vie, même.

J'ai remis le Colt Woodsman dans mon ceinturon et braqué le fusil d'assaut sur lui en l'appuyant au creux de mon bras. Torres l'a bouclée. En sortant j'ai éteint la lumière et fermé la porte.

– Ça a pas tellement le goût du Chivas, hein ?

On en était à notre deuxième verre quand Torres a dit ça.

– Je dirais même que c'est plutôt dégueulasse, mais ça me plaît bien, j'ai fait.

Avant d'arriver dans la cuisine j'avais enfermé

l'équipe et les acteurs dans la salle de bains et expédié Stacy dehors surveiller la maison par-devant. Juste au cas où la fusillade aurait attiré l'attention, comme je lui ai dit.

— Sacré Hyland, Torres a continué comme ça, il achète du scotch de pacotille et le verse dans une bouteille de Chivas, et en plus de ça il exige que personne s'en rende compte, le connard.

— Bon éloge funèbre.

— Encore trop bon pour lui. Et maintenant, qu'est-ce qu'on fait ?

— Ça dépend de toi. De comment tu veux jouer ça.

Il a bu une longue gorgée de scotch et m'a étudié.

— Bon, je vais t'étaler ça franchement. Il a montré sa main bandée d'une lavette pleine de sang. Je me rends bien compte que pour moi, le service actif c'est terminé. Et comme je suis habitué à mener la belle vie…

— T'as bien failli perdre la vie tout court, j'ai coupé.

— T'as raison, il a soupiré en hochant la tête. J'arrive pas encore à comprendre comment elle a pu me rater, la môme.

— J'aurais préféré qu'elle rate Hyland.

— Mon pote, si tu lui dis rien, elle est pas obligée de le savoir. Et en un sens elle nous a rendu service à tous les deux.

— Comment ça ?

— Hyland c'est le genre de trou-du-cul qu'aurait très bien pu en faire une affaire personnelle, tu vois. Il savait pas faire la part du feu.

— Et toi oui ?

— Tu y es. Écoute bien, Hyland était un connard — je veux dire, faut vraiment être con pour faire des films de cul chez soi — et le tonton qui l'a fait entrer dans le métier, ben il est plus dans la course, si tu vois ce que je veux dire, alors y a pas beaucoup de gens qui vont se mettre à pleurer quand ils vont apprendre qu'Hyland s'est retiré des affaires, tu vois.

— Et t'es pas un de ceux-là, toi ?

— Je connais toutes ses combines mieux que lui. Et lui parti, je peux prendre sa place et faire vraiment tourner la baraque.

— Alors je peux m'en aller en emmenant la fille ? Sans problème ?

— Absolument. Sauf pour un truc.

— Les quarante mille dollars.

— Tu y es.

— Ça fait une paye, de ça.

— Ça se peut. Mais tout le monde est au courant, et ça, ça la fout mal.

— Je crois que t'es en train de me faire marcher, t'essaies seulement de te faire un petit bénef, en sup'.

— Tu peux pas m'en vouloir, hein mon pote ? Il rigolait. Et c'est pas des blagues, de toute manière. Si j'avais ce fric, ça irait beaucoup mieux pour mon matricule.

— C'est ton tickson pour le ciné de cul, c'est ça ?

— Tu y es.

— Je les ai pas sur moi, mais si tu me donnes soixante jours, je verrai ce que je peux faire.

— Plus tôt ça serait mieux.

— Dis, pousse pas trop. Pas quand je tiens ce flingue à la main.

— Oh, ça ? Si t'avais voulu me tuer, mon pote, tu l'aurais fait tout de suite au lieu de déconner avec tes cartouches à plombs. Ça fait désordre, vieux — mort, je suis plus d'ennuis que j'en vaux pour toi. Mais vivant, je peux m'occuper d'arrondir les angles de mon côté.

— Soixante jours, j'ai dit, et pas de promesses.

— Okay, merde, ça vaut le coup. Alors on fait comme ça ?

— Faut que je garde un avantage, j'ai dit.

— Comme quoi ?

— Tes empreintes sur le feu qui a tué Hyland, et les livres de comptes qui sont dans son coffre.

— Ou alors ?

— Ou alors je cause à un homme mort. Je te laisserai ici avec Hyland, le Browning dans ta main, le Colt dans la sienne, et je tenterai ma chance.

— Y a pas ton nom sur les permis des flingues, c'est ça ?

— Enregistrés dans l'Arkansas. Aussi anonymes et vierges qu'un flingue peut l'être.

— T'es pas exactement le citoyen modèle, dis donc.

— Je suis aucune espèce de citoyen.

— Va chercher le feu, moi je cherche les livres.

— Toi tu cherches les livres, moi je surveille.

— C'est ce que je voulais dire.

Et sur ce il s'est agenouillé devant l'évier, a

ouvert le placard en-dessous et en a retiré ce qui semblait représenter dix ans de détergents et de produits d'entretien accumulés. Ensuite il a soulevé le plancher du placard, et un coffre rond coulé dans le béton est apparu. Il a composé la combinaison en tournant rapidement les boutons, et s'est arrêté net juste avant d'ouvrir la porte.

— Dis, la première chose à sortir de là-dedans c'est un flingue, mais je vais le sortir très lentement.

Il a ouvert et en a ressorti un 32 automatique nickelé, qu'il m'a tendu.

— Jolie pièce, j'ai dit en le déchargeant.

— Ouais, il a au moins dû le payer vingt dollars. Il s'est redressé en se marrant et m'a tendu une pile de livres de comptes hauts et étroits. Je peux te demander un autre service ?

— Dis toujours.

— Si tu pouvais faire photocopier tout ça et me les envoyer, ça rendrait la transition et le transfert de pouvoir tout ce qu'il y a de plus aisé.

— D'accord.

— Pour un peu, je te croirais presque.

— Tu fais un don de mille dollars à la société protectrice des animaux et tu m'envoies le reçu, et t'as des photocopies.

— C'est comme si c'était fait, mec. Ça m'emmerde, pour les chiens. Vraiment. Hyland, lui et les chiens c'était la grande haine, et quand ce bouledogue l'a mordu à la cheville il est devenu dingue. J'ai essayé de l'empêcher, je t'assure, mais il...

— Ta gueule, j'ai fait en lui braquant le canon du fusil juste sous le nez. Compris ? Il a fait signe que oui. Maintenant on va aller chercher le Browning.

Je l'ai poussé devant moi dehors, Stacy m'a passé l'automatique et moi j'ai poussé Torres dans la cuisine de nouveau.

— Décharge-le. Ensuite tu le nettoies bien comme il faut. Et puis tu le recharges.

Il a fait ça rapidement, en vrai professionnel. Je n'ai même pas eu à lui dire d'enlever chaque balle du chargeur. Une fois terminé il a trouvé un grand sac en plastique et a laissé tomber l'arme dedans.

— Bon, maintenant on retourne dans la chambre et on récupère ces cinq bouts de laiton.

— Dans le genre prudent tu te poses un peu là, mon salaud, il a fait en me tendant le sac en plastique.

— C'est ça, c'est exactement pour ça que je suis ici, saloperie. Pour perfectionner mon petit numéro de la prudence.

— Pas la peine de m'insulter, il a fait en me précédant dans le couloir.

— Je saurais pas par où commencer, j'ai répliqué en me reculant tandis qu'il ouvrait la porte et allumait la lumière.

Les cinq douilles étaient groupées derrière la porte. Il les a ramassées et me les a données. — Maintenant passe-moi le magnum, là, sous le sofa.

— Sois pas vache, mec, c'est mon feu favori. Et en plus il est à mon nom.

— Raison de plus, j'ai fait, et il s'est mis à genoux

devant le sofa. Sans rancune, j'espère, j'ai dit au moment où il poussait le revolver sur le bord du sofa.

Et je l'ai estourbi d'un coup de crosse de fusil derrière l'oreille. Il est tombé violemment sur la figure. Son dos s'est arqué nerveusement et ses pieds ont gigoté brièvement sur le tapis. Sans rancune aucune. J'ai ramassé le Colt Python et l'ai passé sous mon ceinturon. Ensuite j'étais pour flanquer un grand coup de rangers en plein dans la gueule de Torres, mais je savais que cela ne changerait rien à rien. Je me suis ravisé. J'avais sorti Melinda du pétrin, mais ça ne m'apportait aucune satisfaction.

En arrivant à la voiture j'ai fait signe à Stacy de démarrer, ensuite je suis monté à côté d'elle et me suis délesté de mon artillerie par terre en vrac avec les livres de comptes.

— Vous en avez mis un temps, bordel, Trahearne a fait comme Stacy démarrait. Ça fait bien une heure qu'on poireaute dans la voiture.

— Chut, chéri, Melinda a chuchoté pour le gronder, chut. Il m'a sortie de là.

— Ouais, bon, je le paye assez pour ça.

Stacy a écrasé le frein, faisant déraper la voiture sur le gravier de l'allée, et s'est retournée en hurlant à Trahearne :

— Toi le gros lard, ta gueule ! Non — tu dis d'abord merci et ensuite tu la boucles ! T'as rien fait d'autre ce soir que de merder et geindre, et s'il avait pas été là, Melinda serait en train de s'envoyer le beau blond sous les projos. Alors tu dis merci et tu fermes ta gueule, merde !

— C'est pas grave, j'ai dit.

— Et pis toi arrête de lui trouver des excuses !

Elle s'en prenait à moi à présent.

— J'ai pas à dire merci aux grouillots.

Trahearne continuait de faire la tête de lard. Ce qui a eu pour effet de rendre Stacy tellement en colère qu'elle a repris le volant et a enfoncé l'accélérateur jusqu'au plancher. La voiture a foncé à toute allure sur l'allée et après un affreux dérapage on s'est retrouvés à rouler sur la route. Personne n'a ouvert la bouche pendant un bon bout de chemin, tandis qu'on fonçait vers Denver, le silence seulement rompu par les crissements de pneus, le glouglou de la bouteille de Trahearne et les sanglots de Melinda. J'ai bu un grand coup de flotte d'un bidon que j'avais, ensuite j'ai mouillé une serviette pour enlever le noir de bouchon que j'avais sur la figure. Cela accompli, je me suis détendu sur mon siège et Stacy m'a tapoté la cuisse.

— Merci, a fait doucement Melinda. Merci infiniment.

— Ouais, Trahearne a ronchonné le plus gentiment qu'il en était capable. T'en veux un coup ?

Il m'a tendu la pinte de vodka par-dessus le dossier.

— Est-ce que c'est ça, votre réponse à tout ! Stacy a commencé à crier.

Elle s'était à nouveau retournée et a failli nous faire entrer dans les décors.

— Le mets pas en colère, je lui ai fait en redressant le volant, sinon il va pas m'en donner.

— Oh !

Et elle est retournée à sa conduite. Quand je lui ai offert un coup à boire elle a commencé à m'injurier, mais elle en a bu une grande lampée. Elle s'est mise à tousser et à cracher.

— Sais vraiment pas pourquoi vous buvez cette saloperie.

— C'est la seule façon de me soûler que je connaisse, j'ai fait, et tout le monde s'est marré comme si j'avais dit quelque chose de drôle.

— Je suis désolé, Trahearne a commencé, et là tout le monde a croulé de rire.

— Y a de quoi, Stacy a fait en rigolant. Mince, je peux toujours pas croire que j'aie pu le rater, cet enfoiré, elle a ajouté en riant encore plus fort.

— T'aurais pas arrêté ce putain de colosse plus vite si tu lui avais fait sauter la calebasse, Trahearne a ajouté, et ça l'a fait encore plus rire.

— Plus teigneuse qu'un Marine, Stacy a gloussé.

— Tu parles, Trahearne a renchéri, ma mère, voilà quelqu'un de plus teigneux que tous les Marines de la terre entière.

— C'est pas des blagues, Melinda est intervenue timidement. Elle l'aurait pas raté, elle.

Et ils sont tous repartis d'un fou rire, tellement contents d'être en vie qu'ils auraient même ri à la vue d'un panneau de stop.

Arrivés au motel on s'y est tous mis pour rentrer le matériel dans la chambre. Ensuite je les ai laissés à l'intérieur pendant que je transportais

Jackson du coffre au siège avant. La façon de conduire de Stacy l'avait passablement secoué. Mais il ne saignait pas trop et il avait seulement l'air de quelqu'un qui vient de subir un terrible accident automobile. Je l'ai déposé à l'entrée des urgences et l'ai laissé planté là sur le trottoir devant l'hôpital, une chaussure dans une poche, une pinte de bourbon à moitié pleine dans l'autre. Je lui faisais confiance pour s'écraser, comme je lui avais dit que Hyland était mort et que personne ne lui courait après. Il s'est mis à clopiner vers la salle des urgences en prenant appui sur son talon droit.

— Désolé ! je lui ai crié par la vitre ouverte, mais il m'a juste fait un signe de la main sans se retourner, comme pour dire que c'était le métier.

Il n'était pas encore minuit quand je suis retourné au motel et j'ai retrouvé le gros de la troupe en train de festoyer sur une pizza qu'ils s'étaient fait livrer. Pour la bière ils avaient sonné la réception. On a mangé et bu comme des possédés jusqu'à ce que la fatigue nous tombe dessus comme une pluie tropicale, nous faisant nous-mêmes tomber comme des mouches rincées. Trahearne s'est endormi avec une portion de pizza encore à la main, et en l'aidant à le mettre au lit Melinda s'est effondrée à ses côtés en émettant un petit hoquet comme une femme qui aurait reçu un coup de matraque derrière la nuque. Trahearne a mis à peine quelques secondes à rouler sur le dos en se mettant à ronfler comme lui seul en était capable.

— Putain, Stacy a murmuré comme ça, comment elle peut roupiller à côté de ça ?

— Elle doit l'aimer, faut croire, j'ai fait en bâillant.

— Faut croire.

— J'ai l'impression qu'il va falloir que je dorme dans ta chambre.

— Bien sûr, elle a répondu joliment en me prenant par la main et m'emmenant dans l'autre chambre attenante à celle-ci.

Stacy dormait tout debout, et quand je me suis affalé sur le lit avec elle j'ai piqué du nez moi aussi.

J'ai dormi, mais d'un sommeil bref et agité, comme je m'y étais attendu : sans rêve mais irrégulier. Je n'arrêtais pas de me réveiller dans le noir, dans une chambre qui ne me disait rien — comme ces premières nuits à la base de An Khe après mon retour de mission dans la jungle — un sommeil traître. Et quand je me suis réveillé une seconde fois vers trois heures du matin je ne voulais pas y sombrer de nouveau. Je me suis dégagé de l'étreinte de Stacy aussi doucement que j'ai pu, mais elle s'est réveillée aussi.

— Chaque fois que je ferme les yeux je revois le miroir exploser comme un tas de couteaux. Sa voix était rêveuse et ensommeillée. Et je veux surtout pas chercher à comprendre pourquoi ça me fait absolument rien.

— C'est les bons qu'ont gagné, j'ai fait en dégageant mon cou de son étreinte.

— Où tu vas ?

— Aux chiottes.

— Reviens, elle a murmuré. C'est pas que je me sente mal, mais reviens. D'accord ? Je comprends pas pourquoi ça me fait ni chaud ni froid d'avoir fait tout ça.

— Je reviens tout de suite.

Et je suis passé dans la salle de bains.

Quand je suis revenu elle avait enlevé ses affaires et se tenait couchée nue sur la couverture. Ses mains tenaient ses petits seins comme s'ils étaient aussi douloureux que des blessures.

— Ils sont pas comme les siens, elle a fait doucement (elle n'avait pas besoin de préciser de qui elle parlait) mais c'est tout ce à quoi j'ai eu droit le jour de la distribution.

— Tu es ravissante.

— Je sais bien que c'est les siens que tu voudrais, mais fais-moi l'amour.

Elle avait dit ça en essayant de sourire et pleurer en même temps.

Je me suis couché et l'ai tenue contre moi, tout secoué de ses sanglots, je l'ai tenue comme cela jusqu'à ce qu'elle se rendorme. J'ai remonté la couverture jusqu'à son cou et suis passé dans la salle de bains pour boire un coup. J'avais envie de picoler jusqu'à ce que le sommeil arrive, mais j'ai entendu qu'on grattait à la porte communicante. Quand je l'ai ouverte je n'ai pas été autrement surpris de voir que c'était Melinda.

— Faut qu'on cause, je suppose, elle a chuchoté en posant l'index sur ses lèvres pâles.

Elle avait trouvé le temps d'enlever tout le maquillage qu'elle avait sur la figure, mais même comme ça, les traits tirés et juste vêtue d'un drap, la beauté que je n'avais pas été capable de voir au début était aussi limpide et évidente que l'air préoccupé qui assombrissait ses yeux.

— Je suppose, j'ai répondu en écho.

Je l'ai fait entrer en fermant la porte derrière elle. Elle s'est assise en tailleur sur le carrelage, ses pieds roses et élégants apparaissant sous la lumière crue. Moi je me suis assis sur la cuvette des chiottes en prenant ma pose classique du penseur.

— On dirait que c'est la nuit pour les conversations dans les gogues. J'arrête pas.

— Je suis désolée, elle a fait, comme si elle avait pu y changer quelque chose. Désolée.

— Moi aussi. Mais c'est trop tard pour y faire quoi que ce soit. Bien trop tard.

— Qu'est-ce que vous en savez, si c'est trop tard ?

Elle a demandé ça avec un sourire triste. Mais elle ne cherchait pas de réponse. Pas à cette question-là, du moins.

— Qu'est-ce qui vous a pris si longtemps, après que Trahearne et moi sommes sortis de la maison ?

— Il a fallu que je nettoie un peu derrière moi, que je règle les détails avec Torres et Hyland.

Il ne me semblait pas nécessaire qu'elle sache que Stacy avait tué Hyland. En fait je tenais à ce que personne d'autre ne le sache.

— Quels détails ? elle a demandé sans avoir l'air d'y toucher.

— Comme par exemple comment disposer de votre cadavre si vous aboulez pas les quarante mille dollars. Là, elle s'est enfoui le visage dans les mains. On vole pas ces gens-là. Jamais. Vous saviez pas ça ?

— J'avais pas le choix.

Elle a relevé la tête pour me regarder en face. Pour la première fois depuis que je la connaissais je pouvais discerner l'influence de Rosie sur ses traits. Elle avait les mêmes yeux patients, le même air de défi dans sa façon de relever le menton.

— Je pouvais plus continuer à faire ces films. Je pouvais plus... plus le supporter... Je pouvais plus... Bon Dieu, j'arrive même plus à prononcer le mot... Je pouvais plus continuer à me faire tringler par des inconnus. J'avais commencé comme ça pour rigoler. Ça me semblait une bonne idée, vous savez comment c'est, j'étais défoncée en permanence et je m'envoyais tout ce qui bougeait de toute manière, alors me faire payer pour faire ça, ça me semblait tout bénef. Ce qu'ils faisaient avec mon corps n'avait pas d'importance. Il n'y avait que la tête ou l'esprit qui comptait. Ce en quoi je me gourais. Tout ce qu'on fait compte. Toute action cause des complications, des répercussions. J'ai appris ça en prison.

— Qu'est-ce qui s'est passé ?

— Rien de bien dramatique. Je suis arrivée là-dedans en me figurant que j'étais Betty Sue Flowers — un brin paumée et esquintée, d'accord, avec quinze ou vingt kilos de trop, toujours d'accord, mais quand même plus maligne et plus jolie qu'aucune des ordures que j'allais trouver en cellule. J'avais tort. J'ai rencontré une femme qui était bien plus intelligente et désirable que je ne pourrais jamais espérer l'être, plus de talent, plus prometteuse encore à l'école. C'est aussi la personne la plus dure et la plus méchante que j'aie jamais rencontrée de ma vie. Dès la première nuit elle m'a fait la peau, une vraie dégelée, et après ça jour et nuit elle a pas arrêté de m'humilier de toutes les façons possibles. Mais le pire qu'elle m'ait fait, c'est quand elle m'a sorti que dans dix ans je serai exactement comme elle. Elle avait raison, évidemment, alors quand je suis sortie je savais qu'il fallait que je change de vie. Ce fric m'a donné cette chance, et je n'avais pas le choix. Alors je l'ai pris.

— Et pour faire quoi avec ?

— Quand j'ai quitté Selma je suis allée habiter chez une amie à elle à Saint Louis, et elle m'a fait inscrire à Washington University comme étudiante dans un programme spécial.

— Le grand rêve américain, j'ai interrompu. Terminez vos études sur une bourse de la Mafia.

— Sur le coup ça me semblait une bonne idée, elle a répliqué placidement. Alors j'ai fait ça, l'université, jusqu'à ce que je découvre la céramique. Et quand mes pièces ont commencé à se vendre un peu, je suis retournée dans l'Ouest. Et tout marchait bien jusqu'à ce que… jusqu'à ce que tout ça arrive.

— Je sais toujours pas si c'est la faute à Trahearne ou si c'est la mienne, mais je m'excuse quand même.

— Ce n'est pas nécessaire. Si c'est la faute de quelqu'un, c'est de la mienne. Qu'est-ce qui va se passer maintenant ?

— Il vous en reste, de ce fric ?

— J'ai à peu près trois mille cinq cents dollars en banque, et je peux en trouver plus — peut-être encore trois ou quatre mille — si je vends toutes les pièces que j'ai terminées. Mais on est loin du compte, hein ? Elle est partie d'un petit rire. Peut-être qu'ils me laisseraient rembourser à tempérament.

— Nous.

— Nous ?

— Je suis dans le pétrin moi aussi. J'ai obtenu un peu de temps, mais j'ai pas assez d'avantages sur eux pour espérer qu'ils nous foutent la paix pour toujours. Ils sont vraiment susceptibles quand il s'agit de leur fric. Ils sont capables de dépenser cent mille dollars pour en récupérer quarante mille, rien que pour pouvoir vous couper les mains.

— Qu'est-ce qu'on peut faire ? elle a demandé d'un ton las.

— Emprunter à Trahearne, j'ai suggéré.

— Il est tellement fauché, je suis obligée de payer les provisions avec sa Bank Americard.

— Selma ?

— Elle a déjà tellement fait pour moi.

— Demandez à Trahearne d'emprunter le fric à sa mère, j'ai fait.

— Je préférerais encore qu'ils me coupent les mains.

Et elle les tendait en offrande. Les longs faux ongles rouge foncé avaient été maladroitement collés sur les siens. Et à regarder ses doigts tremblants, des larmes de colère lui sont montées aux yeux et elle s'est mise à arracher les faux ongles en les grattant et en les mordant avec ses dents, saccageant ongles, peaux et chair avec une telle violence qu'elle en a eu rapidement le bout des doigts en sang. Ensuite elle a enfoncé ses mains dans le drap qui faisait des plis sur ses genoux. Tout en contemplant les taches rouges elle a murmuré :

— Je finis toujours par tout gâcher, et des gens que je connais même pas arrivent toujours à la rescousse. À chaque fois, c'est arrivé… Peut-être que je devrais appeler Hyland et lui dire que je vais retourner faire le tapin pour lui.

— Je pense pas que ça marcherait.

— Et pourquoi ?

— Il m'a dit qu'il voulait plus jamais vous voir, j'ai menti.

— Et j'ai probablement fait un beau gâchis de votre vie aussi.

— Elle a toujours été un gâchis, j'ai essayé de plaisanter.

— Vous avez tant fait pour moi, et je ne sais même pas pourquoi.

Moi non plus je ne savais pas, mais j'ai sorti mon portefeuille et lui ai tendu sa photo de fin de scolarité.

— Cette fille-là, il y a longtemps que je l'ai tuée, elle a déclaré posément, vous courez après un fantôme.

Elle a touché le visage de la photo, le tachant de sang. Elle ne sanglotait pas, mais des larmes lui coulaient sur les joues.

— Ce camée était à ma grand-mère, vous savez, la seule chose qui lui restait encore quand ils sont arrivés en Californie — ce camée, sept gosses et un mari avec un cancer derrière l'œil. Elle a quand même réussi à tous les élever, les faire aller à l'école jusqu'au certificat. Elle s'est esquinté les pieds et les jambes à servir de la bouffe dans un routier à la sortie de Fresno, et quand elle a finalement été trop vieille pour travailler on l'a mise à l'hospice. Elle voulait pas vivre avec ses gosses. Voulait pas les embêter. Quand j'étais toute petite, ma mère m'emmenait la voir, vous savez, et moi je pouvais pas saquer cette odeur sèche comme en ont les vieux. Ils se sentaient tellement abandonnés qu'ils en étaient tous un peu branques et ils sortaient tous de leur chambre pour venir me toucher et me câliner et moi je détestais ça, pouvais vraiment pas le supporter.

» Pendant qu'elle causait à Grand-Mère, Maman se mettait à genoux devant son fauteuil et mettait les jambes de grand-mère sur ses épaules et lui massait ses varices. Elle les massait jusqu'à en avoir des crampes. Après ça elle me demandait d'en faire autant une ou deux minutes, juste le temps de se reposer, et moi je refusais toujours, je voulais pas toucher ces veines qui ressemblaient à des gros vers affreux sous ses bas. J'arrivais pas, même en me forçant, y avait rien à faire, je voulais pas toucher ses jambes qu'elle s'était esquintées pour que tous ses gosses puissent aller à l'école.

» Bon Dieu, mais comment je pouvais ne pas comprendre ? (Elle gémissait presque.) J'ai même pas été à son enterrement parce que je jouais la tragédie dans *Antigone*... Je faisais l'actrice, mon Dieu, quelle idiote ! Quelle idiote j'ai été.

Et là elle s'est arrêtée pour me regarder, avec des traînées de larmes et de sang sur les joues, comme un antique masque de pleureuse.

— Mais pourquoi ? elle a fini par demander simplement.

— J'en sais rien, j'ai dit, et elle a ramené ses jambes sous elle en laissant tomber sa tête sur mes genoux.

— Ça fait des années que j'ai pas rêvé.

Sa voix était étouffée contre ma cuisse. Je sentais son haleine chaude contre ma peau même à travers le pantalon de treillis.

— On me dit toujours que je rêve, même si je m'en souviens pas, mais moi je sais bien que je rêve pas du tout. Ce sont mes mains qui rêvent pour moi.

Elle s'était redressée sur les genoux et tendait à nouveau les mains comme en offrande à un dieu courroucé. J'ai essayé de lui prendre les mains mais elle m'a saisi la tête par les joues et m'a tiré à elle et m'a embrassé entre les larmes en murmurant contre ma bouche :

— Couche-toi là par terre avec moi, fais-moi oublier, je t'en prie, je t'en prie...

Avec ce qui me restait de force dans les mains

je lui ai pris les poignets et me suis dégagé. Dans le mouvement le drap a glissé de ses épaules comme un suaire et ses seins nus sont apparus entre nous deux.

— Vous voulez pas de moi, elle a fait, et je peux pas vous en vouloir, pas après tout ce que vous savez.

— C'est Trahearne.

— Il veut plus de moi. Il veut que je m'en aille, que je sorte de sa vie. Il y a longtemps que je le sais, mais j'avais choisi de l'ignorer.

— Pour quelqu'un qui veut plus de vous, il s'est certainement donné beaucoup de mal.

— Il croit que je couche avec tout le monde, et il voulait juste s'en assurer. C'est tout. C'est pas ça, me vouloir. C'est pas la même chose. Vous, vous me voulez, je le sens. Je vois pas pourquoi vous voulez pas coucher avec moi.

— J'ai peur, j'ai fait.

— De moi ?

Elle s'est dégagée aisément de mon emprise.

— Non, de moi. Elle m'a regardé. Longtemps. Vous aimez Trahearne, j'ai finalement ajouté en posant mes mains sur ses épaules nues.

Elle attendait comme un animal résigné au piège, elle attendait que je la prenne contre moi ou que je la repousse.

— Vous avez raison, elle a dit en posant sa joue contre ma main gauche. Je suis désolée. En se relevant elle a remis le drap en place autour de son corps. Vous vous croyez amoureux de moi, n'est-ce pas ? elle a dit, la main sur la clenche. J'ai fait oui lentement, d'un signe de tête. Vous ne me connaissez même pas. Et malgré moi je devais bien en convenir. C'est très gentil de votre part de vous faire tout ce souci pour moi, mais vous ne me connaissez pas du tout.

Et sur ce elle est sortie, quittant la lumière stérile de la salle de bains pour l'obscurité. À mes yeux fatigués, le drap blanc paraissait laisser une sorte d'après-image, flottante et luminescente comme un feu follet.

Dès qu'elle a entendu la porte communicante se refermer, Stacy a sauté du lit et est venue à la porte de la salle de bains.

— T'as raté ta chance.

Elle avait dit ça placidement. Je me suis levé et me suis versé un verre.

— Ce que les hommes peuvent être bêtes et romantiques, elle a fait avec un joli sourire. Allez, viens te coucher.

On s'est réveillés à dix heures, mais Melinda et Trahearne étaient déjà partis, me laissant comme d'habitude pour nettoyer derrière eux comme un vulgaire homme de main.

16

J'ai bien essayé de persuader Stacy de retourner chez Selma pendant que je réglais le reste des affaires ici, mais elle n'a rien voulu savoir.

– C'est ma première robe neuve en cinq ans, et ce soir tu m'emmènes au restaurant. Idiot, faut vraiment tout te dire.

– Ça c'est bien vrai, j'ai fait, tout heureux de l'aubaine.

Elle m'a attendu au motel pendant que je réglais les affaires en cours, à savoir : ramener les deux voitures de location, faire photocopier les livres de comptes, expédier les copies à Torres et mettre les originaux dans un coffre à la banque avec une note expliquant de quoi il retournait. Ensuite j'ai réservé une table dans un restaurant chinois et acheté deux bouteilles de champagne français, qu'on a bues en s'habillant pour aller dîner.

– J'avais encore jamais bu de vrai champagne, Stacy a fait avec un gros soupir satisfait en passant sa robe par-dessus sa tête. Mais j'ai bien l'intention de recommencer.

Sur ce elle est tombée à la renverse sur le lit en riant paisiblement. Finalement elle s'est endormie.

J'ai commandé le repas par téléphone et envoyé un taxi le chercher. Quand le chauffeur a amené les cartons je l'ai payé, puis me suis allongé à côté d'elle. Au milieu de la nuit on s'est réveillés tous les deux en train de faire l'amour tout habillés. Après ça on s'est déshabillés et on a attaqué le repas refroidi, qu'on a dévoré en silence comme deux paysans affamés. Et puis on s'est remis au lit.

— Y a pas, Stacy a murmuré rêveusement, ça doit retourner rond pour moi.

— Qu'est-ce qui te fait dire ça ?

— J' suis là, bourrée au champagne, au pieu avec un vieux que je connais même pas, j'ai encore l'odeur de la poudre dans mon jeune nez innocent, et ben tu sais pas ? Je me sens merveilleusement bien. Et toi ?

— Moi j'ai l'épaule en perce, une entorse à la cheville, une indigestion de bouffe chinoise et j'ai rien d'autre qui m'attend à part une gueule de bois au champagne et la longue trotte pour rentrer.

— Si c'est pas merveilleux, tout de même, elle a chuchoté. Moi je vais devenir une grande vétérinaire spécialisée dans les chevaux, tu sais, un foutu toubib pour les bourrins, mais vraiment balèze. Et toi, qu'est-ce que tu seras quand tu seras grand ?

— Plus vieux, j'ai dit.

Mais elle s'était déjà rendormie.

Le matin suivant, pour me garer devant le sentier qui monte chez Selma il a fallu que je me trouve une place entre son camion, le camion d'une compagnie de clôture, et la Volkswagen de Melinda.

— Tu crois qu'elle est encore là-haut ? Stacy a demandé.

— Je crois surtout que je suis encore bon pour m'enquiller une autre foutue corvée de remorquage, ouais, j'ai fait en descendant de voiture pour aller lire le message glissé sous l'essuie-glace de la Volks. Dans le papier il y avait une clé, et ces seuls mots : *S'il vous plaît.* J'ai hoché la tête. Qu'est-ce que je pouvais faire d'autre ? Stacy et moi on a commencé la grimpette, les jambes en plomb.

Selma était assise dans la grande pièce en train de regarder quatre jeunes types en baver quelque chose de sérieux pour creuser assez de trous dans la caillasse afin d'y mettre les poteaux de clôture.

— Je n'aurais jamais cru que j'en arriverais là, elle m'a fait quand je l'ai rejointe.

— Vous croyez que ce sera suffisant ?

— Je vais faire venir deux chiens de garde d'un chenil de Broomfield, elle a admis. Puis elle s'est mise à réciter : le monde est beaucoup trop avec nous, beaucoup trop tard et beaucoup trop tôt. En touchant du doigt l'ecchymose qu'elle avait sur la joue elle a ajouté : Plus personne ne violera ma propriété. Plus jamais.

— Espérons, j'ai dit. Je me suis arrangé pour avoir certaines garanties, mais c'est quand même plus prudent de faire mettre la clôture et faire venir les chiens. On sait jamais.

— Vous avez l'air de quelqu'un qui se prépare

à faire ses adieux. Vous devriez rester ici quelques jours. Vous reposer.

— Oh oui, Stacy a fait aussitôt en m'agrippant le bras.

— Je suis trop crevé pour rester, j'ai admis avec un petit sourire. Vous devriez aller camper dans la montagne quelques jours. Vous trouver un petit lac et de l'air que personne a encore respiré. Moi faut que je fasse un saut au patelin, chercher une barre de remorquage et récupérer mon chien. Ensuite je vais retourner chez moi, pendant que je peux encore.

— Vous avez peut-être raison. Selma a regardé Stacy qui a acquiescé à son tour en me relâchant le bras. Vous serez toujours le bienvenu ici, vous savez.

— Merci.

— Et si t'as besoin d'un rafistolage un jour, ou d'une infirmière, Stacy a fait en rigolant, fais-moi signe. Quand tu veux.

Elle m'a embrassé brièvement et est sortie rejoindre ses congénères, le dos toujours ferme et droit.

— C'est vraiment une gentille gosse, Selma a dit, et aussi terrible que tout cela a pu l'être, je crois que ça lui a fait du bien.

— Une vraie tigresse. Elle aura pas de problème.

— Melinda m'a raconté. Je crois toujours connaître mes pensionnaires, et ils trouvent toujours le moyen de m'étonner, pourtant. Vous par contre, ça ne m'a pas surprise. J'étais sûre que vous ramèneriez Melinda, et je vous en remercie. Vous lui avez rendu la vie.

— Si j'avais pas été si stupide, ils auraient jamais retrouvé sa trace.

— On ne peut jamais en vouloir à quelqu'un de croire à un mensonge, elle a murmuré.

— On me paie pour savoir reconnaître la différence, j'ai dit, mais ce coup-ci…

— Ce coup-ci c'était différent.

— Oui, Ma'am.

— Me rendrez-vous un dernier service ?

— Bien sûr.

— Gardez un œil sur Melinda, veillez sur elle. J'ai dans l'idée qu'elle va bientôt avoir besoin d'un ami.

— Je ferai de mon mieux, mais je peux rien promettre.

— Merci, et surtout cessez de vous en vouloir pour cette dernière série d'ennuis dans sa vie. Ils ont commencé il y a bien des années, et vous n'y êtes pour rien.

— Ça j'en suis pas si sûr, j'ai fait.

Et je l'ai laissée à ses chats, à ses poussins et à sa clôture flambant neuve.

Mais les mauvais coups n'ont jamais vraiment de fin. Ils traînent et se poursuivent comme un procès de chicaneurs, chroniques comme une fièvre tropicale. Je croyais pourtant que cette histoire était bien finie, à part pour les quarante mille dollars, et ça ça regardait surtout Melinda. J'ai eu aussi amplement le temps de ressasser tout ça, vu qu'une fois de plus je roulais vers le nord, une fois de plus avec la Volks de Melinda en remorque et Fireball affalé sur le siège à côté de moi, complètement dans le cirage à cause des médicaments. Ils avaient enroulé le bouledogue dans des bandelettes à n'en plus finir, pour maintenir les drains en place. Quand j'avais été le chercher, les vets me l'avaient confié en me disant qu'il avait une chance sur cent de s'en tirer. Ils lui avaient enlevé une portion d'estomac et raccourci l'intestin grêle d'une bonne longueur. Alors je l'ai vraiment choyé comme j'ai pu tout le long de la route. Quand on est arrivés à Meriwether il avait l'air tellement mal en point que je l'ai déposé chez le vet avant de repartir pour Cauldon Springs avec la Volks en remorque.

J'en avais ma claque de la famille Trahearne et de tout leur cirque, alors j'ai laissé la voiture de Melinda garée derrière la piscine de l'hôtel et je suis retourné chez moi veiller sur Fireball et régler quelques affaires. Je suis resté là dans mon bureau à tenir le téléphone sans m'en servir jusqu'à ce que le combiné soit tout gluant de sueur. Ensuite je l'ai reposé et j'ai exhumé quelques vieilles cartes postales. Cela me paraissait tout indiqué comme moyen de communication. J'en ai envoyé une à Rosie avec le numéro de téléphone de Trahearne dessus. Une autre à Melinda lui disant d'appeler sa mère. Et une troisième à Trahearne qui disait simplement : *Vous m'en devez une belle, vieux père.*

En partant du bureau je me suis arrêté chez la secrétaire qui était en train de finir de polir ses ongles bleus.

— Si on me demande, vous direz que j'ai quitté la ville pour une période indéfinie.

— C'est combien de temps, ça ? elle a demandé sans pour autant lever les yeux.

— Pratiquement pour toujours.

Le pire c'est qu'elle a pris ça en note.

Je suis allé chercher Fireball, qui s'accrochait toujours, et je l'ai conduit à la baraque inachevée sur la North Fork. Ses blessures mettaient longtemps à se remettre, mais elles se remettaient. Son museau s'était récemment couvert de poils blancs, comme de la gelée blanche. Il faisait attention pour marcher, comme pour contrôler son déhanchement naturel, et il ne pouvait plus lever la patte pour pisser, mais il se remettait. Finalement je l'ai emmené à Columbia Falls lui faire retirer ses drains et les fils de ses points de suture. Quand on est rentrés à la baraque, la Cad de Trahearne était garée devant et il était attablé devant un magnum de vodka et une bouteille de tonic. Il m'a regardé sans rien dire pendant que je prenais Fireball dans mes bras pour lui faire monter les marches. Quand je l'ai reposé par terre le bouledogue a commencé à aller vers Trahearne pour le renifler, mais il s'est soudainement ravisé et s'est couché pour lécher ses cicatrices.

— Je suppose que vous m'en voulez pour lui aussi, Trahearne m'a fait d'air dégagé.

— J'accuse personne, je crois. Pour rien.

— Ça doit être dur, d'être un saint.

À l'entendre parler on aurait pu le croire à jeun, mais ses yeux étaient rouges et injectés. Une croûte d'antiacide blanchâtre pelait au coin de ses lèvres.

— Qu'est-ce que vous foutez ici ? j'ai demandé.

— Pouvais pas bosser, il a répondu en baissant la tête.

— Vous vous asseyez peut-être trop loin de votre bureau.

— Merde, mais qu'est-ce que vous en savez, d'abord ?

La colère s'était changée en tristesse en milieu de question.

— Rien.

— Alors essayez pas de me dire comment il faut faire, il a répliqué en essayant de verser de la vodka dans son verre.

Trop d'effort, apparemment. Il a soulevé le demi-gallon et s'est mis à boire à la bouteille. De temps à autre il buvait un coup de tonic pour faire passer.

— C'est pas comme ça qu'on fait un vodka-tonic, à mon avis.

— Allez vous faire foutre.

Il a roté péniblement et s'est remis à boire.

— Si on recommençait cette conversation à zéro ? j'ai suggéré.

— Comme vous voulez, il a balbutié.

Sur ce il s'est levé et s'est précipité jusqu'au bord de la dalle en ciment qui délimitait l'emplacement de la maison. Il est tombé sur les genoux comme en prière, s'est étranglé une ou deux fois et s'est mis à vomir, un énorme caillot de sang qu'il a envoyé comme un projectile un peu plus bas.

— Nom de Dieu, j'ai fait.

Il a recommencé et s'est écroulé par-dessus bord, tombant d'un mètre de haut la tête la première. J'ai sauté en bas pour le relever et lui essuyer la figure, ensuite je l'ai traîné comme j'ai pu jusqu'à sa voiture en le soutenant sous les bras.

— Où c'est qu'on s'en va comme ça ?

— Je vous emmène à l'hôpital.

— Laisse-moi crever, merde, laisse-moi crever.

— Pas question. Vous allez attirer trop de mouches.

Et je l'ai poussé dans la Cad. Je suis remonté chercher Fireball et Trahearne s'est mis à rigoler en hoquetant de nouveau. Ça m'a pris un moment pour jeter quelques affaires dans un sac, et quand je suis ressorti de la tente Trahearne était descendu de voiture et titubait vers la rivière.

— Hé ! j'ai hurlé après lui.

— Fous le camp, il m'a fait quand je lui ai agrippé le bras.

Et comme je ne lâchais pas prise il s'est secoué le bras si fort que j'ai été dinguer contre un arbre. Il est reparti vers la rivière.

Ma première impulsion a été de lui sauter dessus et de lui en allonger une bonne, mais je ne tenais pas à me casser la main sur sa mâchoire de géant. Alors de mon avant-bras je lui ai fait une prise au cou pour l'étouffer. Il s'est débattu en ruant comme un taureau blessé, mais je suis resté sur son dos jusqu'à ce qu'il tombe sur les genoux.

Là j'ai lâché prise. Il a secoué son énorme tête, essayant de reprendre son souffle et de faire monter l'oxygène à son cerveau, ensuite il s'est relevé sans un mot et est reparti pour la rivière. Ce coup-ci ça a été plus facile. Et encore plus la troisième fois.

— Je peux pas continuer comme ça toute la journée, je lui ai dit quand il s'est relevé la troisième fois.

— Va pourtant bien falloir, il a répliqué en s'étranglant sur les mots.

— Oh et puis merde ! j'ai fait en me détournant de lui.

Et là j'ai fait volte-face et lui en ai envoyé une bonne juste à la pointe du menton. C'était un peu comme de frapper un tronc d'arbre. J'avais l'impression de m'être cassé tous les petits os de la main droite et du poignet aussi.

— Bordel de dieu, j'ai soufflé en me tenant doucement la main droite.

Trahearne est resté debout un moment. Il a fait un pas vers moi et s'est effondré contre ma poitrine. On est tombés tous les deux, le gros par-dessus, et j'ai senti une ou deux côtes se déchirer. Mais au moins il avait son compte. Je me suis dégagé et j'ai essayé de le traîner par le col jusqu'à la voiture avant que ma main ne commence à me faire trop mal. Mais pas moyen de le faire seulement bouger. J'ai dû prendre la voiture jusqu'à Polebridge pour chercher de l'aide et le transporter sur le siège avant de la Cad. Le temps d'arriver à l'hôpital de Kalispell, Trahearne ronflait comme un bienheureux et ma main droite ressemblait à un gant en caoutchouc rempli d'eau.

Deux jours après je suis retourné lui rendre visite. Quand je suis entré dans sa chambre il m'a gratifié d'un sourire qui avait l'air de lui coûter.

— Un jour vous allez bien finir par être ma mort, il a fait.

— Vieux père, je me suis cassé six os de la main et déplacé trois côtes — rien que pour vous garder en vie.

Et je lui ai fait voir mon plâtre.

— Alors je suppose que je dois encore vous remercier, hein ?

— Y a foutrement intérêt.

— Bon. Eh bien merci.

— Mais putain, qu'est-ce que vous aviez dans le boudin ? j'ai demandé en me posant sur une chaise.

— Qui sait, il a murmuré, qui sait ?

Il s'est tu pendant un long moment.

— Melinda m'a mis au courant pour les quarante mille dollars, et j'ai commis l'erreur d'aller voir ma mère pour les lui emprunter.

— L'erreur ?

— Elle s'est foutue de moi, la vieille salope. Elle m'a ri au nez. Il était rouge de honte. J'aurais bien dû me douter que c'était inutile de lui demander. Savoir que c'était à moi de me débrouiller pour trouver l'argent.

— Et qu'est-ce que vous avez fait ? Hypothéqué votre baraque ?

— Mon pauvre vieux, si seulement. Mais la banque a déjà deux traites impayées dessus. La seule chose qui les retienne de me foutre le cul dehors c'est que ma mère est allée les trouver et a donné sa garantie pour le paiement des traites. Satanée bonne femme, une vraie toquée. Vous savez, j'ai jamais rien compris à ses manigances. Et elle non plus, je l'ai jamais comprise. Peut-être qu'elle me veut près d'elle mais seulement selon ses termes. Est-ce que je sais...

— Alors elle vous a rigolé au nez et vous vous êtes remis à picoler, c'est ça ?

— Pas à ce moment-là. Enfin, pas déjà. J'ai appelé mon éditeur et je lui ai forcé la main pour qu'il me donne une avance de quarante mille dollars sur mon nouveau bouquin.

— Quel nouveau bouquin ?

— Celui que je vais écrire, merde. Mais faut que je finisse au moins cent pages pour qu'il me donne l'argent. C'est pour ça que je suis venu vous trouver.

— Vous voulez que je l'écrive à votre place ? Ou juste que je vous tienne la main ?

Il a fait oui d'un lent signe de tête.

— Si seulement vous pouviez venir chez nous et me maintenir en condition ne serait-ce qu'un mois, j'y arriverais.

— Sans blague ?

— C'est pas des blagues. Je sais ce que je vous dois, C. W., mais si vous pouviez encore faire ça pour moi, je vous... je ferai n'importe quoi pour vous, vous paierai ce que vous voudrez. C'est seulement qu'il faut que je m'y remette, vous voyez, faut que…

— Pour les quarante mille dollars ? Pour Melinda ?

— Ouais, c'est ça, il a bredouillé à contrecœur.

— Espèce de salaud. Je vais le faire, mais ni pour vous ni pour votre saleté de bouquin stupide…

— Pour elle, c'est ça ? il a fait calmement. Bon. Je suppose que je peux encaisser ça. C'est tout ce que je mérite.

— Et elle, qu'est-ce qu'elle en dit ?

— Elle en sait encore rien. Elle a loué un camion, empaqueté ses sculptures et ses pots et elle est partie les fourguer à San Francisco.

— Super. Pourquoi vous lui avez pas donné un coup de main ?

— Elle a pas voulu, il a admis. Elle dit que ce sont ses merdes, et que c'est à elle de se débrouiller. Mais quand j'aurai l'argent vous pourrez le leur donner, et elle sera tirée d'affaire.

— Moi aussi.

Mais il ne m'écoutait plus.

— Ça doit être dur à encaisser, il a dit tout bas.

— Quoi ?

— De sauver la damoiselle, seulement pour découvrir qu'elle est souillée.

— Seulement par vous, j'ai dit, seulement par vous.

— C'est ce que je voulais dire, naturellement. Découvrir que la Belle est entichée du dragon, amoureuse et mariée à la Bête infâme à l'haleine fétide… Il m'a regardé. Vous auriez dû me laisser aller jusqu'à la rivière.

– J'y ai songé.

– Qu'est-ce qui vous a retenu ?

– Elle, je suppose, parce qu'elle vous aime. Bien que je ne comprenne vraiment pas pourquoi.

– Moi non plus.

– Et vous, j'ai demandé, vous l'aimez ?

Il a attendu longtemps avant de répondre.

– Je ne suis plus du tout sûr de savoir ce que ça veut dire, mais je sais que je ne peux pas vivre sans elle.

– Vous avez pourtant pas l'air de vivre trop bien avec elle.

Il est resté silencieux encore plus longtemps, cette fois.

– Vous savez pas, j'ai toujours rêvé du jour où je deviendrai trop vieux pour me soucier des femmes. Je me suis toujours dit que ce jour-là toute l'énergie que j'ai dépensée et gâchée à leur courir après se retrouverait dans mon travail. Je croyais qu'en vieillissant j'allais devenir sage, aussi asexué qu'un oracle, mais c'est pas exactement ce qui s'est passé, vous voyez, fils, pas du tout, même. Ça m'est tombé dessus bien plus tôt que j'aurais cru, et ça me rendait dingue – enfin, encore plus dingue… Et quand Melinda a ranimé la flamme, je me suis retrouvé tellement reconnaissant que je l'ai épousée. Et maintenant j'ai peur de la perdre.

– C'est pas un détective, qu'il vous faut, c'est un psychiatre.

– Ça se peut, fils, mais vous êtes tout ce que

j'ai sous la main. Et puis d'abord j'aime autant vous donner les trente dollars de l'heure. Vous au moins vous me payez un coup de temps en temps.

— Mais plus maintenant, j'ai dit. Au premier verre que vous buvez, je me tire.

— Je serai docile comme l'agneau, il a rigolé, vous verrez.

Une fois les analyses faites, les toubibs se sont aperçus qu'en fin de compte Trahearne ne souffrait pas d'une perforation d'ulcère. Juste d'une crise aiguë de gastrite alcoolique. Ils l'ont relâché le lendemain.

— Remontez au moins la capote, il a bougonné en s'installant à côté de moi dans sa Cad.

Son teint était si crayeux qu'il ressemblait à un clown blanc.

— Fermez-la et tâchez de profiter du soleil, j'ai rétorqué en démarrant.

— Mais où on s'en va comme ça ? C'est pas le chemin.

— Chercher ma caisse.

J'ai craqué une boîte de bière.

— Mais je peux pas conduire, Trahearne s'est plaint en lorgnant ma bière d'un air misérable.

— Je sais. J'ai une barre de remorquage dans le coffre. Me la suis payée à vos frais. J'en avais marre de tout le temps louer ces saloperies. Presque autant marre que de remorquer vos putains de bagnoles, d'ailleurs.

— Vous allez me faire m'enquiller soixante bornes sur une pareille route en caillasse ? (Sa voix était alarmée tout d'un coup.) Aller-retour ?

— Et en prime vous aurez droit de me regarder écluser mes bières. Merde, si Fireball peut encaisser ça, vous aussi, non ? j'ai dit en montrant le bouledogue qui roupillait sur la banquette arrière.

— Sughrue, vous êtes un fils de pute.

Et il s'est essuyé sa figure en nage.

— Qu'est-ce que vous préférez, vieux père ? De la commisération à deux sous la tonne, ou de l'efficacité à cent dollars la journée ?

— Et pour deux thunes de mots à rallonge, aussi ?

Il avait presque le sourire.

— Question de ça, l'Oncle Sam m'en a payé des pleins tiroirs, j'ai dit, mais j'arrive jamais à les placer.

Trahearne s'est marré et il a continué de sourire jusqu'à ce que je lui demande de m'ouvrir une autre bière, et on a continué à rouler dans les montagnes. Il m'a regardé boire tout le long de la route. Arrivés à la baraque on a une fois de plus attaché les deux bagnoles ensemble. En redescendant j'ai fait un ou deux bars à Columbia Falls et Kalispell, et ensuite tous les bars entre Kalispell et Cauldon Springs. Le gros père ne s'est pas plaint une seule fois. Il restait dans la voiture à siroter son Seven-Up en grattant la tête de Fireball. Et c'est très tard dans l'après-midi que je me suis garé devant chez Trahearne, rond comme une queue de pelle.

Quand j'ai ouvert la portière de mon El Camino, Catherine Trahearne l'a presque arrachée avec sa Porsche. Elle a freiné à mort en dérapant et s'est arrêtée pile devant nous. Elle est descendue comme une folle et s'est empressée d'aider Trahearne à descendre de voiture.

— Comment tu te sens ? elle lui a fait, toute prévenante. Tu sais, t'aurais dû me laisser venir te voir à l'hôpital.

— Je vais bien. Trahearne a poussé un gros soupir en la voyant se mettre dans tous ses états pour lui. Au poil. Un peu fatigué quand même. Je crois que j'ai besoin de dormir un petit coup.

— *Dormir* un petit coup, ou *boire* un petit coup ? j'ai demandé en descendant de voiture.

Trahearne m'a gratifié d'un petit sourire las en hochant la tête, mais Catherine m'a fusillé du regard. Sa colère était si intense que j'en aurais presque dessoûlé. Rien de tel qu'une bonne dose de haine sans fard pour rappeler un pochetron à l'ordre.

— Faites de beaux rêves, j'ai ajouté comme un idiot pendant qu'elle l'aidait à monter les marches.

Quand ils ont disparu dans l'entrée j'ai fait le tour pour aider Fireball à descendre de voiture. Méthodiquement, il s'est mis à renifler la pelouse pour trouver un buisson. Mais pas pour pisser dessus — pour se cacher derrière. D'avoir à s'accroupir comme ça comme un chiot l'embarrassait au plus haut point. Finalement il s'est trouvé un bout de conifère rachitique et s'est baissé derrière.

— Mais qu'est-ce qu'on fout ici, mon chien, tu veux me le dire ?

Mais lui non plus n'en savait rien. Il a fini ce qu'il avait à faire et est revenu à mes pieds se rouler en boule à l'ombre. Appuyé contre le pare-chocs j'ai continué à écluser ma bière.

Catherine est ressortie de la maison et descendue vers moi, faisant voler les plis de sa jupe de tennis en dévalant les escaliers.

— Vous avez l'air particulièrement désirable, aujourd'hui, j'ai fait.

Et c'était vrai, en plus. Les semaines de tennis lui avaient donné un bronzage profond qui ne lui teignait pas la peau pour autant, et ses joues étaient rehaussées d'un rouge foncé. Elle sentait la sueur féminine et le parfum, le soleil et l'huile de palme.

— Vraiment chouette, j'ai ajouté en levant ma bière comme pour saluer le vieux désir qui se rallumait au creux de mon ventre.

Elle s'est arrêtée pile devant moi et d'un geste a envoyé valser ma boîte de bière qui s'est mise à rouler sur le gravier de l'allée en faisant gicler de la mousse partout sur la route.

— Mais qu'est-ce que vous cherchez à faire, bon Dieu ?

Le souffle lui manquait, tellement elle était en colère.

— Il a eu droit à toute l'attention et à la tendresse possibles et imaginables, et je crois qu'il en a soupé, j'ai rétorqué en essayant de ravaler ma propre colère.

— Mais qu'est-ce que vous en savez, bon Dieu ?

— À peu près autant qu'on peut en savoir sur la question, j'ai dit. Il m'a engagé pour l'empêcher de boire, et je voulais juste voir s'il avait assez de courage.

— C'est une maladie, l'alcoolisme ! elle m'a hurlé comme ça. Ça n'a rien à voir avec le courage.

— N'empêche, c'est moi qu'il a engagé. Pas vous.

— Vous le faites même pas pour lui, vous le faites pour elle. (Je n'ai pas pris la peine de nier.) Cette salope. Cette foutue salope.

Elle sifflait de rage. Rage qui lui estompait les lèvres et tirait la peau sur les os de son visage si fort qu'ils semblaient luire comme un crâne de momie à travers le parchemin. Elle avait de fines rides blanches au coin des yeux, aux tempes et le long de la mâchoire, qui brûlaient froidement. Elle a juré encore une fois en tapant du pied, inaudible mais de cette même voix sifflante. Ensuite elle s'est précipitée dans sa Porsche et a démarré dans une giclée de gravier et de poussière.

J'ai fait le tour jusqu'à l'autre portière et me suis ouvert une autre bière en la regardant partir. Elle s'est engagée sur la grand-route avec un dérapage contrôlé plutôt bien exécuté. Elle a foncé vers le patelin à tombeau ouvert mais à mi-chemin ses lumières de frein se sont allumées. Elle avait bloqué les quatre roues, et après un long dérapage s'est arrêtée en plein milieu de la route, où elle est restée quelques minutes. Puis, lentement et délibérément, elle a fait demi-tour et est revenue à la maison.

— Je vous prie de m'excuser, elle a fait en se garant à mon niveau. Je suis vraiment désolée.

— Vous excusez pas, j'ai dit comme elle descendait de voiture, c'est un signe de faiblesse.

La colère lui est remontée comme une bouffée de chaleur, mais elle l'a aussitôt ravalée, demandant gentiment :

— Hein ?

— C'est John Wayne qui dit ça. Sais plus dans quel film, mais je sais qu'il le dit.

— C'est votre héros, je suppose.

— Seuls les zéros ont des héros.

— Je vois, elle a fait en souriant lamentablement. Je commets toujours l'erreur de vous sous-estimer, n'est-ce pas ?

— C'est toujours mieux que de me surestimer. N'est-ce pas ?

— Je n'en suis pas certaine. Mais ce qu'il y a de certain, c'est que je m'en veux beaucoup.

— N'y pensez plus, j'ai fait. Ma mission est une mission idiote, et je m'y prends probablement comme un idiot. C'est pourtant la seule façon que je connaisse. La fierté et les tripes — c'est la seule chose qui marchera avec Trahearne.

— Quand il faut il faut, c'est ça ? elle a demandé en vache.

— Foutez-vous de moi si vous voulez, mais c'est ça, le caractère.

— Pardon. Elle s'est esclaffée et m'a touché le bras. Pas pu résister à vous taquiner. Vous êtes tellement *sérieux*, vous savez.

— C'est comme ça avec les ivrognes. Toujours sérieux quand il faut pas.

— Vous croyez vraiment pouvoir empêcher Trahearne de boire pendant quelque temps ?

— S'il le veut vraiment, oui, je peux l'aider. Je suppose. Ça vaut le coup d'essayer.

— Peut-être que je devrais revenir plus tard vous préparer de quoi dîner tous les deux.

— Merci, mais on se débrouillera.

— Je suis cordialement invitée, comme on dit, à rester chez moi ?

— Quelque chose comme ça, oui, j'ai admis.

— Peut-être que vous avez raison. Venez prendre un verre après souper.

— Je verrai.

— C'est ça. En relevant la tête elle m'a planté un baiser au coin de la bouche. Prenez soin de lui pour moi.

— Je ferai de mon mieux.

Elle a acquiescé comme pour dire qu'elle en était sûre. Elle est remontée en voiture et est rentrée lentement chez la mère de Trahearne. Une fois de plus je me suis coltiné notre barda à tous les deux et l'ai hissé tant bien que mal en haut des escaliers.

Mais au lieu de roupiller, Trahearne était assis derrière son bureau en T. shirt et caleçon, en train de faire jouer négligemment la glissière de son pistolet automatique de service, le Colt 45. Près de son coude il avait un verre de whisky fraîchement posé.

— Vous faites pas de bile, il a fait comme je posais les sacs dans la salle de séjour, je vais pas me faire sauter la cervelle. Je préfère les suicides plus lents. Comme picoler. Il a levé le verre de whisky. Et vous en faites pas pour ça non plus, il a dit en le reposant. Sais pas pourquoi, mais je trouve sa présence réconfortante.

Il a ramassé le Colt et a tourné son fauteuil pour me faire face. Le gros automatique semblait presque minuscule dans son énorme patte. Il le laissait pendre au bout d'un doigt comme une aile cassée.

— Cette bicoque du Colorado, tu l'as prise en bon soldat. T'étais bon soldat ?

— Sur le coup, ça semblait être le seul choix. La meilleure manière de rester en vie.

— C'est ça la grosse différence, il a déclaré tranquillement, entre votre guerre et la mienne. Vous, vous saviez que si vous arriviez à survivre à la castagne et à votre année de service là-bas, c'était bonnard, vous surviviez à la guerre. Nous, on savait tous qu'on serait tués. Y avait d'ailleurs que comme ça qu'on pouvait continuer — accepter le fait qu'on allait mourir, d'avance, rien que pour pouvoir continuer. Mais c'est pas ça la question, pas vrai ?

— C'est quoi, la question ? j'ai demandé en m'asseyant.

— Qu'est-ce que vous avez fait de plus moche pendant la guerre ? il m'a demandé brusquement.

Ce n'était pas une question en l'air, et la réponse que j'avais à lui donner n'était pas une réponse en l'air non plus.

— On était en train de forcer un village au sud d'An Khe, un vrai trou perdu nommé Plei Bao

Three. J'ai lancé une grenade dans un abri et tué trois générations d'une famille de Vietnamiens. Les deux grands-parents, leur fille et ses trois gosses.

— T'étais bon soldat avant ça ?

— Je suppose.

— Et après ça ?

— Y a pas eu d'après. Après j'étais au trou. Une équipe de la télé canadienne avait justement couvert l'attaque, et le lendemain j'ai eu les honneurs du journal télévisé. Alors il a bien fallu qu'ils me foutent dedans.

— Ça c'est de la politique, pas du combat, Trahearne a fait en agitant une main vide dans ma direction.

Et après avoir ainsi allégrement disqualifié d'un revers de main ce qui constituait certainement le traumatisme le plus crucial de ma vie adulte, Trahearne a poursuivi :

— Je vais te raconter quelque chose que j'ai jamais dit à personne.

— Super, j'ai fait.

Mais il n'a pas relevé.

— Quand on a débarqué à Guadalcanal, je valais pas tripette comme Marine. Je veux dire, je marchais, je causais et je me battais comme un Marine, mais c'était tout du flan. Je m'étais mis dans l'idée que j'étais censé survivre à cette foutue guerre, ou quelque chose comme ça — est-ce que je sais ? —, mais je faisais juste semblant, juste les gestes. J'essayais d'avoir l'air d'être à la hauteur. Et puis un jour, on avait pris position sur la rivière Tenaru, et les Japs nous ont lancé un assaut de nuit. Le genre banzaï, tu vois. On a tenu, on a tenu bon et on leur a foutu une vraie branlée, et c'est là que je me suis aperçu de ce que je faisais de travers. Mais quand tout a été fini, j'avais tout résolu dans ma tête.

» On était en train de vérifier les morts, les cadavres de Japs. Et j'en ai trouvé un, juste un simple soldat, en train de flotter sur le dos dans vingt centimètres d'eau. Les étoiles donnaient juste assez de lumière pour voir qu'il était vivant. Assez aussi pour qu'il puisse me voir. Je me suis penché et je lui ai tiré une balle entre les deux yeux avec ce 45.

» Pas besoin de te dire ce que ça donne, vu de près. Je suppose que tu sais. Mais je me suis forcé à regarder. Je me suis forcé à pas flancher. Et après ça j'ai su ce que c'était, la guerre. Ça n'avait rien à voir avec la politique ni avec la survie ni rien de ces conneries-là. C'était juste tuer sans flancher, vivre sans flancher. (Et là il s'est arrêté un moment, avant de jeter le pistolet sur une pile de feuilles volantes.) C'est comme ça que j'ai vécu depuis cette nuit-là. Et c'est bien ça le drame. Quand on n'est plus capable de flancher, autant être mort.

— Y'a longtemps de ça, j'ai dit. Serait peut-être temps d'arrêter de vous reprocher ça.

— Est-ce que tu t'es arrêté de t'en vouloir pour tous ces civils ? il a rétorqué aussitôt.

— Un peu.

— Ben t'as de la chance, il a fait tristement. Moi je peux pas m'arrêter. Alors je vais me laisser aller. Écoute bien, ma poésie je sais très bien que c'est qu'un fatras de conneries sentimentales, et mes romans dans le genre macho merdique on fait pas beaucoup mieux — je suis aussi bidon que ma foutue toquée de mère —, mais j'ai au moins appris quelque chose au cours de ces derniers mois de folie furieuse. Et j'en ai terminé avec toute cette merde. Et c'est tout de ta faute.

— C'est toujours de ma faute, j'ai fait d'un ton léger.

— Au début, je voulais juste que tu te renseignes sur Melinda, je voulais savoir — si Rosie t'avait pas engagé j'aurais trouvé un autre moyen pour y arriver —, mais je t'ai vu te lancer à sa recherche juste pour un sourire et quatre-vingt-sept malheureux dollars, et pas une fois tu l'as jugée, pas une fois. Tu lui as tout pardonné sans rien demander en retour. Quand j'étais à l'hosto j'arrêtais pas de ressasser ça, et j'ai finalement compris. Tout ce temps, toutes ces années depuis la guerre, j'en avais assez que de penser combien fallait être dur pour vivre, vivre sans flancher et tout ça, mais au bout du compte, quand il s'est agi de vivre au lieu de mourir, j'ai même pas eu le courage de pardonner à la femme que j'aimais. J'ai pas fait le poids, fils, même pas juste un petit peu. (Il s'est arrêté pour reprendre le colt et enlever les feuilles de papier de sur son bureau.) Alors maintenant j'en ai terminé avec tout ça. Je vais écrire un roman sur l'amour et le pardon. Même si je dois en crever.

Alors pas de danger que je me fasse sauter le caisson avec ça. Et il a jeté le pistolet sur son bureau. C'est plus rien qu'un presse-papiers maintenant.

– Déjà une bonne chose.

– J'ai pressé ma dernière détente, fiston, il a fait en rigolant. Putain, j'ai même pas pressé la détente l'autre soir – j'ai juste fait passer une cartouche dans la chambre et j'étais tellement plein, j'ai même pas vu que la gâchette était tirée quand j'ai armé, et cette saloperie est partie toute seule. De tous qu'on était c'était encore moi le plus surpris.

– Ça nous a quand même pas mal surpris, j'ai dit en lui retournant son sourire.

– Personne plus que moi. Il s'est marré et m'a tendu le verre de whisky. Maintenant trisse-toi, fils, j'ai du travail.

– Bon, j'ai fait en me levant.

À le regarder rassembler ses crayons bien taillés et son bloc-notes tout neuf j'ai senti une drôle de boule se nouer dans ma gorge et les yeux se sont mis à me brûler, mais je suis sorti faire mes corvées avant que le vieux s'en aperçoive.

Trahearne a travaillé jusqu'au dîner. Ensuite, toujours derrière son bureau, il a mangé une platée d'œufs aux saucisses et m'a fait signe de me tirer quand je lui ai offert une deuxième tournée. Comme il avait l'air renfermé et bien lancé, j'ai décidé d'aller faire un tour histoire de voir comment allait le bouledogue. Fireball avait mangé le plus gros de la nourriture en pots pour bébés qu'il avait dans sa gamelle et s'était endormi, la truffe encore sur le bol. Je l'ai laissé tranquille et suis allé faire un tour du côté du torrent. Catherine est venue me rejoindre sur le pont. Elle portait une robe longue en lainage qui ondulait sur son corps dans la lumière du crépuscule.

— Tu venais boire un verre ? elle a demandé en m'enlaçant le cou de ses deux bras et en poussant son ventre contre le mien.

— Quelque chose comme ça, oui, j'ai fait en passant mes deux mains autour de sa taille ferme.

Tout en m'embrassant elle murmurait des choses contre ma bouche.

— On n'a nulle part où aller faire ça, mon amour.

Mais qu'à cela ne tienne. Elle a baissé les mains et en un rien de temps baissé mon Levis. Ensuite elle a remonté les longs plis de sa robe et les a maintenus en bouchon autour de ses hanches pour que je puisse tenir ses fesses nues avec ma main valide. Pour ça il fallait quand même que je fléchisse un peu les genoux.

Quand on a eu fini j'ai regardé par-dessus son épaule en direction de la maison de la mère Trahearne. Le rideau d'une des fenêtres du haut bougeait encore comme si quelqu'un venait juste de s'en écarter.

— Je crois bien que la vieille dame nous regardait.

— Qu'elle aille au diable, Catherine a répliqué en rabaissant sa robe et la lissant contre ses belles jambes musclées.

— Ça t'est jamais venu à l'idée qu'on ne devrait pas faire ce qu'on vient de faire ?

— Ça me vient à l'idée qu'après, elle a répondu en partant d'un joli rire. Demain soir. Même heure, même endroit.

Et elle m'a quitté dans la pénombre avant que j'aie pu dire non.

Mais le soir suivant quand je me suis pointé près du pont après le dîner, c'est Edna qui m'attendait. Elle était vêtue comme d'habitude de son vieil accoutrement de pêche, auquel elle avait ajouté un chapeau irlandais en tricot contre la fraîcheur de la soirée. Comme je descendais jusqu'au pont elle a renâclé comme si j'étais en retard pour ma leçon de pêche au lancer.

— Essayez de contenir votre déception, elle a aboyé après moi. Catherine est encore en train de débarrasser. Elle va pas tarder.

— C'est un plaisir de vous revoir, Miz Trahearne, j'ai fait en me penchant sur la rampe à côté d'elle. Ça mord ?

— Et poli, avec ça, elle a ricané. Comment vous avez fait votre compte pour vous trouver mêlé à tous ces malheureux mortels ?

— Et vous ?

— Un accès de passion stupide, mon garçon.

Et elle est partie d'un rire caquetant impérieux et fiévreux qui a troué la nuit comme le cri d'un plongeon catmarin.

— Et vous, qu'est-ce que vous avez pour excuse ?

— Je suppose que j'en ai pas, M'dame.

— Z'avez intérêt à vous en trouver une, fiston,

elle m'a gaillardement conseillé. C'est dans un vrai nid de vipères, que vous avez mis les pieds, et si vous avez pas de bonne raison d'être ici, vous feriez mieux de pas y être, c'est moi qui vous le dis.

— Une journée de labeur pour une journée de salaire, j'ai fait, et elle s'est de nouveau esclaffée. Vous avez l'air de bon poil, ce soir, j'ai ajouté comme ça.

— Chaque fois que cette petite traînée s'absente, mon humeur s'améliore considérablement, elle a fait.

Elle a attendu en souriant que je morde à l'appât. Quand elle a vu que ça ne prenait pas, elle a demandé entre ses dents :

— Qu'est-ce qui vous est arrivé à la main, mon gars ?

— J'ai fichu un grand coup de poing dans les côtelettes de votre gamin, j'ai avoué.

— Quelqu'un dans votre branche devrait pourtant savoir qu'on frappe pas un homme taillé pareillement. En tout cas pas à poing nu.

— Je le savais, mais je l'ai fait quand même. Pour le plaisir.

— Z'êtes peut-être poli, mon gars, elle a dit avec un sourire aussi déformé que ses doigts, mais vous avez rien de bon. Même pas qu'un tout petit peu.

— Ça c't' un fait, Ma'am, j'ai répondu, et la vieille est retournée à la maison, s'arrêtant un moment pour parler à Catherine qui approchait du pont.

Je ne pouvais pas entendre ce qu'Edna était en

train de lui dire, mais elle a regardé de mon côté avec un sourire, le genre de sourire que ma mère appelait une risette de serpent quand j'étais gosse. Finalement la vieille dame a poursuivi son chemin vers la maison et Catherine a marché lentement vers moi. Elle portait la même robe longue vert pâle et elle avait un verre à la main.

— Je crois comprendre que vous ne vous montrez pas toujours respectueux envers vos aînés, elle a dit en posant un pied sur le pont.

Son sourire était toujours aussi ironique.

— Je suis toujours gentil avec vous, j'ai dit.

— Vous trouvez ça drôle de me rappeler mon âge à tout bout de champ ?

Le sourire s'était brusquement estompé.

— Juste une petite vanne pour vous faire râler, j'ai fait pour m'excuser.

— C'est loin de m'amuser, elle a répliqué en faisant furieusement tourner les glaçons dans son verre.

— Je m'excuse.

— Pourquoi vous rentrez pas plutôt là-haut jouer les nounous ?

— Vos désirs sont des ordres, Madame.

Et je suis parti en la laissant plantée là.

— C. W. ! elle a appelé doucement.

Mais j'ai continué mon chemin.

17

Pendant près de deux semaines tout a marché peinard, Trahearne et moi. On vivait ensemble aussi plaisamment que deux vieux célibataires impuissants, un peu comme on l'avait fait durant sa longue visite là-haut sur la North Fork. Pour moi c'était comme des vacances. Le matin je faisais mon footing. Ensuite je lézardais au soleil en dévorant une grande partie de sa bibliothèque. Après déjeuner je mettais mon fauteuil à l'ombre et reprenais le bouquin que je venais de poser. Trahearne, en revanche, travaillait toute la journée. Il gribouillait d'une main furieuse et causait tout seul. Chaque jour vers cinq heures de l'après-midi il émergeait de la maison, s'étirait et grognait comme ça :

— Gratte, gratte, gratte papier, eh, Monsieur Gibbon ?

Ça le faisait invariablement marrer. Ensuite il sifflait Fireball et descendait l'escalier pour son exercice quotidien.

Le grand homme et le bouledogue marchaient en direction du patelin tous les après-midi, et moi je roulais derrière dans la Cad comme un entraîneur surveillant l'échauffement de ses poulains. Quand Trahearne commençait à fatiguer je les ramassais et on roulait jusqu'à la piscine de l'hôtel, où Trahearne macérait un moment comme un vieux phoque jusqu'à ce qu'il pique du nez. Alors je ramenais les deux invalides à la maison et je leur donnais à manger. Après quoi ils allaient tous les deux se coucher et j'allais en bas boire mes bières et regarder la télévision jusqu'à ce que je puisse moi aussi trouver refuge dans le sommeil.

Tous les matins, pendant que je faisais mon footing dehors, Catherine amenait une poignée de feuilles tapées à la machine et prenait les pages de la veille pour les transcrire. Une fois cependant elle a tardé un peu, et j'étais déjà assis sur la terrasse, revenu de ma course et hors d'haleine, quand elle a gravi les escaliers. Elle m'a salué de la tête et est entrée. Mais en ressortant elle s'est arrêtée.

— Je suppose que vous trouvez ça drôle ? elle m'a fait en m'agitant les longues pages jaunes sous le nez.

— Y a personne d'autre au monde qui serait foutu de déchiffrer son écriture, j'ai dit.

— Je suis heureuse de faire ce que je peux, elle a répliqué d'un ton courroucé.

Et elle est partie.

— Comme si on n'en était pas tous là, j'ai murmuré après elle.

Trahearne est resté sobre, apparemment sans trop d'effort, sauf l'après-midi où il a bu une gorgée de bière pour fêter Fireball qui pour la première fois avait réussi à lever la patte pour pisser.

— Bon Dieu, ce que c'est bon, Trahearne a soupiré après, ce que c'est bon, putain.

— La première l'est toujours, je l'ai rappelé à l'ordre en lui reprenant la boîte.

— T'as raison, il a fait, et il est parti faire sa virée. Fireball l'a suivi fidèlement, aspergeant tous les buissons et les rochers à sa portée. En arrivant à la grand-route, Fireball a trottiné jusqu'à la rivière, histoire de refaire le plein, et tout le long de la route jusqu'au patelin Trahearne n'a pas cessé de gueuler après le bouledogue pour qu'il arrête de lever la patte, saloperie, et se presse un peu.

Ce soir-là comme il s'immergeait dans la piscine il m'a demandé pourquoi je ne me baignais plus.

— C'est comme nager dans de la morve, j'ai dit.

— Sughrue, il a fait tout bas, Sughrue t'es l'être humain le plus dégueulasse que j'aie jamais eu l'infortune de rencontrer.

— Au moins moi je me baigne pas dans de…

— Mon Dieu, répète surtout pas ça, il s'est écrié en s'ébrouant dans l'eau et en plongeant la tête sous la surface.

Une fois remonté il a fait mine d'éternuer mais m'a aspergé à la place. Son gros rire rebondissait sur le carrelage de la grande pièce et l'emplissait d'un bruit de verre cassé. Il m'a de nouveau aspergé en hurlant :

— Jamais, tu m'entends ! Répète plus jamais ça ! De ma botte mouillée je lui ai appuyé sur la tête et il s'est enfoncé sous l'eau. Avec sa grosse paluche il m'a attrapé la cheville et m'a fait tomber du bord. On est remontés à la surface en rigolant tous les deux comme des gosses.

Bien plus tard ce même soir, j'étais en train de regarder la télévision en faisant sécher mes affaires quand j'ai entendu quelqu'un cogner contre la grande baie vitrée du sous-sol. J'ai été voir et Catherine était là, tout sourire. Mon jean était à peu près sec, alors je l'ai passé avant d'aller ouvrir.

— Et pudique, avec ça.

Elle avait toujours le sourire.

— Ma mère était représentante pour Avon, j'ai fait, et elle m'a enseigné à ne jamais répondre à la porte sans être couvert.

— Elle avait parfaitement raison, elle a répliqué, mais le sourire n'est pas revenu. Un gros soupir l'a remplacé. Dis, je commence à me faire vieille, là toute seule dans cette baraque. Quand j'ai eu fini de taper ce soir je me suis dit que j'avais besoin de m'aérer un peu. Si on déclarait une trêve, tu pourrais m'inviter au village prendre un verre.

— Bonne idée.

Quand le *Sportsman Bar* a fermé vers deux heures j'ai acheté une demi-douzaine de drinks à emporter et je les ai portés jusqu'à la Porsche de Catherine. Comme je montais à côté d'elle avec mon plateau en équilibre elle m'a caressé la joue.

— Si on prenait un bain de minuit ?

— Bonne idée, j'ai fait.

Elle a conduit la voiture sans effort à travers le

village plongé dans l'obscurité et l'a garée derrière l'hôtel. Elle est descendue et a ouvert la porte de derrière de la piscine. Une fois à l'intérieur j'ai aligné les tasses en carton sur le rebord de la piscine tandis que Catherine ôtait ses affaires. Ensuite elle m'a donné un coup de main pour les miennes.

— On se baigne avant ou après ? elle m'a murmuré quand j'ai été aussi nu qu'elle.

— Pendant, j'ai dit en l'attrapant.

Et on s'est abandonnés à l'étreinte chaude et visqueuse de l'eau thermale.

Un peu plus tard on était assis sur le bord de la piscine, les pieds dans l'eau. De minces volutes de vapeur traînaient au-dessus de l'eau agitée et le plongeoir grondait à l'autre bout de la piscine comme l'écho d'un tonnerre lointain. Le dernier quartier de la lune achevait de disparaître d'une des lucarnes du toit.

— C'est si étrange, ici la nuit. C'est comme l'entrée d'un monde souterrain, toujours chaud, toujours silencieux. C'est pour ça que je parle tout bas. Quand c'est fermé comme ça, à l'hôtel ils pourraient pas t'entendre, même si tu hurlais.

— Crie pas, j'ai murmuré en lui posant la main sur la bouche.

Elle a ri entre mes doigts. Quand j'ai enlevé ma main elle a hurlé, une courte note aiguë qui a fracassé le silence et s'est mise à résonner contre les parois.

— Désolée, elle a fait tranquillement.

Puis elle est repartie d'un fou rire qu'elle a étouffé entre ses mains.

— Vous êtes noire, Madame, j'ai dit en cherchant un autre verre à tâtons. La glace avait fondu mais je l'ai bu quand même.

— Si c'est pas merveilleux, elle a soupiré en s'adossant contre moi. Je vais te dire un secret.

— Alors ça sera plus un secret.

— Tu le diras à personne.

— Je suis bien trop bourré pour me rappeler quoi que ce soit.

— L'hiver quand je viens ici la nuit, je sors de la piscine et je me précipite dehors me rouler dans la neige. Ensuite je retourne vite fait dans la piscine.

— Tout le patelin est au courant.

— Oh ! toi alors, elle a fait semblant de me gronder en me frappant gentiment la poitrine. Tu devrais essayer une fois. C'est comme revenir au monde.

— Me rouler à poil dans la neige c'est pas exactement l'idée que je me fais d'une expérience religieuse, j'ai dit.

— Mauviette.

— C'est de ça qu'on a traité le singe en bronze quand il a batifolé dans la neige.

— Quel singe en bronze ?

— Celui qui s'est gelé les noix.

— T'es vraiment impossible, tu sais. Sauf quand t'es merveilleux.

— C'est ce que je dis toujours.

— Je vais te dire un autre secret, espèce d'horrible.

— J'ai déjà oublié l'autre.

— Tu es le premier homme que j'amène ici, elle a déclaré en regardant ses pieds remuer dans l'eau. Le premier.

— Je suis touché.

— Sois pas cynique. Cet endroit est très spécial pour moi.

Elle s'est redressée. Dans le noir je pouvais distinguer les bandes de peau blanche qui barraient le reste de son corps bronzé, et quand elle s'est tournée vers moi ses seins blancs étaient aussi lumineux que des petites lunes. Elle a dû me voir regarder parce qu'elle les a immédiatement couverts de ses mains presque tannées.

— Le chirurgien esthétique qui s'occupe de moi dit qu'à partir de maintenant faudra couper et rentrer, question ravalement, elle a dit d'un air dégagé. Il m'a également rappelé la chance que j'avais de ne pas avoir eu d'enfants. C'est Trahearne qui n'en voulait pas, tu sais.

Et comme je ne réagissais pas elle a ajouté :

— Vu la façon dont les choses ont tourné, il avait peut-être raison.

— Question moutard, Trahearne se pose suffisamment là.

— Trahearne est un grand artiste, elle a répliqué vivement, et si j'ai fait des sacrifices c'est au nom de cette grandeur.

— Okay, j'ai fait d'un ton que je croyais suffisamment contrit.

— T'as pas l'air convaincu.

— Écoute, j'ai beaucoup d'affection pour cette vieille baderne, mais je crois que je vais laisser les spécialistes sur la grandeur et toutes ces conneries décider pour moi.

— C. W., tu fais parfois preuve d'une étroitesse d'esprit singulièrement déplaisante.

— Je fais province, c'est ça ?

— Un foutu péquenot, tu veux dire, elle a fait en éclatant de rire. Et en plus, complètement bidon. Je sais tout sur toi. Trahearne m'a tout raconté.

Je n'avais rien à redire à ça non plus. Si Trahearne avait envie de tout dire à son ex-femme, c'était son ex-femme après tout.

— Moi je lui raconte pas tout, elle a fait, si c'est ça qui t'inquiète.

— Je m'inquiète jamais.

— Moi je m'inquiète pour Trahearne.

Sa voix était de nouveau sérieuse.

— Il serait peut-être temps d'arrêter, j'ai suggéré.

— Non, il a besoin de moi. Maintenant plus que jamais. Tu peux quand même comprendre ça, non ?

— Sûr.

— T'es pas jaloux, quand même ?

— Je pense pas. J'ai des besoins modestes, et si tu veux jouer les nourrices pour Trahearne, c'est vous deux que ça regarde.

— Pas exactement, elle a fait tout bas.

— Quoi ?

— Melinda.
— C'est vrai.
— Tu sais, je crois que je la haïrais même si elle avait pas mon mari.

Catherine avait dit ça le plus froidement du monde.

— Jalouse ?
— Seulement de son revers.
— Hein ?
— Oh ! je t'ai jamais dit. Au début quand elle est arrivée ici, à l'époque où j'essayais encore de me montrer gracieuse sur tout ça, je l'ai invitée à faire une partie de tennis un après-midi.
— Et ?
— Elle m'a carrément humiliée, sur le court comme plus tard dans le vestiaire quand on est venues se baigner. Je crois comprendre que tu as vu ce corps qu'elle cache sous tous ces affreux accoutrements qu'elle porte toujours trop grands pour elle, et tu peux imaginer ce que j'ai ressenti quand je l'ai vue. Pas qu'elle se soit exhibée, au contraire. Elle a même fait de son mieux pour me le cacher — ça je dois admettre — mais sous la douche j'ai regardé. Sans doute le plus dur moment de ma vie, et pourtant j'en ai eu pas mal.
— Tu es très belle aussi.
— C'est gentil à toi de le penser. Je suppose qu'au lit elle est meilleure que moi aussi.
— Pourrais pas te dire.
— Vraiment ? Sa surprise n'avait pas l'air feinte. Je croyais qu'elle était très libérale de ses faveurs.

— T'es pas la seule à penser ça.
— Tu es amoureux d'elle, non ?
— Peut-être.
— Trahearne pense que tu l'es.
— Peut-être que oui, peut-être que non, j'ai admis. Je sais plus.
— Et puis zut.
— Hein ?
— T'es assez sobre pour que je te demande quelque chose de très important ?
— Sûr.
— Est-ce que tu crois qu'elle le quitterait ? Si les circonstances s'y prêtaient ?
— J'en sais rien. Elle l'aime, mais elle croit qu'il ne l'aime plus. Il se pourrait qu'elle le quitte, mais dans quelles circonstances, ça j'en sais foutrement rien.
— Réfléchis. Dans mon sac j'ai trois chèques certifiés. Un de quarante mille dollars, au porteur. Un autre de vingt mille dollars au nom d'une certaine Miss Betty Sue Flowers. Et un troisième à ton nom pour dix mille dollars.
— Non, j'ai fait.
Je me suis levé pour prendre mes vêtements.
— Quand elle va revenir de San Francisco, Trahearne va te demander d'aller la chercher à l'aéroport de Meriwether. (Elle fouillait dans son sac.) Et tout ce que t'as à faire c'est la persuader de remonter dans cet avion — ou un autre — et de s'envoler de notre vie.
— Hors de question.
— Je t'en supplie.

Elle me tendait une longue enveloppe blanche.

— Tout ce qui arriverait c'est que Trahearne m'enverrait la chercher encore un coup, j'ai dit en soupesant la mince enveloppe.

C'est léger comme la plume, soixante mille dollars, mais en même temps ça pesait si lourd que je pouvais à peine les tenir dans ma main. J'ai tapé l'enveloppe contre mon plâtre, qui après les deux marinades d'aujourd'hui s'en allait en bouillie.

— Il m'enverrait la chercher, c'est tout ce qu'on gagnerait.

— Mais si tu mettais longtemps à la retrouver, suffisamment pour qu'il ait le temps de finir ce nouveau livre, ça n'aurait plus d'importance. Comme je ne répondais rien elle a ajouté : Je voudrais seulement que tu puisses lire le début de ce nouveau livre. C'est très beau, et tu comprendrais pourquoi c'est si important.

— Je peux pas faire ça.

J'ai essayé de lui rendre l'enveloppe.

— Alors réfléchis-y. Garde l'argent et réfléchis. Tu me dois au moins ça.

— Je suppose, j'ai dit en reposant l'enveloppe et en me rhabillant tant bien que mal. Il est à qui, ce fric ?

— Quelle importance ?

— Ça en a peut-être.

— Edna et moi, on a mis chacune la moitié.

— Je vais y réfléchir, mais je sais déjà que c'est non.

— Si t'arrives pas à la persuader, Catherine a murmuré en venant se blottir dans mes bras, Trahearne est un homme mort.

— Je peux pas.

Et j'ai enfoui ma figure dans ses cheveux mouillés. Sous la forte odeur minérale de l'eau thermale, la légère odeur de fleur de son parfum persistait.

— Tout serait si simple si tu pouvais, elle a murmuré contre mon cou, et ça va être si moche si tu ne peux pas.

— C'est déjà moche.

On est rentrés chez Trahearne sans parler et quand elle m'a déposé on ne s'est même pas dit bonsoir. J'ai regardé pendant qu'elle roulait jusqu'à l'autre maison. Je l'ai regardée mettre sa voiture dans le garage sur le côté, regardé la progression des lumières allumées et éteintes presque aussitôt comme elle traversait la maison. La lumière de la salle de séjour est restée allumée plusieurs minutes, comme si Catherine était encore restée à regarder les trophées de guerre de Trahearne. Puis le rez-de-chaussée est redevenu noir et une faible lueur s'est mise à éclairer les fenêtres du haut comme si on avait allumé le couloir. Comme j'allais me détourner les deux fenêtres de mon côté se sont illuminées, et j'ai distingué l'ombre des deux femmes se déplacer derrière leur rideau respectif. La vieille dame était donc en bas tout ce temps-là, assise dans le noir au milieu des restes de cette vieille guerre. Ça m'en a donné froid dans le dos et je suis allé jusqu'à mon El Camino, j'ai ouvert le cadenas du couvercle métallique de la ridelle et me suis glissé dessous pour enfermer l'enveloppe dans la caisse à armes qui se trouvait sous le coffre à outils. Ensuite j'ai été me coucher avant de pouvoir repenser à tout ça.

Catherine avait pourtant eu raison sur un point : deux jours plus tard Trahearne m'a prié d'aller chercher Melinda à l'aéroport, pour ne pas avoir à rater une journée de travail.

Quand elle a descendu la passerelle j'ai bien failli ne pas la reconnaître. Elle était en tailleur et gilet, couleur pêche foncée. Ses cheveux étaient de nouveau blonds, toujours courts mais bien coupés au lieu d'être taillés à la va-comme-je-te-cisaille, et elle portait même une légère trace de maquillage. Pendant qu'elle traversait rapidement le tarmac jusqu'à la porte de l'aérogare, tout dans l'aéroport s'est arrêté, parce que tout le monde la regardait. Elle avait aussi une paire de bottes à talons hauts et elle n'a pas eu besoin de se mettre sur la pointe des pieds pour me donner le léger baiser et la courte étreinte avec lesquels elle m'a accueilli.

— Comment vous trouvez le changement ? elle a demandé avec un sourire si chaleureux et si brillant qu'il m'en a presque aveuglé.

— Nom de Dieu, j'ai bredouillé.

— Merci, elle a fait, acceptant le compliment comme si elle le trouvait mérité. Et vous, comment vous vous sentez ?

— Transi de désir, j'ai dû avouer.

— Encore merci, elle a fait calmement.

Ensuite elle a passé la bandoulière de son sac sur son épaule et s'est dirigée d'un pas vif vers les bagages. Deux valises en cuir assorties sont apparues sur le tapis roulant. Elle les a indiquées d'un signe de tête et je les ai prises.

— Bon Dieu, qu'est-ce que vous trimballez là-dedans ? j'ai grogné.

— Une nouvelle vie.

Je l'ai suivie dehors jusqu'à l'El Camino. J'ai même dû presser le pas pour rester à son niveau à cause de cette nouvelle façon de marcher qu'elle avait acquise. Confiante. Même vue de dos elle avait l'air heureuse. Quand elle a ouvert la portière de droite, Fireball est descendu lui faire fête. Un peu plus et il se serait roulé sur le dos et pissé dessus comme un chiot. Il s'est contenté de sauter et aboyer et baver tant qu'il a pu jusqu'à ce que le souffle lui manque.

— Ce vieux Fireball MacRoberts a l'air de s'être bien remis.

Elle lui pétrissait le bout des oreilles.

— Roberts, j'ai dit en chargeant les valises.

— Hein ?

— Fireball Roberts. Pas MacRoberts.

— Quelle importance ? elle a fait gaiement. Et de fait.

— J'ai presque peur de vous demander ce qui s'est passé, j'ai dit en démarrant.

— Offrez-moi à boire et je vous raconterai tout, elle a répondu en ouvrant la glacière qui était entre les deux sièges.

Elle a craqué deux bières, m'en a tendue une. Elle a éclusé la moitié de l'autre en une seule longue gorgée, les muscles de sa gorge montant et descendant fluidement.

— Comment va votre main ?

— Toujours cassée, j'ai fait en cognant le plâtre tout esquinté contre le volant.

— C'est arrivé comment ?

J'avais toujours cru qu'elle le savait, mais de toute évidence Trahearne ne lui avait rien dit. Et s'il ne lui avait rien dit, ce n'est pas moi qui allais commencer.

— Une de ces choses qui arrivent.

— Oh, ça va, si vous voulez jouer les mystérieux.

Et elle a éclaté de rire en attaquant sa bière de nouveau. Une fois terminé elle a écrasé la boîte comme s'il s'était agi d'un mouchoir en papier. Elle l'a balancée derrière le siège et en a repris une autre.

— Vous êtes prêt ?

— Pas encore, j'ai fait en levant ma bière encore pleine. Qu'est-ce que vous avez fait, là-bas ?

— Je sais pas par où commencer, il s'est passé tellement de choses, toutes merveilleuses. J'ai trouvé une galerie dans Ghirardelli Square, et ce que je fais leur a suffisamment plu pour qu'ils me montent une expo — et ils ont tout vendu en trois jours, incroyable ! Ensuite j'ai expédié le reste de mes pièces à une autre galerie, à L.A. cette fois, et voilà le travail.

» Après ça je suis allée rendre visite à tous les vieux fantômes. Rosie et moi on a pris une biture ensemble quelque chose d'affreux. On s'est engueulées, pour finalement se tomber dans les bras en chialant et rigolant à la fois. Elle est partie d'un rire clair. J'ai même été voir M. Gleeson, et dans le genre vieux con pathétique il se pose un peu là. Ensuite je suis tombée à l'improviste sur ce pauvre Albert, et il lui a fallu deux Valium et un scotch gigantesque avant qu'il puisse s'arrêter de bégayer. Je lui ai pardonné, ce salaud, pardonné d'avoir été si salaud. Et vous savez pas ce qu'il me fait ?

— Non, mais je devine.

— Il se met à la ramener comme Monsieur Joli-Cœur en personne, et quand je l'ai envoyé paître — je lui ai ri au nez, à ce fumier —, le voilà qui fond en larmes. Il s'est même précipité à l'étage voir son psychanalyste. Là je dois dire que ça m'a drôlement fait plaisir.

Elle a ri de nouveau et s'est mise à fouiller dans son sac. Quand elle en a sorti une longue enveloppe blanche j'ai fait mine de m'occuper de ma bière, mais elle m'a tapé la poitrine avec l'enveloppe.

— Cinq mille dollars, cash. Vous voulez bien vous en occuper, veiller à ce qu'ils arrivent bien à Hyland de ma part ?

— Bon, j'ai murmuré en fourrant l'argent dans ma poche de chemise.

— Un acompte sur ma nouvelle vie.

— Melinda…

— Betty Sue, elle m'a interrompu d'une voix égale, Betty Sue Flowers. Je trouve ça décent comme nom.

— C'est ce que j'ai toujours pensé.

— Comment va Trahearne ? Au téléphone il a pas dit grand-chose.

— En plein turbin, aussi sobre qu'un chameau.

— Il m'a quand même dit que vous n'aviez pas votre pareil comme infirmier. Vous allez rester, dites ? Aussi longtemps qu'il aura besoin de vous ?

— Je suppose. Sauf si vous voulez bien vous enfuir avec moi.

— Idiot, elle a rigolé en me flanquant une claque sur la cuisse. J'arrive seulement.

18

À peine arrivée à la maison Betty Sue a sauté de voiture et a monté les escaliers quatre à quatre. Fireball et moi on a suivi plus lentement — moi par politesse, lui parce qu'il s'entraînait au jet de précision — mais en haut des marches elle nous attendait, un doigt posé sur ses lèvres pulpeuses.

— Il travaille, elle a chuchoté.

— Dites donc, j'ai fait en posant les valises, je crois que je vais aller faire un coup de pêche cet après-midi. Comme ça vous pourrez être seule avec le grand homme.

— Soyez pas méchant, elle a dit d'un ton désarmant, et puis d'abord vous n'avez pas à déguerpir

— J'y vais quand même, j'ai dit. Puis à Fireball : Allez viens, on va tuer une truite. Mais il restait aux pieds de Betty Sue d'un air bien décidé. Vous voulez bien garder un œil sur le chien ?

— C'est lui qui me gardera à l'œil. Amusez-vous bien.

— Vous aussi, j'ai dit, en essayant d'y mettre de la conviction.

Comme je descendais jusqu'à la voiture dans la

chaleur de fin d'été, un soupçon d'air frais et craquant est venu me chatouiller le nez. L'automne est pas loin, j'ai songé. Encore un hiver du Montana qui m'attend en perspective. Chaque automne je songe à partir dans le sud, à San Francisco, et à renouveler mon permis en Californie. Mais je ne le fais jamais. Peut-être cette année. Mais pour l'instant je savais où trouver un petit lac dans les montagnes au-dessus de Cauldon Springs, Moondog Lake, ça s'appelait. Les truites y avaient une certaine affinité pour les vers. L'endroit idéal pour gaspiller un après-midi à regarder mon bouchon danser sur l'eau clapotante.

Arrivé à la grand-route j'ai tourné à droite en direction opposée au patelin, mais la Porsche de Catherine m'a rattrapé avant que je ne franchisse la première côte. Je me suis rangé sur le bas-côté de la route et suis descendu.

— Alors qu'est-ce qu'elle a dit ? Catherine a demandé en me rejoignant.

— On n'en a pas parlé.

— Et pourquoi donc ? elle a fait d'une voix éteinte.

— Y a pas que l'argent qui entre en ligne de compte.

— C'est bien pour ça qu'Edna et moi sommes prêtes à dépenser tant d'argent.

— Ouais, ben va falloir vous trouver quelqu'un d'autre pour le faire. Ou le faire vous-même.

— Vous êtes le seul qui puisse réussir, et si vous le faites pas, tout ce qui arrivera sera entièrement de votre faute.

— Des fois j'ai l'horrible sentiment que toute cette histoire m'échappe depuis le commencement, alors ça peut pas être ma faute. Mais même si c'était le cas, comptez pas sur moi pour la payer pour quitter l'homme qu'elle aime.

— Si elle l'aimait vraiment, elle le quitterait pour rien.

— Betty Sue sait même pas que…

— Alors comme ça c'est Betty Sue maintenant ? Catherine m'a interrompu. Intéressant.

— C'est son nom.

— Ça lui va à ravir, Catherine a ricané.

— Écoutez, j'ai fait en allant ouvrir l'arrière, je vais vous rendre vos bon dieu de chèques et je me lave les mains de toute cette putain d'histoire.

— C'est bon, tu l'auras voulu.

Et elle s'est précipitée dans sa voiture et a démarré avant que j'aie eu seulement pu me glisser jusqu'au coffre.

— Mon cul, oui, j'ai craché dans sa poussière en refermant l'arrière.

Je n'ai quitté Moondog Lake qu'à la nuit et il était presque minuit quand je suis arrivé au chemin de Trahearne. Il y avait encore de la lumière, alors j'ai continué jusqu'au bourg boire un verre. Ensuite je suis retourné voir. Cette fois les lumières étaient éteintes. Je me suis garé et suis entré par le sous-sol. La maison était silencieuse. Je me suis versé un verre et j'ai allumé la télévision pour regarder le film qu'ils ont tard le soir sur le câble de Spokane, espérant quelque chose de riche en romance et paysage. *La Colline des potences*, peut-être, ou *Coups de feu dans la sierra*. Au lieu de ça j'ai eu droit à *La Chute de l'Empire romain*, qui m'a fait piquer du nez. De temps à autre je me réveillais pour une attaque de barbares, un discours vengeur de Christopher Plummer ou les seins de Sophia Loren qui semblaient à toute force vouloir sortir du petit écran, mais je retombais toujours dans mon sommeil agité.

Je me suis réveillé au bruit d'un coup de feu et au souvenir instantané du cri qui l'avait précédé. Sur la télévision un jeune homme agressif m'exhortait à acheter un camion neuf que je pouvais choisir parmi les milliers qu'il avait en stock. Ensuite un autre coup de feu a retenti dans la maison. Au fond du couloir j'ai entendu un bruit de verre brisé dans la salle de bains. J'ai couru dans ma chambre chercher le Smith & Wesson, ensuite j'ai foncé là-haut tout en écoutant les bruits de lutte et les grognements qui me parvenaient. Je traversais la cuisine dans le noir quand un nouveau coup de feu a éclaté. J'ai plongé la tête la première sur le tapis du séjour et au bout d'un roulé-boulé me suis retrouvé en position de tir derrière la chaise longue de Trahearne. Position de tir avec ma patte folle.

La lampe de bureau était allumée mais elle s'était trouvée renversée, et par la porte du bureau je recevais la lumière en plein dans les yeux. Mais derrière je pouvais quand même distinguer deux silhouettes en train de lutter pour la possession du gros automatique 45, qui est parti encore un coup.

Une étagère pleine de livres s'est vue réduite en cendres. J'ai tiré une balle dans le plafond en criant *Bougez plus !* mais personne n'a fait attention à moi. Comme je chargeais la porte j'ai entendu le bruit d'un poing sur de la chair douce et vu Betty Sue tituber vers moi. Je l'ai envoyée valser hors de portée et me suis accroupi juste à côté de la porte. Quand Trahearne est venu pour charger, je lui ai flanqué un grand coup de crosse sur le côté de la nuque avec le 38, et quand il est tombé j'ai recommencé. En chutant il a pointé l'automatique sur moi mais je le lui ai fait tomber de la main d'un coup de plâtre. Il est tombé évanoui sur le sol en rendant une petite flaque de vomi. Pur whisky, rien qu'à l'odeur. J'ai ramassé le pistolet, l'ai déchargé et l'ai jeté sur le fauteuil.

— Comment il est ? Betty Sue a demandé derrière moi, hors d'haleine.

— Vivant, j'ai fait après avoir vérifié son pouls qui battait aussi fort que celui d'un grizzli, mais ivre mort. Et vous ?

— J'ai plus de souffle, c'est tout. Elle s'est agenouillée près de moi. Aidez-moi à le mettre au lit.

— Bon. J'ai glissé le revolver dans ma ceinture. Je suis bien content de ne pas avoir eu à tuer quelqu'un. Je suis très mauvais, avec ma patte gauche.

— Aidez-moi, elle a répliqué, et à deux on a relevé le gros morceau et on l'a fait marcher jusqu'à la chambre.

Quand on l'a laissé tomber sur le lit il s'est réveillé juste pour nous dire qu'il avait pas besoin de notre putain d'aide, mais il s'est rendormi avant qu'on ait eu à en débattre.

— Merci.

La respiration de Betty Sue était encore forte et saccadée.

— Mais bordel, qu'est-ce qui s'est passé ? j'ai demandé.

— J'ai besoin de boire un coup, elle a fait en guise de réponse.

J'ai versé plein de whisky dans deux grands verres et lui en ai tendu un.

— Je peux avoir une cigarette ? elle a fait.

J'en ai allumé deux, elle m'en a pris une des mains et s'est mise à tirer dessus si fort qu'elle s'est mise à tousser.

— Peut-être qu'il vaudrait mieux vous asseoir, j'ai suggéré.

— Dehors.

Et je l'ai suivie.

Adossé contre la porte d'entrée je l'ai regardée arpenter la terrasse en s'en prenant à son whisky et à sa cigarette jusqu'à ce que les deux soient terminés. En rentrant dans la maison pour remplir nos verres à nouveau j'ai remarqué qu'il y avait de la lumière chez la mère de Trahearne. J'espérais seulement qu'elle n'avait pas entendu les coups de feu. De retour dehors j'ai tendu un nouveau drink à Betty Sue.

— Qu'est-ce qui s'est passé ?

— Je suis pas bien sûre, elle a dit d'une petite voix. Quand il a eu fini de travailler cet après-midi, on est allés dîner au patelin, et il s'est mis à boire

— disant qu'il n'y avait pas de mal à ça, juste une petite célébration, vous savez, parce qu'il venait de finir toute une section du bouquin et que j'étais rentrée. Et c'est vrai, tout allait très bien. Il était en forme, drôlement remonté, et tout ça…

— Jusqu'à ce que ?

— Jusqu'à ce qu'on se mette au lit, elle a murmuré en rougissant et en frissonnant dans la fraîcheur de la nuit. Elle a resserré la chemise de nuit jaune toute neuve sur son corps. Il s'est endormi — finalement — et je crois que j'ai dû m'assoupir aussi. Quand je me suis réveillée il n'était plus là. J'ai été voir s'il était dans son bureau à travailler — il fait ça, des fois, quand il peut pas dormir. Il était bien là. Il était… il tenait le pistolet à sa tempe… tenait le pistolet en me regardant droit dans les yeux… Comme s'il me défiait de le faire presser la détente. Je sais plus… Je me souviens que j'ai crié, et après ça on a lutté pour le flingue. C'est tout ce que je…

— Vous avez intérêt à vous reprendre, je l'ai interrompue en voyant le ver luisant bleu d'une voiture du bureau du shérif en train de foncer dans le noir entre Cauldon Springs et la route privée de Trahearne.

— Pourquoi ça ?

Elle était au bord des larmes.

— Parce que la police arrive.

— Qu'est-ce que je dis ?

— Pas un mot. Vous restez assise dans ce fauteuil et à chaque fois qu'on vous pose une question vous vous mettez à chialer. D'accord ?

Comme pour me prendre au mot elle s'est effondrée dans le fauteuil et a éclaté en sanglots. Et pas qu'un peu. Je suis rentré pour allumer les lumières de la terrasse et suis resté les bras ballants sous la lumière crue en regardant la voiture de shérif s'arrêter devant le perron après un grand dérapage. Le policier est aussitôt descendu de voiture et a pris appui sur le capot en me couvrant de son revolver.

— Tuez-le ! Le cri était venu en direction du torrent. Il a tué mon petit ! Abattez-le ! La vieille dame est sortie de l'ombre, traînant Catherine derrière elle comme celle-ci essayait de la retenir. Tuez-le !

— M. Trahearne se porte à ravir, j'ai dit au shérif adjoint derrière la voiture. Personne de blessé.

— À genoux, mon pote. Encore un qui la ramenait. Et croise les doigts derrière la nuque.

Je n'ai même pas songé à hésiter. Je me suis mis dans la position qu'il voulait et il s'est mis à monter les marches avec son revolver toujours pointé sur mon thorax.

— Serre plus fort, il a fait en se mettant derrière moi. Je veux voir du blanc autour des phalanges.

— La main droite et le poignet ont été cassés récemment, j'ai dit quand il m'a attrapé les doigts et une poignée de cheveux.

Il m'a fouillé et je l'ai entendu pousser un soupir à mon oreille quand il a sorti le Smith & Wesson de ma ceinture.

— Debout, il a ordonné en me passant une menotte au poignet gauche.

Je me suis levé et il me l'a tiré derrière le dos en me passant l'autre sur le droit, juste au-dessus du plâtre.

— Doucement, dites, j'ai fait aussi calmement que je pouvais. Je vous dis qu'il est rien arrivé de grave. Pas de quoi me recasser le poignet encore un coup.

— Abattez-le ! la vieille a encore crié en grimpant les escaliers comme un crabe plus très frais.

— Dites à la vieille bique de la boucler, j'ai dit, à personne en particulier.

— C'est toi qui vas la boucler, mon pote, l'adjoint a répliqué en tirant sur les menottes. Le shérif sera ici d'un moment à l'autre, il a ajouté. Puis il s'est remis à tirer sur les menottes, comme si l'alignement de mes omoplates n'était pas à son goût.

— Il est sain et sauf, votre petit, j'ai fait à la vieille comme elle déboulait devant moi toutes gencives dehors. Il cuve juste une muflée.

— Je t'ai dit de la boucler.

L'adjoint a remis ça avec mes bras.

— Refaites pas ça, j'ai dit d'un ton neutre.

Il a rigolé et a remis ça. Il y en a décidément qui ne comprennent jamais. Particulièrement chez les flics de cambrousse. Ils n'ont jamais assez d'action pour rester en condition. De ma patte gauche j'ai empoigné la ceinture de l'adjoint, l'ai tiré à moi, lui ai marché sur le pied droit et lui ai collé un grand coup de boule dans le nez tout en lui rentrant dedans d'un coup de cul. Il a chancelé à reculons en essayant de sortir le revolver de son étui, mais je me suis retourné et lui ai balancé un grand coup de pied dans les couilles, si fort que ses pieds ont quitté les planches de la terrasse. Il s'est écroulé par terre en position fœtale, mais je lui ai dégagé les bras avec mes pieds et les lui ai maintenus au sol avec mes genoux tout en restant assis sur sa poitrine.

— Tu m'as pas écouté, je lui ai dit.

Il a détourné la tête et s'est mis à cracher du sang. J'ai entendu grogner derrière moi, ainsi qu'un bruit de pas. Mais Catherine maîtrisait bien la vieille. Au petit sourire qu'elle avait j'en ai déduit que Catherine se disait qu'après ce que je venais de faire au shérif adjoint j'allais me retrouver hors-circuit pour un bout. Betty Sue était toujours sur le fauteuil, la bouche ouverte, comme surprise au milieu d'un sanglot.

— Hé, prenez-lui ses clés, à cet abruti, et enlevez-moi les menottes.

Elle s'est exécutée sans rien dire.

— Il a vraiment rien, je vous assure, j'ai fait à la mère Trahearne une fois les menottes enlevées. Il s'est seulement poivré et a décidé de redécorer son bureau avec son Colt de service. C'est tout.

— Réellement ? Catherine a demandé en arquant un sourcil.

— Allez voir dans sa chambre avec sa mère, vous verrez bien, j'ai dit en déchargeant le revolver de l'adjoint.

Les deux femmes se sont regardées un instant, puis sont entrées dans la maison.

— Hé, j'ai demandé à Betty Sue, vous pourriez m'amener une serviette et un bol plein de glace ?

Elle est rentrée elle aussi et je me suis relevé, libérant l'adjoint.

— T'as entendu ce que je viens de dire ? Il a fait oui de la tête et s'est traîné jusqu'à une chaise longue. De quelle sorte d'idiot tu veux avoir l'air, quand le shérif va s'amener ?

— C'est toi l'idiot, connard, il a marmonné. Attends un peu que je te coince tout seul dans une cellule.

— Parce que tu crois vraiment que t'auras encore ton boulot une fois que le shérif aura appris que tu t'es fait piquer ton flingue par un prisonnier qu'avait les menottes ? Je te donne pas dix secondes avant qu'il te vire.

L'adjoint a ricané.

— C'est mon oncle.

— Mais Roy Berglund est pas idiot. Neveu ou pas, il va se débarrasser de toi comme d'une vieille chaussette. Parce que c'est pas comme ça qu'on se fait réélire shérif, en engageant quelqu'un de la famille qu'aura pas qu'un peu l'air con quand tout ça va se savoir.

Il a médité un peu là-dessus, assez longtemps du moins pour que son amour-propre et ses bijoux de famille cessent de lui faire trop mal. Ensuite il a levé les yeux.

— Qu'est-ce que tu proposes ?

— Je propose d'arroser la pelouse. (Il m'a regardé sans comprendre.) Ça détrempe toujours ces saloperies de marches et ça les rend aussi glissantes que de la merde de chouette.

— Saloperies de marches, il a marmonné comme ça.

Et puis il s'est marré en s'essuyant le sang de la figure.

Betty Sue s'est ramenée avec le bol plein de glace et la serviette. Je les ai tendus à l'adjoint et suis allé m'occuper de l'arrosage automatique de la pelouse. Ensuite on est restés assis à attendre le shérif. Tous sauf Edna Trahearne. Qui est rentrée chez elle, pas contente du tout.

Roy Berglund avait tout du shérif. Il était grand, blond, avec des yeux bleus limpides et des traits taillés à coups de serpe. À ma connaissance, il n'était ni stupide ni véreux. Mais c'était quand même un fonctionnaire élu, plus intéressé par les apparences que par la façon dont il s'acquittait de sa fonction. Et il avait l'air magnifique en uniforme. Il avait pris le temps d'en mettre un propre avant de rameuter deux autres adjoints et un médecin légiste. Il s'est ramené à pas de géant à travers les jets d'arrosage et les autres ont suivi le mouvement comme les malheureux mortels qu'ils étaient. Roy a continué d'avoir l'air magnifique jusqu'à ce qu'il pose son talon de botte en cuir sur le palier en cèdre tout trempé. Là il a glissé et ses bras se sont mis à mouliner furieusement dans le vide pour se rétablir et il a fait tomber un des adjoints d'un revers de main. Betty Sue a dû éclater en sanglots pour couvrir son fou rire et l'adjoint sur la chaise longue s'est étranglé de rire jusqu'à ce que son nez se remette à saigner.

— Coupe-moi cette saloperie de flotte, il a gueulé à l'adjoint par terre.

Le shérif Roy était furibard. Le citoyen le plus important du coin, le fils de la femme la plus riche du comté, se faisait sauvagement assassiner, et voilà qu'en plus la dignité du shérif Roy en prenait un coup.

— Bon, qu'est-ce qui se passe, ici, il a demandé d'un ton péremptoire.

— J'ai bien peur qu'il ne s'agisse que d'un terrible malentendu, Catherine a répondu en sortant de l'ombre et prenant les choses en main avec assurance. Nous avons — Edna Trahearne et moi — entendu des coups de feu, et nous avons craint le pire. Nos conclusions se sont avérées trop hâtives. Shérif Roy avait l'air perdu et déçu tout à la fois. Mon époux — enfin, mon ex-époux, Catherine a rectifié avec un petit sourire — était en train de nettoyer son pistolet et il est parti tout seul par accident. Aucun dommage, heureusement.

— Oh ! a fait le shérif en tirant sur sa grosse lèvre inférieure. Okay. Et se tournant vers son neveu : Et toi, qu'est-ce qui t'est arrivé ?

— J'allai pour vous appeler sur la radio, il a marmonné comme ça, et pis j'ai glissé sur ces bon dieu de marches.

— Oh, le shérif a fait encore un coup. Ben vrai, M'dam' Trahearne, je suis rudement content qu'y ait pas de bobo, mais faut quand même que je fasse mon rapport, moi. Alors si c'était un effet d' vot' bonté de passer nous voir au bureau dans les prochains jours, ça m'arrangerait drôlement.

— Oh mais naturellement, Catherine a répondu avant que Betty Sue n'ouvre seulement la bouche.

— Allez, on s'en va, il a fait à sa suite.

Et puis, comme si cela lui venait seulement :

— Dites donc, M'sieur Sughrue, ça vous embêterait de descendre avec moi jusqu'à la voiture ?

— 'sûr, j'ai fait.

Le shérif a laissé partir tout le monde devant, avant de me guider sur les escaliers en me passant son bras massif autour de l'épaule.

— Attention de pas te casser la binette, C.W.

Le ton était plaisant. De près comme ça je pouvais voir qu'il avait même pris le temps de se raser de frais avant de venir. Arrivé en bas des escaliers, il m'a fait à l'oreille :

— Alors, qu'est-ce qui s'est passé au juste ? Le vieux il a voulu poinçonner son ticket, c'est ça ?

— Je dormais, j'ai dit.

— Tu peux y aller, il a murmuré en me serrant d'encore plus près, ça reste entre nous.

— Juste entre nous, hein ?

— Absolument.

— Juste entre nous, Roy, je dormais.

— Tu te payes ma fiole encore une fois comme ça, mon gars, tu te retrouves le cul en écharpe. Une écharpe que tu pourras pas porter, j'aime autant te le dire.

— C'est votre écharpe, shérif.

— Et tirer de trois à cinq ans à Deer Lodge pour voies de fait contre un policier, ça te dirait ?

— Je crois que le tarif c'est de deux à dix, j'ai fait. Mais au fond je n'en savais rien.

— N'importe, ça te plaira pas.

Et puis comme je ne disais rien, il a changé son fusil d'épaule :

— Et d'abord comment ça se fait que t'es pas passé à mon bureau pour me prévenir que t'allais travailler dans mon comté ?

— Je travaille pas. Je suis juste ici en visite.

— Pas pour longtemps j'espère, hein mon gars ?

Là-dessus il m'a flanqué une grande claque sur l'épaule en se marrant comme s'il venait de sortir une plaisanterie.

— Tu fais le moindre truc de travers et tu y as droit, mon gars. Même si c'est seulement une canette que tu jettes dans le fossé.

— Vous croyez vraiment que ça va vous rapporter quelque chose, de savoir que Trahearne a essayé de se faire sauter le caisson ?

— Pas besoin de cadeau, quand on a tout ce qu'il faut, le shérif a lancé par-dessus son épaule. Je sais ce qui s'est passé, et je m'en fous. C'est juste que j'aime pas qu'on me mente, c'est tout.

— C'est comme moi, j'ai fait, et il s'est marré en s'éloignant.

— À la revoyure, Sughrue.

Il est remonté en voiture en disant à son jeune adjoint de le reconduire chez lui.

Sur la terrasse, Catherine se tenait en haut des marches et Betty Sue était assise dans la chaise longue. Elles me regardaient toutes les deux monter d'un air las.

— Betty Sue, vous voulez bien nous excuser un moment ?

Catherine a dit ça sans la regarder, et Betty Sue a dit bien sûr en rentrant dans la maison.

— On en reparlera demain, j'ai dit en posant le pied sur la dernière marche. Okay ?

— Demain il sera trop tard. Parle-lui maintenant.

— Moi je vais me coucher.

— Ça je veux bien le croire, elle a sifflé comme ça dans mon dos.

J'ai été me verser un verre au bar. J'étais en train de finir mon deuxième verre quand Betty Sue est revenue de la chambre. Elle avait enlevé sa chemise de nuit et remis ses vieilles frusques informes.

— Je vous aimais mieux autrement, j'ai fait.

Elle ne s'est même pas souciée de me répondre et s'est adossée contre le chambranle de la porte du bureau. La lumière crue de la lampe renversée lui tombait durement sur le visage, qui paraissait pâle et hâve.

— Laissez tout ça, j'ai fait. Qu'il nettoie sa merde.

— Je peux pas. Et si vous aviez dit la même chose pour moi ?

— C'est différent, j'ai répondu bêtement.

Mais elle était déjà dans le bureau.

L'angle de la lumière a changé, la ligne d'ombre sur le tapis s'est allongée vers la porte, et le fauteuil tournant a grincé comme si elle s'était assise dessus. Je me suis encore versé une grande rasade de whisky et suis sorti en éteignant les lumières de la terrasse au passage. Mon 38 Airweight trônait toujours sur le coussin de la chaise longue où l'adjoint l'avait jeté. Je l'ai déchargé et l'ai enfoncé dans ma poche arrière. Un quartier aussi mince qu'une fracture sur une radio trouait la nuit. Le reste de la lune était encore clairement visible, bien qu'obscurci. J'étais en train de la regarder quand j'ai entendu Fireball geindre en bas sur la pelouse. Je l'ai appelé et l'ai entendu se traîner jusqu'en haut des escaliers. Arrivé à la terrasse il s'est ramené en ballottant et s'est hissé douloureusement sur mes genoux comme je m'installais sur la chaise longue. Ses hanches tremblaient furieusement.

— C'est rien, mon chien, j'ai dit en lui tapotant le crâne. Tout le monde a peur des coups de pétard la première fois.

Le chien s'est mis à gémir de plus belle et j'ai dû lui pétrir le cou jusqu'à ce qu'il s'arrête de trembler. Ensuite je l'ai reposé par terre et suis rentré. Il a suivi, la truffe collée à mes semelles.

Betty Sue était toujours assise derrière le bureau, la tête dans les mains, penchée sur un tas de feuilles volantes en désordre. Pourtant ses yeux étaient secs quand elle m'a regardé. Fireball est allé la trouver et elle l'a pris sur ses genoux. Je me suis penché sur le bureau.

— Ça va ? j'ai demandé.

— Qu'est-ce que j'ai fait de mal ?

— Rien.

— Pourquoi il a essayé de se tuer, alors ?

— Il supporte pas, je suppose.

— Supporte pas quoi ? elle a demandé en s'essuyant le nez du revers de la main.

— L'amour et la compréhension.

— Je crois que je vais le quitter, elle a dit tout bas.

— C'est probablement ce qu'il y a de mieux.

— Pour qui ?

— Vous deux.

— Vous avez sans doute raison. Peut-être que ce serait mieux pour tout le monde.

— Où vous allez aller ?

Elle m'a fixé un long moment, avant de répondre délibérément :

— Je fais ça avec dix ans de retard, mais je rentre chez moi.

— Au moins je sais où je pourrai vous trouver.

— Non, elle a murmuré, s'il vous plaît ne venez pas.

— Comme vous voudrez.

— Et vous en faites pas pour Hyland et le reste de l'argent. Je m'en occuperai.

— Vous partez réellement ?

— Oui.

— Alors attendez une minute.

Je suis allé chercher les chèques et les cinq mille dollars en liquide.

— Qu'est-ce que c'est ? elle a demandé quand je lui ai remis l'enveloppe.

— Regardez.

— Mon Dieu ! elle a soupiré en sortant les chèques. Catherine ?

— Et sa belle-mère.

— Si elles le veulent pour elles toutes seules à ce point-là, je suppose que je dois les laisser faire, elle a dit en me rendant les chèques et le cash. Rendez les chèques à Catherine et le cash à Hyland. Je paie mon trajet moi-même.

J'ai plié les chèques et les ai remis dans ma poche avec les cinq mille en billets.

— Demain matin, j'ai fait, je vais à la banque encaisser les quarante mille, ensuite je vais à Denver les leur remettre en main propre, si j'ose dire. Catherine peut avoir vos cinq mille dollars et les deux autres chèques si elle veut.

— Non, je vous en supplie.

— Dites, y a pas que vous qui soyez dans le bain. Il y va de mes fesses à moi aussi.

— C'est vrai, je m'excuse. Remerciez Catherine pour moi — dites-lui que je rembourserai.

— Dites-le-lui vous-même.

— Je serai partie avant l'aube. J'ai deux ou trois bricoles à empaqueter à l'atelier, et quelques affaires. Après ça je m'en vais.

— Je serai parti avant vous, j'ai fait.

— Venez ici, elle a dit, et je me suis penché vers elle par-dessus le bureau.

Elle m'a passé une main derrière la nuque en tirant ma figure à elle. Nos lèvres se sont frôlées.

— Merci, elle a murmuré. Pour tout.

— Rendez-moi un service, j'ai dit en me redressant.

— Quoi ?

— En rentrant chez vous, prenez ce foutu bon à rien de bouledogue avec vous.

— Merci, elle a répété, un rire léger montant dans ses yeux embués de larmes.

Avec les doigts de ma patte folle je lui ai touché la joue, et je l'ai quittée comme ça.

19

En faisant mes bagages il a fallu que j'aille dans la salle de bains chercher ma trousse de toilette, et là j'ai trouvé la grande glace brisée par la balle que Trahearne avait tirée dans le plancher. Un grand bout s'était détaché et avait écrasé le long vase étroit et délicat, ainsi que les fleurs séchées qu'il contenait. Et les visages de femmes solitaires. J'ai fouillé dans les débris de verre et de céramique pour en ressortir un grand bout avec un visage dessus. Je l'ai regardé longuement, puis l'ai jeté sur le lavabo et j'ai terminé mes paquets.

Une fois l'El Camino chargé, cependant, je me suis retrouvé avec nulle part où aller. J'ai quand même pris le chemin en gravier jusqu'à la route et j'ai roulé en direction des montagnes. Une fois franchie la première côte je me suis arrêté et suis sorti. J'ai allumé une cigarette et ouvert une bière.

Les deux maisons des Trahearne étaient plongées dans le noir, mais la lumière d'une lampe-tempête bavait de l'atelier en haut de la colline et derrière les fenêtres je pouvais voir l'ombre de Betty Sue s'affairer rapidement. Dans l'obscurité de la vallée l'atelier ressemblait à un îlot de cristal dans une mer d'eau noire. J'ai fini ma bière et la cigarette et j'ai poussé un peu plus loin jusqu'à Moondog Lake pour passer le restant de la nuit.

À l'aube un plongeon matinal s'est mis à emplir l'air du lac de ses gueulantes de maniaque. D'un coup de pied j'ai éteint mon minable feu de camp et je suis rentré à Cauldon Springs.

À l'entrée du patelin je me suis arrêté à une cabine téléphonique et j'ai appelé Torres pour lui dire que j'avais son fric, ensuite j'ai roulé à travers le bourg en éveil, à la recherche d'une tasse de café. Mais rien n'était encore ouvert. J'ai tourné en rond, le seul à être levé à part un vieux tout perclus d'arthrite qui traînait la patte de son hôtel à puces jusqu'à la piscine. Je me suis arrêté pour lui offrir de monter mais il a refusé, disant en caquetant que l'exercice lui ferait du bien. Je suis passé lentement devant l'hôtel et en tournant j'ai vu la Volks de Betty Sue parquée dans la ruelle derrière les bains et le court de tennis. J'ai continué mon chemin sans percuter, mais j'ai fait demi-tour et me suis garé derrière sa voiture, qui était chargée de ses affaires.

La porte de derrière n'était pas fermée à clé, mais quand je suis entré l'eau était plate et vide, pleine de la luminosité visqueuse que lui conféraient les lumières allumées au fond de la piscine, une lumière de cendre comme celle qui tombait des lucarnes. Je me suis avancé jusqu'au bassin et j'ai appelé son nom, mais son corps nu flottait dans l'eau pellucide, visage tourné vers le fond, son bras droit passé autour du ventre du bouledogue comme si elle avait cherché à le protéger des balles. Betty Sue avait trois trous noirs groupés au milieu du dos, et un autre luisait comme un charbon derrière l'oreille de Fireball. Sous eux, le calibre 45 reposait sur le fond comme une plante aquatique malfaisante. Sur le fond et dans l'eau calme un nuage de sang entourait leurs corps comme un halo de brume autour d'une lune rousse.

Ce n'était pas ce que j'avais envie de faire, mais ce que j'avais à faire. Je suis retourné dehors ouvrir le capot de l'El Camino pour démonter le filtre à air. J'ai planqué les chèques et l'argent derrière le filtre, ensuite je suis rentré et j'ai continué jusqu'à l'hôtel. Le vieux qui avait refusé mon aide et un préposé à la réception encore plus décati et plus vétuste que lui étaient en train de causer de leurs maladies respectives. J'ai laissé la conversation s'éteindre de mort naturelle avant de dire à l'employé d'appeler le bureau du shérif.

La première chose qu'a fait Shérif Roy, bien sûr, a été de m'arrêter. J'ai passé deux semaines et trois jours dans la prison de Logan County sans dire un mot à personne sauf à l'avocat qu'on m'avait assigné d'office ; et encore, tout ce que je lui ai dit c'était que je n'avais rien à dire. Si les Trahearne ne poussaient pas trop à la roue, le procureur n'avait rien sur quoi fonder ses poursuites. Alors je l'ai bouclée, et ils n'ont pas poussé à la roue. Ils sont venus une fois, pourtant, Catherine et Trahearne, me rendre visite en prison. On est restés assis à une longue table, mon avocat à l'autre bout. Trahearne avait l'air déprimé, mais Catherine avait le sourire et m'a dit que je ne serai pas poursuivi.

— Merci, j'ai dit.

— On leur a tout dit au sujet de ces types de Denver, Catherine a continué, mais bien sûr ils ont tous des alibis en acier trempé.

— C'est toujours comme ça avec ce genre d'individus.

— Qu'est-ce que vous avez fait de l'argent ? elle a demandé sans avoir l'air d'y toucher.

— Il est en lieu sûr. Vous voulez que je vous le rende ?

— Vous l'avez bien gagné, Catherine a déclaré avec un sourire.

— On peut le dire, oui.

Trahearne a été pour dire quelque chose à ce moment-là, mais Catherine lui a posé deux doigts sur la bouche. Je suppose qu'elle habitait chez lui maintenant et qu'elle le réconfortait et le pouponnait.

— J'espère que ça en valait la peine pour vous, j'ai dit en me levant, et je suis retourné dans le couloir retrouver mon garde-chiourme.

L'après-midi où j'ai quitté le patelin, Shérif Roy m'a filé le train jusqu'à la sortie du bourg et même plus loin. Il m'a fait des appels de phares, et comme je ne m'arrêtais toujours pas il a allumé son ver luisant. Je n'ai pas ralenti pour autant, même pas quand il a mis la sirène, et à quinze bornes de la ville il a tout éteint et m'a foutu la paix. Quand il s'est arrêté pour faire demi-tour j'ai stoppé moi aussi et fait marche arrière. On est descendus tous les deux et on s'est confrontés entre les deux voitures.

— T'as des couilles au cul, mon gars, il a fait.

— Et vous un sacré culot.

— Je voudrais surtout pas que tu commettes l'erreur de revenir ici régler des comptes.

— Des comptes avec qui ?

— Personne ou des personnes non identifiées, disons.

— Ils m'ont payé plus que vous, j'ai fait en retournant à ma voiture.

— Ils m'ont rien payé du tout, il a crié dans mon dos.

Et je le croyais volontiers.

En taule j'avais raté les enterrements, mais quand je suis arrivé en Californie j'ai vu les tombes. Betty Sue était enterrée entre ses deux frères dans un de ces cimetières modernes pleins de bon goût, juste une pelouse et des plaques. C'est moins cher à entretenir. Ils peuvent même tondre par-dessus les tombes. Par-dessus la charogne. Oney et Lester avaient défoncé le béton et enterré Fireball juste devant les marches de la taverne à Rosie. Ensuite ils avaient coulé une dalle de béton dessus avec son nom et les dates gribouillées d'une écriture d'ivrogne.

L'après-midi après le cimetière, Rosie et moi on était assis sur le perron à regarder la tombe, flanqués de Lester et Oney avec les bières que je venais de leur payer.

— Allez voir à l'intérieur si j'y suis, les gars, elle a dit, et c'est ce qu'ils ont fait. Je vous remercie de vous être donné tout ce mal, elle m'a fait.

— Je suis désolé.

— Je l'aurai au moins revue une fois, et c'est déjà mieux que rien. Elle s'est arrêtée pour attaquer sa canette. Elle m'a tout raconté. Sur tout, elle a continué à voix basse, mais ce que je pige pas c'est pourquoi il a fallu qu'ils la tuent. Elle aurait remboursé l'argent, vous le savez bien, ou s'ils avaient bien voulu attendre un peu son mari les aurait remboursés — c'est ce qu'il m'a dit quand il est venu amener le corps —, ils avaient pas à la tuer.

— Non.

Et là elle s'est tournée vers moi.

— Je suppose que je pourrais pas vous engager encore une fois, histoire de... de vous occuper de ces types de Denver... Hein ?

— Non, j'ai fait, vous pourriez pas, et de toute façon ça servirait à rien.

— Celui qui l'a tuée, il savait sans doute rien... Il la connaissait sans doute même pas... Savait même pas pourquoi...

Elle s'est arrêtée de bredouiller et a enfoui sa tête au creux de ses bras.

— C'est ça, j'ai dit, la laissant croire que c'était bien le cas.

— Je vais pas pleurer. Pas encore, elle a fait en relevant la tête.

— Vous voudriez bien me faire plaisir ? j'ai demandé.

— Quoi ?

— J'ai de l'argent qui appartient à Betty Sue. Et je sais qu'elle aurait voulu que je vous le donne.

J'ai sorti les cinq mille dollars de ma poche et lui ai tendu les billets. J'avais déjà envoyé le fric à Torres. S'il avait les foies d'encaisser le chèque, c'était son problème.

— Pourquoi vous prendriez pas l'avion pour Hawaï ou est-ce que je sais, moi ? Je pourrais m'occuper de la tôle à votre place.

— Ce serait trop vous demander, elle a dit en faisant claquer la liasse de billets contre sa cuisse.

— Pas d'histoire, j'ai dit d'un ton plus irrité que je n'aurais voulu.

— Z'êtes sûr ?

— Tout à fait sûr.

— J'aimerais mieux retourner en Oklahoma rendre visite à ma famille, elle a dit tout bas.

— Restez-y aussi longtemps que ça vous chante.

Et finalement Rosie y est allée de sa larme. Ses larmes. Une fois fini de pleurer, elle est allée à la caravane faire ses valises et Lester et Oney ont pris ma voiture pour la conduire à l'aéroport de San Francisco.

Pendant son absence, j'ai fait le barman, fait tourner la tôle et tué le temps en attendant qu'il se montre.

Ça lui a pris une semaine, mais finalement, un jeudi après-midi, Trahearne s'est pointé, déboulant dans l'entrée comme un ours soûl. Il s'est arrêté le temps d'échanger force condoléances avinées avec Lester et Oney. Ensuite il s'est amené au bout du comptoir où je me tenais. Il s'est posé péniblement sur un tabouret et je suis allé à l'autre bout du bar ouvrir deux bières pour les deux gaziers et une troisième pour le vieux.

— Comment ça va, mon gars ?

— Mieux que vous, vieux père.

— Comment ça ?

— J'ai la conscience claire.

— Ouais, je sais, il a bredouillé. Si j'avais pas été aussi fauché, rien de tout ça serait arrivé. Ce fumier d'Hyland !

— Qui ?

— Hyland. Ce fumier, là-bas à Denver.

— Il était mort quand on a quitté la bicoque. Trahearne n'a rien dit pendant un moment.

— T'en sais rien. Il a peut-être réussi à s'en tirer au baratin. On peut pas savoir.

— J'ai vu le cadavre, vieux père.

— Alors ça doit être l'autre, le gros costaud avec la sale gueule.

— C'est bien un gros costaud et il a bien une sale gueule, celui qu'a fait le coup. Seulement il a pas eu le courage d'appuyer sur la détente.

— Hein ?

— Il s'est arrangé pour que son ex-femme presse la détente pour lui.

— Je pige rien à ce que tu dis.

— C'est elle qui a pressé la détente, mais c'est vous qui lui avez mis le flingue dans les pattes. Et tout ça pour rien, vieux père. Betty Sue s'en allait. Elle était déjà partie.

— Allez, mon gars, tu rigoles ou quoi ? Trahearne a fait avec un rire jaune. Laisse-moi te payer une bière, fils, une petite avant que je parte ? Faut que je rentre, tu sais, que je retourne à ce bon vieux bureau. Comme tu l'as dit toi-même, je suis resté trop loin de lui. Allez, va te chercher une bière, fils.

— Rentrez chez vous, j'ai fait en lui faisant sauter sa canette des mains. Dehors, vieux père.

— Allez, fils, rends-moi ma bière, il m'a fait d'une voix geignarde.

Je l'ai flanquée sur les planches, sous mes pieds.

— Bon, si c'est comme ça que tu le prends, mon gars, je file.

— Quand vous serez chez vous, faites-moi plaisir.

— Quoi ? il a demandé en se levant, se redressant comme un homme blessé.

— Attendez-moi.

— Je sais plus ce que tu racontes, il a fait, perplexe.

— Rentrez chez vous et attendez-moi, j'ai dit. J'ai un fusil tout neuf pour la chasse à l'élan, un 7 millimètres magnum, vieux père. Et un beau jour, un beau jour vous sortirez sur la terrasse après une journée de scribouille, et je serai là. Et je vous balancerai un beau morceau de plomb dans le bide, dans le genre 175-grain.

— Toujours le mot pour rire, hein Sughrue.

Il s'est éloigné du comptoir en titubant.

— Dehors, le vieux, allez ouste, à la maison. Rentrez chez vous et attendez-moi. Et essayez un peu de bosser, vieux père.

— Allez, quoi, le colosse a plaidé en se cognant contre la table de billard.

— Vous êtes mort, j'ai dit. Rentrez chez vous avant de commencer à puer.

Et je crois que c'est ce qu'il a fait. Il est sorti de chez Rosie sans demander son reste, en trébuchant sur la tombe de Fireball. Et je ne l'ai plus jamais revu.

DU MÊME AUTEUR

Aux Éditions Gallimard

Dans la Noire

UN POUR MARQUER LA CADENCE, 1992, Folio *nº 2909.*

LE CANARD SIFFLEUR MEXICAIN, 1994, Folio Policier *nº 222.*

LES SERPENTS DE LA FRONTIÈRE, 1997, Folio Policier *nº 154.*

LA CONTRÉE FINALE, 2002, Folio Policier, *nº 333.*

Dans la Série Noire

LA DANSE DE L'OURS, *nº 2361*, 1994, Folio Policier *nº 68.*

LE BANDIT MEXICAIN ET LE COCHON, *nº 2544*, 1999.

TIR AUX PIGEONS, *nº 2615*, 2001.

Chez d'autres éditeurs

FOLIE DOUCE, *Fayard*, 2005, Folio Policier, *nº 459.*

PUTES, *Rivages*, 1990.

FAUSSE PISTE, *Christian Bourgois, 1988, 10/18*, 1990, Folio Policier, *nº 414.*

CAIRN, *Encrage*, 1989.

LE DERNIER BAISER, *Christian Bourgois, 1988, 10/18*, 1990, Folio Policier, *nº 411.*

COLLECTION FOLIO POLICIER

Dernières parutions

291. Nicholas Blincoe	*Acid Queen*
292. Robin Cook	*Comment vivent les morts*
293. Ian Rankin	*L'ombre du tueur*
294. François Joly	*Be-bop à Lola*
295. Patrick Raynal	*Arrêt d'urgence*
296. Craig Smith	*Dame qui pique*
297. Bernhard Schlink	*Un hiver à Mannheim*
298. Francisco González Ledesma	*Le dossier Barcelone*
299. Didier Daeninckx	*12, rue Meckert*
300. Dashiell Hammett	*Le grand braquage*
301. Dan Simmons	*Vengeance*
302. Michel Steiner	*Mainmorte*
303. Charles Williams	*Une femme là-dessous*
304. Marvin Albert	*Un démon au paradis*
305. Fredric Brown	*La belle et la bête*
306. Charles Williams	*Calme blanc*
307. Thierry Crifo	*La ballade de Kouski*
308. José Giovanni	*Le deuxième souffle*
309. Jean Amila	*La lune d'Omaha*
310. Kem Nunn	*Surf City*
311. Matti Y. Joensuu	*Harjunpäa et l'homme-oiseau*
312. Charles Williams	*Fantasia chez les ploucs*
313. Larry Beinhart	*Reality show*
315. Michel Steiner	*Petites morts dans un hôpital psychiatrique de campagne*
316. P.J. Wolfson	*À nos amours*
317. Charles Williams	*L'ange du foyer*
318. Pierre Rey	*L'ombre du paradis*
320. Carlene Thompson	*Ne ferme pas les yeux*
321. Georges Simenon	*Les suicidés*
322. Alexandre Dumal	*En deux temps, trois mouvements*
323. Henry Porter	*Une vie d'espion*

324.	Dan Simmons	*L'épée de Darwin*
325.	Colin Thibert	*Noël au balcon*
326.	Russel Greenan	*La reine d'Amérique*
327.	Chuck Palahniuk	*Survivant*
328.	Jean-Bernard Pouy	*Les roubignoles du destin*
329.	Otto Friedrich	*Le concasseur*
330.	François Muratet	*Le Pied-Rouge*
331.	Ridley Pearson	*Meurtres à grande vitesse*
332.	Gunnar Staalesen	*Le loup dans la bergerie*
333.	James Crumley	*La contrée finale*
334.	Matti Y. Joensuu	*Harjunpää et les lois de l'amour*
335.	Sophie Loubière	*Dernier parking avant la plage*
336.	Alessandro Perissinotto	*La chanson de Colombano*
337.	Christian Roux	*Braquages*
338.	Gunnar Staalesen	*Pour le meilleur et pour le pire*
339.	Georges Simenon	*Le fils Cardinaud*
340.	Tonino Benacquista	*Quatre romans noirs*
341.	Richard Matheson	*Les seins de glace*
342.	Daniel Berkowicz	*La dernière peut-être*
343.	Georges Simenon	*Le blanc à lunettes*
344.	Graham Hurley	*Disparu en mer*
345.	Bernard Mathieu	*Zé*
346.	Ian Rankin	*Le jardin des pendus*
347.	John Farris	*Furie*
348.	Carlene Thompson	*Depuis que tu es partie*
349.	Luna Satie	*À la recherche de Rita Kemper*
350.	Kem Nunn	*La reine de Pomona*
351.	Chester Himes	*Dare-dare*
352.	Joe R. Lansdale	*L'arbre à bouteilles*
353.	Peppe Ferrandino	*Le respect*
354.	Davis Grubb	*La nuit du chasseur*
355.	Georges Simenon	*Les Pitard*
356.	Donald Goines	*L'accro*
357.	Colin Bateman	*La bicyclette de la violence*
358.	Staffan Westerlund	*L'institut de recherches*
359.	Matilde Asensi	*Iacobus*
360.	Henry Porter	*Nom de code : Axiom Day*
361.	Colin Thibert	*Royal Cambouis*
362.	Gunnar Staalesen	*La Belle dormit cent ans*
363.	Don Winslow	*À contre-courant du Grand Toboggan*

364. Joe R. Lansdale — *Bad Chili*
365. Christopher Moore — *Un blues de coyote*
366. Jo Nesbø — *L'homme chauve-souris*
367. Jean-Bernard Pouy — *H4Blues*
368. Arkadi et Gueorgui Vaïner — *L'Évangile du bourreau*
369. Staffan Westerlund — *Chant pour Jenny*
370. Chuck Palahniuk — *Choke*
371. Dan Simmons — *Revanche*
372. Charles Williams — *La mare aux diams*
373. Don Winslow — *Au plus bas des Hautes Solitudes*
374. Lalie Walker — *Pour toutes les fois*
375. Didier Daeninckx — *La route du Rom*
376. Yasmina Khadra — *La part du mort*
377. Boston Teran — *Satan dans le désert*
378. Giorgio Todde — *L'état des âmes*
379. Patrick Pécherot — *Tiuraï*
380. Henri Joseph — *Le paradis des dinosaures*
381. Jean-Bernard Pouy — *La chasse au tatou dans la pampa argentine*
382. Jean-Patrick Manchette — *La Princesse du sang*
383. Dashiell Hammett — *L'introuvable*
384. Georges Simenon — *Touriste de bananes*
385. Georges Simenon — *Les noces de Poitiers*
386. Carlene Thompson — *Présumée coupable*
387. John Farris — *Terreur*
388. Manchette-Bastid — *Laissez bronzer les cadavres !*
389. Graham Hurley — *Coups sur coups*
390. Thierry Jonquet — *Comedia*
391. George P. Pelecanos — *Le chien qui vendait des chaussures*
392. Ian Rankin — *La mort dans l'âme*
393. Ken Bruen — *R&B. Le gros coup*
394. Philip McLaren — *Tueur d'aborigènes*
395. Eddie Little — *Encore un jour au paradis*
396. Jean Amila — *Jusqu'à plus soif*
397. Georges Simenon — *L'évadé*
398. Georges Simenon — *Les sept minutes*
399. Leif Davidsen — *La femme de Bratislava*
400. Batya Gour — *Meurtre sur la route de Bethléem*
401. Lamaison-Sophocle — *Œdipe roi*

402.	Chantal Pelletier	*Éros et Thalasso*
403.	Didier Daeninckx	*Je tue il...*
404.	Thierry Jonquet	*Du passé faisons table rase*
405.	Patrick Pécherot	*Les brouillards de la Butte*
406.	Romain Slocombe	*Un été japonais*
407.	Joe R. Lansdale	*Les marécages*
408.	William Lashner	*Vice de forme*
409.	Gunnar Staalesen	*La femme dans le frigo*
410.	Franz-Olivier Giesbert	*L'abatteur*
411.	James Crumley	*Le dernier baiser*
412.	Chuck Palahniuk	*Berceuse*
413.	Christine Adamo	*Requiem pour un poisson*
414.	James Crumley	*Fausse piste*
415.	Cesare Battisti	*Les habits d'ombre*
416.	Cesare Battisti	*Buena onda*
417.	Ken Bruen	*Delirium tremens*
418.	Jo Nesbø	*Les cafards*
419.	Batya Gour	*Meurtre au Kibboutz*
420.	Jean-Claude Izzo	*La trilogie Fabio Montale*
421.	Douglas Kennedy	*Cul-de-sac*
422.	Franco Mimmi	*Notre agent en Judée*
423.	Caryl Férey	*Plutôt crever*
424.	Carlene Thompson	*Si elle devait mourir*
425.	Laurent Martin	*L'ivresse des dieux*
426.	Georges Simenon	*Quartier nègre*
427.	Jean Vautrin	*À bulletins rouges*
428.	René Fregni	*Lettre à mes tueurs*
429.	Lalie Walker	*Portées disparues*
430.	John Farris	*Pouvoir*
431.	Graham Hurley	*Les anges brisés de Somerstown*
432.	Christopher Moore	*Le lézard lubrique de Melancholy Cove*
433.	Dan Simmons	*Une balle dans la tête*
434.	Franz Bartelt	*Le jardin du Bossu*
435.	Reiner Sowa	*L'ombre de la Napola*
436.	Giorgio Todde	*La peur et la chair*
437.	Boston Teran	*Discovery Bay*
438.	Bernhard Schlink	*Le nœud gordien*
439.	Joseph Bialot	*Route Story*
440.	Martina Cole	*Sans visage*
441.	Thomas Sanchez	*American Zazou*

442.	Georges Simenon	*Les clients d'Avrenos*
443.	Georges Simenon	*La maison des sept jeunes filles*
444.	J.-P. Manchette & B.-J. Sussman	*L'homme au boulet rouge*
445.	Gerald Petievich	*La sentinelle*
446.	Didier Daeninckx	*Nazis dans le métro*
447.	Batya Gour	*Le meurtre du samedi matin*
448.	Gunnar Staalesen	*La nuit, tous les loups sont gris*
449.	Matilde Asensi	*Le salon d'ambre*
450.	Jo Nesbø	*Rouge-gorge*
451.	Olen Steinhauer	*Cher camarade*
452.	Pete Dexter	*Deadwood*
454.	Keith Ablow	*Psychopathe*
455.	Batya Gour	*Meurtre à l'université*
456.	Adrian McKinty	*À l'automne, je serai peut-être mort*
457.	Chuck Palahniuk	*Monstres invisibles*
458.	Bernard Mathieu	*Otelo*
459.	James Crumley	*Folie douce*
460.	Henry Porter	*Empire State*
461.	James Hadley Chase	*Pas d'orchidées pour Miss Blandish*
462.	James Hadley Chase	*La chair de l'orchidée*
463.	James Hadley Chase	*Eva*
464.	Arkadi et Gueorgui Vaïner	*38, rue Petrovka*
465.	Ken Bruen	*Toxic Blues*
466.	Larry Beinhart	*Le bibliothécaire*
467.	Caryl Férey	*La jambe gauche de Joe Strummer*
468.	Jim Thompson	*Deuil dans le coton*
469.	Jim Thompson	*Monsieur Zéro*
470.	Jim Thompson	*Éliminatoires*
471.	Jim Thompson	*Un chouette petit lot*
472.	Lalie Walker	*N'oublie pas*
473.	Joe R. Lansdale	*Juillet de sang*
474.	Batya Gour	*Meurtre au Philharmonique*
475.	Carlene Thompson	*Les secrets sont éternels*
476.	Harry Crews	*Le Roi du K.O.*
477.	Georges Simenon	*Malempin*
478.	Georges Simenon	*Les rescapés du Télémaque*

Composition Nord Compo
Impression Novoprint
le 3 juin 2008
Dépôt légal : juin 2008
1er dépôt légal dans la collection : mars 2006

ISBN 978-2-07-030723-4./Imprimé en Espagne.

161488